야한
남자

2

은빈 장편소설

달

# 야한 남자 2

**초판 1쇄 인쇄** 2016년 1월 12일
**초판 1쇄 발행** 2016년 1월 22일

**지은이** 은빈
**발행인** 오영배
**기획** 박성인
**책임편집** 이신옥
**표지·본문 디자인** 권지연
**제작** 조하늬

**펴낸곳** (주)삼양출판사·단글
**주소** 서울시 강북구 도봉로 173
**대표 전화** 02-980-2112 **팩스** / 02-983-0660
**출판등록** 1999년 3월 11일 제9-00046호

ISBN 979-11-313-0517-1 (04810) / 979-11-313-0515-7 (세트)

+ (주)삼양출판사·단글의 서면 허락 없이는 어떠한 형태나 수단으로도 이 책의 내용을 이용하지 못합니다.
+ 지은이와 협의하에 인지는 생략합니다. 잘못된 책은 구입한 곳에서 바꾸어 드립니다.
+ 이 도서의 국립중앙도서관 출판시도서목록(CIP)은 서지정보유통지원시스템홈페이지(http://seoji.nl.go.kr)와
국가자료공동목록시스템(http://www.nl.go.kr/kolisnet)에서 이용하실 수 있습니다. (CIP제어번호: 2016000512)

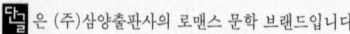 은 (주)삼양출판사의 로맨스 문학 브랜드입니다.

야한 남자

2

은빈 장편소설

ROMANCE STORY

단글

| 차 례 |

6. 너를 지키고 싶어 · 007

7. 호랑이 굴에 들어가다 · 105

8. 말해 줄게, 내 정체 · 169

9. 빼앗긴 입술 · 255

10. 우리 집에서 자고 갈래요? · 311

11. 너와 이 밤을 보낼 수 있을까 · 377

## 6.
## 너를 지키고 싶어

그렁, 눈물이 맺힌 그녀의 얼굴이 그의 시야를 가득 메웠다.

누군가 심장을 쥐고 비트는 것 같은 기분. 눈가가 시리고 심장이 저려 오지만.

너를 지키고 싶어. ……나한테서.

이윽고 원은 뒤돌아서며, 말했다.

"말했잖아. 그건, 오로지 호텔을 위해서였다고."

짝―

은혜의 손이 매섭게 원의 뺨에 닿았다.

"나쁜 놈."

차라리 나쁜 놈이 되는 게…… 낫겠지. 원은 차갑게, 그리고 아프게 웃었다.

그는 손끝에 피가 배이도록 주먹을 꽉 쥐었다. 거세게 말아 쥔 그의 주먹이 보이지 않게 떨렸다.

'나도 말해 주고 싶어.'

나도…… 모든 걸 말해 주고, 너를 힘껏 껴안고 싶어.

'하지만.'

원은 무거운 두 눈을 감았다.

나는 누군가의 생명력을 빼앗지 않고는 살 수 없는 괴물.

'그 괴물의 생명을 유지하기 위해, 너를 이용하고 싶지 않아.'

원은 주먹을 펴고, 무표정한 얼굴로 은혜와 두 눈을 마주쳤다. 그리고 눈으로 말했다.

네 열쇠고리는, 내가 조금만. 아주 조금만 더 가지고 있을게.

이윽고 그의 차가운 입술이 떨어졌다.

"일주일. 그동안 잘 생각해 봐. 그 점집, 넘길 건지에 대해서."

그리고 은혜를 뒤로한 채, 저벅저벅 걸어갔다.

"……."

찬바람이 더욱 차게 느껴졌다.

"나쁜 놈……."

심장이 쿵 내려앉고, 한없이 비참해지는 게, 차였다는 것일까. 어느새 당신에게 기울어가는 마음을 그렇게 부정하면서도. 당신과 엮이지 말라고 당부한 할머니의 말을 애써 잊으려 했는데. 당신이 가까워지면 가까워질수록 뛰는 심장을 모른 척할 수가 없어서…… 말해버렸는데.

은혜가 그의 뒷모습을 응시하며 말했다.

"그래도 나는 믿었어. 당신이 나한테 자꾸 다가오는 건, 점집 때문이 아닐 거라고. 어쩌면 나한테 조금은 마음이 있지 않을까 그런 바보 같은 생각을 하면서."

원이 우뚝 멈춰 섰다.

그래. 그렇게 믿고 있는 편이, 낫겠지.

그가 말했다.

"아니. 점집이 아니면, 내가 주은혜 씨를 만날 일이 없었겠지."

정말로. 처음엔 점집 때문이었다. 점집 때문에 어떻게든 넘어오게 만들려고 했는데. 처음엔 그랬는데······.

원이 잠시 멈추어 섰다.

'지금은 아니야.'

그가 그녀를 돌아보았다. 그녀는 이미 반대 방향으로 걷고 있었다. 그는 은혜의 뒷모습을 가만히 바라보았다. 처음으로 본 것 같았다. 머리를 풀고, 원피스를 입은 모습.

은혜가 들리지 않을 거리에서, 원이 조용히 읊조렸다.

"예쁘다는 말. 못 해줘서 미안해."

\* \* \*

"성빈!"

"······."

"윤성빈!"

"어?"

"무슨 생각하느라 뒤에서 소리치는데도 못 들어?"

저녁 식판을 든 은후가 성빈의 맞은편에 앉으며 물었다.

"아. 아니야."

"너는 너를 열렬히 쳐다보고 있는 저 간호사들과 여의사들의 눈길이 안 보이느냐."

은후는 쿡쿡 웃어대며 농담을 던졌다. 그러나 성빈은 여전히 국을 떴다 말았다 하며 딴생각을 할 뿐이었다.

"야, 윤성빈. 너 무슨 일 있어? 요새 표정이 영 어둡다?"

"있잖아."

"응?"

"만약 내가 어떤 여자가 자꾸 생각나고, 보고 싶고…… 그 여자가 다른 남자와 있는 게 신경 쓰인다면."

"자꾸 생각나고, 보고 싶고. 다른 남자와 있는 게 신경…… 으응? 그건 그 여잘 좋아…… 아니, 그 여자가 대체 누군데?"

"맞지. 그거…… 좋아하는 감정."

성빈이 나직이 말했다. 그때, 그의 휴대폰이 지잉, 울렸다.

"나 먼저 일어나야겠다. 저녁 맛있게 먹어. 이따 회진 돌 때 보자."

휴대폰을 확인한 성빈은 옅은 한숨과 함께 식판을 들고 자리에서 일어났다.

"네. 어떻게 아셨는지 모르겠지만 어제 선우 린, 그 아이와 같이 저녁 먹었습니다. 아버지가 원하신 대로, 식사는 했으니 이제 더 이상 그 애긴 꺼내지 마세요."

성빈은 짤막하게 통화를 끝냈다. 한동안 일부러 전화를 받지 않았지만, 이대로 가다간 또 뺨을 맞을지 몰라서 받았다. 더 정확히는, 가뜩이나 기분이 좋지 않은데 더 기분을 다운시키고 싶지 않아서였다. 주변에 사람을 붙이신 건지, 도청이라도 하신 건지, 어떻게 린과 만나 저녁을 먹은 걸 아셨는지는 모르겠지만 린과의 상황을 묻는 전화였다.

저녁식사를 하긴 했다. 결론은 좋지 않게 끝났지만.

하지만, 병원을 위해서라면 린과의 관계를 풀어나가야 한다는 것을 그도 알고 있었다.

로열 그룹이 성운 병원에 막대한 자금을 투자한다면, 성운 병원은 지금보다 더 탄탄한 입지로 대한민국에서 제일가는 종합병원으로 성장할 수 있기 때문이었다.

그러나 여전히 누군가를 이용해야 한다는 사실은 변하지 않았다. 그리고 그 누군가가 좋은 인연이 될 수도 있었던 여자라면······.

성빈이 괴로움 가득한 얼굴로 병원 복도를 지날 즈음,

"어? 의사 총각!"

"블랙잭 할머니?"

그는 음료수를 뽑기 위해 병실에서 걸어 나온 은혜의 할머니를 마주쳤다. 할머니는 음료수 캔 두 개를 들고 있었다.

"그래. 우리 손녀딸하고는 어떻게 좀 이야기 좀 많이 해 봤어? 은혜가 아직 의사 총각하고의 얘기는 해주질 않아서 말이야."

할머니는 만나자마자 다짜고짜 은혜와의 진전을 묻고 있었다.

성빈은 곤란한 얼굴로 픽 웃고는 고개를 저으며 대답했다.

"아뇨, 아쉽게도 손녀따님께서 저를 만나주질 않으시네요."

"뭐어?"

할머니가 두 눈을 크게 떴다.

장난으로 한 말이었는데, 너무 심각하게 받아들이신 건 아닐까. 성빈이 한쪽 눈을 살짝 찡그렸다.

"그으래? 알겠어. 의사 총각은 나랑 한 약속, 꼭 지켜야 돼? 우리 손녀딸 만나는 거."

"네? 아, 네. 그럼요. 약속은 약속이죠."

"늙은이 말이라고 한귀로 흘려듣지 않는 걸 보면, 역시 내가 손녀 사윗감 하나는 잘 골랐어~. 좋아. 그럼 나중에 또 봐, 의사 총각. 담에 블랙잭 한 판 더하자고!"

"아하하. 다음엔 꼭! 할머니를 이겨보겠습니다."

"쉽진 않을 거야. 내가 왕년에…… 아니야, 어서 들어가 일봐."

멍하니 할머니의 뒷모습을 바라보던 성빈은 쥐고 있던 휴대폰을 물끄러미 바라보았다. 생각난 김에 은혜의 번호로 통화 버튼을 누를까, 말까 고민하던 그는 이내 휴대폰을 가운 주머니에 넣으며 조용히 말했다.

"정말 만나기 힘들긴 해요. 사실, 제가 다가가도 되는지도…… 잘 모르겠어요."

"아, 참참! 있잖아."

"……!"

그때, 할머니가 성빈에게로 다시 돌아오며 말했다.

"이따 한 시간쯤 뒤에 병원 밖에 정자 있지? 우리 블랙잭했던 곳

말이야~."

"예? 아, 네. 거기 알죠."

성빈이 놀란 기색을 감추며 대답했다.

"거기로 와. 알겠지? 무조건 오는 거야?"

"아. 저, 할머니. 제가 그때 아마 회진을 돌고 있을 것 같아서……."

"몰라. 안 오면, 안 돼. 꼭이야!"

그러나 이내 할머니는 음료수 캔을 들고는 서둘러 어디론가 가 버렸다.

"정자?"

그리고 성빈은 다시금 멍하니 할머니의 뒷모습만을 바라볼 뿐이었다.

\* \* \*

"나쁜 놈. 벼락 맞을 놈……. 확 굿을 해서 온갖 저주를 퍼부을 놈……."

**뺨**뿐만 아니라, 정강이를 세게 걷어차 줄걸.

걷기가 싫어, 점집으로 돌아가는 버스에 오른 은혜는 붉어진 두 눈을 감았다.

차라리 말해버리고 나니까 속이 시원했다. 혼자서 이 이상한 감정을 어떻게 해야 하는지 계속해서 생각하고 또 생각했었는데. 말해버리고 나니, 오히려 가슴이 뻥 뚫리는 게 한없이 답답했던 것들이 날아가 버리는 기분이었다.

그런데…… 너무도 뻥 뚫린 탓인 건지. 뭘까 이 공허함은.

결국, 이용당한 거잖아.

바보 같은 이 감정. 혼자만 느끼고 있던 것이었다.

"멍청해. 그렇게 엮이지 말자고 다짐했는데."

버스 유리창에 비친 자신의 모습이 너무도 초라하게만 느껴졌다.

처음엔, 열쇠고리를 돌려받고 점집은 절대 팔 생각 없다고 말해주고 돌아올 생각이었다. 그래도 평소 보여주었던 무당의 모습보다는, 그가 일하는 회사에서만큼은 그냥 한 사람의 여자로 보이고 싶어서…… 나름 신경 쓰고 간 건데.

호텔에서 소란을 피우던 여자에게 다가간 건, 정말 홧김에 한 일이었다. 말을 할 수 없는 죽은 자를 대신해서 그들이 하고자 하는 말을 전해주는 일은, 평소의 가면보살이었다면 가면을 쓰지 않고서는 절대 있을 수 없는 일이었다. 그럼에도 불구하고, 결국 여자에게 다가간 것은 그에게 이 한마디를 해주고 싶어서였다.

그래도, 나 당신을 도왔다고. 당신이 해결하지 못했을 일을, 나는 할 수 있는 여자라고. 그러니까, 당신이 힘들어하는 일. 나도 함께 해줄 수 있는 능력쯤은 된다고. 그렇게 말해줄 생각이었다.

하지만 이제와 이런 바보 같은 마음이 무슨 소용이 있을까. 애초에 그는 여자 주은혜가 아닌, 가면보살 주은혜로 날 대해 왔는데. 은혜는 조용히 창밖으로 시선을 돌렸다.

"그래. 애초에 귀신 보는 나 같은 여자……. 누가 좋아하겠어."

그냥 늘 그래 왔던 것처럼. 사람들 점이나 봐주면서 가면보살로 살자. 이런 바보 같은 감정 따위, 무시하면 그만이야.

은혜는 어두워진 창밖을 계속해서 바라보았다. 그러나 아무리 뛰어난 신기를 가진 무당이라도 제 감정을 마음먹은 대로 움직일 수 없었다. 그녀는 몇 번이고 끓어오르는 분노와 슬픔을 애써 모른 척했다.

문득, 은혜의 전화가 울렸다. 할머니였다.

["어디냐, 은혜야."]

"어, 할머니. 나 잠깐 볼일이 있어서 나왔다가 지금 다시 집으로 가는 중이야."

["그럼 잠깐 후딱 병원으로 와봐."]

"뭐? 나 피곤해. 내일 갈게."

["내 담당 주치의가 지금 널 좀 봤으면 한다는데도?!"]

"지금? 설마 다른 병 같은 거 발견된 거야? 심각한 거야?"

["그건 나도 잘 모르지."]

무슨 일이지. 은혜는 우선 알겠다는 말과 함께 현재 정류장을 확인했다.

"아저씨 저 여기서 내려요!"

그리고 서둘러 하차 버튼을 누르며 병원으로 가기 위해 근처 정류장에서 내렸다.

\* \* \*

"……사장님."

"……."

"사장님."

청량이 '사장. 선우 원'이라 쓰여 있는 명패 앞에 섰다.

중국 천궁 호텔과의 MOU를 순조롭게 체결하고, 원은 사장실에 앉아 있었다. 하마터면 삐걱거릴 뻔했지만 서로 계약조건이 나쁘지 않다고 생각한 모양이었다. 로열 호텔 그리고 천궁 호텔 측은 한 시간가량 이야기를 나누고는 만족스럽게 사인을 나누었다.

그리고 그 뒤로. 원은 사장실에 들어오자마자 포커페이스를 푼 채, 커다란 의자에 기대어 계속해서 벽면 유리창을 통해 바깥을 바라보고 있었다. 넓은 도시 전경이 형형색색 빛나고 있었다.

"사장님. 이제 곧 소설가 리혜 씨와의 저녁 식사를 가셔야 합니다."

원은 청량을 등진 채 앉아 있었다.

"……그래."

청량은 잠시 입을 다물더니, 곧 아까 마저 묻지 못했던 이야기에 대해 물었다.

"섬에서 무슨 일이라도 있으셨던 겁니까."

"……."

이번에도 대답을 들을 수 없는 걸까, 포기하려던 찰나. 원이 혼잣말처럼 대답했다.

"그 여자와 키스를 하면, 난 3일 동안 키스를 하지 않아도 돼."

"사장님……."

"그런데 항상 그 여자와 키스를 할 때는…… 나 자신을 제어할 수 없을 때야."

"……."

"나는 두려워. 혹시 내가 절제를 하지 못해서, 그 여자를 죽게 만들까 봐."

담담하게 말하는 그의 목소리엔, 조금이라도 건드리면 베일 것만 같은 날이 서 있었다.

이내 원은 의자를 돌려 청량을 마주 보고 앉았다.

"그래서 호텔을 핑계로, 상처를 줘버렸어."

눈 밑으로 드리워진 짙은 그늘. 하지만 그의 시선은 청량이 아닌 다른 곳에 머물러 있었다.

원은 엷은 미소를 지으며 말을 이었다.

"차라리 잘된 건지도 몰라. 어차피 백화점 프로젝트가 끝나면, 조용히 떠날 생각이었잖아."

그러나 이내. 그의 입술 사이로 힘겨운 숨결이 토해졌다.

"그런데…… 그 바보 같은 여자가, 자꾸 걸려."

처음 듣는 그녀의 마음. 눈물이 맺힌 눈동자.

차갑게 밀어냈지만 상처 입은 그녀의 얼굴이 선했다.

그의 가슴이 욱씬, 고통에 반응했다.

'그 무당을…… 좋아하시는군요.'

줄곧 원과 은혜를 지켜본 청량은 지금 이 상황을 원에게 직접 듣지 않아도 짐작할 수 있었다. 그는 언제나 그랬듯, 원의 곁에서 소신 있게 자신의 생각을 말했다.

"차라리, 모든 것을 밝히시면 그 여자 분도 사장님을 이해해주시지 않을까요."

그녀가 이해하지 못할까 봐, 두려운 것이 아니었다.

아직 선우 원, 그도 자신의 능력이 어디까지인지 모르기 때문이었다.

다만 한 가지는 확실했다.

"말했잖아. 나는 사랑이란 걸…… 할 수가 없다고."

"……."

"너도 알잖아. 청량."

절제력을 잃어버리면, 그 끝이 어떻게 되는지.

청량은 말없이 고개를 숙일 수밖에 없었다.

그가 가장 위험한 일이라고 습관처럼 말해 왔던 것.

사랑.

하지만 그는 결국 그 위험에, 빠져버렸다. 어느 순간, 너무도 깊게.

"하지만 한 달 동안 점집에 찾아가기로 하신 건……."

"일주일의 시간을 줬어. 시세의 다섯 배를 주기로 하고."

청량이 일순 입을 다물었다, 뗐다.

"다섯 배나 말입니까. 그렇게 되면 예상 투자 금액을 훨씬 넘어서는 것인데…… 만약 사장님께서 그런 제안을 하셨다고 해도, 그쪽에서 계약을 하지 않겠다고 버티면 큰 문제가 될 텐데요."

"그렇게 되면, 나는 어쩔 수 없이 더 나쁜 놈이 되어야겠지."

원은 두 눈을 감았다 떴다.

"그리고 이제 다시 여자를 부를 거야."

"……예?"

청량이 멈칫했다.

"아니면, 내가 가거나."

그가 주로 가는 곳은 고급 바나, 클럽 같은 곳이었다. 가만히 앉아 있어도 여자들이 많이 꼬이는 곳은 대부분 그런 곳이었기에, 일과가 끝나면 조용히 그런 곳을 찾기도 했다.

"하지만 사장님."

청량이 미간을 좁히며 원을 불렀다.

"지금은 처음으로, 마음에 두고 있는 여자분이 있잖습니까."

"……."

"주은혜 씨가 사장님을 오해하시면, 그땐 어쩌려고 그러시는 겁니까."

"그 소설가를 만나러 가려면 지금쯤 일어나야겠지."

대답 없이, 원은 자리에서 일어났다. 그리고 뚜벅뚜벅 사장실을 나섰다.

\* \* \*

무당의 촉으론, 여전히 어딘가 찜찜한 할머니의 전화였다.

어찌 되었든 병원에 도착한 은혜는 할머니가 있는 병실 문 앞에 섰다. 그리고 문을 열려다 잠시 멈추었다.

이내 그녀는 가방에서 손거울을 꺼내려 했지만, 미용에 신경 쓰지 않는 그녀가 손거울 같은 걸 잘 챙겨 다닐 리가 만무했다.

결국 은혜는 병실 바로 앞에 있던 화장실로 향했다. 그리고 손을 닦으며 세면대 거울을 통해 얼굴 상태를 확인했다. 아주 조금 서러웠던 지나간 과거 탓에 눈이 붓지는 않았나, 보기 위해서였다.

하나밖에 없는 손녀딸 눈이 부어 있으면 무슨 일이라도 있던 건 아닌가, 할머니가 걱정하실 수도 있으니까. 살짝 붉은 기가 있기는 하지만, 이 정도면 자세히 들여다보지 않는 이상 평범한 상태로 보일 것이다.

사실, 전혀 괜찮지 않았지만. 심장이 무너지는 이런 기분, 처음이지만…… 괜찮은 척을 해야 했다. 늘 그래 왔듯. 상처를 보이는 것보다는, 밝은 척을 하는 게 나으니까.

"……!!!"

계속해서 거울을 들여다보던 은혜는 순간 놀라서 다리가 풀릴 뻔했다. 비명은 겨우 목구멍으로 삼켰다.

"뭐야, 미미 너. 깜짝 놀랐잖아!"

미미가 갑자기 거울 안으로 나타나, 은혜를 바라보며 씩 웃고 있었기 때문이었다.

"어쩌지, 여긴 점집이 아니라서 사탕이 없단다……. 사탕을 챙겨줄 기분도 아니고. 그러고 보니, 네가 무슨 일로 병원에 있어?"

은혜는 주머니를 뒤적이며 고개를 저었다.

"방금 미미라고…… 하셨어요?"

그때, 불현듯 화장실에서 나온 한 여자가 한껏 흔들리는 눈으로 은혜에게 다가와 물었다.

"네?"

"방금 그랬잖아요. 미미라구요. 그리고 사탕…… 그건 우리 미미가 제일 좋아하는 건데."

"네에?!!"

은혜는 재빨리 머리를 굴렸다. 아니, 이 꼬마귀신을 어떻게 아는……. 가만, 우리 미미라면. 미미를 아는 사람인가?

"아, 저기 그러니까요."

야, 어떡해. 은혜는 방금까지만 해도 거울 속에서 웃고 있던 미미를 곁눈질하며 입 모양으로 물었다. 그러나 미미는 어느새 여자의 옆에서 슬픈 얼굴을 하고 있었다.

어떡하지. 어떡하지.

무당으로서 점을 보는 것 외에 귀신을 본다고 설명하는 일은, UFO를 봤다고 증명하는 것만큼이나 어려운 일이었다. 따라서 웬만해선 둘러대는 편이 나았다.

은혜는 계속해서 머리를 굴리다, 두 눈을 번뜩였다.

"아! 그러니까. 제가 방금 통화 중이었거든요. 제 사촌 동생 이름도 미미예요. 걔가 일곱 살인데, 그 나이 때 애들은 다 사탕 좋아하잖아요. 걔도 사탕 엄청 좋아하거든요. 이모랑 통화 중이었는데, 제가 사탕을 잘 사주니까 사탕 사다달라고 조르네요."

은혜는 어색한 미소를 지으며 고개를 끄덕였다. 은혜의 말에, 여자는 어딘가 실망한 표정을 지으며 옅은 한숨을 내쉬었다.

"그렇군요."

"우리 딸 이름도 미미예요. 미미도 사탕을 참 좋아했거든요. 지금은 이 세상에 없지만."

"……!"

은혜는 벌어지려는 입을 애써 꾹 다물었다. 그리고 여자의 옆에 서 있던 미미를 바라보며 눈으로 물었다.

설마 네 옆에 있는 사람이, 네 엄마냐고.

미미는 시무룩한 얼굴로 고개를 끄덕이고 있었다.

하. 은혜는 말없이 한숨을 내쉬었다. 그러고 보니, 미미를 처음 만난 건 전에 할머니를 만나러 병원에 갔을 때였다.

그때 병원에서 따라붙어 왔던 거구나. 은혜는 그제야 상황이 조금 이해된 듯 두 눈을 감았다 떴다.

또 그때 내가 귀신 보는 건 어떻게 알아가지고. 은혜가 가늘게 뜬 눈으로 미미를 응시했다. 설마…… 할머니랑 몇 번 얘기해 본 건 아니겠지? 할머니가 아니면, 내가 무당이라는 걸 알 수 없었다.

그렇게 은혜가 이런저런 생각에 빠져 가는 눈초리로 미미를 보고 있던 중, 여자가 다시 말문을 열었다.

"아무튼, 사촌 동생 이름도 미미라니. 너무도 오랜만에 다른 사람 입에서 제 딸 이름이 나오니, 놀랍기도 하고 반갑기도 해서 그만 실례를 범했네요. 미안해요."

"아, 전혀요. 아니에요. 그럼 저는 이만 가볼게요."

이내 은혜는 다시금 어색한 미소와 함께 화장실 밖으로 나갔다. 미미, 넌 나중에 보자. 라는 눈빛을 잊은 채.

은혜가 할머니 병실의 문을 열고 들어갈 때쯤, 화장실에서 만났던 여자도 같은 방향으로 다가와 병실 문 앞에 섰다.

"어? 설마 이 병실 쓰세요?"

"아, 네."

여자는 희미한 웃음과 함께 은혜와 함께 안으로 들어갔다.

"……?"

못 보던 사람인데. 은혜는 고개를 비스듬히 기울이다, 이내 할머니를 부르며 문을 닫았다.

"할머니, 나 왔어."

"어휴! 저저, 불여시. 저걸 어떻게 해버리지? 어디서 우리 멋진 실장님께 꼬리를…… 응? 은혜 왔어? 윤아 너도 어딜 갔나 이제 와?"

할머니는 저녁 일일 연속극을 보고 있는 중이었다.

남의 속도 모르고.

그런데. 윤아? 그새 새로운 환자와 또 친해지셨나. 은혜는 윤아라는 이름을 가진 사람이 누구인가 두 눈을 가늘게 떴다.

"화장실요. 저녁을 너무 많이 먹었는지, 배가 아팠거든요."

윤아라는 이름의 여자는 온화한 미소와 함께 대답했고, 그녀의 얼굴을 본 은혜가 잠시 멍한 표정을 지었다.

"저희 할머니와 아는 사이셨어요?"

그리고 여자를 향해 묻는 은혜였다.

"할머니요? 아, 그럼 할머니 손녀분이……."

여자도 조금은 놀란 눈으로 은혜를 바라보았다.

"네. 제가 저기 블랙잭 퀸님 손녀예요. 이번에 새로 병실 옮기셨나 보네요. 제가 여기 계신 분들은 웬만해선 다 알거든요."

"네. 그렇구나, 반가워요. 저는 하윤아라고 하고, 얼마 전부터 할머니와 한 병실을 쓰게 되었어요. 운 좋게도 할머님 바로 맞은편 창가자리 침대이구요."

윤아는 창백한 얼굴이었지만 미소를 띠며 제대로 된 인사를 건넸다.

"둘이 아는 사이야?"

연속극을 보던 할머니가 은혜와 윤아를 번갈아 바라보며 물었다.

"오다가 화장실에 잠깐 들렀는데, 그때 잠깐 이야기 나눴거든. 근데……."

은혜는 조용히 고개를 끄덕이곤, 주위를 두리번거리며 물었다.

"할머니 보호자 여기 오긴 왔는데, 의사 선생님은 어디 계셔?"

"응? 아차차."

은혜의 물음에, 할머니는 뜨끔한 뒤통수를 보이며 잠시 어깨를 움츠렸다. 그러다 곧바로 입술에 침을 바르고는 담담하게 대답했다.

"그게…… 아, 맞아. 바깥 정자에서 조용히 얘기하고 싶으시단다."

"정자? 할머니. 설마 또 무슨 꿍꿍이 있는 거 아니야? 의사선생님이 정자에서 보호자를 왜 만나?"

"이것이 진짜. 할머니가 그렇다면 그런 거지! 의사선생님이 거기서 상담하고 싶으시다는데, 그럼 내가 뭐라고 하냐. 잔말 말고 얼른 가보기나 해. 연속극 안 들리니까."

"으휴."

이내 은혜는 가방 끈을 쥐곤 자리에서 돌아섰다. 할머니가 가보라고 해서 가보기는 하는데 영……. 이번에도 뭔가가 있는 것 같다. 이건 무당의 촉이 아니라도 할머니의 전적을 들추어봤을 때, 또 뭔가가 있는 거다.

결국 은혜는 할머니의 뜻에 따라 병실을 나서기 위해 발을 내디뎠다. 그리고 문밖으로 나갈 때쯤, 윤아가 은혜에게 작별인사를 했다.

"나중에 또 봐요."

"네. 나중에 또 뵐게요. 그럼."

꽤 젊어 보이는데, 딸도 죽고 아프기까지 하다니.

조금은 안쓰러운 얼굴로 윤아를 바라보던 은혜는 곧 병실 문을 닫았다. 그리고 어느새 스르르 나타난 미미를 발견하자, 미미를 내려다보며 한쪽 눈썹을 치켜 올렸다.

"너. 솔직히 말해 봐. 엄마한테 하고 싶은 말 있어서 나랑 친해진 거지?"

미미는 손가락을 꼼지락거리며 고개를 숙이고 있었다.

할머니한테 이미 졸랐겠지만, 할머니는 어림없었을 것이다. 워낙 공과 사는 철저하게 구분하시는 분이기에.

물론 은혜 자신도 그러했다. ……그러하기긴 한데.

물러터진 속은 가끔 공과 사가 뭔지 모르는 척을 했다. 평소에 몇몇 귀신들과 스스럼없이 대화를 하며 지내는 것도 그 때문이었다.

"……뭔데."

은혜는 살짝 곁눈질을 하곤, 주머니에 손을 넣은 채 병원 밖 정자로 향했다.

　한편, 손목시계를 보며 시간을 확인한 성빈은 가운 주머니에 손을 찔러 넣으며 중얼거렸다.
　"오늘 회진이 생각보다 빨리 끝났네. 환자들이 많이 퇴원해서 그런가."
　그러다 문득, 아까 만났던 할머니의 말이 생각난 그는 잠시 고민에 빠졌다.
　'정자엔 갑자기 왜 오라고 하신 거지?'
　레지던트라면 조금만 짬이 나도 눈을 붙였을 테지만, 성빈은 이미 잠을 포기한 지 오래였다.
　"아주 잠깐 시간이 비니…… 한번 가 볼까."

*　*　*

　로열 호텔 스카이라운지에 위치한 레스토랑. 먼저 도착한 원은 자리에 앉아 가만히 야경을 응시하고 있었다.

　─나, 사랑 그런 거 정확히 모르지만, 당신한테 가슴이 뛰면…… 자꾸만 당신이 보고 싶고, 당신을 원하면 그건…….
　당신이 이미 내 마음에 꽉 찼다는 뜻. 아니에요?

은혜의 떨리는 목소리가 계속해서 머릿속을 맴돌았다. 그 순간, 그녀를 꽉 안아버리고 싶었던 마음을…… 가까스로 참아냈다.

그는 안주머니에서 휴대폰을 꺼내 앨범 폴더를 열었다.

"……"

원은 말없이 하나의 사진을 바라보았다.

차 안에서 잠들어 있는 은혜의 모습이 담겨 있었다.

이렇게 볼수록, 생각만 더 날 뿐이었다. 그는 휴대폰 화면을 껐다. 하지만 마음은 말을 듣지 않았다. 무의식적으로 휴대폰을 켜고 은혜의 번호를 누르기 직전까지 갔다가 말기를 반복했다.

'마지막으로 한 번만. 목소리라도……,'

이내 원이 긴 속눈썹을 내리 깔며 은혜의 번호를 누르려던 순간.

"선우 원 사장님?"

한 여자의 목소리가 원의 귀를 자극했다. 원은 고개를 들어 목소리의 주인을 확인했다.

"당신은."

원의 반응을 예상하기라도 했다는 듯, 여자는 싱긋 웃으며 여유롭게 인사했다.

"엘리베이터에서 만났었죠, 우리?"

원은 휴대폰을 한 번 쥐었다 놓았다. 곧 그는 휴대폰을 조용히 가슴 안주머니에 넣었다.

눈앞의 이 여자는…….

원은 전에 엘리베이터에서 만났던 묘한 분위기의 여자를 떠올렸다. 기억을 더듬어 보니, 앞에 서 있는 여자를 그때 만났었던 모양이었다.

"초면은 아니지만, 제대로 인사는 드려야죠. 리혜라고 합니다."

혜리가 싱긋 웃으며 예의를 갖춰 인사했다. 그러자 원도 호텔의 대표로서 정중하게 인사했다.

"제 저녁 식사 초대에 응해주셔서 감사합니다. 이곳 로열 호텔 대표이사, 선우 원입니다."

원은 여느 때처럼 완벽한 모습과 애티튜드로 혜리를 맞이했다.

'흐음. 날 만나고 싶어 한 이유가 뭘까나.'

혜리는 의자에 앉으며 비릿하게 웃었다.

아마도 리혜란 작가를 만나려고 하는 이유는 둘 중 하나일 것이었다. 리혜의 팬이거나, 리혜에게 원하는 게 있거나. 눈앞의 남자는 한 회사의 사장이었고, 아직까진 딱히 팬이라는 느낌을 풍기지 않는 걸로 봐선 두 번째 케이스일 가능성이 높았다. 뭐가 됐든 예상 못 하고 나온 것은 아니지만, 그래도 그의 본심이 무엇일지 궁금했다.

그를 응시하던 혜리는 글라스 안에 들어 있던 물을 한 모금 마시며 말문을 열었다.

"절 만나고 싶다고 하셨다죠?"

그리고 곁눈질로 원을 슬쩍 지켜보았다.

"……."

그러나 그는 어딘가 다른 생각을 하는 사람처럼, 다른 곳에 시선을 두고 있었다.

그 누구에게도 모습을 드러내지 않는 묘령의 작가가 친히 당신을 만나주겠다고 나와 줬는데. 이런 무미건조한 반응이라니.

"……흠흠."

혜리는 서서히 심기가 불편해지려는 것을 애써 가다듬었다.

"아. 죄송합니다."

이내 원은 스스로 머리를 깨우곤 혜리를 바라보며 대답했다.

"예, 제가 리혜 작가님을 만나고 싶다고 했습니다."

"어쨌든 영광입니다. 이렇게 큰 로열 호텔의 사장님께서 저를 뵙자고 해주시니."

혜리의 붉은 입술이 가늘게 휘어졌다.

음식이 나오고, 원은 스테이크를 썰며 대화를 시작해 나갔다.

"모습을 드러내길 꺼려하시기에 철저하게 신분을 숨기신다고 들었습니다. 그래서 작가님을 만나기 어려울 거라 생각했는데, 이렇게 나와 주셔서 사실 의외이기도 하고 감사하기도 합니다."

"사장님이라면…… 제 정체를 밝히고서라도 한번 이야기를 나눠보고 싶었어요."

"……?"

의미심장한 그녀의 한마디에, 원이 그녀를 빤히 응시했다.

혜리는 와인 잔을 입에 가져가며 말을 이었다.

"혹시 제가 엘리베이터에서 했던 말, 기억하시나요."

"……?"

"사람이 맞나 싶을 정도로, 잘생기셨다고 했었죠. 초면에 제가 그런 말을 해서 당황하셨겠지만요."

"아."

원은 그때 느꼈던 묘한 기분을 아직도 기억하고 있었다. 마치 모든 것을 알고 있다는 그 말투가 아직도 생생했다.

만약 이 여자가 리혜가 아니었다면 그냥 스쳐 갔을 일이지만, 그녀는 작가 리혜였고, 또다시 그 때 일을 꺼내고 있었다. 그 의도가 뭔지, 원은 조용히 생각해 보았다.

이윽고 혜리가 나이프와 포크를 내려놓았다.

원이 혜리와 두 눈을 마주쳤다.

"……?"

"사실. 한 번에 알아봤어요."

혜리는 깍지를 끼곤 원을 가만히 바라보며 말했다.

"당신이 나와 같은 존재라는 걸."

원은 얼어붙은 얼굴로 천천히 혜리를 바라보았다.

"……무슨 뜻이시죠."

혜리는 엷은 미소를 띠며 물었다.

"우린, 누군가의 색기를 마시지 않고는…… 살 수 없어요. 안 그래요?"

말없이 스테이크를 썰던 원의 손이 멈춰졌다. 그러나 곧 그는 애써 담담한 표정을 유지한 채, 와인 잔을 입술에 가져가며 대답했다.

"지금 무슨 말씀을 하시는지 모르겠군요."

혜리는 미세하게 흔들리고 있는 그의 눈동자를 재미있다는 듯 바라보았다.

'이런. 이렇게 나오면 재미없는데.'

그녀는 한 번 더, 그의 폐부를 찌르는 한마디를 꺼냈다.

"당신의 정체가 뭔지, 궁금하지 않아요?"

원이 와인 잔을 손에서 놓쳤다.

\* \* \*

정자로 향하는 길.

은혜는 막간을 이용해 미미의 이야기를 들어주는 중이었다.

"내일이 엄마 생일이야?"

미미는 고개를 끄덕이며 엄마 생일을 꼭 챙겨주고서 떠나고 싶다고 했다. 쪼그만 게 죽어서도 엄마 생각을 하는 걸 보니 문득 은혜의 코끝이 시큰해졌다.

할머니는 늘 이렇게 말했다. 망자의 이야기는 들어주면 들어줄수록 끝이 없기에, 그들의 한에 대해선 뼈저리게 아프지만 때론 모른 척하는 게 그들을 돕는 거라고.

물론 무당은 산 자와 죽은 자가 소통을 할 수 있도록 도와주는 사람이기도 하지만, 세상의 모든 영혼들을 도와줄 수는 없는 법. 하지만 이 어린 영혼이 행복한 마음으로 성불될 수 있다면…….

"내가 뭘 해주면 되는데?"

은혜가 미미에게 원하는 것을 물어볼 즈음, 그녀는 정자에 서 있는 누군가를 발견하곤 발걸음을 멈칫했다.

"은혜 씨?"

또 속았다.

"아하하······. 성빈 씨가 여긴 웬일이에요."

은혜의 입꼬리가 억지로 올라갔다.

할머니. 할머니 담당 주치의가 정신과 의사셨나요.

은혜는 이를 바득바득 갈며 애써 웃는 표정으로 성빈에게 다가갔다.

"제발 우리 할머니가 보내서 왔다고 하지 말아줘요."

은혜가 후우, 고개를 숙인 채 말했다.

"은혜 씨도 할머니께서 이곳에 오라고 하신 거예요?"

"으아아악. 역시."

은혜는 성빈이 볼 수 없게 고개를 살짝 돌려 아랫입술을 잘근 깨물었다.


"죄송해요. 괜히 우리 할머니 때문에 바쁜 시간 뺏었죠?"

은혜는 손을 만지작거리며 미안한 표정을 지었다.

두 사람은 정자에 나란히 앉아 있었다.

은혜의 물음에, 성빈은 예쁘게 웃으며 고개를 저었다.

"아뇨. 할머니 덕분에 얼굴 보기 힘든 은혜 씨를 보게 되어서 전 오히려 감사한데요?"

"무슨 말씀을. 저 그래도 꽤 병원 자주 와요."

"오늘처럼, 날 보러 오는 건 아니잖아요."

"······?"

밤하늘을 올려다보고 있던 성빈을, 은혜가 물끄러미 바라보았다.

성빈은 여전히 하늘을 올려다본 채로, 엷게 웃으며 말을 이었다.

"덕분에 은혜 씨와 이렇게 얘기도 하고. 난 좋아요."

"흠. 어쨌든 앞으로는 저희 할머니랑 블랙잭은 절대 하지 말아요. 또 어떤 황당한 내기를 거실지 모르니까."

"왜 내가 매번 질 거라고 생각해요? 이래 봬도, 나 머리 좋은 의사예요. 그것도 무지 파릇파릇한."

"이기고 지는 게 중요한 게 아니에요. 아무튼 하지 말아요. 알겠죠?"

"싫은데. 매일 할머님과 블랙잭해서 지면, 그 다음 내기는 뭘까 궁금하거든요. 저번 게임에서 은혜 씨 사진을 얻은 것처럼."

성빈이 피식 웃으며 은혜의 사진을 떠올리자, 은혜가 화들짝 놀라며 성빈의 앞에 손을 내밀었다.

"맞다! 사진! 그거 어디 있어요? 이제 돌려줘야죠. 약속은 약속이니까."

"흠. 아직 안 돼요."

그러나 성빈은 몸을 뒤로 살짝 기울이며 고갤 도리질했다.

"네? 왜요? 같이 떡볶이 먹었잖아요."

"떡볶이 먹은 걸로 주기에는 너무 아까운 사진이에요."

"아니, 환자가 약속을 안 지키는 건 봤어도 이렇게 약속 안 지키는 의사는 처음 봤네요."

"그 약속 안 지키는 환자 중 한 분이 여기 있네요. 잊었어요? 주은혜 씨. 내 특별환자인 거."

"내가 어딜 봐서 환자예요!"

"그때 그랬잖아요. 정신병이 있다고. 혼자서 보이지 않는 것도 본다고 생각하고, 그걸 입 밖으로 말하는 걸 좋아한다고……. 나, 정확히 말했죠?"

허억. 그걸 토씨 하나 틀리지 않고 다 기억하고 있다니. 정말, 이 남자는 천재가 맞는 것 같았다.

"네. 맞아요. 제가 그 해괴한 병이 있어서, 사는 게 순탄치만은 않았던 여자예요."

은혜가 씁쓸한 얼굴로 지나가듯 말했다. 그러자 성빈은 괜한 말을 했다는 듯, 곤란한 얼굴로 말끝을 흐렸다.

"아니 꼭 그런 뜻으로 말한 건……."

예고 없이 잠시 동안 침묵이 흐르고,

"저어……."

"저기……."

은혜와 성빈이 동시에 말문을 열었다.

"은혜 씨가 먼저 얘기해요."

성빈이 웃으며 양보하듯 말했다.

은혜는 잠시 뜸을 들이더니, 이내 입을 열었다.

"언제부터인가 누구한테 고민 같은 거, 털어놓은 적이 없었어요. 들어주기만 했지."

은혜의 말에 성빈은 가운 주머니 속에 넣고 다니던 은혜의 사진을 꺼내려다가, 가만히 다시 넣었다. 은혜는 줄곧 쥐고 있던 휴대폰을 만지작거리며 중얼거리듯 말했다.

"근데 문득 성빈 씨를 보니까…… 정신과 의사선생님께 상담을 좀 받고 싶어졌어요."

성빈이 잠시, 은혜를 물끄러미 바라보았다. 그러다 그는 곧 해맑은 미소와 함께 씩 웃어 보였다.

"이런. 내 고민 좀 들어달라고 하려고 했는데. 사실 나도 우울한 일이 있었거든요."

"아 맞다. 성빈 씨도 고민이 있다고 했었죠. 그때 전화 제대로 받지 못해서 미안했어요. 갑자기 누가 나서서 아주 곤란하게 만드는 바람에……."

그 '누가'의 정체는 누구예요?

성빈은 애써 묻고 싶은 마음을 내리눌렀다.

"괜찮아요. 그런데 무슨 일 있었어요? 갑자기 고민거리나 힘든 일 같은 게 생긴 거예요?"

"그게."

"……?"

"아까부터 계속……."

더 이상 그 뒷말이 입 밖으로 나오려 하지 않고 있었다. 결국 쓸데없는 고민이었다. 해결할 필요도 없는.

"아니에요."

은혜는 엷게 웃으며 고개를 저었다. 그리고 자리에서 일어나며 성빈을 향해 말했다.

"별 얘긴 아니었어요. 시간이 벌써 이렇게 됐네요. 이제 가봐야겠어요. 할 일이 있거든요. 아무튼, 엉뚱하게 만나긴 했지만 반가웠어요. 아, 그리고 사진. 꼭 돌려줘요. 지금은 달라고 해도 없는 거 다 아니까."

재빨리 말을 마친 그녀는 꾸벅 인사를 했다. 그렇게 곧 뒤를 돌아 무거운 발길을 떼는 그녀였다.

아무리 무시하려 해도 계속되는 가슴의 쓰라림.

―내가 살면, 네가 죽어.

반복되는 장면. 시간을 되돌려 그 장면 속으로 돌아가, 뭐가 어디서부터 잘못된 건지, 그를 붙잡고 싶어지는 이유…….

알면서도 왜 물으려 해.

가면 속에 모든 것을 감추고 살아왔던 것처럼 그렇게, 또다시 조용히 살아가면 아무것도 아닐 일이었다.

성빈이 자리에서 일어나 그녀를 붙잡았다.

"잠깐만요, 은혜 씨. 왜 말을 하다 말아요. 내가 들어줄게요. 나한테 상담받고 싶다고 했잖아요."

은혜가 성빈을 돌아보며 대수롭지 않은 얼굴로 웃으며 말했다.

"아, 괜찮아요. 별 얘기 아니었어요. 성빈 씨가 편해졌나 봐요. 그럼 안 되는데."

"왜…… 그러면 안 되는 건데요?"

"네? 그야……, 기억할진 모르겠는데 그때 술 마시면서 말했잖아요. 성빈 씨도 저랑은 웬만해선 엮이지 않는 게 좋아요. ……불행해지니까. 이렇게 말하니까 이 세상 너무 비관적으로만 사는 여자 같죠? 하지만 사실이에요."

그녀는 여전히 웃으며 말했지만, 그녀의 눈동자에는 슬픔이 묻어 있었다. 스치듯 지나간 은혜의 슬픔을 읽은 성빈은 아랫입술을 지그시 물었다.

그리고 그녀에게 한 발 가까이 다가갔다.

"아뇨. 제 눈엔 은혜 씨는 비관적이라기보다……."

불현듯 성빈이 다정하게 은혜를 감싸 안았다.

그의 나직한 음성이 은혜의 귓가를 울렸다.

"위로가 필요한 사람이죠."

"……!"

은혜의 눈이 커졌다.

"성빈 씨……?"

성빈의 품 안에 갇힌 은혜가 그의 얼굴을 올려다보았다. 어리게만 느껴졌는데, 그는 자신보다 머리 하나가 더 큰, 남자였다. 가슴이 넓었고, 유려한 턱선 아래로 자리한 굵은 목젖 또한 또렷하게 드러나 있었다.

"있잖아요."

'말해버릴까.'

성빈은 자신도 모르게 은혜를 안아버린 것을 자각하곤, 갈등했다.

처음엔 그저 지켜보려고 했는데. 짧은 만남, 어느새 너무도 큰 자리를 차지해버린 한 여자에 대해.

그러나 그는 곧, 은혜를 놓아주며 말했다.

너를 지키고 싶어 37

"같이 술 마시던 날. 헤어지면서 은혜 씨가 이 말도 했어요."

이제 윤성빈은…… 주은혜란 여자와 친구이고 싶지 않지만.

"친구라고 말해줘서 고마웠다고. 그거, 친구 하자는 뜻 맞죠? 아니라고 거짓말 하는 건 안 돼요."

"내가 그랬어요?"

"또또. 은혜 씨랑 대화할 때는 녹음기를 켜야지. 매번 아니라고 거짓말하고."

"아니……."

"저번엔 은혜 씨가 나 위로해 줬잖아요. 멋지게 입고 왔다고 칭찬해 주면서 기분 좋아지라고."

대체 언제 그랬지?

은혜는 그의 시선을 서서히 피했다. 아무래도 술 마시고 한 얘기들인 것 같았다. 그녀가 혼자서 고뇌에 빠졌을 때쯤, 성빈은 은혜의 어깨를 붙잡으며 말을 이었다.

"그리고 방금 내가 한 건, 의사선생님보다는, 친구로서의 위로 방식이에요."

그가 맑은 눈웃음과 함께 피식 웃었다.

"흐음."

다시 그를 마주한 은혜가 한쪽 눈썹을 치켜 올렸다.

"그래도 방금 그거, 다른 여자였다면 심장이 내려앉았을 걸요. 뭐, 잘생긴 의사선생님께 이렇게 위로받는 건 특별 환자의 특혜인가요?"

은혜는 당황했던 얼굴을 거두고, 역시 피식 웃으며 말했다.

'다른 여자였다면……'

성빈은 조금 울적해졌다. 그는 축 늘어진 어깨를 바로 세우며 다시금 웃어 보였다.

"말했잖아요. 친구가 힘들어하면 이렇게 토닥여주는 게, 내 위로 방식이라고. 무르기 없어요, 우리 친구인 거."

'아이고……'

밀어내는 것도 적당히 해야지 사람이 질리지 않는 거라고 할머니가 말했었다. 적당한 선을 그어두면, 대부분 알아서 멀어져 갔는데. 이 남자는 대체 왜 자꾸, 그어둔 선을 넘어오려 하는 걸까.

"후회하지 말아요. 나는 보통 여자들과는 달라요. 아니, 다를 수밖에 없어요. 알잖아요. 병명을 알 수 없는 정신병이 있다는 거."

"왜 자꾸 본인이 정신병이 있다고 생각해요?"

"네?"

"사실, 무언가를 털어놓고 싶어 하는 사람은 그것을 털어놓음으로써 문제가 해결되길 바라는 것보다."

"……"

"그냥 위로받고 싶은 거예요."

은혜가 성빈을 물끄러미 응시했다.

성빈은 하늘을 올려다보며 한숨을 내쉬듯 말을 이었다.

"내가 이렇게 힘들다. 내가 이렇게 힘들다는 걸, 알아 달라……"

은혜는 말없이 가방끈을 꽉 쥐었다. 어쩌면, 지금 이 순간만큼은 성빈이 무당보다 족집게인 것 같았다.

불쑥 성빈이 은혜의 앞에 다가오며 말했다.

"그런 의미에서 사진은 아직 내가 가지고 있는 걸로."

"네? 아니 어떻게 얘기가 그쪽으로 흘러가요?"

"지금은 내가 은혜 씨에게 위로받을 수 없으니까 대신 사진이라도 보면서 웃으려구요."

성빈이 쿡쿡 웃으며 가운 주머니에 손을 찔러 넣었다.

"다음에 받으려고 했는데, 안 되겠어요. 솔직히 말해요. 그 사진 어디다가 숨겼어요?"

은혜가 성빈을 의심 가득한 눈으로 바라볼 즈음,

띠리리리―

성빈의 휴대폰이 울렸다.

"아, 잠시만요."

은후였다.

"어. 나야."

[ "윤성빈! 항시 대기조 레지던트가 노닥거릴 시간이 있어? 빨리 튀어와!" ]

성빈을 급하게 찾는 듯한 목소리였다.

"미안. 금방 갈게."

이내 성빈은 휴대폰을 쥐고는 은혜에 어깨에 손을 올리며 인사했다.

"다음에 또 만나요."

"......?"

"그리고 내가 안아주기까지 했는데 좀 감동하는 척이라도 좀 해 줘요. 무슨 여자가 이렇게 메말랐어요. 설마 남자보다 감수성

없는 거 아니죠?"

"뭐요?"

성빈이 씨익 웃으며 한 걸음, 한 걸음 뒤로 물러났다.

"조심해서 가요!"

그리고 손을 흔들며 뛰어가듯 병원으로 향하는 그였다.

멍하니 성빈의 뒷모습을 바라보던 은혜는 순간 잊고 있었다는 듯 두 눈을 깜박였다.

"아니, 성빈 씨! 사진은……. 아니! 왜? 대체 왜, 그 못생긴 얼굴 사진을 안 돌려주는 거야. 본인도 웃기다고 인정했으면서!"

은혜는 발끝을 반쯤 차올리며 퉁명스럽게 중얼거렸다.

"내 이 할매를 당장……."

성빈에게 화를 낼 게 아니라, 애초에 이 사달을 만들어낸 할머니에게 따져야 할 문제였다. 은혜는 당장이라도 할머니에게 가려 했지만 곧 포기했다. 또다시 할머니와 실랑이하기엔, 지금은 너무 피곤하다. 너무도 피곤해서, 침대에 쓰러져 잠들고 싶었다. 아무 것도 생각하지 않고.

"몇 시나 됐지."

그녀는 무심코 열어 든 휴대폰을 한참이나 바라보았.

시간을 확인한 후, 이번엔 통화 목록 버튼을 눌렀다. 할머니, 집, 예약 손님 외에는 찍힐 리 없는 번호. 그 번호가 주기적으로, 그것도 최근 들어 가장 많이 찍혀 있었다. 이제는 외워버려서 저장도 안 해 두었는데.

[삭제하시겠습니까?]

은혜는 통화목록 버튼을 지워버렸다.
찾아오든 말든, 이젠 정말로……, 모르는 사람이다.
그녀는 휴대폰 폴더를 닫고 휴대폰을 꺼버렸다.
혹시라도 전화가 오면, 바보처럼 받아버릴 것 같았으니까.

\* \* \*

―오늘 저녁 식사, 꽤 즐거웠어요. 제대로 들을 준비가 되었을 때, 찾아오세요. 기꺼이, 제가 아는 대로. 모두 대답해 드릴 테니까.

놓친 와인 잔 때문에 셔츠와 바지가 와인으로 물들어버려서, 결국 식사는 오래 할 수 없었다.
한 회사의 오너로서, 비즈니스를 할 만한 가치가 있는 작가를 만나 식사를 하려던 것뿐이었는데. 제대로 된 이야기를 시작하기도 전에, 이상한 말을 들어버렸다.

―당신이 정체가 뭔지, 궁금하지 않아요?

의미심장한 한마디만을 남기고 유유히 사라진 여자.
"리혜……."
그녀와의 저녁 식사까지 마치고 호텔을 나서는 차 안.
젖은 느낌이 만드는 찝찝함조차도 생각나지 않았다.

원은 눈에 들어오지도 않는 창밖 풍경에 시선을 고정한 채 계속해서 그녀가 남기고 말을 되뇌었다.

"사장님. 내일이…… 하윤아 씨 생일입니다."

조수석에 타고 있던 청량이 조심스럽게 말을 꺼냈다.

"……."

윤아의 이름을 들은 원은, 잠시간의 침묵 후 조용히 대답했다.

"……내일은. 내가 직접 가보려고."

"예……? 사장님께서 직접요?"

청량이 놀란 눈으로 되물었다.

여태껏 한 번도 없었던 일. 언제나 꽃과 선물, 그리고 작은 카드를 조용히 보내왔던 그였다.

"그래."

원은 다른 말없이 짤막하게 대답했다.

"예. 알겠습니다."

청량은 긴장한 얼굴로 고개를 끄덕였다.

그때 문득 강구가 궁금하다는 듯 물어왔다.

"아참, 사장님. 내일도 그 점집에 가는 겁니까?"

거의 하루에 한 번씩은 원이 은혜의 점집에 찾아갔기에, 내일도 그럴 예정인지 묻는 것이었다.

"병원에 먼저 가십니까, 아니면 그 점집에 먼저 가십니까? 아무래도 점집이 병원 가는 길이니 점집에 먼저 들르는 편이……."

강구가 백미러로 힐끗 원을 바라보았다.

아직도 뭐가 안 풀리셨나. 강구는 여전히 어두운 그의 표정에,

끙 하는 얼굴로 또다시 입을 꾹 다물 수밖에 없었다.
"……오늘이 마지막이야."
불현듯 원의 낮은 음성이 강구의 귓전에 닿았다.
"……?"
강구가 다시금 백미러로 원을 힐끔 보았다.
"그 점집에 들러야겠어."

차가 멈춰 섰다. 차 안에서 원은 불이 꺼진 은혜의 점집을 한참 동안이나 지켜보았다.
"……사장님."
오랜 침묵 속, 청량이 원을 불렀다. 이내 원은 차 문을 열었다.
"먼저 가."
차를 보내고, 우두커니 은혜의 점집 앞에 선 원은 가면보살이란 간판을 뚫어져라 응시했다. 그는 늘 그랬던 것처럼, 마지막으로. 은혜의 점집 문에 기대어 섰다.

\* \* \*

은혜는 정자에서 걸어 나왔다. 그때였다. 피곤한 얼굴로 지나 치던 응급실 앞으로, 구급차가 급하게 멈춰 섰다.
"지연아! 지연아!"
그와 동시에 허름한 행색의 중년 여자가 맨발로 구급차로 달려 가며 소리쳤다.

"아이고, 지연아! 네가 가버리면 혼자 남은 이 엄마는 어떡하라고……."

구급차로 실려 온 한 아이를 붙든 엄마의 절규였다. 고등학생처럼 보이는 여자아이는 교복을 입은 채 두 눈을 감고 있었다. 병원으로 실려 오던 중 구급차에서 숨진 것이었다.

그리고 구급 간이침대에서 몸과 영혼이 분리되듯, 누군가 몸을 일으켰다. 영혼은 몸에서 분리된 제 모습을 혼란스러운 얼굴로 이리저리 살펴보고 있었다.

'영혼이다.'

구급차를 멍하니 바라보던 은혜는 서둘러 고개를 돌렸다. 하지만 이미 눈이 마주친 건 어쩔 수 없었다.

어느새 여고생 귀신은 은혜의 눈앞에 서 있었다.

"야."

은혜는 그 자리에서 얼어붙어, 꼼짝할 수도 없었다. 귀신을 그렇게도 오래 보아왔는데, 아직도 익숙해지지 않는 걸 보면 아직 한참 멀었나 보다.

"너, 나 보이는 거 다 알아. 아까 나랑 눈 마주쳤잖아."

이게 다 기도가 모자란 탓인가. 요즘 일 안 했다고 장군님이 벌을 주시기라도 하는 것 같았다. 갓 죽은 영혼들은 특히 다루기가 힘들었다. 무당이지만 은혜는 속으로 주기도문을 외우며 못 들은 척 귀신을 통과해 지나쳤다.

"이게 내 모, 몸을 통과해?"

여고생 귀신은 황당하다는 얼굴로 입을 벌렸다.

죽었으니까 그러지. 은혜는 한숨과 함께 들리지 않게 중얼거렸다.

"야, 거기 너!"

여고생 귀신은 약이 오른 듯, 은혜를 따라가며 소리쳤다.

"……"

그러나 은혜는 여전히 모른 척 계속 가던 길을 걸어갈 뿐이었다.

"무시한다 이거지?"

여고생 귀신은 서서히 차가운 기를 내뿜기 시작하더니, 이내 그 어느 때보다도 끔찍한 모습으로 은혜의 앞으로 후욱— 다가왔다.

"……!!!"

은혜는 그만 뒤로 자빠질 뻔했다.

"그래. 너, 나 보이는 거 맞네. 그러니까 놀라지. 딱 걸렸어."

'아놔…….'

은혜가 두 눈을 질끈 감았다. 역시 사고 현장이나 구급차는 웬만하면 눈길도 주지 않고 지나가야 했다.

"젠장. 갑자기 오토바이 브레이크가 고장 나는 바람에…… 이 꼴이 됐어!"

여고생 혼령은 거친 말을 내뱉으며 자신의 몸을 이리저리 살펴보았다. 죽기 직전의 모습으로 형상화되는 영혼. 흰 교복엔 피가 흥건했다.

"죽으면 속 편할 줄 알았더니, 이건 뭐. 완전 투명인간 아냐?"

다만 아직도 자신의 죽은 모습이 실감 나지 않는다는 듯, 여고생 영혼은 여전히 불량한 모습으로 짝다리를 짚고 있었다.

은혜는 여고생 령이 혼자 중얼거리는 틈을 타 모른 척 도망가기 위해 천천히 뒤돌아섰다.

"어이. 언니. 어딜 가시나."

그러나 소용없었다. 여고생 령은 다시금 은혜의 눈앞에 얼굴을 들이대며 그녀를 가로막았다.

결국 은혜는 팔짱을 낀 채 미간을 좁혔다.

"대체 원하는 게 뭐야?"

안 그래도 피곤해 죽겠는데 오늘따라 곱게 집에 들어갈 수가 없다. 문제는, 피곤함이 극에 달하면 정신력이 약해졌고, 그러면 동시에 기가 약해져서 괜히 몸을 빼앗길 수도 있었다. 그래서 웬만하면 귀신들은 최대한 피하는 게 상책인데…….

"이제야 대화가 좀 통하네."

은혜의 물음에, 여고생 귀신은 은혜를 빤히 응시했다. 그리고 잠시 뜸을 들이더니 의미심장한 미소를 지으며 말했다.

"나한테 몸을 좀 빌려줘야겠어."

"……!!!"

그리고 이 망할 불량 여고생 귀신이, 진짜로 몸속에 들어와 버렸다.

은혜가 두 눈을 번쩍 떴다. 이윽고 눈동자가 잠시 흐려지더니,

사르락—

은혜의 눈빛이 바뀌었다.

"헐?"

"헐?!"

"진짜 됐어?"

TV 속 엑소시스트 같은 프로그램에서 보기만 했지, 진짜로 빙의란 게 가능할지는 미지수였었다.

"정말 될 줄은 몰랐는데. 겁나 신기하네. 날 보는 걸 보면 신기가 있나 했더니."

여고생 귀신, 지연은 몸을 이리저리 움직이며 방방 뛰었다. 그리고 어디론가 향하며 말했다.

"어쨌든. 아주 잠깐만 빌릴게. 엄마한테 꼭 하고 싶은 말이 있거든."

\* \* \*

"안 돼, 지연아. 엄마 어떡하라고. 엄마 어떻게 살라고……. 엄마가 미안해. 엄마가 다 잘못했으니까 제발 눈 좀 떠봐……."

중년의 여자는 응급실 침대를 부여잡고 한 손으로 가슴을 치고 있었다. 침대에는 누군가 누워 있었고, 그 위에는 흰 천이 덮여 있었다.

'엄마…….'

은혜의 몸을 빌린 지연은 차오르는 눈물을 애써 참았다.

'그렇게도 속을 썩였는데. 뭐가 예쁘다고 그렇게 울어…….'

절대로 안 울려고 했는데. 죽어도 미련 없을 거라 생각하며 늘 오토바이를 타고 도로를 질주했는데.

"지연아. 엄마가 다 미안해. 전에 네가 말했던 운동화랑 옷 다 사줄게. 실용음악학원에도 보내줄게. 그러니까 제발 일어나 봐…… 응? 엄마 왔잖아."

이미 죽었는데도, 숨이 턱 막혀 왔다. 비록 지금은 누군가의 몸을 빌렸기에 아주 잠시…… 살아 있는 모습이라고 해야 할까.

지연은 천천히 흐느껴 우는 여자의 뒤로 다가갔다. 그리고 너무도 오랜만에, 엄마를 따뜻하게 불러보았다.

"……엄마."

아빠도 없이 빚에 허덕이며 구질구질하게 사는 삶이 싫어서, 온갖 반항을 다 하며 혼자서 자신을 키우는 엄마에게 화만 냈다. 그리고 입버릇처럼 말했다.

―내 일에, 내 인생에 참견하지 마. 엄마라고 해준 것도 없으면서.

지연의 어깨가 가늘게 떨렸다.
'엄마는, 이 말이 제일 걸렸던 거야……?'
두 눈에 엄마의 살갗이 다 까진 맨발이 들어왔다.
"아주머니."
지연이 여전히 울고 있는 여자의 어깨에 손을 올렸다. 여자가 천천히 고개를 돌려 자신의 뒤에 서 있던 여자를 올려다보았다.
"누구……세요?"
이내 지연은 병원 근처 마트에 달려가 사 온 검은색 삼선 슬리퍼를, 엄마의 발 앞에 내려놓았다.

"이거 신으세요."

"네……?"

'오토바이, 엄마가 다신 타지 말라고 했는데.'

지연의 눈가에서 눈물방울이 툭, 떨어졌다.

엄마 때문에 슬퍼서 우는 일은 없을 거라 생각했는데.

아무리 반항하고 모진 말을 해도, 엄마에게 미안한 마음 따윈 들지 않았었는데.

'엄마 말 안 들어서 미안해.'

"지연이 소식 듣고 달려왔어요. 저는 지연이와 친했던…… 아는 언니예요."

"지연이와 친했던 언니라구요……?"

"지연이가 저한테 늘 말했어요. 엄마한테 미안하다고……."

'엄마, 나야 지연이.'

지연은 입 안을 세게 깨물었다. 그리고 말없이 엄마의 손을 잡아주었다.

"……?"

은혜를 바라보는 여자의 눈동자가 거세게 흔들렸다.

'엄마. 정말 미안해. 엄마 혼자 두고 가서 정말 미안해.'

앞으로 이제 다시는, 잡을 수 없는 엄마의 손. 매일 생선을 손질하며 물을 만지느라 힘해진 두 손이, 왜 이제야 보일까, 엄마.

지연은 턱 끝까지 차오른 울음을 참고 또 참았다. 그리고 말했다.

"아주머니. 지연이 좋은 곳으로 갔을 거예요."

목소리가 가늘게 떨렸지만, 지연은 침을 꿀꺽 넘기곤 목소리를 가다듬었다. 그리고 눈앞의 엄마를 바라보았다.

"저어. 괜찮으시다면…… 한 번만. 제가 안아드려도 될까요?"

"네……?"

허락을 받기도 전에, 은혜의 모습을 한 지연은 엄마를 세게 끌어안았다.

'엄마. 믿을 순 없겠지만 내가 이 언니 몸을 아주 잠깐 빌렸어. 마지막으로 엄마…… 딱 한 번만 안아보고 가려고.'

시간을 멈출 순 없겠지, 엄마?

이윽고 지연은 엄마를 끌어안은 채, 둘만의 시간 속에서 나직이 말했다. 마지막으로.

"엄마…… 아프지 말고. 나 없어도 울지 말고 밥 꼭 잘 챙겨 먹고. 나같이 못난 딸 때문에 고생하지 마. 건강하게 오래오래 살아서, 우리…… 늦게, 아주아주 늦게…… 하늘에서 만나."

"……!!!"

"김영숙 씨?"

그때, 지연 담당의가 다가와 여자의 이름을 불렀다.

"엄마. 행복해야 해."

누군가 다가오자, 지연은 한 손으로 입을 틀어막고 뛰쳐나갔다.

"지연아?"

불현듯, 엄마의 눈가에서 뜨거운 눈물이 툭 흘러나왔다.

분명 방금까지 있던 건 낯선 여자였는데. 지연이의 목소리가 들렸던 건 착각이었을까. 충격이 너무도 커서, 정말 머리가 어떻게 되어버린 건 아닐까.

엄마는 주위를 둘러보았지만, 그 어디에도 지연은 없었다.

차갑게 식어가는…… 어린 딸의 주검만이 있을 뿐.

엄마는 순간 맨발에 채인 검은색 슬리퍼를 발견했다. 그리고 그 슬리퍼를 안아 들었다.

"그런데 그 아가씨가…… 내가 맨발인 걸 어떻게 알았지?"

문득 스친 생각에 엄마의 동공이 다시 흔들리기 시작했다.

"지연아!!!"

은혜의 모습을 하고 있기에 분명히 딸이 아니라는 것을 알고 있었으면서도, 지연의 엄마는 은혜를 따라 뛰쳐나갔다.

휘이잉—

차가운 밤바람만이 여자의 뺨을 감쌌다.

"지연아……."

여자는 그 자리에 주저앉았다.

멀리서 엄마를 지켜보던 지연은, 가만히 손바닥을 응시했다. 엄마의 온기가 남아 있는 손. 지연이 가만히 손가락을 말아 쥐었다.

"안녕, 엄마."

이윽고 지연은 은혜의 몸에서 빠져나왔다.

"……!"

가슴에서 무언가 빠져나가듯 은혜의 몸이 뒤로 젖혀지고, 그녀의 눈빛이 원래대로 돌아왔다.

"고마워."

영혼의 모습으로 되돌아간 지연이 은혜를 향해 말했다.
"야!!!"
은혜는 지연의 멱살이라도 잡고 싶었지만, 지연은 도망치듯 사라졌다, 되돌아왔다.
"저걸 그냥……."
분한 마음을 삭이며 축축한 눈가를 만져본 은혜는 쌀쌀맞은 눈으로 지연에게 물었다.
"대체 무슨 짓을 했길래 내 눈이 이래?"
"마지막 인사."
"뭐?"
"아까 우리 엄마 봤잖아. 맨발로 달려온 거. 그걸 보고 내가 어떻게 그냥 가. 아무리 못난 딸이라지만."
"……."
"그래서 엄마 슬리퍼 주고 왔어."
엄마를 만나고 왔다는 말에, 은혜는 더 이상 지연을 나무랄 수가 없었다. 감히 자신의 몸을 이용했다는 것은 무척이나 화가 나지만…… 다행히 사고를 치진 않았고, 엄마에게 인사를 하러 갔다고 하니. 마음이, 약해져 버렸다.
"그러고 보니 네가 돈이 어디 있어서? 설마……."
이 설마가 그 설마는 아니겠지. 은혜는 가방을 뒤적거렸다.
"응. 미안 몇천 원 좀 꺼내 썼어."
"너!!!"
은혜는 지연의 어깨를 붙들고 마구 흔들려 했지만, 지연은 또다시 도망치듯 한 걸음 물러서 있었다.

"내가 하루 사이에 별별 일을 다 겪는다. 웬만해선 접신도 잘 안 하는데!"

"접신이라면, 역시 무당 맞지? TV에서 봤어."

"무당 아니거든."

"거짓말하지 마. 언니 옆에 계시는 장군님은 누군데?"

"뭐?"

지연의 말에, 은혜는 옆을 돌아보았다. 그러자 언제 나타난 건지, 어딘가 불편한 표정의 천휘 장군이 은혜를 바라보고 있었다.

"어, 언제 오셨어요? 평소엔 신당에서 잘 나오지도 않는 분이."

천휘 장군은 두 눈을 가늘게 여미더니, 말했다.

"네가 내 말을 잘 듣는 녀석이 아니니까. 그렇게도 엮이지 못하게 하라고 네 할머니한테 말해두었는데."

"아니, 갑자기 접신이 된 건 얘가……."

"나는 네가 또다시 상처 받을까 그리 말해둔 것이야."

"상처는 주실 만큼 주신 분이 갑자기 그게 무슨 뜻이에요."

"……그건. 네 가족의 운명이었을 뿐, 나와는 상관없다고 내 10년을 말해 왔다."

"그런데 왜 사람들은, 모두 장군님 탓이라고 하죠?"

은혜가 천휘 장군을 바라보았다. 장군이라고 해서 나이가 굉장히 많은 늙은 할아버지일 거라 생각하겠지만.

"어찌 되었든! 네가 다시 만난 그 아이 때문에 점집에 귀신들이 놀러 오려 하질 않잖느냐. 지금도 아주 점집의 기를 억눌러도 한참 억누르고 있다."

실은 엄청 젊고 잘생긴 상남자 신이다.

특기는 말없이 노려보기.

평소에는 거의 말없이 눈빛으로 모든 걸 말하는 분인데, 오늘은 웬일로 말문을 여셨대. 추가로 요즘 백월이라는 아주 예쁜 옆집 가주신과 연애 중이시다. 그러느라고 신당엔 자주 나오지도 않으시면서.

은혜는 입술을 쭉 내밀고 두 눈을 가늘게 뜨던 중, 장군님이 했던 말을 떠올리며 되물었다.

"근데 그건 무슨 소리예요? 제가 다시 만난 아이요?"

"응? 크흠. 신당이나 돌보거라."

그러나 천휘 장군은 뒷짐을 진 채 사라져 버렸다.

"뭐야. 사람 궁금하게 해놓고 사라지는 게 어딨어요!"

"쿡쿡……."

은혜가 장군님이 사라진 곳을 향해 소리치자, 지연이 배를 잡고 웃었다.

"너 아직도 있었냐?"

은혜가 팔짱을 끼곤 집을 향해 걸었다. 벌써 밤은 깊어져 버렸다. 이러다 차가 끊기는 건 아닌지.

병원을 벗어나 버스를 타기 위해 걷는 은혜를, 지연이 따라오며 말했다.

"나도 사라지고 싶은데, 왜 아직 여기 있는지 모르겠어. 이럴 줄 알았으면 엄마랑 더 있을걸."

"그건 당연히 안 되지. 네가 다시 너희 엄마한테 나타나면, 네 엄마는 더 괴로워지신다고."

"왜?"

"입장을 바꿔서 너는 네 엄마의 영혼을, 떠나보내고 싶겠어?"

"아니."

"하지만 넌 떠나야 해. 때가 되면, 떠나고 싶지 않아도 가야 하니까."

"그래……."

은혜는 지연을 흘끗 바라보았다. 어딘가 시무룩한 표정이었다. 아까는 그렇게도 이기적으로 굴더니.

"그럼 이제 가 보지?"

"뭐? 내가 갈 데가 어딨어! 내 모습이 보이는 사람도 없는데."

"그건 네 사정이지."

"와. 대박. 무슨 무당이 귀신 위해서 기도도 안 해 줘?"

"기도는 돈 낸 사람한테만 하거든."

"허얼. 그렇게 안 봤는데, 돈 엄청 밝히는 언니네."

지연의 말에 은혜가 잠시 발길을 멈추었다.

그리고 말했다.

"응. 돈은, 사람도 변하게 만들거든."

―말했잖아. 그건, 오로지 호텔을 위해서였다고.

원의 차가운 음성이 동심원을 그리며 머릿속에 울려 퍼졌다.

은혜를 따라 걷던 지연이 씁쓸한 얼굴로 대꾸했다.

"하긴. 나도 그놈의 돈, 돈, 돈……. 엄마가 그렇게 고생하는 것도 보기 싫고, 내가 왜 이렇게 살아야 하나. 공부는 해서 뭘 하나 하는 생각에, 고딩 주제에 술만 마시고 학교를 밥 먹듯이 빠지면서 친구들과 놀러 다녔어. 그러다 결국……."

은혜는 다시금 걸으며 혼잣말처럼 중얼거렸다.

"사람들은."

"……?"

"죽으면 다 소용없다는 걸, 왜 모를까."

"……."

은혜의 한마디에, 할 말이 없는 지연은 입을 꾹 다물 수밖에 없었다. 이제 정말 떠나야 할 텐데, 또다시 눈물이 터져 나올 것만 같아서 지연은 화제를 돌렸다.

"근데, 언닌 지금 어디 가는 거야?"

"집."

"집?"

\* \* \*

12시가 다 되어 가는데도, 은혜는 없었다. 정확히는 어딜 갔는지 오지 않았다. 혹시 집에 있나 싶어서 문을 두드려도 보았지만 적막만 남아 있을 뿐이었다.

원은 휴대폰 화면을 켰다. 그리고 아까 호텔에서 누르지 못했던, 은혜의 번호에 천천히 손가락을 가져갔다.

그러나 통화 연결음이 들리기도 전에, 건조한 '고객님의 전화가 꺼져 있어……'라는 안내 메시지가 원의 가슴을 차게 만들었다.

"갈게."

원은 차가운 숨결을 내뱉으며 점집 문에 기대섰던 몸을 바로 세웠다. 그리고 발길을 떼어 점집에서 한 걸음, 두 걸음 걸어 나오던 순간.

"……그쪽은."

은혜와 원이 마주 보고 섰다.

"……그냥, 지나가던 길이었어."

원은 낮은 목소리로 대답했다.

'헐!'

원을 본 지연의 두 눈이 번쩍 빛났다.

'진짜 잘생겼다…….'

이내 지연은 넋이 나간 얼굴로 원을 뚫어져라 쳐다보았다.

근데 이 두 사람 뭔가 수상쩍은데…….

은혜와 원을 번갈아 바라보던 지연이 씨익 웃었다.

'오호.'

분위기가 심상치는 않았지만, 은혜를 바라보는 저 남자의 눈빛이 뭔가 달랐다.

뭐지? 뭘까. 설마 남자친구? 근데 그쪽이라고 하는 걸 보면 남친은 아닌 것 같고…….

지연은 계속해서 원과 은혜를 지켜보았다.

문득 지연의 존재를 느낀 은혜가 힐끔 지연을 의식했다.

평소였다면 원을 본 귀신들은 모두 도망쳐버리기 십상. 그런데 지연은 두 눈을 반짝이며 원을 보고 있었다.

은혜가 뭔가 이상하다고 느낄 즈음, 원이 입술을 뗐다.

"그럼. 남은 시간, 기다리고 있을게."

그리고 그는 은혜를 지나쳐 저벅저벅 걸어갔다.

얼굴 봤으니…… 됐다.

원은 여리게 웃었다.

어느새 원의 앞에 서서 그의 표정을 쭉 지켜본 지연이 고개를 갸웃했다. 말은 무지하게 차갑게 하는데……. 왜 슬픈 눈을 하고 있지. 곧이어 지연은 은혜를 돌아보았다. 은혜 역시 원의 뒷모습에서 눈을 떼지 못하고 있었다.

은혜는 아주 잠시 손을 뻗었지만, 다시 손을 말아 쥐었다. 이내 마음을 냉정하게 먹고 원의 반대방향으로 뒤돌아 점집으로 향했다.

그녀가 점집으로 걸어가고 있을 때. 이번엔 원이 잠시 뒤를 돌아, 그녀를 응시했다. 그리고 그것을 본 지연이 입술을 움직이며 중얼거렸다.

'아무래도 이거 이거. 서로 좋아하는 것 같은데…….'

눈치만큼은 백 단, 아니 천 단인 지연이 감을 잡았다는 듯 손뼉을 탁 쳤다.

'맞네. 맞아.'

둘이 싸웠는지 어쨌는진 모르겠지만, 저 오빠가 이 언니를 좋아한다 이거지? 두 사람의 가운데 지점에 서 있던 지연은 은혜에게로 시선을 옮겼다. 그건 이쪽도 마찬가지 같고.

"후후."

지연이 은밀하게 입꼬리를 올렸다.

몸도 빌려줬으니…… 보답 좀 할 겸, 저 잘생긴 오빠를, 언니 걸로 한번 만들어 놓고 가 봐?

"아~, 이런 거 완전 자신 있어."

지연이 음흉한 미소를 한가득 머금고 허리에 손을 올렸다.

지연은 은밀한 시선으로 은혜를 응시했다.

"다시 될까 모르겠지만."

음흉함을 감춘 여고생 귀신이 땀이 배어나오는 손을 쥐며 은혜의 뒤로 다가갔다.

"뭐? 지나가던 길이었어? 지나가던 길이 왜 하필 이 길이래? 저쪽 길도 있고 저어기 저 길도 있는데."

은혜는 열쇠구멍에 열쇠를 돌려 넣으며 볼멘소리를 하고 있었다.

"일주일 뒤에 다시 와도 소용없네요. 일주일이든 한 달이든 일 년이든, 내가 계약서에 도장 찍는 일은 없을……."

"이건 언니를 위해서라구."

"……?!!"

지연의 목소리와 함께 순간, 심장을 관통하는 느낌이 은혜를 사로잡았다. 동시에, 은혜의 눈빛이 또다시 바뀌었다.

\* \* \*

"요 며칠간, 사장님께 무슨 일이라도 있었습니까? 갑자기 사장님 기분이 말이 아닌 것 같은데."

원도 없고 하니, 강구가 옆자리에 앉아 있던 청량을 향해 물었다. 강구와 함께 돌아가던 청량은 지나가듯 말했다.

"자꾸 모든 것을, 혼자서 정리하려 하시니까 그런 것이 아닐까요."

"하긴 사장님은 언제나 모든 걸 혼자 감내하려 하셨죠. 전 그저 운전기사일 뿐이지만…… 제가 본 바로는요, 그래서 항상 외로운 분 같았어요, 우리 사장님은. 그래서 사장님이 은근한 신경을 쓰고 계시는 그 여자분이 전 되게 반가웠는데."

"……?"

청량이 강구를 물끄러미 바라보았.

강구는 운전대를 잡으며 흐뭇하게 웃었다.

"왜, 그렇잖습니까. 그 여자분이 사장님의 세상에 들어오고부터는…… 늘 그랬듯 철저하고, 완벽했던 사장님이 조금씩 변하시고. 저는 하루하루 달라지는 사장님의 모습이, 솔직히 말하면 즐겁고 오늘은 또 어떤 기분으로 차에 타실까, 기대했거든요."

"……그렇군요."

사장님의 세상에 들어온 여자. 그런데 그 여자의 세상 또한 만만치 않으니까 문제였다. 매일 색기를 취해야만 살 수 있는 그의 삶을…… 특별하게 채워줄 수 있는 유일한 여자니까. 청량은 은혜를 떠올리며 작은 한숨을 내쉬었다.

"그런데 갑자기 요즘엔 전보다 더 어두워지신 것 같아서요. 호텔 애들한테 들은 바로는, 오늘도 다크 포스 장난 아니었다고 하던데요?"

강구는 말문이 트인 사람처럼 줄줄이 말했다.

"참. 사장님이 오늘 로비에서 그 여자분 손목을 확 잡고 밖으로 나가셨다면서요? 호텔리어들이 완전 상남자였다고 아주 들떠서 말해 주더라고요."

"아."

청랑이 희미하게 웃었다. 뭐 그렇게 치면, 부정하려 해도 만날 사람은 만나게 되어 있다는 운명…… 같은 걸까.

"가면보살님께서 단단해져 가는 사장님의 마음을, 또다시 흔들었으니까요."

"네에? 가면보살이라면, 그 점집 무당이 아닙니까? 두 분이서 언제 그렇고 그런……."

"강구 씨는 주은혜 씨가 가면 벗은 모습만 보셨던가요. 가면보살과 강구 씨 차에 치일 뻔했던 사람은 같은 사람입니다. 그리고…… 저도 잘은 모르겠습니다만 심상치 않은 분위기인 것만은 확실한 것 같습니다."

강구는 놀란 두 눈을 깜빡이더니 이내 운전대를 탁 치며 함박웃음을 지었다.

"그렇담 역시! 제 운명론이 맞았다는 거네요?"

"운명론이요?"

"기억 안 나십니까? 우리 그때, 사장님과 그 여자분은 운명일 거라고 했잖아요. 운명이에요, 운명."

"……."

"흐음. 그런데 왜 점집에 가는 게 오늘이 마지막이라고 하셨을까."

강구가 고개를 비스듬히 기울였다.

그런데…… 피해야 할 운명이니까요. 청량은 말없이 차창을 내렸다. 지금도, 기다리고 계시려나. 아직 옷이 채 마르지도 않으셨을 텐데. 그렇게 새 옷을 가져다 드린다 해도, 레스토랑에서 나오자마자 바로 귀가하겠다 막무가내이시더니.

레스토랑에서 나오던 원의 표정이 그 어느 때보다 심상치가 않았다. 그러고 보니, 분명 레스토랑에서 원과 함께 나오던 여자는, 작가 리혜와 친분이 있다고 했던 엘리베이터의 그 여자였다.

청량은 문득 생각 난 사실에, 휴대폰을 만지작거렸다.

원의 얼굴이 무척 어두웠기에 따로 묻질 못했다.

'그럼 우리가 했던 대화를 모두 듣고 있었다는 건데.'

청량이 가늘게 미간을 좁혔다. 이내 청량은 휴대폰 속 리혜의 번호를 눌렀다.

\* \* \*

은혜의 몸을 한 지연이 두 눈을 번쩍 떴다.

"좋아."

이윽고 지연은 자신의 몸을 이리저리 둘러보고는 원을 향해 뛰어갔다.

"이봐요!"

원은 말없이 저벅저벅 걷고 있었다.

"이봐요! 잠깐만요!"

"……?"

불현듯 들려온 은혜의 목소리에, 원이 멈칫했다. 그는 천천히 뒤를 돌아보았다.

좋았어. 이쯤에서 넘어져 볼까.

"아악!!!"

철푸덕—

지연은 발을 헛디딘 척, 달려오던 중 그 자리에서 넘어졌다.

언니, 몸에 상처 내서 미안.

"……!!!"

예상대로 원이 놀란 얼굴로 은혜를 보고 있었다.

시선 끌기 성공.

지연은 작게 웃으며 아픈 척, 일어나 손바닥을 털었다. 바닥에 쓸린 탓에 무릎이 까져서 피가 배어나오고 있었다. 이마저도 살짝 예상했던 거긴 하지만 정말 제대로 넘어져서 아픈 건 마찬가지였다. 차에 치여서 죽은 혼령이, 이딴 아픔에 엄살을 떨다니. 지연은 무심코 씁쓸하게 웃었다.

원을 힐끔 본 지연이 인상을 팍 쓰며 후, 한숨을 내쉬었다.

'아니, 이쯤에서 달려올 줄 알았는데. 왜 저렇게 무표정해?!'

그의 표정을 살핀 지연은 벌떡 일어나서, 원을 향해 다가갔다. 그리고 숨을 고르는 척, 원의 앞에 서며 말했다.

"뭔 사람 발걸음이 그렇게 빨라요?"

무표정했던 원의 시선이 여리게 흔들렸다. 은혜가 자신의 앞에서 가쁜 숨을 고르고 있었다.

"뭐지……?"

"저기요."

이윽고 지연은 주위를 둘러보더니, 짧은 심호흡과 함께 팔짱을 꼈다. 그리고 최대한 '은혜스럽게' 보이기 위해 그간 관찰한 은혜의 행동이나 말투를 따라 하며 물었다.

"이유 있어서 온 것 같은데. 왜 그냥 돌아가죠?"

"그냥 지나가던 길이었다고 했잖아."

원은 두 눈을 가늘게 여몄다.

"거짓말."

지연이 커다란 두 눈으로 원을 응시했다.

"뭐……?"

지연은 은혜를 바라보던 원의 눈동자를 떠올리며 보이지 않게 입매를 비틀었다.

"흔들렸잖아요. 우연히 날 만났을 때, 오빠…… 아니, 그쪽 눈빛."

"……!"

뭐야. 주은혜가 갑자기 왜 이런 이야길 하는 거지. 원이 은혜를 뚫어져라 응시했다.

지연은 원에게 한 걸음 더 바짝, 가까이 다가갔다. 그리고 말했다.

"뭐가 두려워서 도망쳐요?"

"……뭐라고?"

순간, 은혜의 눈동자가 회색빛으로 반짝였다.

"너."

어딘가 다르다. 원이 그녀의 눈동자에 시선을 고정했다.

머리부터 발끝까지 분명 주은혜가 맞는데. 지금의 눈빛은 주은혜가 아니다. 불현듯 원이 은혜의 어깨를 붙잡았다.

"……!!!"

그의 입술 사이로 차가운 한마디가 떨어졌다.

"누구야."

\* \* \*

"지금쯤이면 혼란스러워서 미치겠지……."

혜리는 넓은 욕조 안에서 반신욕을 즐기며 피식 웃었다.

"물론 그렇겠지. 나도 처음엔 이런 내 삶이 마냥 반갑지만은 않았으니까."

샴페인을 홀짝이던 그녀는 욕조 옆에 유리잔을 내려놓았다. 그리고 욕조 안을 가득 채운 거품을 휘저었다.

"혼란의 소용돌이도 결국은 구심점이 있는 법. 구심점 속 소용돌이의 원인을 찾게 되면 어떤 반응을 보일지 궁금하네."

띠리리리—

문득 혜리의 휴대폰이 울렸다. 혜리는 옆에 놓여 있던 두 개의 휴대폰 중, 리혜의 것을 집어 들었다.

"네. 리혜입니다."

["안녕하세요, 작가님. 이청량이라고 합니다."]

"아, 네."

["예. 좀 더 오랜 시간 동안 식사자리를 가졌으면 했는데 사장님께서 많이 아쉬워하셨습니다. 더불어 일찍 자리에서 일어나게 되어 죄송하다는 말씀도 전하라 하셨고요."]

"아니에요. 옷이 젖어버리셨는데 더 붙잡고 있는 건 예의가 아니죠. 게다가 바쁘신 분일 테구요."

["이해해 주셔서 감사합니다."]

"아, 그리고. 청량 씨도 절 보셨기에 알아차리셨겠지만."

["······?"]

"실은, 제가 리혜였어요."

["아······, 예. 저도 놀랐습니다. 그래서 어떻게 된 영문인지 여쭤보려 했었습니다만······."]

"그러셨을 것 같아서 먼저 말씀드린 건데, 잘됐네요. 알고 계시겠지만, 전 제 정체를 드러내길 극히 꺼려해서요. 그래서 처음부터 밝힐 수 없었어요. 저를 찾는다는 걸 알고 있으면서도 모른 척했던 건 사과드릴게요."

["그러셨군요. 아닙니다. 일부러 필명으로 활동하시는 작가님들이 많으시다는 건, 저도 알고 있으니까요."]

"네. 고민할 시간이 좀 필요해서 일부러 리혜와 아는 사람인 척, 거리를 두었어요. 아무튼 저는 잘 들어갔으니 걱정 마시라고 전해주세요. 다음에 아직 끝맺지 못한 이야기, 꼭 다시 했으면 좋겠다고도요."

[ "예, 알겠습니다. 그럼 다음 약속 일정을 잡아도 괜찮으시겠습니까?" ]

"음, 제 쪽에서 다시 괜찮은 시간으로 연락드릴게요."

[ "예, 알겠습니다. 연락 주시면 제가 사장님의 스케줄을 확인해보고 말씀드리겠습니다." ]

"네. 그럼."

전화 통화를 마친 혜리는 다시 옆에 휴대폰을 내려놓으며 가슴 쪽으로 거품을 끌어 모았다. 거품들이 몸을 감싸고 있는 부드러운 느낌이 참 좋았다.

"비서도 은근 섹시했는데. 나도 남자 비서 한 명 쯤 둬볼까."

혜리는 쿡쿡 웃으며 물 위에 풀어져 있던 장미꽃잎을 응시했다. 붉은 꽃잎들이 흰 눈 위에 떨어져 있는 것처럼 잔잔히 떠 있었다. 혜리가 가만히 미소 지었다.

"야수는 마지막 장미꽃이 떨어지기 전에, 미녀의 키스를 받았는데."

선우 원 사장을 보니 이런 생각이 문득 들었었다.

"그 남자는 자신에게 걸린 마법을 풀고 싶어 하려나."

한 손에 꽃잎을 한 움큼 담은 혜리가 입술을 달싹였다.

"야수를 사랑해 줄 미녀가 있을지도 의문이지만,"

그리고 이내, 혜리는 장미꽃잎이 으스러지도록 꽉 쥐며 중얼거렸다.

"어쩌면…… 마법이 영원히 풀리지 않아서, 나와 함께 하면 참을 좋을 것 같다는 생각이 드네."

'아직 사장님께서 비즈니스 관련 언급은 안 하신 건가.'
휴대폰을 가슴 안쪽에 넣은 청량은 눈썹에 힘을 주었다.
아직까진 작품에 관한 별다른 얘기는 없던 것을 보니.
일개 비서로서 이것저것 물을 수는 없었기에 섣불리 묻지는 못했지만, 청량은 왜 그녀를 만난 직후 원의 손이 가늘게 떨리고 있었는지 궁금했다.
'대체 사장님께 무슨 말을 했기에.'
띠링—
그리고 문득, 청량의 휴대폰 알림이 울렸다. 다시 휴대폰을 꺼내든 청량은 일정 알림을 확인하곤 입술을 지그시 물었다.
[하윤아 씨 생일 하루 전.]

\* \* \*

들켰다.
어떻게 알았지?
지연은 순간 숨이 탁, 막혔지만 이내 정신을 차리고 말을 이었다.
"아직도 잘 모르겠어요? 마음에 확신이 서지 않아서, 그렇게 자꾸 닿을 듯 말 듯한 거리에서 뒷걸음질 치고 있는 거예요? 그럼 내가 깨닫게 해줄게요."
이 바보 같은 언니 대신.

지연은 어디론가를 향해 발길을 돌렸다. 그리고 아주 빠른 발걸음으로 걸었다.

"후. 걱정 마, 언니."

지연의 발길은 가까운 도로변에서 멈춰 섰다.

빨간 신호등. 차들은 장애물 없는 도로 위를 시원하게 달리고 있었다. 차가운 바람이 뺨을 스치듯 훑었다. 풀린 머리카락이 부드럽게 흩날렸다. 이윽고 지연은 넓은 횡단보도 앞으로 한 걸음, 발을 내디뎌 멈춰 섰다. 발 앞에는 한 뼘 거리에서 차들이 쌩쌩 달리고 있었다.

"……!"

지연이 불현듯 느껴진 아주, 아주 저릿한 기분에 잠시 멈칫했다.

"이 언니, 여기 한두 번 와본 게 아니잖아……? 죽으면 다 소용없다는 거, 누구보다 잘 알잖아. 나같이 죽은 애들 보면, 수없이 느꼈을 거면서. 왜 죽고 싶어 했어?"

지연은 갑자기 느껴지는 은혜의 켜켜이 쌓인 감정에 가슴 한쪽에 손을 얹었다.

"그럼, 소원대로 내가 대신. 저 앞으로 뛰어들어 줄까?"

지연이 슬픈 눈으로 차도를 바라보며 혼잣말을 했다.

"설마, 그럴 리가."

지연은 피식 웃으며 발끝을 내려다보았다.

"땅에 발을 딛고 서 있는 것만으로도 행복한 줄 알아."

그녀는 흐린 시야 속 빨간불이 켜져 있는 신호등을 바라보았다. 지연의 옆으로 신호등을 기다리는 사람들이 하나둘 늘어섰다. 신호등의 빛이 바뀌었다. 지연은 초록불이 빛나는 반대편 길을 향해, 횡단보도를 건너기 시작했다. 아주 천천히.

이내 사람들은 모두 횡단보도를 건넜다. 신호등에 표시된, 다시 불빛이 바뀌기 전까지 남은 시간은 15초. 횡단보도 한가운데에 서서, 지연은 뒤를 돌아보았다.

지연의 입가에 의미심장한 미소가 피어났다.

"결국 올 거면서."

그리고 이내, 지연이 은혜의 몸을 빠져나갔다. 은혜가 두 눈을 번쩍 떴다. 은혜의 눈동자가 사르락, 다시 변했다.

"……?"

내가 어디에 서 있는 거지? 그녀는 낯선 주위를 둘러보았다.

정신을 차리고 보니, 왜…… 내가 횡단보도 한 가운데 서 있는 거지? 은혜가 놀란 눈으로 현재의 상황을 깨닫기 위해 노력할 즈음, 신호등 속 남은 시간은 10초였다.

10, 9, 8……. 횡단보도 정지선에 멈춰서 있던 차들이 액셀을 밟기 위한 준비를 했다.

"뭐야."

설마…… 지금, 움직여야 할 타이밍……?

순간 은혜의 심장이 쿵, 내려앉았다. 그 순간.

탁—

원이 은혜의 손목을 잡았다.

자연스럽게 몸이 돌아서고, 은혜는 그에게 이끌려 횡단보도 밖

너를 지키고 싶어 71

으로 빠르게 걸었다.

"미쳤어?"

은혜를 향한 그의 눈동자가 정처 없이 흔들렸다.

신호등의 불빛이 빨간색으로 바뀌고, 다시 차들이 도로를 달리기 시작했다.

그가 은혜를 거칠게 끌어안았다.

"대체 의도가 뭐야. 왜 갑자기…… 사람 가슴을 내려앉게 만들어. 휴대폰은 왜 꺼놓고, 나 미치는 꼴 보고 싶어서 그래? 내가 누구 때문에……."

……이러는데.

원이 짙게 두 눈을 감았다.

"……!"

은혜는 그 자리에서 꼼짝할 수 없었다. 그의 벌어진 입술 사이로 뜨거운 입김이 흘러나오고 있었다.

가슴에 전해지는 빠른 심장박동이, 그녀를 두드리고 있었다. 그러나 그녀는 곧 아랫입술을 물었다.

"이거 놔요."

은혜는 원을 밀어냈다.

어떻게 된 건지 영문은 모르겠지만, 자꾸 사람 마음을 헷갈리게 만드는 건 용서 못 할 일이니까. 거기에 흔들리는 것 또한, 바보 같은 짓이니까.

"내가 죽든 말든, 그쪽이 무슨 상관이죠?"

"……."

원의 입술이 바싹 타들어갔다.

"자꾸 사람 헷갈리게 하지 말아요. 그게 더 기분 나쁘니까."

은혜가 원을 지나쳐 걸어갔다.

그런데, 자꾸 걸을 때마다 무릎 쪽이 쓰라리다. 손바닥도 따끔거리는 것 같고. 왜지? 은혜는 손바닥과 함께 가만히 아래를 내려다보았다. 헉······. 이건 또 무슨 상처야!?

"미안. 다 언니를 위해서, 내가 힘 좀 썼지."

어느새 모습을 드러낸 지연이 윙크를 하며 웃고 있었다.

"너너······."

범인이 너였어? 은혜는 지연을 향해 외치려다, 그만두었다.

사람이 지나다니지 않는 곳이라면 모를까. 여기서 허공에 대고 소리쳤다가는 미친 여자 취급받기 십상이었다.

"너.죽.었.어."

은혜는 지연을 바라보며 입 모양으로 말했다. 그러자 지연이 원을 힐끗 바라보더니, 그에게는 제 말이 안 들린다는 것을 인식한 듯 자유롭게 조잘거렸다.

"언니가 바보같이 굴길래, 내가 도와준 거라고. 저 오빠한테 안기니까 좋지? 완전 부럽다. 후, 조금만 있다가 나올 걸 그랬나."

그리고 어깨를 으쓱하며, 모른 척 숨듯 다시 어디론가 사라져버렸다.

"야, 너어!!!"

라고 외치고 싶었지만 은혜는 침을 꿀꺽 삼켰다.

하마터면 죽을 뻔했는데, 저런 뻔뻔한 얼굴이라니. 진짜 물귀신은 물에 없고 뭍에 있었다.

"아파……."

은혜는 쓰라린 무릎을 내려다보며 나직이 말했다.

무릎이 아픈 걸까, 마음이…… 아픈 걸까?

"이게 무슨 꼴이야."

여고생 귀신한테 두 번이나 몸을 빼앗기다니. 기가 왜 이렇게 약해졌지.

'대체 무슨 말을 했길래 나는 횡단보도에 서 있었고, 그는 여기까지 뛰어왔을까.'

머리는 알고 싶지 않다 했지만, 가슴은…… 궁금했다. 그가 거친 숨을 내쉬며 뛰어와 자신을 껴안았다는 건…….

"하나도 안 궁금해. 그러니까. 그만해."

이제 더 이상 엮이지 않기로 마음먹었으니까.

신경 쓰지도, 생각하지도 않기로 했으니까.

은혜는 절대로, 뒤를 돌아보지 않았다. 그리고 굳센 발걸음으로 점집을 향해 빠르게 걸었다.

"……."

한참동안 멀어지는 은혜의 뒷모습을 바라보던 원도 다시 서서히 발길을 돌렸다. 더 있다가는, 심장이 갈기갈기 찢어질 것만 같아서 이쯤에서 발을 떼야 했다.

분명 아까 점집에서 보았던 그 눈빛은, 주은혜가 아니었는데.

원의 머릿속에서 은혜의 한마디가 맴돌고 있었다.

―뭐가 두려워서 도망쳐요?


"야, 너. 여고생! 너 어디 있어? 빨리 안 나와?"

집으로 올라오자마자 은혜는 지연을 찾았다.

"여고생 아니고, 강지연이야. 강지연!"

지연이 은혜의 침대 위에 있던 곰 인형을 매만지며 스윽 나타났다. 지연을 발견하자, 은혜는 침대 앞으로 다가와 물었다.

"강지연이든 김지연이든. 너 대체 무슨 짓을 한 거야? 네 엄마한테 간 건 내가 봐줬어. 근데 또……!"

"말했잖아. 언니를 도와준 거라고. 나한테 몸을 빌려준 것에 대한 보답이랄까."

"보답? 무슨 보답!"

"그리고 그 오빠 눈빛…… 그 눈빛을 보는데, 왠지 모르게 내 가슴이 아팠어. 그래서 더더욱 도와주고 싶었던 것도 있고."

"네가 뭔데!"

"솔직히 말해봐. 언니, 그 오빠 좋아하지?"

지연은 곰 인형을 껴안고는 씩 웃었다.

"뭐? 누굴 좋아해!?"

"내가 언니를 위해서 시험을 좀 했지."

"무슨 시험. 설마 너 날 횡단보도 위에 덩그러니 버려두고 간 거…….'

"뭐, 누구라도 사람이 위험에 처하면 구해줄 수 있지. 근데."

너를 지키고 싶어 75

"……?"

"그 오빠는, 심장이 내려앉은 얼굴이었어."

지연은 자리에서 일어나 곰 인형을 꽈악 끌어안은 채 빙그르르 돌았다.

"과연 언니한테 아무 감정이 없는 남자가, 그렇게 세상 다 산 얼굴을 하고 언니를 끌어안았을까?"

"……."

"근데 언닌 왜 그 타이밍에서 그냥 집에 오냐고?! 그러고 보니까 둘 사이가 왜 그래? 서로 아닌 척, 밀어내고."

지연이 툴툴거리며 은혜를 응시했다.

"그 남자는…… 나쁜 사람이니까."

은혜는 중얼거리듯 대답하곤 힘없이 침대로 걸어가 누웠다.

"진짜? 그렇게 안 봤는데."

침대 위에 서 있던 지연이 은혜의 곁에 앉았다.

"내가 말했잖아. 넌 아직 어려서 모르겠지만, 이 세상은 돈이면 무엇이든 할 수 있어. 그 사람은 내 점집을 원해."

"……?"

"……내가 아니라."

은혜가 이불을 끌어당겼다. 갑자기 눈시울이 붉어지려 하자, 은혜는 일부러 지연을 노려보며 덧붙였다.

"너 또 다시 마음대로 내 몸에 들어오면 그땐 가만 안 둬."

"분명 나한테 고마워할 거니까. 때론 나 같은 10대의 솔직함이 필요하다고."

"너, 언제 떠날 거야?"

"몰라. 나도 날 불러주는 사람이 없네. 근데 저승사자는 왜 안 나타나?"

"……"

은혜는 대답이 없었다. 지연이 입술을 삐죽였다.

"내 동생이 살아 있었으면 딱 너 같았을 텐데."

은혜가 나직이 말했다.

"언니 동생?"

"응."

"언니 동생은 어디 있는데?"

"하늘나라에."

"……!"

"나 빼고 다 하늘나라에 있어. 참 웃겨…… 왜 하필 나일까. 왜 나만 혼자일까."

"……"

"나랑 엮이면 누구든 불행해져."

"그런 게 어디 있어."

"어쩌면 잘된 건지도. 난 도하처럼, 그 사람마저도 떠나보내고 싶지 않아."

"도하? 그게 누군데?"

"……"

이번엔 진짜 잠이 들 것만 같았다. 은혜는 조용히 눈을 꾹 감았다.

\* \* \*

쏴아아아—

접접한 와인을 닦아내기 위해 원은 샤워기를 틀었다.

"도망치지 말라고."

쏟아지는 물줄기 아래로 머리를 적시며, 원은 아직도 가시지 않은 심장의 고통을 꾸욱 눌렀다.

그때였다.

「아주 오랜만이군. 우리가 계약한 시간이 거의 끝나가는데 말이야. 어떻게, 원은 풀었나? 네 이름처럼. 쿡쿡…….」

"뭐야."

원이 두 눈을 번쩍 떴다. 그는 긴장한 얼굴로 주위를 둘러보았다. 그러나 주위에는 아무도 없었다.

「이런. 예상은 했지만 아직도 날 잊고 있었다니. 이거 섭섭한데.」

목소리가 들린 곳은 다름 아닌,

"넌 누구지……?"

샤워기 앞 거울 속 자신이었다. 뿌연 거울 속의 선우 원은, 비열한 웃음소리와 함께 거울 밖의 원을 재미있다는 듯 바라보고 있었다.

"역시 아무것도 기억하지 못하는 걸 보면, 그 여잔 찾지 못했나 보군."

"무슨 이상한 소리를 하는 거야. 아니, 내가 왜 이런 소리를 하는……."

아무래도 자신이 꿈을 꾸고 있는 게 틀림없었다.

「그래, 기억이 안 나겠지. 어차피 우리가 계약하기 전에 예상했던 거잖아?」

"그게 무슨…… 으아아아아!"

갑자기 숨쉬기조차 어려운 고통이 그의 머릿속을 헤집었다. 거울 속의 원은 여유로운 표정으로 원을 지켜보며 입술을 뗐다.

"미안하지만, 내가 기억을 되돌려 줄 수 있는 방법이 이것뿐이라서."

"……!"

고통에 몸부림치던 원의 두 눈이 번쩍 떠졌다.

―나는 인간들의 색기를 마시면서 살아가는, 뭐 그런 재미있고도 불쌍한 존재지. 인간들은 그런 나를 악마라고 부르더군.

―악마……라고?

깨질 듯한 고통 속에서 목소리의 주인을 알 수 없는 달콤한 속삭임이 들려왔다.

「어쨌든 난 약속을 지켰어. 어떤 식으로든, 네가 만나고 싶어 하던 그 여자와 네가 엮일 수 있도록 꽤 많은 노력을 했으니까.」

"어떤 식으로든 내가 만나고 싶어 하던 여자가 있었다고……?"

「어쩌면 네게 준 시간이 헛된 것일지도 모른다는 생각이 드는

군. 아직도 기억을 되찾지 못하고 있었으니. 뭐 이제 서서히 찾게 되겠지만.」

"무슨 소리를 지껄이는 거야. 자세히 말해!!!"

쾅—!

원이 거울을 향해, 주먹을 내리쳤다. 핏물이 스며든 채, 금이 간 거울 위에 원의 얼굴이 비쳐졌다. 거울 속의 원은 여유롭게 미소를 지으며 고개를 저었다.

「시간이 얼마 남지 않았어.」

이내 깨진 거울 속엔 원의 흔들리는 동공만이 비쳐졌다.

시간이 얼마 남지 않았다니.

"……무슨 뜻이야."

\* \* \*

성빈은 싱글벙글한 얼굴로 당직실 침대에 누웠다. 잠깐 눈 좀 붙이려고 누웠지만, 잠이 잘 오지 않았다. 평소라면 머리만 대었다 하면 잠에 빠지는 게 레지던트 일상이었다.

"으. 남의 정신 치료하려다 내 정신이 나갈 지경이야."

은후가 문을 열고 들어오며 중얼거렸다. 초롱초롱한 성빈의 눈을 발견한 은후는 성빈에게 다가가 물었다.

"너, 아직 안 자고 있었냐?"

"잠이 안 와서."

"말도 안 돼. 그거 진짜 충격적인 말이다? 너 솔직히 말해봐. 뺑 있지? 그러니까 네가 잠이 안 올 정도로 일을 빡세게 안 할 수 있는 거야. 그래. 그런 것 같아."

"뭐? 빽?"

성빈은 순간 뜨끔했다.

"그런 게 있을 리가."

"흐음."

은후는 의심스러운 눈초리로 성빈을 응시했다.

"그냥, 뭔가 기분이 좋아서."

"맞다. 너 아까 어디 갔다 왔어? 그 뒤로 표정이 야시꾸리하던데."

"서은후. 너는 설렌다는 감정이 뭔지 알아?"

"심리학 또는 의학적으로?"

"후. 너야말로 솔직히 말해 봐. 너 학교 다닐 때 오로지 공부만 하던 놈이었지?"

"뭐?!"

성빈은 천장을 바라보며 피식 웃었다. 그리고 은혜를 떠올리며 나직이 말했다.

"이상하게. 설레네."

\* \* \*

"사장님, 나오셨습니까."

청량이 원을 향해 꾸벅 인사했다.

원은 청량이 열어준 차문으로 다가갔다.

"사장님……? 손은 어쩌다…….."

붕대로 엉성하게 감긴 원의 손을 본 청량이 놀란 눈으로 물었다.

"별거 아냐."

청량은 걱정가득한 눈으로 원을 바라보았지만, 원은 짤막한 대답과 함께 차에 탔다. 그가 말해 주지 않는다면, 별수 없었다. 이내 청량도 조용히 조수석에 탔다.

"사장님. 오늘은……."

청량의 일정 브리핑을 들으며 회사로 향하던 도중, 호텔 근처에 다다라 창밖을 응시하고 있던 원의 눈에 약국이 들어왔다.

원은 까진 은혜의 무릎을 떠올렸다. 바닥에 쏠렸을 손바닥도. 찢어진 자신의 손은 대충 붕대라도 감고 있었지만, 그 바보 같은 여자는…… 작은 상처라고 그냥 두고 있겠지.

"잠깐 세워."

결국 그는 차를 멈춰 세웠다.

"……?"

청량이 원을 돌아보았다. 원의 말에 따라, 강구를 차를 세웠다.

"먼저 호텔에 가 있어."

이윽고 원은 차에서 내렸다.

"사장님?"

청량이 창문을 열고 원을 불렀다. 어제도 그렇게 가버리시더니 오늘은 또 왜……. 청량과 강구는 작은 한숨을 내쉬었다.

"그냥 가야 할까요?"

강구가 청량을 향해 물었다.

"어쩔 수 없죠."

청량이 고개를 끄덕였다. 다행히 호텔 근처에서 멈춰 섰기에 차가 필요한 거리는 아니었다. 강구가 호텔을 향해 다시 차를 몰 때쯤, 청량은 깜박 잊고 있었던 사실을 깨달았다.

"맞다. 하윤아 씨 생일. 말씀드려야 하는데."


"가면보살님! 내가 몇 번이나 찾아왔는데 요즘 자꾸 문을 열었다, 닫았다 해요."

어제부로 굳게 마음먹었듯, 은혜는 여느 때와 다름없이 다시 일상으로 돌아가 점을 봐주고 있었다.

"미안. 내가 요즘 이상하게 좀 아파서."

"아팠어요? 아휴. 그런 것도 모르고. 우리 가면보살님이 아프시면 안 되는데. 그럼 내가 누구한테 하소연을 하러 와요. 남편도 모르는 내 속사정을."

은혜는 옅은 숨을 내쉬고는 가면을 고쳐 썼다. 맞은편에 앉은 중년 여자의 머리 위에 앉은 여자 귀신이 꽤나 얄밉게 보였다.

"그래서, 고민이 뭔데."

"요새 우리 집에 마가 낀 것 같아. 남편도 이제 권고사직 당하고…… 큰 애도 자꾸만 성적이 떨어져. 우리 작은 애도 요즘……."

딸랑—

그때. 문에 걸어놓은 방울 소리가 청명하게 울렸다. 이윽고 열린 문 사이로 누군가 걸어 들어왔다.

너를 지키고 싶어

"……?"

가면 사이로 보이는 그림자의 주인은…….

원이었다.

이내 원은 은혜의 앞으로 다가왔다. 은혜에게 고민을 털어놓던 중년 여자가 큰 키의 원을 올려다보았다. 그제야 손님이 있었음을 깨달은 원은 중년 여자를 향해 말했다.

"잠시만, 제가 시간을 빌려도 되겠습니까."

"으응? 어, 어. 그래요, 그래."

원의 얼굴을 본 여자는 멍하니 그에게 홀린 것처럼 고개를 끄덕였다. 그리고 자리에서 일어나며 말했다.

"그렇잖아도, 내가 갑자기 화장실이 급했거든. 잠시 실례할게요, 보살님~."

"뭐? 아니 그럴 필요 없……."

은혜가 원을 응시하며 미간을 좁혔다. 그녀의 허락도 없이, 원은 말없이 그녀의 앞에 앉았다.

영문을 알 수 없는 그의 등장과, 행동.

"이봐요."

그녀가 인상을 쓴 채, 입술을 떼려던 순간— 그가 은혜의 앞에 무언가를 내려놓았다. 은혜의 시선이 아래로 고정되었다.

\*　　\*　　\*

"굿 모닝? 굿 애프터 눈? 아직 점심시간까지는 좀 남았고. 시간이 애매해."

 의국으로 들어온 은후가 하품을 하며 책상에 앉아 있던 성빈에게 인사를 건넸다. 겉으론 꽤 깔끔해 보이지만, 의국은 레지던트들의 휴게실 및 사무실의 표본을 보여주듯 어딘가 퀴퀴했다.

"······웬만하면 건드리지 마. 지금 눈뜬 시체니까."

 밤새 잠을 이루지 못한 성빈은 잠시 짬이 난 시간을 이용해 책상 위에 엎드려 있었다.

"휴. 나도 마찬가지라고. 아침부터 발바닥에 땀나도록 뛰어다녔더니 정신이 없다. 내가 맡고 있는 홍재연 환자, 또 아침 내내 병동을 휘젓고 다녔······."

 은후는 잠귀신이 붙은 성빈을 내려다보며 불쌍하다는 듯 혀를 찼다. 그러다 그는 불현듯, 주위를 둘러보다 소파 위에 놓여 있던 쇼핑백을 유심히 바라보았다. 저건 그때 그······ 그 여자가 들고 있던 건데. 은후는 머릿속 전구를 반짝이며 성빈을 흔들어 깨웠다.

"······?"

"내가 깜박하고 못 물어봤는데. 그때 그 여자. 아, 여자애? 하여튼. 누구야?"

"여자?"

 살짝 미간을 찡그린 성빈은, 기억을 더듬어보았다. 은혜 씨를 말하는 건가.

"또 뜬금없이 누굴 말하는 거야."

"왜, 있잖아. 머리 되게 길고. 엄청 예쁘게 생겼던."

"······?"

은후의 채근에, 성빈이 부스스한 눈을 가늘게 떴다.

예쁘게 생긴 사람? 그러다 자신도 모르게 옅은 미소를 지으며 생각했다. 은혜 씨가 예쁘게 생기긴 했지.

그러던 중, 은후가 책상을 탁 치며 입을 벌렸다.

"아. 그때 너랑 병원 로비에서 네 광고 보고 있을 때 만난 여자."

"아, 그때라면······."

은후의 말에, 성빈이 미간을 좁혔다. 선우······ 린?

"그 여자는 왜?"

"정말 예쁘던데. 너 아는 사람이면, 나 좀 소개시켜 주면 안 되냐?"

"안 돼."

"뭐? 야, 윤성빈. 너 안 그러던 놈이 왜 이렇게 쪼잔하게 구냐? 나 갖기는 싫고, 남 주기는 아깝다 이거냐?"

"그런 게 아니라."

"······?"

"나랑 친한 사람이 아니니까."

성빈이 정면을 응시하며 씁쓸하게 대답했다.

"잠깐 나한테 볼일이 있어서 온 거야."

그러고 보니 그렇게 헤어지고 난 뒤에, 선뜻 따로 연락을 하지 못했다.

성빈의 싱거운 대답에, 은후는 가운 주머니에 손을 찔러 넣으며 혼잣말을 하듯 말했다.

"뭐어? 난 또. 에휴. 그럼 그렇지. 여자들이 널 따르긴 해도, 정작 너랑 친한 여자는 못 봤어. 아, 한 사람 빼고! 그래 맞아. 그……
그…… 너 요즘 자주 만나는 여자 있지!?"

"그 여자와 내가 친해 보여?"

미처 부정할 생각도 하지 못한 채, 성빈은 초롱초롱한 눈으로
은후를 바라보았다.

뭐야, 정말 뭔가 있는 건가? 은후는 잠깐 움찔하더니, 이내 애써
담담하게 대답했다.

"야, 너 모르나 본데. 내가 다 봤거든? 네가 그 여자랑 병원에서
자주 만나는 거."

"그 여자는."

성빈이 잠시 뜸을 들였다.

그래, 아직은. 아직까지는…….

이내 성빈은 희미하게 웃으며 대답했다.

"그냥, 친구처럼 지내는 사이야. 이 병원에 할머님이 입원해 계
셔서 자주 오니까 만나서 인사 나누는 거고."

"그래? 어쨌든 수상해. 우리 성운의 명물, 정신과 의사돌님이 사
적인 만남을 가지는 의문의 여인. 설마 그 여자가 네가 전에 말한
그 떡볶이 단호박녀는 아니겠지?"

"맞아."

"맞다고?"

은후의 눈이 휘둥그레졌다. 곧 은후는 뭔가 낌새를 눈치챘다는
듯, 먹잇감의 냄새를 맡은 하이에나처럼 눈을 반짝였다.

"이거, 이거. 남녀 사이엔 친구란 없다가 내 신조인데. 애인 말

고 친구하기로 한 거 맞아? 너 그 여자 만나고 나서는 어딘가 달라졌어. 내 느낌엔 확실해."

"어디가 달라졌는데."

"갑자기 싱글벙글하면서 오프를 내질 않나. 데이트 약속 있는 사람처럼 자꾸 혼자서 피식 웃질 않나. 그 외에도 요즘 윤성빈답지 않은 여러 가지 질문들을 쏟아내고 있어."

"내가 그랬나."

성빈이 애써 은후의 시선을 피했다. 계속 대꾸를 해주다간, 곧 피곤하게 될지도 모른다는 생각에, 그는 어떻게든 재빨리 화제를 돌리려 고민했다.

"성빈! 지금 최 교수님이 잠깐 보자고 하셔."

마침 고맙게도 성빈을 발견한 다른 레지던트가 그에게 다가와 말했다.

"어? 그래? 지금 갈게."

성빈은 덥석, 반색하며 눈웃음을 지었다.

"야, 윤성빈. 하던 얘긴 마저 하고 가야……."

"은후, 너는 밖에 치프 호출."

치프의 호출이라는 말에 은후가 두 눈을 동그랗게 떴다.

또 뭘 잘못한 건가? 왜 맨날 나만?!

"윽! 나도 가봐야겠다. 너, 다음에 다시 얘기해!"

은후가 엉거주춤 움직여 의국을 나섰다.

성빈 역시 최 교수에게 가기 위해 자리에서 일어났다. 문을 열고 밖으로 나서려던 성빈의 시선이 문득, 은후의 말 덕분에 떠오른 쇼핑백에 머물렀다. 린에게 빌려주었던 재킷이 담긴 쇼핑백이었다.

이것 때문에 눈치 빠른 서은후가 린에 대해 물었던 건가.

그는 쇼핑백을 들어 책상 위에 올려두었다. 그러다 쇼핑백 안에 있던 쪽지를 발견했다.

"……?"

성빈은 꼬깃꼬깃하게 접혀 있던 쪽지를 펴 보았다.

―옷 고마웠어요. 깨끗이 세탁하긴 했는데, 혹시라도 옷에 문제 있으면 아래 번호로 연락주세요.

그녀의 번호가 적혀 있었다. 린의 쪽지를 읽은 성빈은 말없이 쪽지를 다시 접어두려다, 잠시 머뭇거렸다.

아무래도 그렇게 보내는 건 아니었다. 불순했던 의도에 대해 솔직히 말하고 좀 더 진실된 용서를 구했어야 했다. 집안 간의 비즈니스를 떠나, 그게 상처를 받았을 상대방에 대한 예의였는데. 성빈은 두고 가려던 휴대폰을 챙겨들었다.

"사과, 해야겠지……?"

"린아. 이 애비가 궁금해서 그러는데. 너 전에 성운 병원 다녀왔잖느냐."

성운 병원?

"아―무 것도 묻지 마."

다 늦은 오전. 학교를 여유롭게 가는 린의 삶은, 오늘도 예외는 아니었다. 때마침 볼일이 있어 집을 나서던 선우 헌 회장이 그녀를 차에 태우고 가던 중이었다. 잠깐이라도 대화를 해보려는 심산이었지만, 린은 생각하기도 싫다는 듯, 휴대폰만 노려보며 분주히 손가락을 움직이고 있었다.

"애비랑 이야기할 시간은 이럴 때밖에 없는데, 그놈의 휴대폰 좀 그만하면 안 되겠냐."

"또 잔소리나 하려고 나 데려다주려는 거였어? 이럴 줄 알았음 그냥 택시 타고 갈걸."

"린 너도 이제 슬슬 내 뒤를 이를 준비를 해야지, 언제까지 그렇게 생각 없이 살 거냐!"

선우 헌 회장이 미간을 좁힌 채 목소리를 높였다.

"그 얘긴 꺼내지도 말라고 했잖아."

린도 만만치 않게 싸늘한 목소리로 대답했다. 이윽고 차가 린의 학교 앞에 멈춰 서자, 린은 차에서 내리며 덧붙였다.

"아빠가 바랐던 대로 그 병원 아드님이랑 밥 한 끼도 먹었으니까. 더 이상 나한테 다른 거 바랄 생각 하지 마."

"린아!"

회장이 팔걸이에 올린 주먹을 꽈악 쥐었다.

"저 철없는 녀석. 너 때문에 이 애비가 어떻게 살고 있는데……."

"아빠 때문에 또 생각났잖아. 아, 생각할수록 열 받네."

이미 수업은 시작한 지 오래라, 휑한 교문을 지나던 린은 가방

끈을 꽉 쥐었다.

"결국 그놈이 그놈이지. 목적을 위해서라면 싫어도 밥 한 끼 먹고, 싫어도 데이트하고. 싫어도 결혼하고."

린은 전에 아버지에 의해 억지로 소개팅을 한 EB그룹 둘째를 떠올렸다. 그 재수 없던 놈을 떠올리니, 아주 치가 떨렸다. 그리고 이번에는 또 병원장 아들? 그는 조금 다를 줄 알았는데……. 결국 그도 다를 바 없는 재벌가 자제일 뿐이었다.

띠링—

"?"

어금니를 꽉 문 채 교정을 걷던 린에게 문자가 왔다. 모르는 번호였지만, 문자 내용만을 보고도 번호의 주인은 알아차릴 수 있었다.

[혹시 시간 나는 대로 우리 병원으로 잠깐 와줄 수 있어요? 내가 가야 하는 게 맞는데 제가 아직 레지던트라 병원을 쉽게 뜰 수가 없어서요. 전 늘 병원에 있으니 시간 날 때, 아무 때나 와도 돼요.]

문자의 내용을 확인한 린은 자리에서 멈춰 섰다.

[참, 제가 누군지 밝히지 않았네요. 그때 같이 저녁 식사 한 윤성빈이라고 합니다.]

윤성빈? 윤성빈이라면…… 역시 맞았다. 성운 병원 아들.

"내 번호는 어떻게 알았대."

린이 휴대폰을 꼭 붙잡고 한참을 들여다보았다. 입술을 잘근 문 린은 곧, 전에 쇼핑백에 옷을 넣으면서 쪽지를 넣어두었던 것을 떠올렸다.

"내가 왜 그런 바보 같은 짓을 했을까."

분명 무시하고 지워버려야 하는데.

그러면서도. 눈은 한참 동안이나 휴대폰을 바라보았다.

린은 마음을 굳게 먹었다. 속이 시커먼 남자는 딱 질색이었다. 그런 사람은 아빠, 그리고 오빠 이 둘이면 족했다.

다시 마음을 굳게 먹고,

[됐네요.]

라고 답장을 하려했지만 결국 멈추었다.

린은 볼에 바람을 넣은 채, 다시 교실로 향하며 조용히 말했다.

"조금…… 생각을 해볼 필요가 있어. 후. 이럴 때 어떻게 해야 하냐고 물어볼 사람이 없네."

오빠한테 물어봐야 하나.

"참. 오빠도 배에서 그 남자를 봤었지."

분명 물어보면, 그때처럼 그에게 관심 있냐고 대번 물어올 게 뻔했다.

"아아아악."

뜬금없이 왜 이런 고민 같지도 않은 고민을 하고 있지? 처음으로 다른 사람이 신경 쓰인다. 내 말 하나하나에 어떻게 반응할지, 신경이 쓰이고 있다. 여태껏 선우 린에게는 상상도 못 할 일이었다.

그러나 린은 계속해서 휴대폰을 들여다보고 또 들여다보았다.

\* \* \*

원이 내려놓은 건 흰색의 작은 비닐 봉투 꾸러미였다. 은혜는 그것을 물끄러미 응시하곤, 원을 바라보았다. 은혜의 시선을 회피한 원의 입술이 떨어졌다.
"⋯⋯내밀어 봐."
"뭐요?"
갑자기 남 장사하는 데 와서는, 무슨 뜬금없는 소리야.
은혜가 한쪽 눈썹을 찡그렸다. 그러나 원은 은혜의 굳은 표정에도 아랑곳 않은 채 말을 이었다.
"내밀어 보라고, 손."
그녀의 가면 너머로, 그의 진지한 눈빛이 담겼다.
"손은 갑자기 왜⋯⋯."
은혜의 말이 끝나기도 전에, 그는 상 위에 올려져 있던 그녀의 한 팔을 자신의 앞으로 가져왔다. 그리고 그녀의 손을 뒤집어 손바닥이 위로 향하게 만들었다. 지난밤, 과격하게 넘어진 전적 탓에 손바닥에는 약간의 쓸린 상처가 남아 있었다.
"뭐하려구요?"
이번엔 은혜가 시선을 다른 곳으로 두었다.
'갑자기 남의 상처는 왜 보는 거야. 민망하게.'
은혜는 작게 입매를 씰룩였다.
"이대로 있어."
이윽고 그는 꺼내둔 흰 비닐 봉투 안을, 다른 한 손으로 뒤적였다.
"⋯⋯?"

그를 힐끔 본 그녀의 눈에, 붕대로 감긴 원의 손이 들어왔다. 은혜가 깜짝 놀라 물었다.

"손 어쩌다 그렇게 된 거예요?"

"알 거 없어."

원은 까칠하게 대답하곤 연고를 꺼내서 은혜의 손바닥에 발라주었다.

"……!?"

은혜가 또다시 놀란 눈으로 그의 행동을 바라보았다.

"반대쪽 손 내놔 봐."

원은 무표정한 얼굴로 말했다. 그러나 은혜는 멍한 얼굴로 여전히 그를 보고 있을 뿐이었다. 원이 옅은 한숨을 뱉었다.

"한 번에 듣는 법이 없지."

"……!"

그는 은혜의 반대쪽 손도 잡아끌어, 뒤집었다. 그리고 그 위에 난 상처 곳곳에 연고를 발라주는 그였다. 은혜의 심장이 여리게 뛰기 시작했다.

연고를 바르는 데 집중한 그의 눈빛. 작게 들려오는 숨소리. 그의 손끝이 살갗에 닿을 때마다, 몸이 움찔거리는 것을 숨길 수가 없었다. 분위기를 파악하지 못한 채, 바보 같은 심장이 쿵, 쿵 뛰었다. 더 이상 그를 가만히 지켜볼 수가 없었다.

"지금 뭐하는 거예요."

은혜는 그에게서 손을 빼내려 미간을 좁혔다.

"움직이지 마."

그러나 그는 손을 놓아주지 않은 채, 묵묵히 연고를 발라주었다. 원의 시선이 치마로 덮인 은혜의 무릎에 닿았다. 그는 잠시 망설이는 듯했다. 곧, 원은 은혜의 앞에 연고를 내려놓았다.

"무릎은 알아서 발라."

"……?"

그녀의 손마저 조용히 내려놓은 원은 자리에서 일어났다. 은혜가 그를 올려다보았다. 그의 눈동자가 그녀의 시선에 닿았다.

'주은혜.'

계속 보고 있다가는, 발길이 떨어지지 않을 것 같았다.

이윽고 그는 짧은 한마디를 남긴 채 돌아섰다.

"나한테 뛰어오지도 말고."

그의 한마디는, 은혜의 가슴을 파고들 듯 박혔다.

"내 앞에서 다치지도 마."

"……!"

숨죽여 뛰고 있던 심장을 거세게 두드렸다. 더 빨리, 더 세게 뛰어서 그에게 닿도록 애원하고 있었다.

하지만,

딸랑―

출입문에 걸어둔 작은 종이 매정하게 흔들렸다. 그가 떠난 빈자리를 말없이 응시하던 은혜의 동공도 흔들렸다.

은혜는 그의 온기가 남은 손을 바라보았다.

갑자기 나타나서는, 그쪽 없는 데서는 다치지 말라고……?

'내가 누구 때문에 이렇게 된 건데.'

원망 서린 눈동자가 흐릿해졌다.

"날 밀어냈던 건, 그쪽이면서. 왜 자꾸 이러는 건데."

은혜는 그가 두고 간, 작은 비닐 봉투를 들춰보았다. 연고와 빨간 약, 그리고 일회용 밴드가 들어 있었다.

전날 넘어졌던 것을 기억하고 있었나.

속눈썹이 무겁게 쳐졌다. 잊을 만하면, 아니, 가까스로 잊으려 노력할 만하면 나타나서 머릿속을 어지럽게 만들어 놓는다. 어쩌자는 걸까. 당신이 원하는 대로 더 이상 착각 따윈 하지 않고 그저, 가면보살 주은혜로 살아가겠다는데. 왜, 자꾸 미련을 남게 만드는 걸까.

크게 다친 것도 아닌데, 너무도 쓰라리고 있었던 손바닥, 그리고 무릎이…… 괜찮아진 것만 같았다.

"손, 어떻게 된 거냐고 제대로 묻지도 못했는데."

은혜는 줄곧 머릿속에 잔상으로 남은 그의 붕대 감긴 손을 떠올렸다.

"……."

원이 닫힌 문 앞에 섰다.

원은 조용히 점집을 돌아보았다.

처음 만났던 날, 그녀가 자신을 살려준 것에 비하면 아무것도 아니지만…… 연고로나마 상처를 어루만져 줄 수 있어 다행이다.

그가 쓴웃음을 지으며 걸어가려던 순간.

점집의 문이 열리고,

"잠깐만요."

은혜가 그의 손목을 붙들었다.

원의 숨이 잠시 멎었다.

하지만 예상과는 달리, 은혜는 그의 눈앞에 그가 두고 간 약 봉투를 내밀며 말하고 있었다.

"이거 도로 가져가요. 지금 사람 병 주고 약 줘요?"

"무슨 짓이야."

원이 그녀에게 잡힌 자신의 손목에 시선을 두었다.

"가져가라구요. 이런 거 필요 없으니까. 내가 넘어지든지 말든지, 선우 원 씨가 무슨 상관인데요? 어차피 당신은 내가 깔고 앉아 있는 이 건물밖엔, 관심 없잖아."

"……."

"……내가 아니라."

은혜의 목소리가 작게 울렸다.

원은 은혜가 내민 약 봉투를 물끄러미 바라보았다.

"주은혜."

끼익—

신이 방해하기라도 하듯, 점집 앞으로 낯선 자동차 한 대가 미끄러지듯 멈춰 섰다. 이내 차 안에서 누군가 내렸다. 원을 본 누군가는 꽤 놀란 얼굴과 함께 그에게 다가왔다.

"역시 원, 너였구나."

선우 헌 회장을 마주한 원의 표정이 굳었다.

"아버지께서 여긴 어쩐 일이십니까."

"나는 호텔 부지들 좀 둘러볼 겸 해서 왔다가 너와 비슷한 사람을 본 것 같아서 와보았지."

"저도 잠시 호텔에 출근하기 전에 이곳 건물주와 아직 끝마치지 못한 이야기가 있어서, 대화를 하던 중이었습니다."

원이 은혜를 보며 말했다.

"그랬구나. 그럼 아가씨가······."

원의 말에 선우 헌 회장은 은혜를 자세히 바라보며 물으려 했다. 그러나 원은 그를 가로막았다.

"자세한 얘기는 다음에 해야 할 것 같습니다. 저 때문에 일을 하다 잠시 나오신 거라서."

"아무리 그래도, 인사는 해야지. 원에게 들어서 알고 있겠지만, 나는 여기에 아주 큰 백화점을······."

문득, 원이 은혜의 두 귀에 손을 얹었다. 그리고 그녀에게만 들릴 만한 낮은 목소리가 작게 울렸다.

"아무것도, 듣지 마."

그의 손에서 온기가 느껴졌다. 그리고 그 순간, 거짓말처럼 아무것도 들리지 않았다. 아니, 듣고 싶지 않았다.

선우 헌 회장이 흠칫 놀라 원과 은혜를 번갈아 바라보았다. 이내 원은 그녀에게서 손을 뗐다. 그리고 앞에 서 있던 차 문을 열며 말했다.

"가시죠. 저도 호텔로 가야 합니다. 인사는 다음에 나누시는 게 좋을 것 같습니다."

잠시 멍해진 회장은 의심 어린 눈초리를 숨기며 원과 은혜를 번

갈아 바라보았다. 김 실장이 말했던 첫 번째 가능성이 설마 사실은 아니겠지. 원은 사사로운 감정으로, 그것도 여자에 의해 흔들릴 녀석이 아니었다.

'하지만 방금 원의 행동은 분명……. 아냐. 원은 그럴 녀석이 아니야. 분명 뭔가 꿍꿍이가 있었겠지.'

"그럼 다음에 다시 만날 기회가 있다면, 그때 제대로 인사 나눕시다. 아가씨."

회장은 인자한 얼굴로 은혜에게 짧은 인사를 건넨 후, 먼저 문을 열고 차에 탔다.

다시 아주 잠시 동안, 원과 은혜 단둘만이 고요한 정적 속에 남겨졌다.

"뭐예요, 방금?"

원이 은혜를 바라보았다. 은혜도 원을 바라보았다.

"그럼."

원은 은혜를 뒤로 한 채, 무거운 발걸음을 뗐다.

또 제멋대로 행동하고, 가버린다. 또다시 그의 뒷모습을 보기가 싫었다. 은혜는 빠르게 점집으로 들어와 버렸다. 그리고 문을 닫고 기대어서서, 원이 남기고 간 약 봉투를 가만히 움켜쥐었다.

"아이고, 이야기는 잘들 나누셨는지 모르겠네. 마침 친구한테 전화가 와서 화장실에서 수다 떨고 일부러 늦게 왔는데, 그건 또 너무 오지랖이었나?"

다시 등장한 중년 여자가 은혜의 주의를 깨웠다. 은혜는 후다닥 그가 남기고 간 의약품들을 자신의 옆에 내려놓았다.

넋을 놓은 사람처럼 생각하고 있던 자신의 모습도 가다듬고는, 고개를 저었다.

"괜찮아."

"그럼 다행이네~. 아무튼 요즘 이래저래 우리 집 상황이 좋질 않은 것 같아서. 내가 너무 고민이야."

여자가 땅이 꺼질세라 한숨을 내쉬자, 은혜는 여자의 머리 위에 있던 귀신을 찾아보았다. 그러나 역시 원 때문인지, 귀신은 도망가고 없었다.

"최근에 이사했어?"

일에 집중하는 게, 다른 생각을 하지 않는 가장 좋은 방법이었다. 은혜는 다시 여자의 고민을 해결해주는 데 집중했다.

"응? 그걸 어떻게 알았대? 나 일주일 전에 이사했거든."

은혜가 귀찮게 되었다는 듯 한숨을 쉬었다.

"시위하는 거야. 내 집에서 나가라고."

여자가 눈을 동그랗게 뜨며 물었다.

"누, 누가?"

"그 집에 아주 오래 있던 것 같은데. 솔직히 말해 봐. 그 집, 헐값에 샀지?"

"헉……. 맞아, 맞아. 전에 살던 전세 집주인이 전셋값을 올려달라고 해서, 그 돈을 줄 바엔 차라리 내 집을 마련하는 게 나을 것 같아서 지금 집을 사긴 했는데……. 요즘엔 전셋값이나, 매매 값이나 비슷하잖아."

"안타깝게 됐지만 그 집에서 나가는 게 좋아."

은혜가 단호하게 말했다. 그러자 여자는 영문을 모르겠다는 얼굴로 고개를 도리질했다.

"뭐어? 갑자기 왜? 안 돼. 그 집, 애들 아빠 퇴직금까지 합쳐서 겨우 산 건데……. 그리고 그 돈에 다른 집 구하기 쉽지 않단 말이야."

"귀신이 들러붙었으니 자꾸 안 좋은 일이 생기지. 계속 거기서 살다간, 아줌마 머리 위에 앉아 있는 귀신이 계속해서 아줌마 가족을 해코지할 거야."

"귀, 귀신?"

여자가 소스라치게 놀란 표정으로 입을 떡 벌렸다.

"어쩐지 이웃들 하는 말이, 그 집에 오래 버틴 사람이 없었다고……. 설마 진짜 귀신 붙은 집이었을 줄이야."

"보통은 잘 달래서 같이 지내면 좋은데, 여럿 쫓아낸 전적이 있다면 아줌마도 빨리 다른 곳으로 이사하는 게 좋아."

"그건 안 돼, 절대 안 돼. 당장 그만한 집을 어디서 어떻게 구해. 가면보살님, 나 좀 살려줘."

여자가 울상이 된 얼굴로 은혜의 손을 꼭 붙잡자, 은혜가 주춤했다. 다행히 연고는 어느 정도 말라 있었다. 은혜는 다시금 한숨을 내쉬었다. 이내 그녀는 가면을 고쳐 쓰며 말했다.

"우선 강경책 먼저 써보고 나서 회유책을 써보자고."

"강경책?"

은혜는 곁에 두고 있었던 작은 함을 상 위에 올려놓았다. 그리고 함에서 노란 직사각형 종이를 꺼내어 붓으로 무언가를 그리기 시작했다.

너를 지키고 싶어

"자, 여기."

부적이었다.

"부적……?"

"집에서 가장 잘 보이는 곳에, 붙여봐."

"이거면 그 망할 귀신이 떨어져? 응?"

여자의 눈이 빛나고 있었다. 점을 봐주는 것에 집중해야 하는데, 여자의 물음에 순간. 떨어지라고 해도 떨어지지 않는, 원망스러운 감정이 떠올라버렸다. 그리고 무심결에 혼잣말을 하듯 말해버렸다.

"쉽게 떨어지면, 귀신이 아니지. 사람 마음처럼."

"에엥?"

"……!"

은혜는 무심코 덧붙여버린 자신의 말에 화들짝 놀랐다. 그리고 서둘러 둘러대듯 대답했다.

"아니. 쉽게 떨어질 리는 없겠지만, 그래도 내가 누구야. 엄청난 신빨을 자랑하는 가면보살이잖아. 일단은 붙여봐."

"그래, 난 당연히 가면보살님 믿지! 해볼게."

부적을 받아든 여자는 고개를 끄덕이며 엉덩이를 뗐다.

"근데 말이야."

"……?"

"아까 그 잘생긴 청년. 누구야? 애인 맞지?"

"아니니까, 얼른 복채나 주고 집에 가 봐."

"거짓말하지 마~ 가면보살님한테 애인 생겼다고 소문 다 났어~."

"뭐어?"

가면 안으로 은혜가 두 눈을 찌푸렸다. 중년 여자는 가방을 뒤적거리며 복채를 내려놓고는 말을 이었다.

"근데 보살님이 엄청 튕긴다며? 아니 대체 왜? 저렇게 멋지고 잘나 보이는 남자를 왜 마다해?"

여자의 말에 은혜의 이마에 힘줄이 불끈 솟았다. 마치 네 주제에 누굴 마다하냐는 뜻으로 들리는 것 같아 비위가 팍 상한 건, 기분 탓일 거다.

은혜는 어금니를 꽉 물고는 상 위를 탁, 내리쳤다.

"……차인 건 이쪽이거든?"

"에엥?"

그리고 놀라 두 눈을 깜박이는 여자에게 소리쳤다.

"빨리 집에나 가 봐!"

가뜩이나 병 주고 약 주고, 아무렇지 않은 얼굴로 사람을 들었다 놨다 해서 은근히 열이 받아 죽겠는데.

은혜는 다시금 약이 스며든 손바닥을 바라보았다. 그러자 그가 갑자기 귀를 막아주었던 순간도 자연스레 떠올랐다.

두근.

다시 그의 손길이 떠오르자, 또다시 예고 없이 심박 수가 치솟기 시작했다.

"진짜 병 주고……, 약 줬네."

은혜는 옆에 두었던 약 봉투를 응시했다. 강경책과 회유책을 쓰는 건, 어쩌면 그 남자일지도 몰랐다. 그러나 은혜는 다시금 주먹을 꽉 쥐었다. 하지만 여전히 이 점집 때문이라면…… 어림도 없다.
"절대로."

# 7.
## 호랑이 굴에 들어가다

"손은 어쩌다 그리된 게야."

"……실수로 조금 다쳤습니다."

"백화점 프로젝트는 잘 진행되고 있는 거냐?"

호텔로 가는 차 안, 선우 헌 회장이 말문을 열었다. 어쨌든 제대로 확인해 볼 필요가 있어서였다.

"……."

원은 순간 아무런 대답도 하지 못했다.

정말, 이제 백화점 건설이 눈앞으로 다가왔다. 그런데, 모든 것이 성공적일 것이라 믿고 시작했던 이 일이, 점점 큰 짐처럼 느껴지고 있었다.

만약, 은혜가 여전히 점집을 포기하지 않으면 어떻게 해야 할까.

마지막 프로젝트나 다름없는, 백화점 건설. 그리고 그 백화점의 건설을 위해서는 점집이 절실히 필요했다.
'하지만.'
그의 눈동자에 갈등의 빛이 스쳐 지나갔다.

─점집은 내게 전부예요. 이 점집 때문에, 내가 이렇게 살고 있으니까. 이 점집 때문에…… 내가 가면을 쓰고 살아가는 거니까.

섬에 있을 때. 단둘이 남겨진 방 안에서 자는 척을 하고 있었다. 마찬가지로 잠이 든 줄 알았던 은혜가, 지나가듯 한 말이었다.
사들여야만 하는 건물의 주인인 여자, 귀신을 보는 음침한 무당이었을 뿐인 그 여자를 만난 후. 시간이 지날수록……. 백화점 관련 결재서류들을 한 글자씩 읽어 내려갈 때마다, 심장이 잘게 저며지는 것 같았다. 그래서 아까 전. 은혜가 회장의 말을 듣지 않기를 바랐다.
"……회장님."
이내 원은, 그 어느 때보다도 깊고 어두운 눈동자로 회장을 바라보았다.
그는 주먹을 꽉 쥐었다. 그리고 말했다.
"백화점 건설. 조금만, 미루면 안 되겠습니까?"
"뭐라고?"
회장은 하마터면 인상을 구길 뻔했다.

"갑자기 네가 그런 말을 하는 이유가 뭐냐."

회장이 자세를 고쳐 앉았다. 원은 두 눈을 감았다 떴다.

"……어떤 자들은 저희 그룹에게 수십억의 돈을 받고 흔쾌히 자신들의 건물을 팔겠지만. 누군가에게는……."

원의 말끝이 느려졌다. 회장의 눈빛에 실망의 기색이 역력했다. 하지만 원은 다시금 힘주어 말을 이었다.

"그 건물이 그 무엇과도 바꿀 수 없을 만큼, 소중한 것이라 하더군요."

"……."

"그 사람을 설득하는 데 그만한 시간과 노력이 더 필요할 것 같다는 생각에 말씀드리는 겁니다."

정말 그 가면보살인지 하는 무당에게 뭔가가 있는 것인가. 원의 진지한 눈을 들여다본 회장은 재빨리 늙은 뇌를 회전시켰다. 그렇지 않고서야 원이 이런 말을 꺼낼 리가 없었다. 하지만 백화점 프로젝트는 린을 위해, 절대로 주춤해선 안 되는 일이었다. 공적인 일은, 공적인 일로 처리해야 한다고 못을 박아야 했다. 회장은 최대한 인자하게 입을 열었다.

"원아."

그러다 곧, 번뜩 든 생각에 말을 잠시 멈추는 그였다.

오히려 원에게 미리 스크래치를 내두는 것도, 나쁘지 않은 대비책이 아닐까. 어차피 잠시 미룬다고 했을 뿐, 후에 다시 원이 제대로 마음만 먹으면 백화점 프로젝트는 성공할 것이었다. 흑심을 숨긴 회장은 늘 그래 왔던 것처럼 원에게 따뜻하고도, 위엄 있게 말을 이었다.

"내 잠시 생각을 좀 해보았다. 흐음…… 사실 나는 언제나 네 생각을 존중하기 때문에 굳이 반대할 이유는 없다. 물론 이 프로젝트에 대해서 기대하기도 했지만 말이다."

"……알고 있습니다."

"다만, 백화점 건설을 미룬다면, 아직 백화점 건설을 시작하기도 전부터 공사를 하기로 예정되어 있던 건설업체에 막대한 배상금을 물어줘야 할 거다. 그렇게 되면 그 책임이 너에게로 돌아갈 거고, 임시 이사회가 소집될 수도 있다. 그동안 네가 완벽하게 쌓아왔던 신뢰를, 한순간에 무너뜨릴 수 있다는 뜻이야."

"……그것도 알고 있습니다."

회장은 회심의 미소를 감추었다. 그리고 진지하고도 근엄한 말투로 물었다.

"그래도, 넌. 백화점 건설을 미루겠다는 뜻이냐?"

\* \* \*

원은 뚜벅뚜벅 사장실 안으로 들어섰다. 그리고 의자에 털썩 앉았다.

결국 말해버렸다. 매사에 철두철미하고, 일 처리에 있어 사적인 감정이나 생각 따윈 집어넣지 않았던 선우 원의 신념이, 무너져 내린 것일지도 몰랐다.

그가 넥타이를 느슨하게 풀었다.

"사장님."

청량이 사장실 안으로 들어오며 원에게 꾸벅 인사했다.

"오전에 차에서 말씀드리지 못한 두 가지가 있어서, 잠시 말씀드리려고 합니다."

"뭐지."

"예. 먼저 한 가지는, 어제 함께 저녁 식사를 하신 리혜 작가가 다시 한 번 사장님을 뵙고 싶다고 합니다."

리혜라는 말에, 원이 멈칫했다.

자신의 존재를 알고 있는 유일한 여자. 아니, 어쩌면 뭔가를 알고 있어서 자신의 존재에 대해 설명해 줄 수 있는 여자일지도 몰랐다. 그리고 어제 나타났던 이상한 존재에 대해서도 알고 있지 않을까. 하루 빨리 그녀를 만나야 할 것 같았다.

"나도 따로 할 얘기가 있었는데 잘됐군."

"다만 리혜 작가가 조만간 본인이 먼저 연락을 하겠답니다."

"그래. 연락 오면, 알아서 스케줄 조정해."

"예, 알겠습니다."

"그리고 그 다음 사항은 뭐지?"

"아. 네. 오늘이, 하윤아 씨 생일……입니다."

"……뭐?"

"하윤아 씨 딸의 생일이기도 하고요. 그리고 한 가지 더, 제가 사장님께 말씀드리지 않은 사실이 있습니다."

청량이 말끝을 흐렸다.

"하윤아 씨 딸…… 말입니다."

"?"

"작년에 사고로 죽었다고 합니다."

"……!!!"

원이 한껏 미간을 좁힌 채 청량을 바라보며 물었다.

"왜 나한테 말 안 했지?"

"그게, 워낙 조용히 치러진 일이라 저조차도 늦게 알게 되었고…… 전에 성운 병원에서 말씀드리려고 했는데, 사장님께 도저히 그 사실을 바로 전할 수가 없었습니다. 죄송합니다."

"장례는? 아이는 지금 어디에 안치되어 있고?"

긴장으로 가득 찬 원의 손이 차가워졌다. 청량은 고개를 숙이며 대답했다.

"저도 지금 알아보고 있는 중입니다."

"……."

매달 돈을 보내주는 것 외에는 돌보지 못했던 사람. 그런 일이 있었다는 것조차 바로 알지 못한 자신은 역시 그녀에게 모습을 드러낼 자격이 없는 것만 같았다.

원은 더욱 넥타이를 느슨하게 풀었다. 그의 입술이 거칠어졌다.

"업무가 끝나면…… 바로 병원으로 갈 테니까 준비해."

\* \* \*

비장한 얼굴로 고개를 끄덕이곤 나간 여자를 끝으로, 점집은 한동안 텅 빈 채였다.

"하아……."

은혜는 기운이 모두 빠진 것처럼 상 위로 쓰러지듯 엎드렸다.

"지연이 앤 어젠 옆에서 그렇게 쫑알쫑알대더니, 어딜 간 거야. 뭐 이제 제 갈 길 갔나?"

그녀는 주위를 두리번거리며 중얼거렸다. 그때, 뭔가가 은혜의 옆구리를 툭툭 쳤다. 은혜는 옆으로 고개를 돌려 그 무언가를 확인했다.

"미미?"

조금은 찡그린 얼굴로 은혜를 바라보고 있는 미미를 발견한 은혜는 고개를 갸웃했다. 또 사탕을 달라고 왔나.

"자. 내가 너 때문에, 새벽에 편의점에서 물 사오는 김에 먹지도 않는 사탕을 한 봉지나 샀어."

은혜는 이번엔 미리 준비해둔 사탕을 꺼내서 미미에게 건네주었다. 그러나 미미는 고개를 저으며 은혜의 옷깃을 붙잡았다.

"응? 맞다. 너 어제……. 오늘이 엄마 생일이라고 했지?"

은혜의 물음에, 미미가 세차게 고개를 끄덕였다.

"근데 나 오늘 장사해야 되는데. 나 이렇게 계속 문 닫았다간 할머니 병원비도 못 내고 망할지도 몰라. 네가 책임질 거야?"

미미의 표정이 울상이 되었다.

"휴."

영가를 위해 뭔가를 해주면, 끝이 없다는 할머니의 말이 또다시 떠오르는 순간이었다. 하지만 커다란 눈망울로 이쪽을 쳐다보고 있는 미미에게는, 이제 시간이 얼마 남지 않아 보였다.

"가자. 성운 병원으로. 하필 할머니와 같은 병실이라 엄청난 잔소리를 들어야 할 테지만. 할머니 모르게 어떻게든 해봐야지."

은혜가 고개를 끄덕이자, 미미의 표정이 밝아졌다. 은혜는 2층으로 올라가며 가면을 벗었다.

"어쨌든 전에 말 안 해줬잖아. 내가 뭘 해주면 되는 건데?"

우선 할머니가 병실에 있는지, 없는지를 확인해야 했다.

성운 병원에 도착한 은혜는 윤아의 병실 앞을 기웃거리며 동태를 살폈다. 문을 빼꼼 열고 안을 확인하니, 우연의 일치인지 할머니는 어디 가시고 없었다. 윤아 혼자만이 넋을 놓고 창밖을 바라보고 있었다.

은혜는 재빨리, 안으로 들어갔다. 서둘러 문을 닫은 뒤, 윤아의 앞으로 다가갔다. 할머니가 오시기 전에 최대한 빨리 미미의 부탁을 들어주고 떠나자는 계획이었다. 점집도 아주 잠시만 닫아놓았으니 얼른 돌아가 봐야 했다.

"저기요."

은혜의 인기척에, 윤아가 은혜를 돌아보았다.

"어? 할머니 손녀분이시죠?"

"네. 아. 생일, 축하드려요."

은혜는 미리 사 들고 온 케이크를 윤아에게 건네주었다.

"이건……."

"오늘 생일 맞죠?"

"그걸 어떻게 알았어요……?"

윤아의 눈빛이 흔들렸다.

"오늘이 우리 미미 생일이기도 해요. 공교롭게도 저와 제 딸은 생일이 같거든요."

"그래요?"

은혜가 미미를 바라보았다. 그러자 미미는 어깨를 으쓱하며 고개를 끄덕이고 있었다. 자기 생일이기도 했으면 말을 하지……. 그래도 마지막으로 사탕을 봉지째 사다 놓아서 다행이었다. 미미는 사탕 봉지를 꼭 안고 있었다.

"그보다."

은혜는 두 눈을 질끈 감았다. 미미의 존재를 말해주면, 처음엔 믿지 않겠지만 분명 밤잠을 이루지 못하고 한동안 울기만 할 텐데. 하지만 은혜는 곁에 서 있던 미미를 내려다보았다. 그리고 마른 침을 꿀꺽— 삼켰다.

"전해주고 싶은 말이 있어서 왔어요."

낯익은 목소리에,

병실 문 앞에서 선 누군가가 우뚝 멈춰 섰다.

청량이 반쯤 열려 있던 문을 열어주려 했지만, 원이 그를 저지했다. 좁게 열린 문틈 사이로, 원은 은혜를 지켜보았다.

"미미가 엄마에게 작별인사를…… 하러 왔거든요."

"네? 우리 미미는 이미……."

"네. 이미 이 세상 사람이 아니지만, 아직은 윤아 씨 곁에 있어요. 믿기 어려우시겠지만. 저는……. 죽은 사람이 보이거든요."

은혜는 어느새 윤아의 손을 잡고 있는 미미를 바라보며 말했다.

"……!"

윤아의 눈동자가 다시금 세차게 흔들리기 시작했다.

"오늘을 기다렸대요. 엄마 생일을 축하해주고 떠나고 싶어서."

"……!!!"

그리고 두 눈에 그렁, 눈물이 맺히기 시작했다. 무슨 말인지 하나도 이해가 되지 않았지만, 정말 은혜의 말이, 진짜인 것 같아서.

"말도 안 돼요. 우리 미미는……."

"세상에서 엄마를 가장 좋아하고, 그 다음으로 사탕을 제일 좋아해요. 저한테 매일 엄마 얘기를 하고…… 사탕 달라고 오거든요."

"……!"

"엄마한테 마지막으로 하고 싶은 말이 있대요."

그제야 윤아는 자신의 주위를 돌아보며 미미를 찾았다.

"미미야. 미미야……."

뚝뚝 떨어지는 눈물방울을 본 은혜는 애써 담담한 표정을 일관하려 노력했다.

"미미는 지금 윤아 씨 손을 잡고 있어요."

"내 손을요……?"

은혜가 고개를 끄덕였다.

"엄마가 미안해. 엄마가 자꾸만 아파서 미안해."

윤아를 지켜보던 원의 심장이 욱씬, 아파 왔다. 이 모든 건 자신 때문이라는 죄책감이 그의 가슴에 밀려들기 시작했다. 청량도 조용히 고개를 숙였다.

"엄마. 생일 축하해."

"……!"

은혜가 미미의 말을 전하기 시작했다.

"이제 미미 없이 생일 혼자 보내야 하니까. 미미가 마지막으로 생일 축하해주고 가려고."

눈물방울이 툭, 터지듯 윤아의 볼을 타고 흘러내렸다. 분명 자신을 향해 말한 것은 은혜인데. 어째서 미미의 목소리가 들린 것일까.

은혜의 두 눈에 눈물이 고였다. 미미의 말을 그대로 전했을 뿐이지만. 엄마를 향해 해맑게 웃고 있는 미미의 표정이 너무나도 가슴 아파서. 그만 눈물이 고이고 말았다.

미미가 윤아의 뺨을 어루만졌다. 그리고 은혜와 두 눈을 마주쳤다. 이내 미미가 어여쁜 눈웃음을 지었다. 앵두 같은 입술로 마지막으로 남긴 한마디가, 은혜의 입을 통해 전해졌다.

"엄마. 미미가 하늘나라에서 지켜줄게. 이젠 아프지 말아야 돼……."

은혜는 코끝이 아려 와서 견딜 수가 없었다.

툭. 투둑…….

윤아의 두 눈 아래로 눈물이 쉴 새 없이 떨어졌다. 순간 은혜의 모습에서 미미가 보인 것만 같았다.

"아흐흐흑!"

윤아가 가슴을 쥐어뜯었다.

"미미야. 안 돼. 가면 안 돼. 엄마, 여기 있어."

가슴을 치고 두 입을 막고, 오열했다. 그러나 미미는 이미 바람결에 휩싸이듯, 반짝이는 빛들 사이로 점점 사라지고 있었다. 미미는 슬픈 눈으로 엄마를 바라보더니, 미소를 지으며 은혜를 보았다. 은혜가 준 사탕 봉지를 안고서.

그리고 손을 흔들었다. 그동안 고마웠다는 듯이.

"안녕."

은혜가 희미하게 웃으며 손을 흔들었다.

그간 무당 일을 하면서 많은 영혼들을 성불시켰지만…… 이렇게 가슴이 뜨거웠던 적은 처음이었다. 자신의 곁에 있던 소중한 사람들의 영혼은, 그 존재 자체를 인정하려고도, 보려고도 하지 않았기 때문에 이렇게 웃으며 떠나보낸 적이 없었다.

"흑흑, 미미야……. 엄마가 미안해……."

윤아는 케이크 박스를 끌어안고 계속해서 눈물을 멈추지 않았다. 오랫동안 품고 있던 사람을 떠나보내기란, 쉽지 않은 일.

이미 죽었다는 것을 알면서도, 부정하고 싶은 것.

은혜는 윤아의 어깨를 가만히 감싸 안았다.

"우리, 미미를 위해서 같이 생일케이크에 초 켜요."

"흑흑……."

윤아는 여전히 눈물만을 흘릴 뿐이었다.

예상은 했지만 역시 힘든 거겠지…….

"잠시만 있어 봐요."

은혜는 윤아를 위로하곤 차가운 음료수라도 뽑아올 겸 병실 문을 열었다.

"……!"

그리고 문 앞에 서 있는 원을 발견했다.

"……."

이내 은혜는 원을 지나쳤다. 은혜가 지나쳐간 자리에 서늘한 바람이 스쳐 지나갔다.

"부탁한다. 청량. 나 대신, 전해줘."

원이 은혜를 뒤따라가며 낮은 목소리로 말했다.

꽃다발과 케이크를 든 청량이 천천히 고개를 끄덕였다.

"주은혜, 거기 서."

"……."

"서라고 했어."

원이 빠른 걸음으로 그녀를 뒤따라갔지만 은혜는 계속해서 걷기만 했다.

1층으로 내려와 병원 회전문을 밀었다.

그를 마주치자마자 갑자기 가슴이 턱 막혀서, 당장 밖으로 나가고 싶었다. 병원과는 달리 바깥 공기가 목구멍 안으로 스며들어 그나마 조금은 숨이 트이는 것 같았다.

그러나 그 순간.

"……!!"

"서라고 했잖아."

익숙한 향기, 익숙한 목소리가 그녀를 사로잡았다.

은혜는 그 자리에서 더 이상 움직일 수가 없었다.

뒤에 누군가 서 있었다. 단단한 한쪽 팔로, 그녀를 끌어안듯 감싼 채.

의도치 않게, 그의 넓은 가슴팍 안에 오롯이 안겨 있다. 붕대가 감긴 그의 손이 눈에 들어왔다.

은혜는 지그시 아랫입술을 물었다.

혼자서 다가오고, 혼자서 한 발 물러서고.

자꾸만 사람을 뒤흔들어 놓는 그가 너무도 미운데.

"……이거 놔요."

그의 팔에 요동치는 심장의 움직임이 닿을까 두려운 마음부터 들었다.

"이거 놓으라구요."

은혜는 그에게서 빠져나오려 몸을 비틀었으나, 그의 팔은 단단했다. 너무도 단단해서, 더는 움직일 수가 없었다. 쿵쾅 쿵쾅 계속해서 그의 팔뚝을 두드리는 심장이 야속하기만 했다.

무엇보다 화가 나는 건, 뒤에 선 그가 어떤 표정을 짓고 있는지 알 수 없다는 것이었다.

"날 밀어낸 건 그쪽이면서, 왜 이래요?"

몸부림치듯 그를 밀어내려던 은혜가 차오른 숨을 옅게 몰아쉬며 물었다.

"아직 일주일도 안 됐는데, 왜 자꾸 내 앞에 나타나는 거냐구요."

원망 가득한 말투가 가시가 되어 그의 가슴을 피로 물들였다.

뒤에 선 원은, 그녀를 놓아주었다.

은혜가 그를 돌아보았다. 이제야 그의 표정이 보인다.

그는 금방이라도 무너질 것 같은 마음을 애써 일으켜 세우며, 가까스로 그녀 앞에 버티고 서 있었다. 그의 눈가에 옅게 드리워진 그림자가 그녀의 가슴 한구석을 따끔하게 만들었다.

원이 진실을, 입 밖에 꺼냈다.

"방금 네가 만난 그 여자. 나 때문에 죽을 뻔했던 여자야."

\* \* \*

"하윤아 씨."

청량이 조용히 윤아의 앞으로 다가갔다.

"……?"

윤아가 청량을 물끄러미 올려보았다.

그녀의 부은 두 눈 속에 청량의 모습이 맺혔다.

"누구시죠?"

청량은 케이크 박스와 꽃다발을 내밀었다.

"이걸 하윤아 씨께 전해드리러 왔습니다."

"이건……."

윤아는 어리둥절한 얼굴로 케이크 박스와 꽃다발을 받아들며 다시금 청량을 바라보았다. 영문을 모르겠다는 그녀의 반응에, 청량은 잠시 뜸을 들이다 전후사정을 말했다.

"매년 소포로 보내셨지만, 오늘은 제가 직접 전해드리러 왔습니다."

청량의 말에, 윤아는 그제야 그가 무슨 말을 하는지 알아차렸다.

"설마 제 키다리…… 아니, 저를 줄곧 도와주셨던 그분이 보내신 건가요?"

"예. 저는 그분의 비서입니다."

"정말 감사해요! 정말, 정말로 감사해요. 아니 감사했어요. 정말로……."

"……!"

윤아가 케이크 박스와 꽃다발을 내려놓고 청량의 손을 덥석 잡았다.

"하윤아 씨……?"

갑작스러운 그녀의 행동에, 청량이 놀란 눈으로 윤아를 바라보았다. 그의 눈빛이 흔들리고 있었다.

"아니, 전 그저……."

"그동안 한 번도 만나 뵐 기회가 없어서 매번 감사한 마음을 전할 길도 없었는데 이렇게…… 이렇게 찾아와주셔서 감사해요."

"저는 그저 비서일 뿐입니다. 하윤아 씨."

"상관없어요. 어쨌든 10년 동안이나 저를 도와주신 분 곁에 계시잖아요. 정말 감사해요. 감사하다고 꼭 전해주세요. 제가 비록…… 얼마 살지는 못하지만, 그래서 염치없게도 그 빚을 갚을 수 있을진 모르겠지만……."

순간 울컥, 청량의 눈시울이 뜨거워졌다.

"이 은혜는 평생 잊지 않겠다고 그렇게…… 꼭 전해주세요."

오열하던 얼굴에는 어느덧 떠오른 아픈 미소가 이루 말할 수 없는 감사함을 드러내고 있었다. 꼭 잡은 두 손마저 뜨거웠다. 작지만 거친 손이 청량의 큰 손을 꼭 붙잡고 있었다.

'만약 이 여자가 진실을 알게 되면…… 그땐…….'

청량은 갑자기 메어온 목을 애써 가다듬고 대답했다.

"알겠습니다. 꼭, 그렇게 전하도록 하겠습니다."

윤아는 창밖 하늘을 응시하며 말했다.

"하늘에 있는 우리 미미도…… 그분만큼은 잊지 않을 거예요."

청량이 고개를 숙이며 조의를 표했다.

"……소식, 들었습니다."

"방금 우리 딸이 저한테 인사를 하고 떠났어요."

윤아는 다시 한 번 미미를 떠올렸다.

"제가 미친 사람처럼 보이실지도 모르겠지만, 그리고 저도 아직 믿어지지가 않지만 정말 그 아이가 제 곁에 있던 것 같았어요."

"……."

"……저도 언젠간 미미 곁으로 가겠죠?"

슬픈 미소를 지으며 나직이 혼잣말을 하는 윤아에게, 청량이 고개를 저으며 말했다.

"하윤아 씨."

"……?"

"그분께서는 하윤아 씨가 건강해지시길, 누구보다도 바라고 계십니다."

윤아는 잠시 말이 없었다. 그러다 허벅지 위에 주먹을 꼭 쥐고 청량에게 물었다.

"그러고 보니 이제야 물을 수 있게 됐네요. 그분은 그동안 왜…… 저를 도와주신 건가요?"

"……!"

예상치 못한 물음에, 청량이 멈칫했다.

원이 지켜온 10년간의 진실을 말할 수는 없는 법. 이내 청량은 다시금 고개를 저으며 대답했다.

"그건…… 저도 잘 모릅니다."

"정말요? 정말 비서님도 모르시는 건가요?"

청량이 머뭇거리듯 입술을 달싹였다.

"하윤아 씨."

청량이 조용히 그녀를 불렀다. 윤아의 맑은 눈망울을 마주한 청량은 스스로 주제넘은 생각을 해버렸다.

만약 지금, 폭탄을 터트리듯 말해버리면, 원은 어쩔 수 없이 그녀에게 나타날 수밖에 없지 않을까?

그는 가만히 마른침을 삼켰다.

얼마 지나지 않아 결심이 선 그의 입술이 떨어졌다.

"그러니까……."

"으잉? 청년은 누구?"

병실 안에 들어선 누군가가 청량을 보며 고개를 갸웃했다.

"아, 할머니 오셨어요?"

할머니를 본 윤아가 재빨리 눈물을 닦아내며 애써 웃어 보였다.

최근에 병실을 옮기거나, 숨을 거둔 환자, 그리고 퇴원한 환자들이 한꺼번에 몰리는 바람에 잠시 동안 6인실에는 할머니와 윤아뿐이었다. 그래서 그런지 할머니는 적적함에 다른 병실로 놀러 가곤 했다.

"응. 그래. 위층 임 할매가 맛있는 거 같이 먹자고 해서~ 올라 갔다가 수다가 길어지는 바람에 좀 늦었지. 의사 선생님이 늙은 이 돌아다닌다고 뭐라 하진 않았고? 근데……."

순간 뭔가 이상한 기를 느낀 할머니가 두 눈을 번뜩였다.

할머니는 주위를 살펴보았다. 어린 영가의 기가 희미하나마 남아 있었다. 할머니가 윤아를 유심히 바라보며 물었다.

"흐음. 윤아 너 눈이 왜 그러냐. 무슨 일이라도 있었어?"

"네? 아. 그게요."

방금 있었던 일들을 사실대로 말하면, 죽을 날 앞두고…… 미쳤다고 생각하시겠지?

윤아는 사실대로 말하길 그만 두었다. 곧 그녀는 앞에 서 있던 청량을 어색하게 올려다보곤, 대답했다.

"실은, 제가 너무 감동을 받아서요. 사실 오늘 제 생일이었거든요. 홀로 보내야 했었는데…… 이렇게 뜻밖의 선물들을 받아서요."

윤아의 말에, 할머니는 두 눈을 가늘게 뜨곤 윤아의 옆에 놓여 있는 케이크 박스와 꽃다발을 응시했다. 그리고 씩 웃으며 물었다.

"오호. 그럼 뭐, 저 청년이 생일 축하 겸 프러포즈라도 한 거야? 그게 아님 선물 받고 눈물까지 흘릴 일이 있나."

"네?"

"예?"

윤아와 청량의 눈이 휘둥그레졌다. 윤아는 불현듯 얼굴이 붉어진 채로 두 눈을 깜박였다. 그리고 청량을 한 번 바라보고는 이내

호랑이 굴에 들어가다

손사래를 쳤다.

"아, 그런 게 아니라……."

할머니는 고개를 비스듬히 기울이고 청량을 위아래로 훑어보았다.

"궁합을 보아하니."

습관적으로 청량을 뚫어져라 바라보며, 무언가를 말해주려던 할머니가 입을 꾹 다물었다. 전직 무당 직업병이 또 나타날 뻔했던 순간이었다. 그러다 할머니는 다시 조용히 청량과 윤아를 번갈아 응시했다.

할머니가 눈을 가늘게 여몄다. 뭐, 나중에 이 정도는 말해줘도 나쁘지 않겠지. 늙은이의 오지랖 정도로 봐줄 테니까.

할머니는 어렴풋한 미소를 짓고는 뒤돌아섰다.

"그건 나중에 말해줄게."

그리고 스윽 스윽 슬리퍼를 끌며,

"화장실 좀 다녀오마."

병실 밖으로 다시 나서는 할머니였다.

할머니가 나가고 다시 병실에 남겨진 건, 청량과 윤아였다. 이윽고 청량이 꾸벅 인사를 했다.

"저는 이만 가보겠습니다."

"아, 그게. 할머니가 오해하신 것 같은데 제가 잘 말씀드릴게요. 마음 불편하셨을 텐데 죄송해요."

"아닙니다. 다시 한 번 생일 축하드립니다. 그리고 미미는…… 좋은 곳에 갔을 겁니다."

청량은 가만히, 그리고 여리게 미소를 지어 보였다. 애도와, 위로의 미소였다.

"……감사해요. 케이크와 꽃, 잘 받을게요."

윤아도 작게 웃어 보였다. 창백한 뺨이 분홍빛으로 물들어 있었다.

청량은 한동안 멈춰 선 채로 윤아를 바라보았다.

그동안 원과 함께 먼발치서 바라보기만 했었던 여자. 그녀와 대화를 나눈 건, 청량 역시 처음이었다. 그런데 왜 이렇게 가슴이 아픈 걸까?

"그럼."

그는 먹먹해진 가슴을 들킬까, 다시 인사를 하곤 병실을 나섰다.

"잠깐만요!"

윤아가 그를 불러 세웠다.

"……?"

"언젠가 다시 뵐 수 있을까요?"

청량은 환자복을 입고 있는 윤아의 가녀린 모습을 두 눈에 담았다. 이내 그의 입술이 떨어졌다.

"말동무라도 좋으시다면…… 가끔은 들르겠습니다."

10년 동안이나 먼발치서 원과 함께 멀찍이 떨어져 있던 자신이 할 수 있는 건, 이것밖에 없기에.

청량은 그녀를 똑바로 바라보지 못했다.

"염치없는 부탁이지만, 너무 늦게 오시면 안돼요."

윤아가 빙그레 웃었다.

\* \* \*

은혜의 커다란 눈동자 속 영롱한 빛이 거세게 흔들렸다. 갈라진 원의 입술 사이로, 무거운 진실이 드러났다.

"내 잘못으로…… 평생 병원 신세를 지게 만들었다고."

그가, 윤아의 앞에 다가설 수 없는 진실이.

원이 그녀의 양 어깨를 붙잡았다. 그리고 물었다.

"주은혜, 너도. 그렇게 되고 싶어?"

은혜의 어깨를 붙든 그의 손이 미세하게 떨렸다.

"말해달라고 했지. 네가 위험한 이유. 네가 방금 본 여자가 그 이유야. 알아들어?"

최후의 수단이었다. 이렇게 잔뜩 겁을 줘버리면, 그녀가 서서히 뒷걸음질 치길 바랐다. 스스로 도망치길 바랐다.

원은 입 안을 꽉 물었다.

제발, 멀어지란 말이야.

원은 은혜를 바라보며 단호하게 말했다.

"다시는, 나 때문에 누군가를 다치게 하고 싶지 않아. 그게 너라면!"

"……!"

"더더욱."

그녀의 눈에, 왠지 모르게 눈물이 고여 버리고 말았다.

은혜가 원을 빤히 바라보았다. 그가 무슨 말을 한 건지 그 뜻을 이해해 보려 했지만 여전히 이해가 되지 않았다. 그런데도, 눈물이 맺혔다.

왜지……?

"그러니까. 나한테서 도망치라고. 나한테서 최대한 멀리, 도망가라고."

그의 목이 메여왔다.

"내가 몇 번이나 기회를 줬는데, 주은혜 너는 왜……."

"……."

"자꾸 붙잡고 싶게 만들어."

원이 그녀의 어깨를 꽉 붙들었다. 그의 입가에서 흘러나온 힘겨운 한마디가, 그녀의 가슴에 닿았다.

툭—

은혜의 뺨에, 눈물 한 방울이 주륵 흘러내렸다.

원의 손이 그녀의 뺨을 어루만졌다.

"왜 자꾸 날…… 이기적으로 만드냐고."

그의 낮은 목소리가 도돌이표처럼 계속 머릿속을 맴돌며 울렸다.


"으. 피곤해 죽겠다."

성빈은 병원 복도를 걸으며 기지개를 켰다. 간호사들은 그의 작은 움직임 하나하나를 관찰하며 배시시 웃고 있었다.

"하루 종일 병원에 있으려니 답답하네."

성빈의 중얼거림을 들은 한 간호사가 쏜살같이 성빈의 곁에 다가와 물었다.

"어머, 성빈 쌤~ 제가 같이 산책이라도 나가드릴……."

"성빈! 밖에서 캔 커피나 한잔 할래?"

그러나 눈치 없이 은후가 성빈의 어깨를 툭 치는 바람에, 그녀는 입을 쌜룩이며 구시렁거릴 수밖에 없었다.

"너는 내 껌딱지냐. 난 혼자도 괜찮거든?"

은후를 힐끗 본 성빈이 옅은 한숨을 내쉬며 고개를 저었다. 그러나 은후는 손가락을 휘이 휘이 성빈의 눈앞에 흔들어 보이며 대답했다.

"이거 섭하게 왜 이래. 너의 영원한 짝꿍은 나잖냐."

"누가 짝꿍해주겠대?"

성빈이 피식 웃으며 바람도 쐴 겸 병원 회전문 앞으로 다가갔다.

"……?"

그리고 불현듯, 그가 그 자리에서 멈춰 섰다.

"……."

이내 두 눈에 들어온 낯익은 얼굴에, 그는 그 자리에서 굳어버리고 말았다.

"성빈, 왜 그래?"

갑자기 성빈이 그 자리 그대로 멈춰 선 것을 본 은후가 물었다.

"……."

성빈은 한동안 아무런 말이 없었다.

은후는 성빈의 시선이 고정되어 있는 곳을 응시했다.

"어? 저 여자는……. 오, 남자친군가?"

성빈이 뒤돌아섰다. 그리고 다시 병원 안으로 뚜벅뚜벅 걸어갔다.

은후가 성빈을 쫓으며 그의 한쪽 어깨를 붙들었다.

"응? 밖에 나가자며?"

성빈이 발걸음을 멈추었다.

"놔."

그가 은후의 손을 응시하며 차갑게 말했다. 은후는 무의식적으로 손을 뗐다. 그는 멍한 얼굴로 성빈을 바라보았다.

"너 갑자기 왜 이래."

은후가 진지하게 묻자, 성빈은 다시 발길을 떼며 대답했다.

"……미안하다. 처리해야 할 일이 있다는 걸, 깜박했어."


"하윤아 씨가 그렇게 아프게 된 이유가, 선우 원……. 당신 때문이라고?"

눈물이 맺힌 두 눈으로, 은혜가 믿을 수 없다는 듯 다시 물었다.

"그래."

짧게 대답한 그는, 은혜의 두 뺨에서 손을 뗐다. 그리고 다시 서늘한 선우 원으로 되돌아갔다.

이윽고 원은 그녀를 지나치며, 속삭이듯 말했다.

"이제 다 알아들었으면 미련 없이 도망쳐. 붙잡지 않을 테니까."

차갑게 걸어가는 그의 뒤로, 더 이상 다가가지 못하도록 가시덤불이 우거지고 있는 것만 같았다.

분명 아플 것이었다. 온몸이 가시에 찔려 고통스러울 것이었다. 하지만, 가시에 찔려서라도, 그에게 가고 싶었다. 그를 붙잡고 싶었다.

은혜는 그를 붙잡기 위해 발을 떼려 했다.

"안 돼."

그러나 그녀의 앞을 가로막은 건, 천 휘 장군이었다.

"……!"

은혜가 원망스러운 얼굴로 천 휘 장군을 바라보았다.

"왜 안 되는 건데요?"

"못 들었어? 저 녀석 말대로, 저 녀석과 엮이면 네가 위험해져."

순간, 할머니가 자신에게 했던 말이 메아리처럼 스쳐 지나갔다. 은혜가 천 휘 장군을 응시하며 미간을 좁혔다.

"설마 장군님이 할머니께 그렇게 말씀하신 거예요?"

"……."

"물어나 볼게요. 대체 왜, 그러니까 왜! 내가 위험해지는 건지. 모든 것을 볼 수 있다는 무당이, 저 남자를 볼 수 없는 이유가 뭔지. 들어보자구요."

천 휘 장군은 고개를 저을 뿐, 대답하지 않았다.

"그럼 다들 나한테 왜 이래요? 왜 나만 자꾸 바보 만드는 건데."

은혜가 답답하다는 듯, 가슴을 치자 천 휘 장군이 은혜의 눈앞까지 다가와 낮은 목소리로 물었다.

"그럼 넌 어찌하여, 평소의 너답지 않게 저 녀석과 엮이려는 거냐?"

그의 말에, 은혜는 돌덩이로 머리를 얻어맞은 듯 한동안 멍해졌다.

여태껏 그래 왔다. 조금만 이어지려 하면 피하고, 숨고, 도망치고……. 그게 아니라면 신경조차 쓰지 않으려 했다. 나 아닌 누군가에게.

이윽고 은혜는 주먹을 꽉 쥐었다.

"누군가를 만나고부터 문득. 애써 누군가와 엮이지 않으려 스스로 도망치는 건 어쩐지…… 너무도 바보 같다는 생각이, 들었어요."

자신에게서 도망치라 말하는 원에게서, 문득 이전의 주은혜의 모습이 보였다.

"제 곁의 사람이 떠나갈까 두려워하는 것보다, 그 사람을 지킬 생각을 먼저 해야 했어요."

천 휘 장군의 눈이 슬프게 빛났다.

"전 왜 그걸…… 이제야 깨달았을까요."

고개를 숙인 그녀의 목소리가 가늘게 떨렸다.

\* \* \*

오늘도 바보처럼, 실수를 해버렸다.

은혜에게서 멀어져야 하는데, 오히려 껴안아버리고 말았다.

이렇게 계속…… 자제력을 잃다가는, 더 이상 제 손으로 밀어낼 수 없을지도 모른다.

원은 애써, 머릿속에서 은혜를 지우려 노력했다.

그는 서둘러 앞좌석에 앉아 있던 청량에게 윤아에 대해 물었다.

"하윤아 씨 일은, 어떻게 됐어."

"케이크와 꽃다발 모두 잘 전해드렸습니다. 사장님께 정말 감사드린다고, 이 은혜 꼭 잊지 않겠다고 그렇게 말하더군요."

평생 속죄하며 살 사람은 자신인데.

원의 눈 아래로 짙은 그림자가 드리워졌다.

청량은 윤아를 떠올리며 말끝을 흐렸다.

"사장님께서 직접 가신다기에, 드디어 사장님께서 결심을 하신 줄 알았습니다."

"……그랬어."

원이 시선을 아래로 떨어뜨렸다.

"병원에 물어보니, 지금 하는 항암치료도 앞으로 얼마 받지 못할 것 같다고…… 합니다."

"……."

수천 개의 바늘이 심장을 찌르는 것처럼 그를 짓눌렀다. 너무 아프지만 다가설 수 없다. 영영 그 기회를 잃어버린다면, 그건 더더욱 견딜 수 없다는 걸 알면서도 여전히 다가갈 수가 없었다. 은혜를 마주쳤어도, 병원으로 다시 들어갈 수 있었는데. 또다시 그냥 돌아와 버렸다.

"만약…… 나 때문에 남은 시간이 고통스러워지면 어떡하지?"

원이 창밖을 바라보며 갈라진 목소리로 물었다.

유리창에 비친 그의 얼굴이 괴로움으로 물들어 있었다.

"하지만 그 일을 묻어두신다면, 사장님께서는 평생 그 짐을 지고…… 살아가야 하잖습니까."

청량이 백미러를 통해 원을 바라보았다. 그의 굳게 닫혔던 입술이 떨어졌다.

"저는 사장님의 그런 모습을 지켜볼 수가 없습니다."

"……."

"그리고 아주, 오랫동안 지켜드릴 수도 없고요. 저는 사장님과 다르니까요."

원은 두 눈을 감았다.

"그 여자에게서, 별다른 말은 없었고?"

원의 물음에 청량은 잠시 뜸을 들였다.

"……없었습니다."

결국 가끔 찾아가겠다고 약속한 이야긴, 꺼내지 않았다. 청량은 자신도 모르게 원에게 비밀을 만들어버렸다.

그는 성급히 분위기를 바꾸듯 원을 향해 물었다.

"참 사장님. 오늘, 여자를 불러야 할까요?"

원이 반사적으로 다시 눈을 떴다. 은혜와 키스를 했기 때문에 아직 당장은, 색기를 흡수하지 않아도 됐다. 하지만 시간이 지나면…… 다시 전과 같이 원하지 않아도, 원하지 않는 누군가와 입술을 나누어야 한다.

"아직은, 괜찮아."

"예, 알겠습니다."

그러나 시간이 지나면, 또다시 원이 어떤 선택을 해야 할지, 청량도 알고 있었다.

청량은 은혜와 함께 있던 그의 모습을 그렸다. 하윤아 씨처럼, 또다시 그는…… 또다시 한 발 물러서고. 그렇게 영원히, 다가가지 못한 채 그어진 선 밖에서 머뭇거릴 것이다.

그의 상처가 늘어가는 것을, 이제 더는 보고 싶지 않았다.

\* \* \*

다시 가면보살 차림으로, 손님이 오지 않는 동안 멍하니 앉아 있길 몇 시간째였다. 은혜는 한참 동안이나 테이블 앞에 앉으며 허공을 응시했다.

할머니를 마주치지는 않았으니, 할머니는 자신이 병원에 다녀간 줄 꿈에도 모를 것이었다. 완전범죄를 마치고 다시 점집으로 돌아왔으니 성공이긴 한데.

―제 곁의 사람이 떠나갈까 두려워하는 것보다, 그 사람
 을 지킬 생각을 먼저 해야 했어요.

장군님에게 했던 자신의 말이, 계속해서 잊히지 않은 채 머릿속을 맴돌고 있었다. 감정에 솔직하게 내뱉은 말이었다. 그런데 그 말이, 왜 이렇게 시원하게 느껴졌던 것일까.

하지만 정작 밀어내는 사람은, 주은혜가 아닌 그였다.

어쩐지, 자존심이 상한다. 은혜는 테이블을 쾅 내리쳤다.

"이왕 이렇게 된 거, 빨리 그 사람의 정체를 맞춰버려서…… 이젠 정말로, 다신 찾아오지 못하게 만들 거야. 정말 그럴 거야……."

계속해서 그를 미워하면서도 또다시. 그가 껴안았던 순간, 그리고 그때의 느낌, 그때의 감정이 불쑥 나타났다.

그러면서, 한편으로는 다른 쪽으로 울컥했다.

"아니. 당신이 위험하든 말든, 내가 괜찮다는데 왜?"

그렇게 잊을 만하면 나타날 거면서. 방심조차 할 시간 없이 후욱, 들어와 사람을 흔들어 놓을 거면서.

"후…… 미쳤어. 미쳤어, 주은혜."

은혜는 한 손으로 이마를 짚었다.

또 멍청한 생각을 해버린 것이다. 절대로 흔들리지 않으리라, 다짐해 놓고는 또다시 그에 대해 생각하다니.

아니, 여태껏 그를 생각하고 있었다니.

이젠 정말로 미친 게 분명하다. 은혜는 가면 속 눈두덩이를 꾸욱 눌렀다.

잊자. 온갖 부적을 이용해서라도, 잊자. 다시는, 흔들리지 말자. 가슴을 파고드는 바람처럼, 돌아선 심장에 다시 스며들어도……. 잊어버리자.

"뭐야. 또 청승맞게 혼자 머리 쥐어뜯고 있었지?"

은혜는 갑작스럽게 들려온 목소리에 번쩍, 눈을 떴다.

"넌 어디 갔다 이제 나타나?"

언제 나타난 건지 모를 지연이 팔짱을 낀 채, 테이블에 걸터앉아 있었다.

"뭐, 그동안 못했던 것들 실컷 하고 왔지. 구경도 좀 하고."

"그런 거 즐기지 마. 이승에 대한 미련, 버리기 힘들어져."

은혜가 진지한 눈으로 당부하자, 지연은 입매를 씰룩이며 대답했다.

"그럴 것 같아서 이만하고 돌아온 거야. 이참에 전 세계를 여행해 볼까 하는 생각도 해봤거든."

"꿈 깨라. 귀신이 같은 '신' 자 들어간다고 해서 하고 싶은 거 다 할 수 있는 진짜 '신'은 아니거든."

"어이구. 어련하시겠어."

딸랑—

그때. 머뭇거리는 손길과 함께 점집, 가면보살의 출입문이 열렸다.

"어서 오세요."

은혜는 허리를 곧게 폈다. 그리고 가면을 고쳐 쓰며 손님을 맞이했다.

"흐음."

긴 생머리를 찰랑이며, 늘씬하게 교복을 갖춰 입은 여고생이 은혜의 앞에 앉았다. 평범한 여고생이라기엔 남다른 포스를 가지고 있었고 어딘가 차가운 분위기마저 풍기고 있었다.

"여기. 고민 들어주는 데, 맞죠?"

여고생은 지연처럼 팔짱을 낀 채, 점집을 둘러보며 물었다.

은혜는 지연을 힐끔 보았다. 그러나 지연은 재미있다는 듯, 은혜의 앞에 앉은 여고생을 응시하고 있을 뿐이었다.

"뭐…… 여기 오는 사람들의 사연은 다양하지만 대부분이 고민 해결을 위해서 오기도 해. 뭐가 궁금해서 왔을까?"

은혜가 여유롭게 말문을 열었다. 그러자 여고생은 갑자기 휴대폰을 은혜 앞에 들이밀며 물었다.

"간단해요. 이 상황에서, 내가 어떻게 해야 할지 궁금해요."

아주 진지한 눈빛으로 은혜를 잡아먹을 듯 노려보며.

"……?"

잠깐.

은혜는 한쪽 눈썹을 치켜 올렸다.

지금 이 눈빛. 이 말투. 언젠가 있었던 상황과 아주 비슷하다. 그녀는 순간, 눈앞의 여고생과 누군가의 얼굴이 겹쳐 보이자 정신을 가다듬으려 헛기침을 했다.

"잠시만 물 좀."

은혜는 물을 한 모금 마시고, 여고생이 내민 문자의 내용을 확인했다. 문자의 내용은 총 두 개였다.

'성빈……? 윤성빈?'

문자를 찬찬히 읽어 내려가던 은혜는, 너무도 낯익은 이름에 순간 물을 꿀꺽 삼켰다.

\* \* \*

"야. 윤성빈. 너 아까부터 왜 그렇게 저기압인 건지, 이유나 좀 알자."

은후가 아까 마시지 못한 캔 커피를 건네며 말했다. 성빈은 깍지 낀 손을 무릎에 얹어 그 위에 이마를 대고 있었다. 은후의 기척에, 성빈이 캔 커피를 받아들며 여리게 웃어 보였다.

"그냥 좀 피곤해서 그래."

"너 웬만해선 그런 티 안 내니까 묻는 거다."

은후는 성빈의 옆에 앉으며 커피를 한 모금 마시곤, 대답했다.

"······내가 말야."

성빈이 캔 커피를 쥔 채 입술을 뗐다.

"······?"

은후가 캔 커피를 입에 대다 말고, 성빈에게로 시선을 옮겼다. 우울한 얼굴을 하고 있으면서도 성빈은 웃으며 말을 이었다.

"마음이 좀 아프다. 아니, 많이 아픈 것 같기도 해."

"그게 무슨 뜻이야. 윤성빈."

간만에 진지한 얼굴을 한 은후가 성빈을 물끄러미 바라보았다.

"동생이었다가, 친구였다가, 그리고 남자로······ 천천히 다가가고 싶었는데. 실수였나 봐."

직감적으로, 상황을 알아챈 은후는 미간을 좁히며 물었다.

"너 설마······ 아까 병원 입구에서 본 그 여자 때문에 이러는 거야?"

성빈은 대답 대신, 다시 쓸쓸한 미소를 지을 뿐이었다.

"······아니면 내가 바보처럼, 이미 다른 사람이 있었던 걸 몰랐던 것 같기도 하고."

은후는 병원 밖에서 본 여자와 그녀의 어루만지고 있던 남자의 모습을 떠올렸다.

"단순한 친구일 뿐이라고 하지 않았어?"

"……."

은후는 그제야 성빈의 감정을 알아차렸다는 듯, 두 눈을 감았다 떴다. 그리고 다시 진지하게 물었다.

"설마 너는……, 친구가 아니었던 거냐."

\* \* \*

설마 내가 아는 윤성빈은 아니겠지. 그래, 아닐 거야.

은혜는 가면 너머로 여고생을 스윽 훑어보았다.

"사실, 이 문자를 보낸 남자하고 좋지 않게 헤어졌는데, 막상 이 문자를 받으니까, 다시 만나러 가야 할지 고민이 되는데 그쪽 생각은 어때요?"

그쪽? 새파랗게 어린 게…… 싸가지 없는 것까지 누구와 똑같았다. 설마 지구 반대편에 있다던 도플갱어는 아닐까?

은혜는 여고생 역시 손님이라는 것을 되뇌며, 여유로움을 유지하려 애썼다.

"빨리 좀 말해줄래요? 이런 데 오래 앉아 있는 거, 내 스타일 아니거든요."

은혜에게 고민을 털어놓은 건, 다름 아닌 린이었다.

학교가 끝나고 야간자율학습은 그대로 패스한 채, 혼자서 생각

호랑이 굴에 들어가다

도 좀 할 겸, 번화가를 걷다가 이끌리듯 이 점집에 들어왔다.

이런 곳은 처음이라, 린은 보이지 않게 긴장을 하고 있었다. 그러나 그런 티를 내지 않으려 일부러 더 까칠하게 굴며 은혜를 재촉했다.

"어이구, 이거 말하는 꼬라지 봐?"

꽤나 예의 없어 보이는 린의 태도에, 은혜의 옆에 서 있던 지연이 이걸 콱— 하는 포즈를 취했다. 그러나 아무리 멱살을 잡고 흔들어도 정작 본인은 느껴지지 않을 터. 지연은 후, 입김을 불어 앞머리를 휘날렸다. 그리고 비웃듯 혼잣말을 했다.

"그걸 고민하는 것부터가 가고 싶다는 뜻인데 뭘 고민해?"

여전히 그런 지연의 말이 여고생에게 들릴 리가 없었다. 하지만 은혜는 들을 수 있었다. 성빈의 이름을 보고 잠시 멍해졌던 은혜는 지연의 말을 듣고는 냉큼 대답했다.

"그걸 고민하는 것부터가, 가고 싶다는 뜻이네. 뭘 고민해?"

"네?"

은혜의 말에, 린이 멈칫했다. 마치 속마음을 들킨 사람처럼, 언제나 시니컬한 척 자신을 포장했던 린의 얼굴이 문득 붉어졌다.

이윽고 린은 급히 자리에서 일어났다.

"얼마예요."

"?"

"고민 상담 값, 얼마냐구요."

린이 가방을 뒤적거리자, 은혜는 잠시 뜸을 들이다 이내 린을 바라보며 말했다.

"됐으니까, 그냥 가."

"싫어요. 줄 건 줘야죠."

린은 지갑을 꺼내며 붉은 입술을 앙다물었다. 그러나 은혜는 여린 미소를 지어 보이며 나직이 대답했다.

"그냥, 친한 언니가 고민 상담 들어줬다고 생각해."

친한 언니……?

린이 잠시 동안 은혜를 빤히 바라보았다. 그러다 가방끈을 꽉 쥔 채, 돌아서며 말했다.

"……그럼 고마웠어요."

\* \* \*

"쉬십시오."

원의 저택 현관 앞에서 청량이 고개를 숙이며 말했다.

청량을 보낸 원은, 집 안으로 들어서 2층으로 올라갔다.

아무도 없는 넓은 집에는 쓸쓸함과, 차가움이 공존했다. 그는 복도 끝 문을 열어, 그의 방 한쪽에 있는 커다란 소파에 앉았다. 그가 붕대가 감긴 한 손을 이마에 얹어 시야를 가렸다.

"하……."

그의 입가에서 힘겨운 한숨이 흘러나왔다.

그는 피곤함과 더불어 기름처럼 엉겨버린 수만 가지의 생각을 잠시나마 잊어 보려, 그대로 눈을 감았다.

차로 돌아오던 청량은 휴대폰을 만지작거렸다.

그러다 대기하고 있던 강구에게 비밀스러운 말을 전하곤, 청량은 비밀스럽게 세웠던 계획을 실행에 옮겼다.

린이 나가자, 지연이 다시 테이블 위에 걸터앉으며 중얼거렸다.
"의외로 고맙단 말도 할 줄 아네."
저 새초롬한 입술에서 절대로 나올 것 같지 않은 한마디였다. 지연의 의견에 어느 정도 수긍한 은혜도 고개를 끄덕였다.
문득 지연이 키득거리며 은혜를 콕 찔렀다.
"이봐, 무당 언니. 근데 왜 내가 한 말을, 아까 걔한테 고대로 전했을까? 하긴, 자기도 제대로 된 연애를 해봤어야지."
은혜가 억지 미소를 지어 보이며 어금니를 꽉 물고 말했다.
"조용히 해라."
밀당이든 뭐든 연애라는 걸, 해봤어야지. 그나마 연애라 표현할 수 있는 건, 고등학교 때의⋯⋯ 기억 속에서 지워버리고 싶은, 아주 짧았던 첫사랑, 아니 사랑이라고 부를 수조차 없는 끔찍한 기억뿐이었다.
은혜가 불현듯 아픈 기억에 휩싸였을 때, 지연이 한마디를 툭 던졌다.
"결국은 미련이 남는 사람이 찾아가게 되어 있어. 상대방에 대한 미련이 없으면, 두 번 다시 돌아보지 않고 떠나는 법이거든. 근데 쟨 문자 속 남자와 좋지 않게 헤어졌다면서, 그 남자가 다시 연락을 해오니까 흔들리고 있잖아. 그럼 아직 그 남자에 대한 미련을 못 버렸다는 거지."

물 흐르듯 늘어놓는 지연의 말에, 은혜는 두 눈을 가늘게 뜨곤 물었다.

"넌 어떻게 그렇게 잘 아는데?"

그러자 지연은 씩 웃으며 두 눈을 가늘게 떴다.

"이래 봬도, 나 학교에서 알아주는 연애 상담사였거든?"

"너야말로 어련하시겠어."

은혜는 지연과 투닥투닥거리면서도, 지연이 한 말을 가만히 곱씹어 보았다. 남녀는 헤어졌고, 여자는 그가 다시 연락을 해오니, 흔들린다. 그리고 그건, 그 남자에 대한 미련을 버리지 못했다는 뜻……

'그럼 난 선우 원, 그 남자를 아직도 깨끗이 잊지 못했다는 뜻이야, 뭐야?!'

은혜가 두 눈을 번쩍 떴다.

'아냐, 잊을 거라고. 아니, 잊었다고!'

돈과 자기 자신만 생각하는 그런 남자, 이쪽에서 사절이란 말이야.

스스로를 다그치던 은혜는 괜히 뜨끔해서, 지연을 홱 돌아보며 물었다.

"야. 강지연. 설마 방금 그거 내 얘긴 아니겠지."

"무슨 소리야. 난 아까 그 싸가지 얘기한 건데."

지연은 은혜를 이상하다는 듯 바라보며 테이블 위에서 폴짝 내려왔다. 그리고 은혜의 앞에 턱받침을 하곤, 두 눈을 반짝이며 물었다.

"그러고 보니이~. 그 오빠랑은 어떻게 됐어? 그때 이후로 다시 만났어?"

문득 그가 손에 연고를 발라주던 순간이, 잔상처럼 그녀의 시야에 맺혔다. 은혜는 곧 아래로 시선을 내리깔며 무심하게 대답했다.

"······어쩌다 보니."

"헐! 진짜? 언제? 어디서? 난 못 봤는데?"

"너 없을 때 왔었거든. 오늘 병원에서 만나기도 했고."

"무슨 얘기 했는데? 그 오빠가 다시 만나자고 했어? 아니 대체 그 오빠랑 그렇게 냉전 중인 이유가 뭐야? 언니 주제에."

지연은 은혜를 위아래로 훑으며 어깨를 으쓱거렸다. 마치, 그 완벽한 남자와 싸울 이유가 뭐가 있느냐는 듯의 눈빛이었다.

은혜가 지연을 노려보며 되물었다.

"내 주제가 어때서!?"

지이이잉—

은혜가 으르렁 거리며 지연을 타박하던 중, 책상 위 은혜의 휴대폰이 울렸다.

"여보세요?"

["안녕하세요, 주은혜 씨. 저는 선우 원 사장님의 비서, 이청량이라고 합니다."]

"무슨 일······이시죠?"

전화의 주인이 원의 비서라는 말을 듣자 은혜의 표정이 복잡해졌다. 그가 아닌 그의 비서가 갑자기 왜 전화를 한 거지?

["그게…… 지금 사장님께 빨리 와주셔야 할 것 같습니다."]
"네?"

은혜는 자신도 모르게 벌떡 일어섰다. 그리고 떨리는 목소리로 물었다.

"설마, 무슨 일이라도 생긴 거예요?"

["지금 당장, 주은혜 씨가 필요합니다. 차를 보내겠습니다. 그 차를 타고 사장님 댁으로 와주세요. 부탁드리겠습니다."]

전화가 끊기고, 은혜는 불안감이 역력한 얼굴로 입술만을 달싹였다. 그렇게 얼마 지나지 않아, 차 한 대의 불빛이 희미하게 창밖에 비쳤다.

그가 또다시 쓰러지기라도 한 걸까? 은혜의 동공이 흔들리기 시작했다. 이내 은혜는 옷을 갈아입을 생각도 하지 못한 채, 가면을 벗고 비녀를 빼어 테이블 위에 내려놓았다.

고민할 새도 없이, 그녀는 점집 문을 열고 나섰다.

점집 앞에는 익숙한 차가 서있었다.

은혜가 나오자, 운전석에서 내린 강구가 그녀를 맞이했다.

"주은혜 씨. 맞죠?"

\* \* \*

거대한 출입문을 지나쳤음에도, 차는 조금 더 깊숙이 안으로 들어갔다. 마치 비밀스러운 금단의 공간을 들어가는 것 같은 기분이었다.

"다 왔습니다. 여기가 사장님 댁입니다."

차에서 내려 고개를 들자, 두 눈에 한 번에 담기 힘든, 거대한 저택이 웅장하게 자리하고 있었다. 그의 집답게 호화스러워보였지만, 우두커니 홀로 서 있는 외로운 성처럼 보였다.

"주은혜 씨."

청량이 문 앞에서 그녀를 기다리고 있었다.

"이쪽입니다."

청량은 원의 집 현관 번호 키를 눌러 문을 열어주었다.

"어서 들어가 보십시오. 사장님의 방은 2층 복도 맨 안쪽 끝에 있습니다."

고개를 끄덕인 은혜는 서둘러 집 안으로 들어가, 2층 계단을 밟아 올라갔다. 복도 맨 끝 방을 향해 넓은 복도 위로 한 걸음씩 내디딜 때마다, 긴장감이 더해졌다.

드디어 복도 맨 끝 방. 이곳에 그가 있다.

그녀는 잠시 심호흡을 하곤, 문을 열었다.

"……!"

선우 원. 그가 소파 위에 쓰러지듯 누워있었다.

이내 그녀는 그에게 달려가 그의 두 뺨을 감쌌다.

"선우 원 씨! 괜찮아요? 눈 좀 떠봐요. 내가 왔잖아요."

'그렇게 잘난 척하듯 무심히 가버리더니, 왜 또 이렇게 힘없이 쓰러져 있는 건데…….'

순간 눈물이 핑 돌면서 걱정과 원망스러움이 교차하자, 은혜는 그의 가슴에 얼굴을 묻고 눈물을 터트리고 말았다.

'으…… 시끄러워.'

잠결에 누군가의 목소리가 울려 퍼지자, 원이 무의식적으로 미간을 좁혔다.

'뭐지.'

"아냐. 이럴 게 아니잖아……. 또다시 쓰러진 거라면……."

그녀는 불현듯 떠오른 기억에, 울먹거리는 얼굴로 그를 바라보았다. 그리고 낮에 했던 말을 다시 떠올렸다.

─누군가를 만나고부터 문득. 애써 누군가와 엮이지 않으려 스스로 도망치는 건 어쩐지…… 너무도 바보 같다는 생각이 들었어요.

─제 곁의 사람이 떠나갈까 두려워하는 것보다, 그 사람을 지킬 생각을 먼저 해야 했어요.

지금 이 순간. 그 어느 때보다도 그 말들이 가슴을 두드려서, 심장을 쿵쾅 쿵쾅 뛰게 만들었다.

은혜의 눈물이 툭, 원의 뺨에 떨어졌다.

"당신이 어떤 비밀을 안고 있든, 내가 당신을 안아줄게. 뭐든 받아줄게. 그러니까 나한테 더 이상, 도망치라고 하지 마."

아직도 그 이유를 모르겠지만, 지금까지 그가 쓰러질 때면 필요했던 건…… 입술.

"그리고 당신도, 도망치지 않았으면 좋겠어."

'뭐라고……?'

호랑이 굴에 들어가다 147

은혜의 목소리가 그의 머릿속을 가득 채웠다.

이윽고. 은혜는 그의 얼굴 가까이, 자신의 얼굴을 가져갔다.

서서히 그녀의 입술이, 그의 입술로 포개졌다.

그와 동시에,

"……!!"

원이 감았던 눈을 떴다.

'주은혜……?'

지금 꿈을 꾸고 있는 건가?

흐릿한 시야 사이로 보이는 은혜의 모습에 원은 혼자서 생각했다. 그런데 갑자기 입술 위로 촉촉한 느낌이 드는 게, 이건…….

원의 눈이 커졌다.

"네가 여기 왜 있는 거야."

그는 놀란 눈으로 몸을 일으켜 세웠다.

"……?"

그러자 은혜는 울음을 멈추고 눈물이 맺힌 눈동자로 원을 올려다보았다.

"괜찮아요? 괜찮은 거예요? 근데 왜 난 아무런 느낌이…… 없었지? 전처럼 온몸의 기가 빠져나가는 것 같은 그런 느낌이……."

"주은혜!"

원이 은혜의 손목을 붙들었다.

"……?"

"네가 왜, 여기에 있는 거냐고!"

＊　＊　＊

―그걸 고민하는 것부터가, 가고 싶다는 뜻이네. 뭘 고민해?

그렇단 말이지.
"흠."
가방을 꽉 쥔 린이 주춤거리며 출입문 앞에 섰다. 출입문에는 성운 병원 마크가 붙어 있었다.

가을도 다 지나갔나. 조금은 쌀쌀한 날씨에 타이트한 교복차림이었던 린은 문득 오한을 느꼈다. 날이 추워서라도 병원 안으로 들어갈까, 고민했지만 언뜻 든 생각이 발걸음을 멈칫하게 만들었다.

'문자 하나 받았다고 쪼르르 달려온 것처럼 보이면 어떡하지.'
한참을 입술을 붙였다, 뗐다 하던 린은 긴 머리카락을 휘날리며 인상을 꽉 썼다.

대체 선우 린이 이런 걸 왜 고민하고 있는 거야!

그러다 린은 다시 휴대폰을 꺼내 들었다. 그리고 성빈의 문자를 열어, 몇 번을 썼다 지우길 반복 후 겨우 터치 키패드를 꾹꾹 눌렀다.

[저 지금 성운 병원 앞이에요. 지나가다 들렀으니까, 할 말 있으면 지금 하시든가요.]

문자가 도착했다는 짤막한 진동과 함께 성빈의 휴대폰 화면이 켜졌다. 그러나 성빈의 휴대폰은 의국 안, 그의 책상에서 외로이 울릴 뿐이었다.

30분이 지나도, 그에게서 답이 오지 않자 린의 얼굴이 붉게 물들었다.

그냥 가버려? 린은 홱 뒤돌아섰다. 그러나 어쩐지 오기가 생겼다.

결국 그녀는 성빈의 번호로 전화를 걸었다. 신호음이 갔지만 아무리 기다려도 돌아오는 건, 상대방이 전화를 받을 수 없어…… 라는 안내음뿐.

"뭐야."

린은 다시 한 번 전화를 걸었다.


"휴대폰 좀 챙겨 다니지."

의국으로 들어온 은후가 아까부터 열렬히 울리는 성빈의 휴대폰을 집어 들었다. 선우 린이란 이름이 화면에 떠 있었다. 은후는 잠시 고민하는 듯하더니, 통화 버튼을 눌렀다.

"여보세요?"


"……?"

낯선 남자의 목소리에, 린이 꿀 먹은 벙어리처럼 입을 꾹 다물었다.

[ "성빈이가 잠시 부재중이라, 제가 대신 받았습니다만 하실 이야기가 있으시다면 해주세요. 전해드리겠습니다." ]

부재중이었다니. 그제야 상황이 이해가 된 린이 입술을 깨물었다.

"아니에요. 제가 나중에 다시 전화할게요."

린은 짤막한 한마디와 함께 전화를 끊었다.

"뭐야. 중요한 전화는 아니었겠지."

끊긴 성빈의 휴대폰을 보던 은후는 다시 휴대폰을 책상 위에 올려두며 중얼거렸다. 그리고 그러던 중, 의국 문이 열리며 성빈이 안으로 들어왔다.

"후……."

성빈은 피곤한 얼굴로 걸어 들어오고 있었다.

―어느새, 그 여자가…… 좋아져 버렸어.

은후는 성빈이 아프게 웃으며 한 말을 떠올리며, 그를 바라보았다. 자신도 힘겨운 짝사랑을 했던 경험이 있기에 이것저것 말해주고 싶었지만. 누가 누굴 가르칠 수 있단 말인가. 다만 한마디는 해줄 수 있었다.

"윤성빈. 아까 네가 급하게 나가는 바람에 못 해준 말이 있는데."

"……?"

"멀리서 바라보기만 하는 거. 정말 바보짓이야. 네가 아무리 혼자서 끙끙 앓고 있어도, 상대방은 모르잖아. 그러니까."

호랑이 굴에 들어가다 151

"무슨 말이 하고 싶은 거야."

"고백하라고."

"뭐……?"

성빈이 은후를 빤히 쳐다보았다.

"후회 없게, 꼭 고백해. 그리고 아까 그 여자가 그 남자랑 사귀는지도 확실히 모르잖아."

문득 멋쩍어진 은후는 의국을 나서며 덧붙였다.

"참. 이제야 말해줘서 미안한데, 방금 전화 왔었어."

은후의 말에, 순간 수많은 생각이 들었던 성빈이 휴대폰이 있는 쪽으로 다가갔다. 그리고 통화 목록을 확인했다.

"선우 린……?"

성빈은 곧 이미 와 있었던 문자도 확인했다.

그가 급하게 밖으로 나갔다.

\* \* \*

"쓰, 쓰러진 거 아니었어요?"

은혜가 두 눈을 동그랗게 뜨고 그를 또렷이 바라보았다.

"쓰러지긴 누가 쓰러져!"

그가 자리에서 일어나며 낮게 소리쳤다. 피곤한 기색이긴 했지만, 멀쩡히 서 있는 그를 응시한 은혜는 살짝 입술을 물었다.

"거짓말하지 마요. 아픈데 안 아프다고 하는 거 다 알아요."

그녀는 다른 한 손을 그의 이마에 대며 말했다.

"손 떼."

그것도 잠시. 원의 낮은 목소리에, 은혜는 화들짝 그의 이마에서 손을 뗐다.

분명 당장 여기로 와달라고 했다. 은혜는 청량과의 통화 내용을 떠올리며 눈을 깜박였다. 매사 진지해 보이는 사람이 설마 거짓말을 했을 리가 없는데, 대체 왜······.

"주은혜. 네가 여기 왜, 있는 거냐고 물었어."

이 남자는 내게 화를 내고 있는 것인가.

은혜는 멍한 얼굴로 그를 한참 동안 응시하다, 이내 무안해진 상황을 애써 회피하려, 자신의 손목을 바라보며 말했다.

"이것 좀 놔주죠? 아프니까."

그녀의 말에, 원이 잊고 있었다는 듯 손목을 놔주었다. 그가 흥분했었다는 것이 여실히 드러난 손목은 발갛게 물들어 있었다.

"누군 오고 싶어서 온 줄 알아요? 선우 원 씨 말대로 나, 그쪽한테서 멀리 멀리 도망쳐서! 다시는 안 보려고 점집에 박혀서 내 일이나 열심히 하고 있었다구요. 근데······."

근데.

원이 한쪽 눈썹을 치켜 올리며 은혜의 입술이 떨어지길 기다렸다. 은혜는 다른 곳으로 시선을 돌리며 말을 이었다.

"당신 비서분이 내가 필요하다고, 급하게 당신한테 와달라고 나한테 부탁했어요. 그래서 온 거구요."

"······청량이?"

자초지종을 들은 원이 믿을 수 없다는 듯 낮게 읊조렸다. 그러나 그는 여전히 차가운 눈빛으로 그녀를 밀어낼 뿐이었다.

"아무리 그래도 그렇지."

그의 입가에서 옅은 한숨이 흘러나왔다.

"대체 얼마나 큰 신을 모시길래, 뭘 믿고 내 말을 이렇게 안 들어? 아니면 멍청하리만큼 겁이 없는 건가? 나 때문에 위험질 수 있다고 했잖아."

그는 화를 내고 있었지만, 그의 눈빛은 가슴이 아플 만큼, 슬퍼 보였다.

'당신이 날 밀어냈을 때. 난 너무도 화가 나서, 제대로 보지 못했었는데.'

당신은 늘, 이렇게 슬픈 눈빛이었어.

그는 단념하듯 차갑게 덧붙였다.

"내가 어떻게 되든, 신경 쓰지 말았어야지."

하지만 결국, 먼저 무너져버린 건, 은혜였다.

은혜는 울먹이며 소리쳤다.

"어떻게 신경을 안 써요!"

"......!!"

원의 눈이 동그랗게 그녀를 응시했다.

"그러니까……."

은혜는 결심한 듯 원의 얼굴 가까이, 제 얼굴을 들이대며 말했다.

"내가 당신 때문에 위험지기 전에, 당신이 위험해지게 생겼는데! 그럼 나더러 당신을 모른 척하라구요? 난 그렇게 못 해요."

"뭐……?"

가까운 거리에서, 원의 눈동자가 그녀에게 그 뜻을 다시 묻고 있었다.

은혜는 급히 입을 다물었다.

곧이곧대로 말한 게 맞는데, 왠지 이건…….

의도치 않은 고백 같잖아.

"너……."

줄곧 어두운 표정을 하고 있던 원의 표정이 무장해제 되듯 풀렸다. 분명 여느 때처럼 억지로 화를 내야 하는데. 이 어처구니없는 상황에 웃고 싶은 이유는 뭘까.

이내 그의 시선이 은혜의 옷에 닿았다. 버선발이 아니라, 한복 차림으로 자신의 앞에 서 있는 은혜의 모습.

원이 피식 웃어 버렸다.

어떻게 해도 물러나지 않는 이 여자를 어찌해야 할까.

그가 은혜의 앞으로 한 발자국, 더욱 가까이 다가갔다.

"나한테서 도망치려 했다면서. 나한테 무슨 일이 생겼다는 전화 한 통에, 이렇게 달려왔다고?"

어딘가 불안해진 느낌에, 은혜는 본능적으로 한 걸음 물러섰다.

"그것도, 남자 혼자 사는 집에."

"……!"

그러나 원은 그녀의 걸음에 맞춰 한 걸음, 한 걸음 더욱 가까이 다가갔다.

"갑자기 또 왜 이래요? 선우 원 씨. 우리, 이성적으로 대화로!

호랑이 굴에 들어가다

해결하자구요."

그를 처음 만났을 때처럼, 또다시 궁지에 몰리듯 은혜는 뒷걸음질 쳤다.

"아니, 주은혜는 말로 하면 안 듣지."

먹잇감을 노리며 숨을 죽이고 한 발자국씩 내딛는 맹수처럼, 그의 그림자가 그녀를 덮치듯 다가왔다.

은혜의 눈이 커졌다. 뒷걸음 치던 그녀에게는 야속하게도 그가 의도했듯, 등 뒤에 딱딱한 벽이 느껴졌다.

"생사람 잡지 마요. 난 분명 그쪽한테 무슨 일이라도 생긴 줄 알고……."

그것을 눈치챈 은혜는 그를 밀어내듯, 그에게서 빠져나오려 옆으로 몸을 움직이려 했지만.

쾅—!

원이 한 손으로 벽을 짓누르며 그녀를 가로막았다.

"……!!"

당황한 은혜가 마른 침을 꿀꺽 삼켰다.

이내 원은 반대쪽 손으로 은혜의 뺨을 어루만졌다. 그리고 제물을 유혹하는 악마처럼, 야릇하고도 위험한 한마디를 속삭였다.

"내가 왜 위험한지, 직접 보여줘?"

은혜는 두 눈을 꾹 감았다.

순전히 그를 위해 앞뒤 계산 없이 달려왔건만.

왜…… 호랑이 굴에 제 발로 들어온 것 같은 느낌일까.

은혜는 여리게 떨리는 눈꺼풀에 애써 힘을 주고 있었다.

차라리 눈을 뜨지 않으리라. 아니, 이 상황에서는 눈을 뜰 수 없다고 하는 게 더 정확할지 몰랐다.

눈을 꾹 감고 있는 은혜의 표정이 너무 귀여워서, 원은 픽 새어 나오려는 웃음을 간신히 참았다. 이내 그가 그녀의 얼굴 가까이 그의 얼굴을 가져갔다.

그리고…….

쪽—

부드러운 입술이 닿았다 떨어졌다.

말랑한 마시멜로에 입을 맞춘 것만 같았다.

은혜가 천천히 눈을 떴다.

원이 두 눈을 가늘게 뜨며 나직이 말했다.

"겁도 없이 내 입술에, 키스한 벌이야."

"……!"

은혜는 그의 입술이 닿았던 자신의 입술에 손가락을 대었다.

"어라. 왜 이번에도 아무렇지 않아요?"

뭔가 이상했다.

"무슨 뜻이야."

원이 팔짱을 낀 채 여유롭게 물었다.

"그쪽과 항상 키스를 하면 뭔가 이상한 느낌이 들면서…… 그러니까……."

"아."

그제야 은혜의 말뜻을 이해한 원이 뜸을 들였다. 그러다 그는 곧, 결심하듯 대답해주었다.

"아직은 내가 색기를 필요로 하지 않으니까."

* * *

"헉, 헉……."
성빈이 숨을 고르며 병원 밖으로 나와 주위를 두리번거렸다.
그러나 성운 병원 출입문인, 회전문 앞에 린은 없었다.
성빈은 린에게 전화를 걸었다.
["고객님이 전화를 받을 수 없어……."]
하지만 린은 받지 않았다.
"어떡하지."
그가 이마를 짚었다.
이렇게 더 틀어질 수는 없었다. 방금까지 왔다 간 거라면, 아직 멀리 가지 않았을 수도 있었다.
그는 곧바로 병원 근처 거리까지 뛰어나갔다.


"그래, 내가 바보지. 무슨 생각으로 직접 거기까지 가? 안 보면 그만인 남잔데."
병원을 나선 린은 무의식적으로 걸으며 혼잣말을 했다.
그러다, 동네 놀이터가 눈에 띄자 그네에 앉아 머리나 식힐 겸 발걸음을 옮겼다.
"부재중이었으니, 내가 보낸 문자를 못 본 건가."
끼익— 끼익—

린이 발로 그네를 움직이며 볼멘소리를 중얼거렸다.

"아님, 내 전화를 받기 싫어서 다른 사람한테 넘겨준 건가. 뭐 그랬으면 나한테 오라고 하지도 않았겠지. 아아, 모르겠다. 진짜."

그넷줄을 쥔 린은 하늘을 올려다보았다.

"예전에 오빠가 그네 많이 태워줬었는데."

하늘을 올려다보던 린은 모랫바닥으로 고갤 떨구며 말했다.

"이젠 아무도, 나한테 관심 같은 건…… 없지."

발로 쓱쓱 모래를 문지르며 쓸데없는 생각을 해봤자, 이루어지는 건 없었다.

관심이 있다고 해도, 목적에 의한 관심뿐.

친한 언니랍시고, 진지하게 자신의 고민을 들어준 그 점집 무당이 고맙게 느껴질 뿐이었다.

"진짜 재수 없는 사람들이야. 오빠나 아빠나. 제 잘난 맛에 사는 사람들. 아주 일상 동영상을 찍어서 퍼트려버릴까. 재벌가 남자들의 실체! 이렇게 제목 박아서."

언제나 무표정으로 일관했던 린의 얼굴에 서글픔이 묻어났다.

갑자기 답지 않게 눈물이 나오려 하자, 린은 습관처럼 고개를 들어 올려 하늘을 바라보았다.

그런데 이상하게도, 보이는 건 하늘이 아니라……

"여기 있었네요."

그네 뒤에 서 있는, 한 남자의 부드러운 미소였다.

"……!"

린이 놀란 얼굴로 화들짝 몸을 움직였다. 그리고 그네에서 내려와 뒤돌아서서 그를 바라보았다.

"성빈 씨?"

교복을 입은 채 그에게 성빈 씨라고 하기엔 뭔가 상황이 이상했지만, 어쨌든 눈앞에 서 있는 남자는 흰 가운차림을 한 성빈이었다.

"다행이에요. 아직 집에 돌아가지 않아서."

"여긴 어떻게 왔어요?"

"그보다, 미안해요. 환자 진료를 보느라 휴대폰 확인을 못 했어요."

성빈은 대답 대신 미안한 얼굴로 린을 바라보았다.

"아니, 뭐……."

린은 자신도 모르게 얼굴을 붉혔다.

"옆에 앉아도 되죠?"

성빈은 린 옆의 그네를 가리키며 물었다.

그러자 린은 얼떨결에 고개를 끄덕였다.

"린 씨도 앉아요."

성빈이 옆의 그네를 바라보며 말했다.

"그럼……."

린이 엉거주춤 그의 옆에 앉았다.

놀이터를 비추는 가로등이 환했다.

\* \* \*

"김 실장."

"부르셨습니까, 회장님."

깊어가는 밤에도, 회장의 부름에 한걸음에 달려온 김 실장이었다. 김 실장은 머리를 숙이며 예의를 표했다.

이윽고 선우 회장은 은혜와 원을 떠올리며 말했다.

"호텔 부지에 알 박고 있는 가면보살이란 점집. 그리고 주은혜라는 그곳 주인에 대해서 낱낱이 알아야겠어. 철저히 조사해서 보고해."

"예, 알겠습니다."

김 실장이 고개를 꾸벅 숙였다.

선우 회장이 깍지를 끼며 어두운 얼굴로 말을 이었다.

"내 자랑스러운 아들이, 무당 따위한테 발목이 잡혀서는 안 되지. 이럴 땐 자식의 부족한 점을 아비가 바로잡아주어야 하지 않겠나."

"그럼 사장님께서 프로젝트를 미루시는 이유가……."

"그 녀석을 10년이나 지켜보아온 것이 의심스러울 정도로, 원이 마음을 잡지 못하고 있어."

"알겠습니다. 그럼 최대한 빠르게 조사해서 보고 올리도록 하겠습니다."

\* \* \*

"선우 원."

혜리는 호텔 침대에 누워 태블릿 PC로 원의 프로필을 훑고 있었다. 원고를 넘기고 쉬던 중, 은밀히 부탁해 놓았던 그의 관한 자료들이 도착했기 때문이었다.

"출생부터 성장 과정이 하나도 없네."

그의 관한 자료를 읽어보던 혜리가 붉은 매니큐어가 칠해진 손톱을 입에 물었다.

그러고 보니…… 왜 10년 전의 기록은 하나도 없지?

영생을 살아온 자신과 같은 경우, 교묘하게 자료들을 짜 맞춰 그럴듯한 기록들을 남겼다. 물론 여러 가지 삶을 살아본 결과 글 쓰는 게 제일 재미있었고, 앞으로 혜리든 리혜든 몇십 년 후에도 필명을 바꿔가며 계속 작가로 살아갈 예정이었다.

아주 오랫동안 이런 삶을 살아왔기에 그도 자신과 비슷하게 살아갈 거라 예상했고, 그렇다면 그 패턴이나 방법이 훤히 보일 텐데…… 왜 그에겐 짤막한 10년간의 기록밖에는 없는 것일까.

한참을 고민하던 혜리는 문득 든 생각에 태블릿 PC를 배위에 올려놓았다.

"그럼 이 남자, 계약을 한 지 얼마 되지 않은 건가."

그녀의 계약은 아주 오래전 일이었다. 기억도 하기 어려울 만큼 아주, 오래전의 일.

어쨌든 이 남자도, 본래 보통 인간이었다가…… 자신과 같은 존재가 된 것일 테니, 그렇다면 방법은 하나였다.

혜리가 침대에서 내려왔다. 그녀의 붉은 머리카락이 그녀의 등을 감싸며 떨어졌다. 창가로 다가간 혜리는 창밖 도시 전경을 바라보며 중얼거렸다.

"그럼 그 악마가…… 다시 나타났다는 뜻이네."

　　　　　＊　　＊　　＊

"색기……?"

알 듯 말 듯한 그의 대답에, 은혜가 두 눈을 깜박였다.

원은 한 번 더 망설였지만, 굳게 다문 입술은 곧 떨어졌다.

"세상엔 설명할 수 없는 일들도 있다고 했지."

설명을 해주면, 이젠 정말로 돌이킬 수 없을지도 몰랐다. 그리고 그녀와 애당초 약속한 것도 있었다. 자신의 정체를 그녀가 맞추면, 점집 건물을 사들이려던 것을 포기하겠다고 한 것. 정체를 밝힌다면, 그마저도 감수해야 했다.

"기억하고 있어요."

은혜는 원을 처음 만났던 순간부터, 그를 구해주었을 때, 그리고 그가 어느 정도 아문 배 위 상처를 보여주었을 때를 차례로 회상했다. 그때 그가 말했었다. 세상엔 설명할 수 없는 일들도 있다고.

은혜를 바라보던 원은, 마지막 수단이라는 듯, 결심했다.

"차라리 내 정체를 말해 줄게. 그러면, 우리의 계약은 이제 완전히 끝나는 거고, 이제 다시 만날 일도 없을 거야. 차라리, 그게 낫겠어."

그의 말에, 은혜는 펌프질을 해대던 심장이 뚝 멈춘 것만 같았다.

"잘 봐."

원은 훅— 가까이 그녀의 입술 앞으로 자신의 입술을 가져갔다.

색기가 절실하지 않을 때는, 그 양을 조절할 수 있었다.

이젠 정말로, 보여줄게.

마른침을 삼키는 원의 굵은 목젖이 느릿하게 움직였다.

"나는 말이야."

그가 무엇을 하려는 지, 예상할 수 없었다. 그런데도, 은혜는 온몸이 딱딱하게 굳고, 툭 건드리면 바스러질 것처럼 위태로웠다.

"나는……."

닿을 듯 말 듯한 거리로 그의 입술이 부딪쳐 오려던 순간.

그녀가 그 입을 막듯, 고개를 돌렸다.

"……계약 기간 아직 안 끝났잖아요."

그가 멈칫했다.

"아직 한참 남았잖아요. 그리고 나는 이제."

깊은 긴장감 속, 심장의 울림만이 서로에게 느껴질 뿐.

"나는 이제……."

은혜의 입술이 바르르 떨렸다.

은혜는 원을 바라보았다. 그리고 스스로 의문을 던졌다.

'내가 왜 자꾸 당신의 앞에 서 있으려는지, 모르겠어.'

정확한 답은 나오지 않았지만, 그건 줄곧 이 말을 하고 싶었기 때문이 아닐까?

"당신의 정체를 맞추지 않을 거야. 영원히."
"……!"
"당신이 누구든, 당신의 정체가 뭐든. 상관하지 않겠다구요."
원의 세상이, 진공상태가 되어버렸다.
그녀가 입을 맞추기 직전 그의 머릿속을 채웠던 한마디.

　―당신이 어떤 비밀을 안고 있든, 내가 당신을 안아줄게. 뭐든 받아줄게. 그러니까 나한테 더 이상, 도망치라고 하지 마.

그리고 거짓말처럼, 은혜는 다시 한 번 말해주고 있었다.
"당신도, 도망치지 않았으면 좋겠어."
그것을 되새기듯, 은혜는 그를 꽉 붙잡았다.
"나는 여태껏 내 곁에 있는 사람들을 떠나보내기만 했어요. 그리고 그게 두려워서, 두 번 다시는 내 곁에 사람을 두지 않기로 결심했다구요."
"……."
"멍청하게도…… 지켜줄 생각은 못 한 채."
"주은혜."
그만해. 라는 한마디가 목구멍까지 차올랐지만, 원은 내뱉을 수 없었다.
'바보처럼, 왜 내가 해야 할 말을 네가 해.'
밀려드는 죄책감이 원의 가슴을 잔인하게 방망이질 했다.

그러나 은혜는 계속해서 그를 흔들었다.

"그러니까 이제부터 내가 당신을 지켜줄 거야. 내 곁에서 떠나지 않도록 내가 온 힘을 다해 꽉 붙잡을 거라고. 왜냐고? 이제 더는 거짓말 할 수 없을 정도로…… 당신이 좋아져버렸으니까. 아니, 겁도 없이 사랑하고 있으니까."

"……!"

원이 그녀와 시선을 부딪쳤다. 그리고 진지함이 그득 담긴 그녀의 눈동자를 놓치지 않았다.

다시, 숨 가쁘도록 은혜의 심장이 빠르게 뛰었다.

이젠 제대로 말해버렸다. 빙빙 돌려서도, 얼떨결도 아닌, 제대로. 다시는 누군가를 사랑하는 감정 따위 가지지 못할 거라고 생각했는데……, 그렇게 또다시 한 사람을 담아버렸다.

'나도 그래.'

간신히 버티던 원의 벽이 허물어져 갔다.

그녀와 함께 있을 때면 아니, 함께 있지 않아도 그녀 생각만 하면 뛰던 심장을 더 이상 억누를 수 없는 지경에 다다랐다.

은혜에게 통보한 일주일 후에는, 그녀가 어떤 선택을 하든 이제 더 이상 자신은 개입하지 않으려 했다.

그런데…… 이젠 그럴 수가 없다.

보면 볼수록, 미치겠는데.

눈앞에 아른거리는데.

나더러 어떡하라고.

굳게 닫혔던 원의 입술이, 숨결을 토하듯 열렸다.

"일주일 동안, 어떻게든 참으려고 했는데."

"⋯⋯."

"안되겠어."

"⋯⋯!"

원이 그녀의 입술에 입을 맞추었다. 그의 입술이, 진하게 그녀의 입술을 머금었다.

그 어떤 필요에 의해서가 아닌, 키스.

그녀가 정신을 잃을까 가슴 졸이며 하지 않는, 키스.

'이대로 나락으로 떨어져버린다고 해도 좋아. 더 이상 도망치지 않고 나의 모든 것을, 너에게 걸게. 너와 함께 할 수만 있다면, 내 모든 것을 걸어서라도, 너를 지킬게.'

그렇게 결국, 인정해버렸다.

선우 원은 주은혜를, 놓을 수 없다는 것을.

8.
말해 줄게, 내 정체

 원이 천천히 입술을 떼자, 은혜는 떨리는 눈빛으로 그의 가슴 위에 한 손을 얹었다. 입술 위엔 아직 그의 감촉이 남아, 잔잔한 부드러움이 여운처럼 느껴졌다.
 이내 멋쩍어진 원은 그녀를 똑바로 바라보지 못했다.
 그가 다시 침을 꿀꺽— 삼켰다. 어느새 입술이 바짝 말랐다.
 "옷, 불편하지 않아?"
 그는 이 분홍빛 안개가 뭉게뭉게 피어나고 있는 어색한 분위기를 전환시키듯, 그녀의 옷을 바라보며 물었다.
 옷……?
 은혜는 그의 말에, 그제야 자신이 가면보살 복장을 하고 있다는 것을 깨달았다.

"헉."

조금 전까지는 입고 있는 옷 따위에 신경을 쓰지 않아서 몰랐는데…… 막상 깨닫고 나니 정말 우스꽝스럽다.

"아니에요. 이제 돌아가야죠."

"편한 옷으로 갈아입고 가."

원은 저벅 저벅 걸어, 어디론가 향하더니 드레스 룸의 문을 열었다. 열린 문 사이로 거대한 수납장들과 함께, 수십 벌의 옷과 액세서리들이 진열된 공간이 드러났다. 원은 옷을 이리저리 훑어보더니 그녀가 입을 만한 편한 티와 바지를 골라주며 말했다.

"아래층에 있을게. 갈아입고 나와."

무심한 듯 다정한 그의 말투는 여전했다. 은혜는 그가 던져주듯 건네준 옷들을 받아들곤, 멍한 얼굴로 그의 뒷모습을 눈으로 좇았다. 원의 방문이 닫히고, 혼자 남겨진 은혜는 그의 옷들을 물끄러미 내려다보았다.

\* \* \*

"어떤 변명도 들리지 않겠지만, 사실…… 난 아직도 부모 말을 거역하지 못하는 멍청한 놈이라……, 부모님이 원하는 대로, 린 씨와 같이 식사를 해야 했어요."

차라리 솔직하게 말하는 것이 나으리라 생각했다. 짧은 만남 동안 린을 지켜본 느낌은 그랬다. 린은 차라리 야속하리만큼 솔직한 편을, 좋아하는 사람이었다.

그리고 그런 성빈의 예상이 맞았던지, 린은 속 시원히 털어놓은 성빈의 말에 차분하게 대답해 주었다.

"⋯⋯우리들 삶이 다 그렇죠 뭐."

알고 있으면서도 그땐 정말 미웠으니까. 솔직히 됐다고, 전처럼 자리를 박차고 일어날 수도 있었지만 그것도 그만두었다.

어쩌다 이젠 미움을 넘어서서, 그의 마음을 이해하게 돼 버렸다.

"그럼 나 용서해 주는 거예요?"

성빈이 린을 바라보며 물었다.

옆으로 성빈의 시선이 느껴졌지만 린은 일부러 그를 바라보지 않았다.

"아뇨. 절대 용서 못 하죠."

성빈이 작게 한숨을 내쉬며 귀엽게 눈을 찡그렸다.

"그럼 어떻게 해야 용서해 줄래요?"

"왜 그렇게 내 용서를 원하는 건데요?"

린이 도톰한 입술을 움직였다.

"네?"

"그것도 그쪽 아버지 때문이에요?"

"⋯⋯."

린의 물음에 순간, 성빈은 대답을 할 수가 없었다. 그러나 이내 그는 씁쓸하게 웃으며 나직이 말했다.

"아주 아니라고 대답할 수는 없지만⋯⋯ 그래도 용서를 구하고 싶은 건, 진심이에요."

정말로 성빈의 말에서 진심이 묻어났다.

"아직도 내가 불편하다면, 이제 더 이상 린 씨 귀찮게 하지 않을게요."

성빈은 그네에서 일어나며 따스하게 말했다.

'그럼 이젠 더 이상 만날 일 같은 거, 없다는 뜻…….'

린이 그넷줄을 움켜쥐었다.

'이대로 끝이면, 어쩌면 아빠 때문에 다시 마주치게 될지도 모르지만…… 개인적으로는…….'

어쩐지, 그러면 너무 아쉬울 것 같았다. 지금 붙잡지 않으면, 내가 왜 그랬을까, 자다가 이불 킥을 날릴 것만 같았다.

이런 거 정말 선우 린답지 않지만. 할 말 빙빙 돌리고, 사람 앞에서 생각하고 또 생각하는 이런 적, 한 번도 없었지만.

린은 곧, 또렷한 눈동자로 성빈을 바라보며 물었다.

"그럼 차라리. 대놓고 사귀어 볼래요?"

"……?"

"서로 속 편하게. 각자 아버지한테 우리, 사귄다고 선언하자구요. 그럼 당분간은 결혼이니 어쩌니, 이런 얘기 안 하실 거 아니에요. 우리가 서로 알아갈 시간을 좀 가져야 할 것 같다고, 연애, 뭐 그런 거 할 시간이 필요하다고 말하는 거죠."

성빈이 동그란 눈으로 린에게서 시선을 떼지 못했다.

새초롬한 린의 눈은, 의외로 성빈을 바라보고 있지 않았다.

\* \* \*

부들부들. 감촉이 좋다. 원의 옷을 입은 은혜는 어색한 발걸음으로 2층 계단을 밟아 내려왔다.

남자 옷이라 그런지, 그녀의 몸에는 프리사이즈보다 크게 느껴졌다. 소매와 바지 밑단이 길게 내려왔기에 걷어 올리고, 접어서 말아 올렸지만 뜻대로 되지 않는 듯 계속해서 풀렸다. 은혜는 다시금 바지 밑단을 여러 번 겹쳐 접었다. 그러니 바지는 좀 봐줄 만한 것 같았다.

원은 너른 거실 소파에 앉아 은혜가 내려오기를 기다리고 있었다.

높은 천장. 깔끔한 흰색 카펫이 깔려 있는 응접실. 더도 말고, 덜도 말고 딱, 필요한 것만 있는 인테리어. 그야말로 아주 깔끔한 공간이었다.

자세히 살펴보면 볼수록, 입이 떡 벌어질 만한 구조였지만, 구경도 잠시, 은혜는 곧 소파에 앉아있던 원을 발견했다.

은혜는 주춤거리며 그 앞에 다가갔다.

"……?"

그녀의 인기척에, 원이 그녀를 올려다보았다.

한참을 그녀를 바라보던 원은 이내, 피식 웃음을 터트렸다.

"편하라고 준 건데. 어째서 더 불편해 보이지."

원의 말에, 입고 있던 옷을 이리저리 훑어본 은혜는 어깨를 으쓱하며 대답했다.

"훨씬 편하긴 편해요. 좀 커서 그렇지."

어깨를 으쓱하자, 소매를 접은 횟수가 모자랐는지, 걷어 올린 소매가 수욱, 아래로 미끄러져 내려왔다.

"이리 와봐."

"……?"

또 무슨 짓을 하려고. 은혜는 의심을 가득 품으며 다가갔다.

"소매에 뭐 묻힐까 봐 접어주는 거니까 착각하지 마."

그가, 소매를 접어주고 있었다.

은혜는 그를 뚫어져라 바라보았다. 그런 그녀의 시선을 눈치챈 듯, 그는 무심하게 말했다.

"뭐 묻힐까봐 접어주는 거라고."

"네네. 감동 좀 하려고 했더니."

은혜가 볼멘소리로 중얼거리자, 원은 잠시 머뭇거리는 듯싶더니 지나가듯 물었다.

"그래도 우리 집에 왔으니…… 차, 마시고 갈래?"

원의 제안에, 은혜의 머릿속에 벨이 띠링, 울렸.

이전까지는 경황이 없어서 몰랐는데, 생각해 보니 어쩌다 그의 집에 와 있었다.

은혜는 옅게 웃으며 팔짱을 꼈다.

"이젠 내가 대접받을 차례네요?"

그녀의 말에, 자연스레 은혜의 집에서 있었던 일이 휘리릭 스쳐가며, 그를 웃게 했다. 그러나 원은 곧 입가에 힘을 주고는, 슬리퍼를 끌며 그녀를 안내했다.

"이쪽으로 따라와."

그가 멈추어선 곳은, 테라스와 연결된 유리문 앞이었다.

카페에 딸린 야외 테라스처럼, 고즈넉하고 아담했다. 은은한 노란빛 조명이 주위를 밝히고 있어서 어둡지 않았다.

테라스 문을 열자마자 바람이 기다렸다는 듯 스쳐 들어와, 약간의 추위가 느껴졌다. 은혜는 두 팔로 몸을 감쌌다.

그런 그녀의 행동에, 원은 잊고 있었다는 듯 은혜를 흔들의자에 앉히며 말했다.

"여기 잠시만 앉아 있어."

"……? 어디 가는데요?"

"잠시만 있으라니까."

"네에. 집주인이 있으라면 있어야죠."

은혜가 한숨을 내쉬며 고개를 끄덕였다. 설핏 웃은 원은 다시 안으로 들어갔다.

덕분에 아주 잠깐 혼자 남겨진 시간.

은혜는 흔들의자에 앉아 가만히 생각했다. 그는 이곳에 앉아 혼자서 무슨 생각을 했을까. 어쩌면 내 생각도 했을까?

"참 멋지다……."

그녀는 혼자서 나직이 감탄사를 보냈다.

비록 밤이었지만 그의 정원을 밝히는 등들이, 이 나른한 무드에 젖어들고픈 기분을 들게 하고 있었다.

얼마 뒤, 그가 나타났다.

이내 그는 은혜의 어깨 위에 무언가를 감싸듯 덮어주었다.

"⋯⋯?"

그의 인기척에 놀란 은혜는 자신의 어깨를 감싼 것이 무엇인지 바라보았다. 부드러운 털이 북실북실한, 두툼한 담요였다. 무언가를 열심히 찾았던 듯, 그는 약간 흐트러진 모습이었다. 그리고 그는 반대쪽 손에 뜨거운 차를 들고 있었다.

어딘가 심기가 불편해 보이는 그의 얼굴이, 퍽 귀엽게 느껴졌다. 은혜는 자신도 모르게 작게 웃었다. 그리고 그것을 놓치지 않은 원이 살짝 미간을 좁히며 물었다.

"왜 웃는 거야."

"무슨 기분 나쁜 일 있었어요?"

원은 잠시 뜸을 들이다, 중얼거리듯 대답했다.

"담요랑 차 티백 찾느라 좀⋯⋯ 걸렸어."

"나 때문에요?"

"마셔."

은혜가 그를 빤히 올려다보며 물었지만 그는 그녀의 옆에 나란히 앉으며 머그컵을 건넸다.

이젠 그에 대해 어느 정도 알아버린 은혜는 속으로 웃으며 다른 것을 물었다.

"선우 원 씨는 안 마셔요?"

"난 괜찮아."

"근데⋯⋯."

이렇게 앉아 차를 마시고 있자니, 문득 다른 게 궁금해진다.

두 손으로 머그컵을 쥐어든 은혜는 입김을 호, 불며 물었다.

"다른 여자들은 이렇게 해주면 다 좋아했어요?"

"뭐?"

이런 질투가 유치하다는 건 알았다. 그래도, 그를 보고 있자면 다른 여자에게도 이렇게 대해 줬는지 궁금해서 참을 수가 없었다.

은혜는 두 눈을 가늘게 뜨곤 덧붙였다.

"수많은 여자가 다녀간 집인 거 다 알거든요?"

뜬금없는 은혜의 물음에, 원이 기가 차다는 듯 실소를 흘렸다.

"무슨 소리야."

은혜는 머그컵 안에 들어있던 차를 호록, 마셨다.

'이건……'

그가 전에 점집에 왔을 때, 건네주었던 대추차다.

이런 것도 기억하고 있었나.

목으로 넘어간 대추차가 온몸에 따뜻하게 퍼졌다.

은혜를 흘끔 본 원은, 그녀가 쥐고 있던 머그컵을 빼앗아 들듯 가져가 한 모금 넘기며 대답했다.

"처음이야."

"……?"

"가족 말고 우리 집에 온 여자, 네가 처음이라고."

느닷없이 그의 말에, 얼굴이 붉어졌다.

하긴…… 담요랑 차 티백을 찾다 왔다고 한 걸 보면……, 정말 처음인 것 같기도.

문득 은혜는 머리 위로 김이 폴폴 나는 것 같았다.

"얼굴은 왜 빨개져? 설마. 너무 감동적이어서 그런 거야?"

원이 때를 놓치지 않고 그녀를 놀리듯 물었다. 그러자 은혜는 침을 꿀꺽 삼키고는 붉어진 볼 위에 두 손을 얹으며 말했다.

"그런 거 아니거든요? 차가 너무 뜨거워서 그래요. 뜨거워서."

"아닌 것 같은데."

원은 쿡, 웃으며 다시 그녀에게 머그컵을 쥐어주며 대꾸했다.

"그런 거 아니라니까요!"

"아님 말고."

그녀가 제대로 열을 올리기도 전에, 그가 한 발 물러섰다.

"그럼."

그는 곧 진지한 얼굴로 은혜를 바라보며 운을 뗐다.

"네가 궁금하다면, 말해줄게."

은혜가 하던 행동을 잠시 멈추었다.

"……내 정체. 참고로, 그러면 우리의 계약조건 중 하나는 어찌 됐든 무효가 돼. 그래도 괜찮아?"

그의 정체를 맞추면, 그가 제안한 계약은 없었던 걸로 된다는 조항. 그를 빨리 떼어버리고자, 그녀가 내건 조건이었다.

은혜는 다시 대추차를 마시며 나직이 말했다.

"처음에 당신이 내 점집에 찾아왔을 때, 당신은 날 설득하기로 했고, 난 당신과 빨리 연을 끊고 싶어서 당신의 정체를 맞추려 했던 건데…… 이대로 당신의 정체를 맞출 기회가 사라져버린다고 해도, 앞으로도 난 절대로 당신의 설득에 넘어가지 않으면 되는 거니까."

"뭐라고?"

'그래. 나는 원래 목적이 있었지······.'

원이 씁쓸하게 웃었다.

처음엔 어떻게든 널 유혹해서 점집을 손에 넣으려 했는데. 어쩌다 나는 너를 사랑하게 되어버렸을까?

"점집은 여전히 넘겨줄 생각 없으니까 그렇게 알아요."

은혜가 가늘게 뜬 눈으로 그를 흘깃 보며 덧붙였다.

"쉽지 않을 걸. 나한테 뺏기지 않으려면 잘 지키는 게 좋을 거야."

원은 여리게 웃고 있으면서도, 복잡 미묘한 표정을 감출 수 없었다.

그가 복잡한 마음을 애써 태연하게 누르고 있을 즈음, 은혜가 물었다.

"근데 그렇잖아도, 묻고 싶었어요. 정말 당신은 내 점집을······."

'원해요?'

"아니에요. 말해줘요. 당신의 정체가 뭔지."

하지만 그녀는 곧 말을 바꾸었다.

그에게 묻고 싶었던 질문은 잠시, 가슴 속에 넣어두었다.

"······좋아."

원은 고개를 살짝 끄덕였다.

은혜의 눈동자가, 오롯이 그에게 집중되어있었다.

당신은 누굴까? 대체 어떤 정체를 숨기고 있던 걸까?

그렇게 묻고 있는 것 같았다.

그녀가 숨을 죽인 채, 자신만을 바라보고 있는 이 순간이 왜 이렇게도 묘하게 느껴지는지. 은혜와 눈을 마주치고 있던 원의 심장이 여리게 뛰었다.

"내 정체에 대해서 알려면."

이윽고 원은 그녀를 향해, 의미심장한 미소를 띠며 말했다.

"아까 하려던 거, 마저 해야 하는데."

"네? 뜬금없이 뭘요?"

은혜는 그가 무슨 말을 하는지 모르겠다는 얼굴로 고개를 갸웃했다. 이윽고 원이 자리에서 일어나, 그녀의 앞에 섰다.

"……?"

은혜가 그를 올려다보았다.

"……!"

마음의 준비를 할 새도 없이, 원이 은혜 쪽으로 몸을 기울였다. 그리고 그녀의 뺨을 감싸며 속삭이듯 말했다.

"기억…… 안 나?"

어깨를 감싸고 있던 담요가 스르르 떨어졌다.

왜, 틈만 나면 이 남자는 왜 자꾸 나한테 가까이…… 오는…… 걸까.

기억이 안 나냐는 그의 질문은 머릿속에 들어오지 않았다. 그저 그의 코끝이, 숨결이, 너무도 가깝게 느껴진다는 사실만이 중요할 뿐.

은혜의 볼이 다시 붉게 물들었다.

'이놈의 얼굴은 안면홍조증이라도 걸렸나. 대체 왜 시도 때도 없이 붉어지냔 말이야.'

은혜가 속에서 반쯤 울상이 되었을 때, 원이 낮게 그녀를 불렀다.

"주은혜."

그의 시선이 은혜의 붉은 입술에 닿았다. 농밀한 그의 눈빛이 그녀의 것을 잡아먹을 듯 응시하고 있었다.

꿀꺽―

알 수 없는 긴장감이 그녀의 손끝을 차갑게 만들었다.

이내 원은 더욱 가까이, 입술 사이의 거리를 좁혀갔다.

그의 입술이, 1센티도 되지 않는 거리에 머물렀다. 닿을 듯 말 듯. 아찔한 위치에서 은혜의 입술 위, 뜨거운 숨결이 닿았다.

은혜를 물끄러미 보던 그의 입꼬리가 야릇하게 올라갔다.

"그렇게 얼굴 붉히지 마. 그럼……."

원의 나른한 눈빛이 그녀의 시선을 앗아갔다.

"키스해버리고 싶으니까."

그의 한마디에 일순 호흡이 멎어버렸다.

"잘 봐."

그런 무방비 상태에서, 어느새 그의 입술이 닿아버렸다.

쪽―

"……!"

"이렇게 한 번만 하면, 안 돼."

쪽. 쪽.

그가 아주 짤막한 간격을 두고 그녀의 입술에 작은 입맞춤을 했다.

"두 번도 안 돼."

"지금 뭐……."

쪽. 쪽. 쪽.

부드러운 입술이 그녀의 작은 입술을 머금듯 짧게 내리눌렀다. 연거푸 당황한 표정을 짓는 은혜의 얼굴을 마주한 원이 피식 웃으며 나직이 말을 이었다.

"세 번도 안 돼."

"지금 뭐하는 거냐니까요? 왜 자꾸…… 읍!"

다시금 그가 그녀의 입술을 훔쳤다. 이번엔 입술이 짧은 시간에 떨어지지 않았다.

아주 깊숙이. 그의 입술의 감촉이 느껴졌다.

마시멜로가 입술에 닿은 것처럼 푹신하고 달콤했다.

달콤하고, 달콤하고, 또 달콤하다.

여태껏 그와 했던 키스 중에서도 제일. 달콤하고 아득했다.

어떻게 이럴 수가 있는 거지?

서서히 정신을 지배해 오는 몽롱한 기분에 은혜는 취하듯 젖어들었다.

그리고 갑자기.

은혜의 입가에서, 갑자기 붉은 기가 흘러나오기 시작했다.

"……!"

어느새 그는 살짝 입술을 떼고, 입술 사이의 거리를 유지하고 있었다. 그가 입술을 대지도 않았는데 무언가 서서히 그의 입술 사이로 빨려 들어간다.

이건…….

은혜가 그와 두 눈을 마주쳤다.

이윽고 그녀의 시선이 그의 입술로 내려갔다.

자신의 입에서 새어 나온 형용할 수 없는 붉은 무언가가, 수면 위로 떨어진 핏방울처럼 공기 중에 묽게 퍼졌다. 그리고 그의 입술 안으로 빨려 들어가고 있었다.

시간이 지날수록 다시 예전처럼, 숨이 가빠오기 시작했다.

그러나 그녀가 그것을 느낄 때쯤, 기의 흐름이 끊겼다.

그에 따라 붉은 기도 연기처럼 사라졌다.

"이 정도면 되겠지."

원이 천천히 숨을 몰아쉬며 눈을 감았다.

절실하지 않은 경우에는, 조절할 수 있었다. 마치 매일 한약을 챙겨 마시듯, 모르는 여자의 입술을 적당히 탐할 때처럼. 하지만 이제 곧 다시 색기를 마셔야 하는 시간이 다가오고 있었기에 긴장의 끈을 놓을 수는 없었다.

그는 슬픈 눈으로 은혜를 담았다.

"방금, 뭐예요?"

은혜는 입을 다물 수가 없었다.

그와 입을 맞출 때면 들었던 온몸의 기가 빨리는 것 같은 강렬한 느낌. 눈앞이 아득해지고, 숨이 가빠오면서 몸이 부르르 떨리던 기억. 그리고 정신까지 잃은 적도 있었다.

그때마다 뭔가 이상하다고는 생각했었지만.

설마 방금 이것 때문에?

그녀는 한동안 말을 잇지 못했다.

귀신이라도 본 것처럼, 아니, 귀신은 이미 볼 수 있으니 외계인이라도 본 것처럼 멍한 얼굴로 그를 응시했다.

그는 마치, 은혜에게 생각할 시간을 주는 것처럼 아무 말도 하지 않았다. 그의 눈동자 속을 깊숙이 응시하던 은혜의 머릿속에, 그가 했던 말 한마디, 한마디가 떠올랐다.

―내가 살면, 네가 죽어.

은혜는 정신, 그리고 마음을 가다듬듯 침을 꿀꺽― 삼켰다. 그리고 약간은 떨리는 눈빛으로 그를 바라보며 말했다.
"준비됐으니까, 말해 줘요."
그녀의 눈빛은 비장했다.
원의 입술이 바짝 타들어 갔다. 결심하고, 또 결심했지만 은혜에게만큼은 쉽사리 입술이 떨어지지 않았다. 그녀를 처음 만났을 때, 청량에게 했던 말이 무색해지는 순간이었다. 딱히 밝힐 필요가 없으니까 밝히지 않는 비밀이라던. 그러나 그 비밀이, 이렇게 꺼내기 어려운 말이었을 줄이야.
원은 다시 한 번 두 눈을 질게 감았다 떴다.
"나는……."
평소엔 별빛이 담긴 것처럼 청명했지만, 오늘따라 그의 눈동자는 왠지 모르게 흐릿해 보였다.
이윽고 원은 은혜를 바라보며 낮게 말했다.
"……색기를 마시지 않고는 살아갈 수가 없어."
"……!!!"

은혜의 두 눈이 커졌다. 그 어느 때보다도 커졌다. 언젠가 누군가에게 "나는 귀신이 보인다."고 말했을 때, 그때 그 누군가의 기분이 마치 이러했을까.

"뭐라구요?"

은혜가 되물었다.

이건 그의 말을 제대로 듣지 못해서가 아니었다. 그저 그가 한 말이 무슨 뜻인지, 다시 곱씹어볼 시간이 필요해서였다.

그는 그런 그녀의 반응을 예상했다는 듯, 그는 무거운 숨을 내쉬었다. 이내 그는 숙였던 몸을 일으켜 상체를 꼿꼿이 폈다. 그리고 그녀의 머리를 쓰다듬으며 말했다.

"더 이상 알면 다쳐."

"다 말해주기로 했잖아요!"

"내가 언제."

"바, 방금! 입술로 내…… 내…….'

은혜가 검지 손가락으로 입술을 매만지며 자리에서 벌떡 일어섰다. 그녀가 일어섬에 따라 흔들의자가 끼익끼익 소리를 내며 흔들렸다.

은혜와 원이 마주 섰다.

원은 바지 주머니에 손을 찔러 넣은 채 은혜의 눈을 보고 대답해 주었다.

"방금 본 것처럼, 나는 색기를 마셔야만 살아갈 수 있고, 그렇게 살아왔어. 꽤 오랫동안."

그의 말에는 어느 정도 체념한 듯한 담담함이 배어 있었다.

"그럼 아까 내 입술 사이로 새어 나오던 붉은 뭔가가…… 색기라는 거예요?!"

은혜가 믿을 수 없다는 듯 두 눈을 깜박였다.

원의 시선이 은혜의 입술에 고정되었다. 그는 고개를 끄덕였다.

"그래. 나도 자세히 설명할 수는 없어. 그게 뭔지. 그냥 마시고자 하면…… 상대방에게서 빨아들일 수 있어. 그 '색기'라는 걸."

"……!!!"

은혜의 입이 떡 벌어졌다.

혹시 몰래카메라인가? 아니면 이 남자가 비밀리에 SF영화 연기 연습이라도 하는 중인 건가?

은혜는 순간 머릿속을 가득 채운 혼란스러움에, 아무런 말도 덧붙일 수가 없었다. 그저 느낌표와 물음표만이 눈앞에 떠다니고 있을 뿐이었다.

어떻게 이런 사람이 존재할 수 있단 말이지……?

한참을 고민하던 은혜는 다시 원을 뚫어져라 응시했다. 그리고 떨리는 입술을 뗐다.

"그럼 당신은 정말로……."

"……?"

문득 은혜의 표정이 좋지 않았다. 긴장한 원의 어깨에 힘이 들어갔다.

역시…… 나를 떠나갈까.

아무렇지 않은 척, 쿨한 척하고 있었지만 원의 심장은 누구보다도 빠르게 뛰고 있었다.

이윽고 은혜가 그에게서 한 발 물러섰다. 그리고 말했다.

"외계인이었어요?"

"뭐?"

원이 허탈한 얼굴로 옅은 한숨을 내쉬었다. 한껏 긴장한 자신이 바보처럼 느껴질 정도였다.

그래도, 주은혜. ……도망치지는 않았네.

그의 입가에 나직한 미소가 스쳐 지나갔다.

"외계인 맞잖아요. 역시, 미확인 생명체라고 생각하긴 했지만 진짜로 보통 사람은 아니었어."

"이봐, 주은혜."

은혜의 말에, 원은 다시 상체를 숙여 아슬한 거리로 다가왔다.

"자, 자꾸 그렇게 초 근접거리로 다가오지 마요. 그럴 때가 여자들이 가장 긴장하는 순간이라는 거 몰라요?"

그러자 은혜는 다시금 한 발 주춤 물러서며 그에게서 떨어지려 했다. 그러나 원은 재빨리 그녀를 단단히 감싸 안아 제 앞으로 확, 끌어당겼다.

"이제 와서 도망치는 거 없어."

"도망치긴요! 이건 그냥 선우 원 씨가 나한테 아까부터 자꾸 가까이 다가와서 사람 놀라게 하니까……."

"넌, 안 잡아먹어."

그가 나머지 한 팔로 그녀를 가득 끌어안았다. 여린 몸이 으스러지도록.

은혜는 어쩌다 그에게 안겨 있음을 알아차렸다. 그의 품은 넓었고, 좋은 향이 났다. 그의 턱이 머리 위에 닿았다.

이 남자의 키가…… 이렇게 컸었나.

이 남자의 가슴이…… 이렇게 넓었었나.

은혜는 자신도 모르게 천천히 두 눈을 감았다.

분명 그의 커다란 비밀을 알게 된 건 맞는데, 어쩐지 너무도 싱겁게 느껴지는 기분이었다. 겨우 그것 때문에, 나를 밀어냈나 하는 억울함마저 들고 있었다.

"그쪽이 색기를 마시는 것과 내가 위험한 게 무슨 상관이길래 나를 그렇게 밀어냈어요?"

은혜가 작은 목소리로 물었다. 은혜의 뒤, 넓은 밤의 정원으로 그의 시선이 고정되어 있었다. 그녀를 안은 채 원은 은은한 가로등 불빛이 빛나는 아득한 정원의 끝을, 바라보고 또 바라보며 말했다.

"나는 그동안 매일 일정량의 색기를 마셔왔어. 키스를 통해."

"그럼……."

이렇게 키스를 하는 것이, 살기 위해서였다고?

"그래. 나는…… 상대방의 기를 흡수해야만 하루하루를 살 수 있는 괴물이야. 그리고 내가 왜 이렇게 살아야 하는지, 이것 말고 또 내게 어떤 잠재사항이 있는지조차…… 몰라."

제대로 묻지도 않았는데, 그는 그녀가 궁금해했을 모든 것을 알고 있다는 듯 천천히 설명해주었다.

그러자 은혜는 볼멘소리로 다시금 물었다.

"하지만 그건 위험한 게 아니라 내가 매일 선우 원 씨를 위해서,

저번처럼 당신을 구해주기 위해서…… 해줄 수도 있는 일일 뿐이잖아요."

"아니."

은혜의 말에, 그가 차갑고도 낮은 목소리로 단호하게 대답했다.

"내가 절제를 하지 못하고, 너의 기를 다 마셔버리면 너는…… 죽게 돼."

"……!"

그는 다시 한 번 슬픈 눈으로 은혜를 바라보며 말했다.

"네가 죽으면, 이제 나는…… 살 수 없어."

가슴이 쿵쾅거린다. 숨이 막힐 듯 가슴이 뛴다.

은혜는 그의 등을 어루만지며, 나직이 말했다.

"그런 일은 없을 거예요."

"……뭐?"

"내 신기가 아직 너무도 부족해서, 선우 원 씨의 미래를 읽을 수는 없지만, 그래도. 이건 지킬 거라는 것 정도는 알 수 있어요."

"……?"

"이제, 더 이상 두려움 때문에 도망치지는 말자는 약속."

두려움이 얽혀 있던 그의 눈동자에 여린 물빛이 어렸다.

"나는 선우 원 씨를 믿어요."

"……!"

은혜의 한마디가 원의 가슴 정가운데로 깊숙이 스며들었다.

'나를 믿는다고?'

하지만…….

"말했잖아. 나는, 나도 왜 이렇게 됐는지, 왜 이런 삶을 살아야 하는지 모르는 괴물이라고."

원은 가늘게 떨고 있었다.

은혜는 그의 등 위를 가만히 쓸었다.

"괜찮아요."

그녀의 손길에, 그가 멈칫했다. 이내 그는 은혜를 조금 더, 세게 끌어안으며 조용히 말했다.

"나는 이 괴물이 앞으로 무엇을 더 원할지, 앞으로 얼마나 색기를 더 마실지 몰라. 그래서 난 나에게 가장 가까이에 있는 너를, 나도 모르는 순간에 잃게 될까 봐…… 겁이 나."

이제야 제대로 말해버렸다.

누구보다도 완벽하고, 강해 보이는 남자의 두려움과, 비밀을.

"당신이 괴물이라도,"

그녀의 따스한 한 마디가 그의 가슴속 아슬아슬 끊어질 것만 같던 줄을 툭, 건드렸다.

"난 당신을 감당할 준비가 되어 있어요."

가슴을 옥죄고 있던 것들이 사르르 녹아내리듯 사라지는 것 같았다. 이윽고 원은 그녀를 감쌌던 팔을 풀고, 다시 그녀와 마주보며 물었다.

"정말…… 괜찮아?"

"나, 귀신도 때려잡는 무당인 거 몰라요?"

은혜가 나름 자신만만하게 긍정적인 대답을 했다.

하지만 원은 어딘가 의미심장한 미소로 답변했다.

"아직 중요한 건, 말하지도 않았는데."

"뭔데요?"

은혜가 화들짝 놀란 얼굴로 그를 바라보았다.

원은 그녀에게서 살짝 시선을 돌리며 은근하게 말했다.

"색기. 키스 말고, 다른 방법으로도 채울 수도 있어."

"다른 방법이요?"

"그래. 사실 키스는 임시방편일 뿐이야."

"그 다른 방법은 뭔데요?"

"생각해 봐. 입술을 통해서가 아닌 다른 것을 통해서, 내 몸에 어떻게 색기를 채울 수 있을지."

은혜는 순간 등골이 오싹해졌다. 가늘게 휘어진 그의 눈매가 너무 섹시해서였다면 아무도 믿지 않을 것이다.

무엇보다도 그가 자신이 한 말을 제대로 해석해 주지도 않았는데, 머리가 아닌, 몸이 먼저 반응을 했다면 이건…….

얼굴이 화끈— 열기를 표출했다.

'미쳤어. 미쳤어.'

은혜는 아랫입술을 깨물었다.

자신이 생각보다 그렇게 순진한 무당은 아니었나 보다.

"헉, 그러고 보니 몇 시지?"

아무리 안 되겠다 싶었다. 은혜는 불현듯, 손목에 차지도 않은 시계를 확인했다. 그러나 손목에 시계가 없자, 이번엔 휴대폰으로 시간을 확인하려 주머니를 뒤적거렸지만, 있을 리가 없었다. 아까 옷을 갈아입으면서 휴대폰을 그의 드레스 룸에 두고 나온 것을 깨달았기 때문이었다.

어떡하지.

이내 은혜는 어색하게 웃으며 입을 가렸다. 곧이어 한 발, 두 발 물러서며 말했다.

"뭐, 딱히 그 다른 방법이 궁금하진 않아요. 어쨌든 참 많은 시간이 흘렀고…… 선우 원 씨 괜찮은 거 봤으니까 이제 돌아가야죠. 알고 싶은 것도, 이제 알게 됐고."

그렇게 그녀가 도망치듯 테라스의 유리문 쪽으로 다가가, 문을 반쯤 열려던 순간.

"……늦었으니까."

그가 테라스 문을 탁— 밀어 닫으며 말했다.

"자고 가."


아무렇지도 않게 호랑이 굴에서 탈출하기란 쉬운 일이 아니었다.

왜냐하면 여긴,

'선우 원'의 집이었으니까.

미확인 생명체 외계인이자, 자신을 괴물이라고 부르지만 전혀 괴물같이 생기지 않은…… 이 남자가, 집에 갈 수 없도록 버티고 서 있다.

'그러면 나같이 마음 약한 여자는, 당신의 앞에 와르르 넘어지고 말…….'

이내 은혜는 두 눈을 질끈 감고 문고리를 당기며 말했다.

"아뇨, 아무리 둘러봐도 나 잡아가는 사람 없을 테니까 괜찮아요. 그러니까 이제 집에 가야겠……."

원이 고개를 비스듬히 기울였다.

"가야겠……."

그러나 문고리를 계속 당겨도, 그가 문을 밀고 있는 한 어림없었다. 결국 은혜는 문득 생각난 질문으로 그의 주의를 돌리려 했다.

"아! 그래서 그때, 내 키스로 칼에 찔렸던 상처도 다 나은 거예요?"

웬 뜬금없는 질문이냐는 듯, 원이 두 눈을 가늘게 뜨며 대답했다.

"맞아."

"어디 한번 봐 봐요. 전에 몸에 손대지 말라고 인상 쓴 덕분에 제대로 살펴보지 못했으니까."

"……."

그는 잠시 그녀를 응시했다. 그러다 곧 니트를 올려 그녀에게 보여주었다.

"전에 여러 번 벗었을 때, 못 봤어?"

그의 물음에, 은혜가 멈칫했다. 곰곰이 생각해 보니, 그의 몸을 제대로, 똑바로 뚫어져라 본 적은 딱히 없던 것 같기도.

아니, 있……있었나?

어쨌든!

그녀는 일단 부정했다.

"내가 어, 어떻게 그렇게 자세히 봐요! 그때 못 봤으니까 지금이라도 다시······."

"그럼 지금 다시 봐."

원이 한쪽 팔은 여전히 문에 고정시킨 채, 반대쪽 손으로 옷을 올려 보였다.

"좀 양손으로 옷을 제대로 올려서 보여주면 안 돼요?"

"왜 굳이? 설마 아예 웃옷을 다 벗으라는 거야? 남자의 몸을 밝힐 정도로 음란한 무당일 줄은 몰랐는데."

"누가 음란한 무당이에요!"

그의 도발에 넘어가듯, 은혜가 발끈하며 대답했다.

"어쨌든 정말 깨끗이······ 다 나았네요. 흉터는 좀 있지만."

으윽. 역시나 그의 주의 돌리기는 실패인 것 같았다.

그녀의 반응에 원이 피식 웃었다. 예전엔 정말 알 수 없는 여자라고만 생각했는데, 이젠 빤히 보이는 것들이 하나둘 생겨나고 있었다.

"얼른 여기 주소가 어떻게 되는 지 말해줘요. 걱정할 것 없이 택시 타고 갈 테니까, 그만 놔주죠?"

은혜가 똘망똘망한 눈으로 그를 바라보았다.

"······."

역시 그녀를 돌려보내는 게 맞지만, 좀 더 보고 싶고, 좀 더 같이 있고 싶은 건······ 어쩔 수가 없다.

"아니, 택시도 걱정돼."

"꺄악—"

원이 은혜를 번쩍 들어 올렸다. 그리고 두 눈을 가늘게 여미며 낮게 말했다.

"들어올 땐 네 마음대로 들어왔어도, 나갈 땐 네 마음대로 못 나가지."

\* \* \*

"사귀어 보자……."

그녀의 말이 아주 틀리진 않았다. 잘 생각해 보면, 실제로 나쁘지 않은 제안임에는 틀림없는 것 같았다. 하지만, 이 상황이야말로 서로가 서로를 이용하는…… 계약연애를 하자는 말인데.

"계약연애, 같은 걸 말하는 거죠?"

성빈이 린의 기색을 살피며 물었다. 성빈의 말에, 린은 잠시 눈썹을 찡그리더니 곧 그의 말뜻을 알아차리곤 고개를 끄덕였다.

"뭐, 그렇게 되겠네요. 계약연애."

"그래도 괜찮겠어요? 이건 그야말로 서로 감정 없이 사귀는 것처럼 꾸미는 건데."

그의 입가에서 떨어져 나온 '감정 없이'라는 단어가 린은 꽤나 아프게 들려왔다.

'하지만 감정이란 건, 생길 수도 있는 거잖아?'

아악. 이 남자와 있게 되면, 계속 이상한 것에 혼자서 질문을 던지게 된다. 그런데도 자꾸만…… 같이 있고 싶어진다.

린은 다시 한 번 그넷줄을 움켜쥐었다.

"어른들의 계산 놀이에는 애초에 우리들의 감정이 중요한 건 아니니까요."

"린 씨는 현실적이라 좋네요."

"네?"

"나도 그렇게 무 자르듯 딱딱 답을 골라냈으면 좋겠어요. 사실, 린 씨처럼 현실적으로 살아가야 하는 게 정답일지도 모르는데. 내가 너무 감정적으로만 살고 있는 건 아닐까. 그런 생각이 드네요."

"아니, 난. 그냥 오래 생각하는 걸 싫어해요. 그냥 딱딱 정해버리는 게 속 시원하니까……."

"바로 그거요. 나도 오래 생각하는 습관을 버리고 싶을 때가 있어요. 너무 오래 생각하다가 중요한 걸 놓쳐버렸거든요."

"중요한 거요?"

"네. 아주, 아주…… 중요한 거요."

누군가를 떠올리는 듯한 그의 눈빛. 린은 그의 옆모습을 바라보며 알 수 없는 긴장감을 느꼈다. 그가 말하는 중요한 것이 무엇일까? 어쩐지 그에 대해 점점 더, 좀 더 알고 싶어졌다.

그녀가 그를 빤히 쳐다보고 있을 즈음, 불현듯 그가 다시 고개를 돌려 린과 눈을 마주쳤다.

"……!"

그러자 린은 화들짝 놀라 다시 시선을 앞으로 고정했다. 그리고 되물었다.

"어쨌든, Ok?"

린의 물음에, 성빈은 잠시 입술을 달싹였다. 그리고 린에게 악수를 청하듯 손을 내밀며 눈웃음을 지었다.

"린 씨만 괜찮다면."

린의 손이 허공에서 머뭇거렸다. 그러나 그녀는 곧 조심스럽게 그의 손을 잡았다. 아빠와 오빠 이외에 처음 잡는 남자의 손. 그의 손은 따뜻했다.

"하지만."

"……?"

성빈이 But, 이라는 접속사를 덧붙였다. 린은 앞으로 그가 할말이 어쩐지 달갑지가 않을 거라는 것을 예감했다.

그리고 역시.

"내겐 이미 좋아하는 사람이 있어요."

"……!"

달갑지가 않다.

성빈의 손을 잡고 있던 린의 손이 차가워졌다.

"혹시 나중에 제가 만나는 다른 여자가 린 씨에게 신경 쓰일까봐 미리 말해두고 싶었어요. 그런데 그래도 정말, 괜찮아요?"

성빈이 걱정 가득한 얼굴로 다시금 물었다.

린은 한동안 멍하니 잡은 그의 손을 바라보았다. 그러나 곧 담담한 얼굴로 그를 바라보며 말했다.

"어차피 이건 서로를 위한 장치일 뿐이에요. 나와는 상관없는 일이니까, 신경 쓸 필요 없어요."

\* \* \*

"근데, 갑자기 주은혜 씨를 왜 사장님의 댁으로 모셔가라 한 겁니까?"

강구가 옆 좌석에 탄 청량에게 궁금하다는 듯 물어왔다. 그러자 청량은 아, 하는 얼굴로 잠시 멈칫하더니 이내 대답해 주었다.

"주제넘은 일인 것 같긴 하지만, 이렇게 해서라도…… 이젠 사장님이 행복해지셨으면 해서요."

"예?"

강구가 무슨 뜻이냐는 듯, 운전하다 말고 청량을 힐끗 보았다. 청량은 어깨를 으쓱하며 어색한 미소와 함께 말을 이었다.

"실은 제가 사장님께 무슨 일이 생긴 것처럼 주은혜 씨에게 전화를 했었거든요."

"헉, 이 비서님이요? 이거 이거 솔직히 저도 궁금해지는데요. 그렇담 두 분, 어떻게 진도는 좀 빼셨으려나요."

강구가 키득키득 웃으며 말했다. 그러자 청량도 작은 미소와 함께 휴대폰을 보았다. 우선 원의 불같은 전화가 오지 않고 있으니, 둘이서 좋은 시간을 보내고 있다는 뜻은 아닐까. 라고, 조심스레 예측하고 있는 중이었다.

"만약 뭔가 잘 안 되셨다면 제 전화통에 불이 났을 텐데, 어쨌든 지금까지 연락이 없으신 걸 보면……."

청량이 말끝을 흐렸다. 고개를 끄덕이는 강구의 입매가 스윽, 올라갔다. 강구는 핸들을 움직이며 얼굴을 붉혔다.

"어쩌다 분위기가 잘 잡혀서 불타는 밤을 보내고 계신 건 아닐까요? 아직 사장님도 청춘이신데."

"뭐, 그렇다면 오늘의 제 행동에 대해서 혼이 나진 않을 텐데 말이죠."

강구와 청량이 서로 작게 웃어대기 시작했다. 원이 곁에 없는 것이 확실했지만, 도둑이 제 발 저리는 격인지 왠지 그가 뒤에서 노려보고 있을 것만 같아서였다.

강구가 웃음을 꾸욱 누르고 입을 열었다.

"사장님이 겉으로 보기엔 여성 편력이 화려한 것처럼 보여도, 실은 참 좋은 분이시라는 걸 꼭 느끼셨음 좋겠는데 말입니다."

곧 강구는 지나가는 말처럼 덧붙였다.

"아무리 그래도 제겐 최고인 분입니다. 사장님이 저 같은 하찮은 사람한테도 이런 좋은 일자리를 주셨잖아요."

청량은 잠시 강구를 바라보다, 대답했다.

"뭐…… 사장님이 여자가 많기는 하셨죠."

물론 다 이유가 있어서였지만.

강구는 원의 사정에 대해서 모르고 있었다. 따라서 그에게 더 이상 설명해줄 수는 없지만, 문득 청량은 그가 다시 여자를 부르라고 했던 말을 떠올렸다.

앞으로 어찌해야 할까. 뭐, 내일 다시 물어보면 그 답을 알 수 있으려나.

\* \* \*

"어, 어디로 가는 거예요!"

마치 공주님을 안듯, 부드럽게 안고 걷기라도 했으면 좋았으련만, 현실은 그렇지가 못했다.

"선우 원 씨!"

원은 은혜를 한쪽 어깨에 걸치듯 들쳐 업고서는, 저벅저벅 어디론가 향하고 있었다.

"꽤 무거우니까 좀 조용히 있어."

"뭐, 뭐요?"

은혜는 순간 발악하듯 몸부림치던 것을 멈췄다. 아무렇지도 않게 사람을 푹푹 찔러대는 그의 한마디가 어이없게 들렸기 때문이었다.

"무거우면 내려놓기나 해요!"

은혜가 그의 단단한 팔뚝을 꽉 붙잡으며 소리쳤다. 여전히 그는 묵묵히 계단을 올라 2층으로 향하고 있었다.

이윽고 그는 복도 맨 끝 방 앞에 섰다. 그의 커다란 방이었다. 원은 문을 벌컥 열어 안으로 들어갔다.

"……!"

이젠 이곳이 그의 방이라는 것을 알아차릴 만큼 낯익은 공간. 그런 이곳에 그가 들어오자, 은혜는 알 수 없는 불안감을 느끼며 이리저리 주위를 둘러보았다. 하지만 그가 무슨 생각으로 여기까지 자신을 들쳐 메고 왔을까 생각할 겨를도 없이,

"꺅!"

그는 그녀를 널찍한 침대 위로 던지듯 그녀를 내려놓았다.

"어쩌자는 거예요?"

"내가 너를 침대로 데려온 거 보면 몰라?"

"치, 침대가 뭐요! 푹신하고 좋기만 하네요."

은혜는 보들보들한 침대를 손바닥으로 만져보며 애써 그가 무슨 말을 하는지 모르는 척, 아무렇지 않은 척 대꾸했다.

그의 입가에서 의미심장한 미소가 피어올랐다.

"실은, 내가 지금 기를 마시지 않으면…… 죽을 것 같아."

그의 눈빛이 변했다. 갈증이 밀려든 얼굴로 입술을 적시며 원이 천천히 그녀에게로 다가오기 시작했다.

"그런데 내가 지금 필요한 기는, 키스만으로는 안 돼."

"키스만으로는 안 된다니…… 꺅!"

그 순간. 그가 그녀를 덮치듯 밀쳤다.

원은 제 두 팔 안에 그녀를 가두고 침대를 짚었다.

나른한 그의 낮은 음성이 은혜의 귓가를 자극했다.

"도망치지 않을 거라며."

"아니, 내가 말한 상황과 지금은 다르잖아요! 빨리 안 비켜요?"

꼼짝없이 갇혀 누운 채 그를 바라본 은혜는 그를 밀어내려 했지만, 그는 그녀의 양 손목을 꽈악 잡아 침대에 고정시켰다.

"전처럼…… 네가 내게 키스하지 않으면 내가 죽는다 해도?"

약간 풀린 듯한 그의 눈동자가 미치도록 섹시했다. 남자답지 않게 붉고도 도톰한 입술마저 마른침을 넘어가게 만들었다.

"그, 그건……."

은혜가 망설였다.

"주은혜."

원의 입술이 야릇하게 말려 올라갔다.

"……도와줘."

이윽고 그가 서서히 웃옷을 벗었다.

"이, 이봐요…… 선우 원 씨?"

떡 벌어진 그의 매끈한 가슴팍을 마주한 은혜의 얼굴이 곧 터질 듯 붉어졌다. 아주 잘 익은 토마토가 된 것만 같았다. 하지만 그의 입술선이 묘하게 말려 올라간 것을 본 은혜는 두 눈을 부릅, 떴다.

그래, 저번처럼 또 날 놀리려는 거야.

이번엔 자신이 반격할 차례였다. 또다시 그의 장난에 호락호락하게 넘어가지 않을 테다.

곧이어 은혜는 씩 웃으며 여유롭게 대답했다.

"내가 아무리 만만해도 그렇지 시도 때도 없이 옷 벗고 그러기에요?"

그러나 그 결심도 금방 무너지고 말았다.

"날 노출증 환자로 만들기 전에, 네 걱정부터 해야 할 텐데."

느릿한 말투. 뇌쇄적인 눈빛. 조금씩 달싹이는 붉은 입술.

선우 원이란 남자가 눈앞에, 아주 가까이 있다는 사실에.

정말 말도 안 되게…… 뛴다. 심장이. 그것도 아주 빠르게. 어쩌면 멎어버린 건지 분간조차 할 수 없을 만큼 너무도 빠르게 뛰고 있다. 게다가 그의 눈빛은 장난에서 그치지 않을 것 같았다. 저번과 달리, 진짜로 서서히 몸을 포개려 점점 더 가까이 다가오고 있으니 말이다.

이내 은혜가 그의 가슴팍에 손을 얹고는 그를 밀어내듯 힘주며 말을 더듬었다.

"저, 저기요. 옷 벗는 장난은 저번 연도에서 한 번으로 족하거든요?"

원은 그런 그녀의 상태에는 관심이 없는 듯했다. 그는 그저, 한 마디, 한마디 조근조근 뱉어내며 사람을 미쳐버리게 만들었다.

"내가 지금 장난하는 것 같아?"

원이 넓은 몸을 숙여 은혜와의 거리를 좁혀갔다. 그가 거리를 좁혀 올 때마다 은혜의 몸이 움찔, 움찔 반응했다.

그의 단단한 가슴과 뜨거운 숨결이 서서히 몸에 닿아올 때. 가슴 속 아슬아슬한 제한시간이 걸린 시한폭탄이 펑! 하고 터져버릴 것만 같았다.

"이봐요!"

은혜는 두 눈을 질끈 감고 아랫입술을 세게 물었다. 그리고 그의 팔을 꽈악, 잡고는 외쳤다.

"선우 원 사장님!? 아니! 선우 원 님!"

"이제야 나를 제대로 된 사람 취급을 해주네."

그가 낮게 키득거리며 은혜의 뺨을 어루만졌다.

대체 갑자기 이 남자가 이러는 이유가 무엇일까. 아까까지만 해도 분명 만지기도 아까워서 소중히 대해줄 듯 굴더니.

이제 내 여자 됐으니까, 마음대로 해도 된다는 그런 뜻인가?

당최 그의 행동과 그 행동 속에 숨어 있는 의미를 알 수가 없으니 은혜는 혼란스러울 따름이었다.

그러나 더 혼란스러운 건,

이러다 정말…… 그에게 넘어갈 것만 같았다.

* * *

"……?"

택시에 태워 린을 보내고, 병원 입구에 다다라 안으로 들어가려던 성빈의 발걸음이 우뚝 멈춰졌다.

낯익은 자동차 때문이었다. 늦은 시간, 막 병원을 출발하려던 차는 성빈을 발견한 듯 그의 옆에서 멈춰 섰다.

짙게 선팅된 창문이 스르륵 내려왔다.

그 안으로 한껏 굳은 남자의 얼굴이 드러났다.

"어딜 갔다 이제 와. 병원장 아들 행세 안 한다더니, 레지던트 주제에 자리 비울 시간도 있나 보구나."

"지금이야말로 병원장 아들인 거 티 내고 싶지 않으니까, 가던 길 가시죠."

성빈은 그를 지나쳐 안으로 들어가려 했다. 그러나 윤 원장은 그가 발길을 떼기도 전에 본론부터 물었다. 늘 그랬듯.

"린과 만났다고 들었다."

"정보도 빠르시네요."

"몰랐던 건 아니겠지. 네가 뛰어봤자 내 손바닥 안이라는걸."

"그보다는 다른 방향으로 아들에게 관심을 가져주셨다면, 제가 이렇게까지 당신을 경멸하진 않았겠죠."

성빈이 차가운 눈빛으로 차 안의 아버지를 응시했다. 그러나 윤 원장은 그런 성빈의 태도가 익숙한 듯, 아랑곳 않은 채 묻고자 했던 것을 물었다.

"린과는 많이 친해진 거냐?"

"사귀기로 했습니다. 아버지가 원하는 대로."

"뭐라고……?"

거침없는 성빈의 대답에 순간 윤 원장의 말문이 막혔다. 성빈은 가운 주머니에 손을 찔러 넣은 채 낮게 말했다.

"이제 됐습니까? 그러니까 더 이상 린과 제 관계에 대해서 신경 쓰지 마세요. 연애라도 해봐야 결혼할 마음이 생기겠죠."

"어떻게 그렇게 빨리 관계가 진전됐단 말이냐."

"불행히도 제가 원하는 건 수단과 방법을 가리지 않아서라도 얻어야 해서요."

윤 원장이 입을 굳게 다물었다.

이내 성빈은 천천히 창가 쪽으로 몸을 기울였다.

"아버지를 닮아서."

"……!"

윤 원장의 얼굴이 험악하게 일그러졌다. 하지만 그는 더 이상 아무런 말도 하지 않았다.

"밤이 늦었습니다. 어서 들어가서 쉬세요. 새어머니께서 기다리시니까요. 아들은 안 기다려도, 남편은 꼬박 기다리시잖아요? 잠도 안 주무시고. 마치 그게 본인의 할 일인 것처럼."

"……네가 린과 만나기 시작했다니 우선은 지켜보마. 부디 좋은 관계로 발전하길 바란다."

"지켜보신다고 약속하셨으니, 당분간은 저를 좀 내버려두세요."

성빈은 뒤도 돌아보지 않고 차를 지나쳐 병원의 회전문 안으로 들어가 버렸다. 검은색 차 역시 미련 없이 미끄러지듯 출발했다.

여전히 쓰레기를 씹은 것처럼 불쾌하고, 화를 억누르느라 손과 등에 땀이 어리는 일이다. 한때나마 우상이었던 아버지란 사람을 마주하는 건.

회전문 안으로 들어선 성빈은 문득 뒤를 돌아보았다.

저 문 밖에서, 보고 싶지 않은 모습을 보고 말았다. 마주치고 싶지 않았던 아버지 또한 마주치게 되었다.

그렇잖아도 가슴이 새카맣게 타버렸는데.

애써 생각하지 않으려고 바쁘게 지내보려 했는데.

어깨에 짊어진 짐은 너무도 무겁고, 처음으로 시작한 사랑은 아프기만 하다. 물어보고 싶은 마음도, 만나서 얼굴을 보고 싶은 마음도 한가득이다.

성빈은 주머니 속 휴대폰을 만지작거렸다.

"목소리만이라도…… 들어볼까."

그는 입술을 닫고 은혜의 번호를 눌렀다.

"……"

신호음이 가고, 한참을 기다렸지만 전화는 연결되지 않았다.

짧은 한숨이 성빈의 입가에서 흘러나왔다. 그 시각 은혜의 휴대폰은 원의 집 드레스 룸에서, 반짝거리는 빛과 함께 울리고 있을 뿐이었다.

성빈은 아랫입술을 잘근 물었다.
무슨 일이라도 있나. 아니면, 일부러 받지 않는 걸까.
'가면보살.'
그는 문득 그녀를 데려다주었던 곳을 떠올렸다.
아무래도, 내일. 가보아야겠다.
성빈은 받지 않는 은혜의 번호를 바라보며 조용히 말했다.
"……보고 싶었는데."

\* \* \*

"솔직히 유치했어. 이 나이에 계약연애 어쩌구…… 그런 로맨스 소설에나 나올 법한 걸 내가 말했단 말이야? 얼씨구. 내가 미친 게 분명해."
현관문을 연 린이 무의식적으로 중얼거렸다. 막상 그와 동맹(?)을 맺긴 했지만 생각할수록 얼굴이 화끈거린다.
"오셨어요? 근데…… 저, 아가씨."
"?"
가사 도우미가 불안한 얼굴로 린을 맞이했다.
"저어, 회장님께서 서재로 들어오시라고……."
"아빠 아직도 안 주무셨어요?"
시간이 꽤 늦었는데. 린은 휴대폰 화면의 시간을 확인하며 입술을 삐죽 내밀었다. 그리고 회장이 있는 서재로 터덜터덜 걸어갔다.

똑똑.

"들어와라."

높은 천장에 책들이 빼곡하게 쌓여 있는 넓은 공간.

그 한가운데 자리한 거대한 책상 앞에, 그녀의 아버지인 선우헌 회장이 앉아 있었다.

"이제 오냐."

회장은 자리에서 일어나 소파와 테이블이 있는 곳으로 다가왔다.

"앉아."

회장이 옆 소파에 눈짓을 했다. 린은 소파에 걸터앉으며 말했다.

"학교 끝나고 바람 좀 쐬고 왔어."

"오늘도 야간 자율학습을 가볍게 제껴 주셨더구나."

"제껴? 이제 보니 회장님이 꽤 저급한 단어도 쓰셨네요."

"내가 장난하는 걸로 보이냐."

부드럽게 웃고 있었지만 회장의 말끝에는 약간의 섬뜩한 날카로움이 묻어 있었다.

"솔직히 말해 봐라. 공부도 안 하고 어딜 다녀온 거야."

"무슨 상관이야? 언제부터 나한테 그렇게 관심이 많았다고."

린은 팔짱을 낀 채 차갑게 대꾸했다.

"그게 무슨 소리냐. 나는 항상 널……."

"날 뭐? 아빠 입맛대로 데리고 다니는 인형 취급이나 했으면서."

"선우 린!!!"

가슴에 못이 박힌 듯 회장의 숨이 턱 막혀왔다. 그래도 하나 뿐인 딸인데. 이 아이 하나만을 보고 여기까지 버텨왔는데. 그리고 이제…… 이 아일 위해 가장 가까이 있던 녀석도 쳐내야 하는데.

"그리고 말이 나와서 말인데. 아빠가 그렇게 노력하지 않아도 그 성운 병원 원장 아드님. 어떻게, 앞으로 만나게 됐어."

"뭐?"

"그러니까 제발 나한테 신경 좀 꺼줘. 아셨어요? 그리고 나 이번에 고등학교 졸업장 따면 일 년간 외국여행 다닐 거야. 마음에 드는 곳 있으면 눌러앉고."

"그건 안 돼."

"아빠!"

"이제 그만 회사 물려받을 준비해."

"뭐?"

린이 벌떡 일어났다.

어렸을 때부터 귀에 딱지가 앉게 들어온 한마디. 그러나 원이 들어오고 나서는 점점 수그러들더니, 한동안 듣지 않을 수 있었다.

"그 이야긴 오빠가 이 집에 들어왔을 때, 끝난 걸로 알았는데?"

경영에 눈곱만큼도 관심 없다는데, 호텔 운영 따위 하고 싶지 않다는데! 또다시 이 소릴 듣게 될 줄이야.

그만큼 거부했으면 됐지, 아직도 뜻을 굽힐 생각이 없어 보이는 아버지 덕에, 린은 답답해서 미쳐버릴 지경이었다.

"오빠나 줘버리라고 몇 번을 말해?"

"아니, 나는 네게 물려줄 생각이다."

"아빠 미쳤어? 내가 호텔 물려받아서 뭘 해? 그럼 여태까지 열심히 일한 오빠는 뭐가 돼?"

"다시 앉아."

"싫어."

"앉으라고 했다!"

선우 헌 회장의 이마에 핏발이 섰다. 가뜩이나 고혈압이 있어서, 위험 수준의 경계선을 넘나들고 있었지만, 회장은 침착하려 애썼다.

"잠깐."

그리고 순간, 린이 멈칫했다.

여태껏 오빠가 회사 일을 도맡아 해왔으니, 당연히 회사 또한 오빠에게 갈 것이라 생각하고 있었다. 그런데 이제 와서 호텔을 나한테 물려주겠다고······?

정말 자신에게 호텔을 물려줄 생각이라면.

오빠는······?

꽉 쥐고 있던 린의 손이 풀어졌다.

"아빠 설마······ 이제 와서 오빠를, 버릴 생각이야?"

\* \* \*

눈앞에 굶주린 늑대가 있다. 호랑이 굴에 들어왔으니, 굶주린 호랑이인가? 늑대든, 호랑이든 둘 다 먹잇감 앞에선 가차 없는 맹수라는 건 분명하다.

은혜는 어금니를 꽉 물었다.

"장난치는 거 다 알아요?!"

"장난 아니야. 정말로…… 네 입술이 필요해."

갈증 어린 그의 눈빛이 뇌쇄적이었다.

그가 그녀의 입술 가까이 자신의 입술을 가져갔다.

입술 사이의 거리가 아슬아슬한 지점까지 가까워졌다.

또, 또. 설마 키스하려고?

은혜가 침을 꼴깍 삼키며 입술을 달싹였다.

그가 작게 웃었다.

"걱정하지 마. 안 잡아먹는다고 했잖아."

"그쪽 눈빛은 그렇지가 않은 것 같아서 하는 말이에요!"

은혜가 인상을 꽉 쓰자, 원은 짓궂게 덧붙였다.

"잡아먹지는 않고…… 잡아 삼키려고."

그 순간.

달짝지근한 사탕을 맛보는 것처럼, 아찔하게 닿은 그의 입술이 느껴졌다. 그의 입술은, 그녀를 삼킬 듯 한껏 머금었다. 입 안에 그의 향이 가득 퍼진다.

은혜가 두 눈을 감았다. 숨을 쉴 틈도 없이, 그녀의 흰 목덜미에 부드러운 감촉이 닿았다. 푹신하고도 부드러운 감촉이 목을 감싸자, 본능처럼 몸이 부르르 떨려왔다.

원의 시선이 은혜의 목에서, 아래로 점점 내려왔다. 커다란 옷

탓에, 시원하게 드러난 목선.

이내 그가 보일 듯 말 듯한 그녀의 쇄골에 입을 맞췄다.

"……!"

또다시 몸이 찌릿, 반응했다. 이건 무슨 느낌일까. 그의 입술이 닿은 것만으로도 그곳이 화끈화끈 뜨거워지고, 온몸에 피가 빠르게 도는 것 같은 기분. 어떻게 반응해야 할지 알 수 없는 눈동자는 그를 제대로 쳐다보지 못했다.

은혜는 곧 고개를 돌렸다. 그리고 애써 다른 곳을 바라보았다. 그런 은혜의 표정을 본 원의 입꼬리가 더욱 농밀하게 휘어져 올라갔다.

"주은혜."

"……."

"가면보살님."

"……."

"그렇게 계속 나, 안 볼 건가?"

"……."

볼 수 없었다. 아니, 보지 않을 거다.

토마토라 해도 믿을 얼굴은, 꾸욱 누르면 주스를 만들 수 있을 정도로 빨갛게 익어버렸다. 터질 것 같은 심장은, 살짝 누르기만 해도 폭발할 것만 같았다. 그런데 어떻게 아무렇지 않게 그와 눈을 마주칠 수 있단 말인가.

그러나 원은 한 수 위였다. 다시 그가 그녀의 양 손목을 잡아 침대에 고정시켰다.

"자꾸 그럼, 진짜로 옷 벗긴다."

"뭐요?!!"

그제야 은혜가 홱, 그를 돌아보았다.

동시에 몸을 비틀며 꿈틀거리자, 그는 어딘가 아픈 듯 살짝 입술을 물었다. 그의 손등에 난 상처가 살짝 벌어진 탓이었다.

그러나 그는 곧, 씨익 웃어 보였다.

"나만 벗고 있을 순 없잖아."

이젠 당황할 여지도 없었다. 이러다 정말로 그에게 취할지도 몰랐다. 술을 한 잔도 마시지 않았는데, 모든 것을 잊고 빠져들 만큼, 취할 것만 같다.

하지만 이번엔 은혜가 씩 웃었다. 그리고 그를 똑바로 바라보며 또박또박 말했다.

"정말 벗어줘요?"

"……!"

멈칫. 그의 눈동자가 은혜를 또렷이 응시했다. 그녀를 붙잡고 있던 그의 손에 힘이 풀어졌다.

"으윽—!"

그리고 그 틈을 타, 은혜는 그를 밀쳐내곤, 몸을 일으켰다. 원이 살짝 인상을 찌푸리며 낮게 신음했다.

이내 그는 상처가 나 있던 손을 다른 손으로 감쌌다. 한껏 아픈 얼굴이었다. 그것을 본 은혜가 놀란 얼굴로 그의 손에 시선을 고정했다. 그러고 보니, 그는 점집에 왔을 때, 그리고 병원에서 만났을 때도 한 손에 붕대를 감고 있었다.

"그 손…… 붕대 감고 있지 않았어요?"

"불편해서 풀었어."

"아직 상처가 제대로 낫지도 않았는데! 그걸 풀면 어떡해요!"

"풀든 말든, 내 마음이지."

아무렇지도 않게 손목을 잡고 힘을 주길래, 아픈지도 모르고 그를 밀어내려 그렇게도 힘을 썼는데.

그럼 그걸 다 참고 있었단 말이야?

"장난도 정도껏 쳐요. 손을 다쳤으면 제대로 치료할 생각을 해야지 지금 나한테 장난치는 게 중요해요?"

"장난 아니었어."

원이 희미하게 웃으며 나직이 말했다.

"정말 간신히 참은 건데."

"……!"

그는 사뭇 진지한 얼굴로 낮게 말했다.

"이래서 네가 위험하다는 거야."

곧 원은 벗어두었던 니트를 다시 입었다.

"네가 날 아무리 밀어내도, 내가 널 원하면. 그때 네가 날 거절하지 못하면."

적막 속 심장은 여전히 빠르게 뛰었다.

"나는 끝까지 가겠지."

조금만 귀를 기울이면, 그 박동 소리가 들릴 만큼.

"그 끝엔, 너는 이미 이 세상에 없을 테고. 알겠어?"

가볍게 넘기려는 듯 작게 웃는 그의 목소리에는, 숨길 수 없는 짙은 두려움과 슬픔이 묻어 있었다.

곧 원은 화제를 돌리듯 몸을 일으켰다.

"넌 여기서 자."

"여기서요? 그쪽은요?"

"난 게스트 룸에서 잘 테니까."

그는 슬리퍼를 끌고 문 쪽으로 발길을 뗐다. 은혜의 눈에 상처투성이인 그의 손등이 들어왔다. 이윽고 은혜는 그를 멈춰 세웠다.

"잠깐만요."

"……?"

"이리와 봐요."

"왜?"

"빨리 와요."

그가 고개를 갸웃하곤 다시금 그녀의 앞에 섰다.

그녀는 바닥에 발을 내려놓고 침대에 걸터앉았다. 무언가를 결심한 그녀의 눈이 반짝였다. 이내 은혜는 그의 니트에 손을 뻗어, 배 위의 그의 상처를 확인했다.

"……! 뭐하는 거야. 내 배에 관심 있어? 오늘따라 왜 이렇게 자꾸 보려고 해?"

원이 화들짝 놀라며 한 발 물러섰다.

"가까이 와요."

이번엔 은혜 차례였다.

그가 망설일 틈도 없이,

그녀가 그의 멀쩡한 쪽 팔을 확, 잡아당겼다.
"……!!"
자연스레 은혜 쪽으로 허리를 굽힌 원의 눈이 커졌다.
코가 닿을 거리다.

\* \* \*

"정말…… 그런 거야?"
린의 표정이 굳다 못해 부서질 듯 일그러졌다.
"……그래."
팔걸이를 쥔 회장이 낮은 목소리로 입술을 뗐다.
"진심이야?"
"……그래."
순간 다리가 풀려, 비틀거릴 뻔했다. 린은 후들거리는 다리에 힘을 주고, 다시 소파에 앉으며 반문했다.
"내 오빠잖아. 피는 안 섞였어도, 10년을 함께한 오빠잖아!"
린의 날카로운 물음에도, 굳은 의지가 담긴 회장의 눈빛은 심지 곧게 린을 향해 있었다.
"다 널 위해서였다."
린이 기가 차다는 듯 실소를 지었다.
"거짓말하지 마. 지금 나한테 충격 줘서 경영 수업 받게 하려고 그러는 거지? 미안하지만 난 전혀 신경 쓰이지……."
않는다고 말하고 싶었지만, 입이 더 이상 떨어지지가 않았다.

11살 때였다. 비가 세차게 내리던 밤. 아빠는 길바닥에 쓰러져 있던 원을 데려왔다. 지금의 얼굴과 다를 바 없는 원이었지만, 그때의 그는 무척 지쳐 보였고 창백했다.

하지만 앞으로 든든한 오빠가 되어줄 거라며, 인자하게 웃던 그 얼굴은……? 언제나 그를 자랑스럽게 여기고, 그 누구보다도 애틋하게 대했던 그 손길은……?

"여태까지 아빠가 오빠를 대했던 모습이 모두, 거짓이었다는 말이야?"

"거짓은 아니었다. 다른 목적이 있었을 뿐."

"그게 뭐가 달라? 정말 무섭다. 정말 소름이 끼쳐. 어떻게 10년을……."

"이게 모두 린, 네가 아비의 하나밖에 없던 소원을 뿌리친 대가다."

"아빠!!!"

"나는 치료가 필요했고, 그 자리를 대신해줘야 할 너는 당장 경영에 눈곱만큼도 관심이 없었으니까! 너를 대신해 원을 잠시 동안 그 자리에 앉혀놓은 것뿐이다. 그 아일 대신 앉혀놓지 않으면 내 자리를 노리던 녀석들을 경계할 수가 없었어!"

"오빠는 항상 아빠한테 감사하다고 했어. 영원히 자길 거둬준 은혜를 잊지 않겠다고 했단 말이야. 그래서 누구보다도 열심히 일했잖아. 경영 같은 거 하나도 몰라서, 밤낮없이 공부해 가며 그렇게! 그렇게…… 호텔도 키워 나갔는데. 아빠가 대한민국에서 내로라하는 로열 그룹 회장님으로 전보다 더 떵떵거리고 사는 게 누구 덕분인데……."

린의 숨소리가 거칠어졌다. 평생 메말라 있을 줄 알았던 눈물도 곧 떨어질 듯 위태로웠다.

회장은 곧 린을 타이르듯, 다정하게 말했다.

"린아. 이 애비는 앞으로 살 날이 얼마 남지 않았어. 그러니까. 제발 좀 이제 내 말을 듣거라."

"이래서 내 삶이 구린 거야. 돈 많으면 행복할 것 같지만 정작 구질구질하고."

"그게 무슨 소리냐! 너는 로열 그룹의 딸이야."

로열 그룹의 딸? 그래, 내 이름은 선우 린이 아니라. 늘. 로열 그룹의 딸이었지. 어딜 가든.

―로열 그룹의 딸 아닌가요?
―그쪽은 로열 그룹의 딸이죠?

린이 비릿하게 웃었다.

"로열 그룹? 개나 줘."

그리고 성큼성큼 회장의 서재를 나갔다.

쾅―!

거세게 닫힌 문을 뒤로한 채, 회장은 한참 동안이나 그 자리에 앉아 있었다. 그리고 어두운 눈빛과 함께 눈앞의 한 지점을 응시하며 말했다.

"린. 이제는 네가 어떻게 나오든…… 봐주지 않을 거다. 결국 넌 내 뜻대로 하게 될 게야."

　　　　　　　＊　　＊　　＊

"빨리. 색기든, 뭐든 마셔요."
은혜가 눈을 감은 채, 재촉했다.
살포시 감은 눈. 작고 도톰한 입술이 그를 기다리고 있었다.
"너……."
원이 주체 없이 뛰기 시작하는 심장을 알아챌 즈음.
"답답하긴."
마치 이번엔 그녀가 그를 유혹하듯,
"……!"
은혜의 입술이, 그의 입술에 포개졌다.
"주은혜?"
원이 놀란 눈으로 살짝 입술을 떼고 그녀를 바라보았다. 그러나 은혜는 다시 입을 맞추곤, 재촉했다.
"얼른요!"
"뭐?"
"안 그럼 나 당장 이 집 나가버릴 거예요?"
"그게 무슨 뜬금없는 소리야. 읍!"
은혜의 입술이 그의 입술을 더욱 짙게 눌렀다.
"……!"
원조차 예상하지 못했던 일이었다. 어째서인지 자연스럽게, 그의 입술 사이로 은혜의 기가 서서히 새어 들어갔다.

두 사람의 눈이 감겼다. 마치 그녀의 기를 애타게 원했던 것처럼, 그의 깊은 곳에 잠재되어 있던 본능이 은혜의 입술을 탐했다. 이젠 그런 그의 능력을 편한 마음으로 받아들인 은혜는 정신을 잃지 않으려 노력했다.

은혜가 기가 그의 입술 사이를 비집고 빨려 들어가자, 원의 손등에 났던 상처가 아물기 시작했다. 방금 전 아주 살짝 은혜의 기를 빨아들였을 때는, 낫기도 전에 입술을 뗐기 때문에 소용없었지만 지금은 달랐다. 그녀의 기가 그에게 전해질수록, 손등의 상처는 흉터만을 남긴 채 온전히 아물었.

힘겨운 목 넘김과 함께 그의 목울대가 움직였다.

이윽고 원은 이만 멈추려는 듯 은혜의 어깨를 꽈악 잡았다.

계속해서 쓰라렸던 손의 고통은 사라졌다.

"……너."

원이 입술을 뗐다. 그러나 그가 화를 내기도 전에, 그녀가 한껏 눈웃음을 지어 보였다.

"역시 됐다."

은혜는 가쁜 숨을 몰아쉬며 원의 손을 이리저리 확인해 보았다.

"호."

그리고 멀쩡해진 그의 손을 호, 불어주며 예쁘게 웃었다. 은혜의 표정에 뿌듯함이 가득 담겼다. 마치, 호 불어주어서 다 나은 것처럼.

"후……."

그런 은혜를 지켜본 원은 화조차 낼 수 없었다.

"이런 신기한 능력도 있으니까, 지금 삶에 너무 불평하진 말아요."

"뭐?"

늘 노심초사하는 자신과는 달리, 이 여자는 어느새 너무도 자신을 담담하게 받아들이고 있다.

처음 만났던 그때의 주은혜가 맞는 건가?

"이런 능력이 없었다면, 내가 죽어가는 당신을 살릴 수 없었을 테니까."

"그래도 이건 그렇게 긍정적으로만 볼 수 있는 문제가 아니야."

원이 한쪽 눈썹에 힘을 주며 그녀의 이마를 꾸욱 눌렀다.

"아, 진짜 아프게 왜 이래요?!"

"빨리 잠이나 자."

"어? 어!"

원이 그녀를 잡고 억지로 침대에 누였다. 그리고 이불을 빼어들어 덮어주었다.

"나한테 자꾸 기를 빨려서…… 무척 피곤할 거야."

은혜는 고개를 저으며 다시 몸을 일으켜 앉았다.

"안 자요. 내가 어떻게 선우 원 씨 침대에서 자요?"

"역시 한 번에 말을 듣는 법이 없지."

원이 옅은 한숨을 내쉬었다.

"……?"

은혜의 눈동자가 동그래졌다.

"후회하지 마."

말이 끝나기 무섭게, 원은 반쯤 이불을 걷고는 침대 위의 은혜를 안고 함께 누웠다.

"엇―."

그대로 베개에 머리를 놓게 된 은혜는 두 눈을 끔벅였다. 푹신하면서도 머리가 멍하다.

이내 그녀는 꿈틀꿈틀 몸을 돌려 그와 얼굴을 마주 보았다. 날카로운 턱선. 오뚝한 코. 결점 없는 하얀 얼굴이 성큼 다가와 있었다. 더불어 그의 숨결까지도.

은혜는 다시금 눈을 끔벅였다.

누군가와 함께 있다는 건, 이런 느낌일까. 같이 있는 것만으로도 심장이 터질 것만 같고, 슬프게도…… 행복하다.

그냥, 이대로 멈추고 싶다.

그녀는 눈을 감았다. 그리고 픽 웃으며 중얼거리듯 물었다.

"솔직히 말해 봐요. 이렇게 하고 싶었죠?"

그도 눈을 감았다.

"아니."

"맨날 아니래."

"더 이상 같이 있으면 인내력에 한계가 올 것 같아서, 가려고 했던 건데. 날 유혹한 건 너잖아."

"누가 유혹했다는 거죠? 선우 원 씨 말대로 나 죽지 않으려고, 앞으로 그쪽을 필사적으로 밀어낼 예정이었는데. 아, 그럼 지금도 발버둥 쳐야겠네. 이제 손도 다 나았으니, 마.음.껏."

그러자 그가 눈을 감은 채로 여유롭게 대답했다.

"나야말로 이제 누구 덕분에 손 다 나았으니까, 그 누구는 이 상태에서 미동도 못 할걸. 아까 못한 걸 아무 문제 없이 마저 할 수도 있고."

"꿈 깨요!? 그나저나 대체 왜 당신한테는 아무것도 안 느껴지는 거야. 당신에 대한 모든 걸 볼 수 있었으면, 내가 이렇게 무기력하게 당하지만은 않았을 텐데. 정말 외계인이라서 그래요?"

"외계인 아니거든."

"후. 그럼 나는 언제쯤 별에서 온 그대를 만나나."

"그놈은 또 누군데."

그의 표정이 살짝 굳었다.

"TV도 안 봐요? 있어요. 멋진 외계인."

은혜가 쿡쿡 웃으며, 돌아누웠다.

실은, 두근두근 뛰는 심장이 그의 심장에 닿을까, 겁이 나서였다. 하지만 등 뒤에서 들려오는 그의 저음 때문에도, 두근거리는 건 어쩔 수가 없었다.

"그럼 내가 외계인이길 바랐던 거야?"

"뭐, 조금은."

"……그럼 내가 외계인은 아니라 쳐도."

원이 은혜를 끌어안은 팔에 힘을 주었다. 그리고 나직이 물었다.

"멋진 남자도 아니야?"

"……."

그러나 은혜는 대답이 없었다.

새근새근 여린 숨소리만이 그의 품 안에서 들려올 뿐.

그가 조용히 눈을 떴다.

"대답 없는 거, 아니라는 뜻이지."

그가 뾰로통해진 얼굴로 은혜를 응시했다.

여전히 그녀를 끌어안은 채.

"상관없어."

그의 입가에 미소가 걸렸다.

"그래도 좋아하니까."

더 이상 길지 않은 밤이다.

\* \* \*

다음날.

은혜가 두 눈을 떴다.

잠깐만 눈을 붙이고 새벽같이 일어나 돌아가려고 했는데……, 어느덧 햇살에 눈이 부시다.

정말, 아침까지 자버린 거야?

은혜는 벌떡 일어나 주위를 두리번거렸다. 원은 곁에 없었다.

은혜는 흘러내리는 소매를 계속해서 걷어붙이고, 내려온 바짓단도 다시 접고는 후다닥 아래층으로 내려갔다.

다시금 넓은 주위를 두리번거렸지만 그는 보이지 않았다.

"어딜 간 거지?"

고개를 갸웃할 즈음, 혹시나 싶어 전날 밤 그가 데려가 주었던 테라스로 향했다. 그러나 이곳에도, 그는 없었다. 그렇게 한숨을 내쉬곤 테라스를 나가려던 찰나. 은혜는 바깥 한쪽에 마련된 커다란 수영장을 앞에 두고, 흰 의자에 앉아 있는 그를 발견했다.

그는 말없이 파란 물빛을 응시하고 있었다.

화창한 아침, 맑은 수영장 물은 아름답게 반짝였다.

그녀는 아주 조용히 바깥으로 나가, 그에게로 다가갔다. 그리고 소리 없이, 그의 뒤에 멈춰 섰다.

은혜는 두 손으로 그의 시야를 가렸다.

"여기서 뭐해요."

그러나 원은 그다지 놀란 기색도 없이 그녀의 손을 잡았다.

그가 그녀의 손을 놓아주며 말했다.

"미래에 대한 고민."

"호텔 사장님도, 미래에 대한 고민은 하는구나."

"다른 사람들은 물을 보고 있으면 우울해진다는데, 나는 물을 보고 있으면 마음이 편안해져."

은혜도 그의 옆에 놓여 있던 다른 의자에 가만히 앉았다.

"음, 무당의 입장에서 물은, 본인에게 맞는 사람이 있고, 반대로 상극인 사람이 있죠. 물을 보면 마음이 편해진다는 건, 선우 원 씨는 전자인가 보네요. 비록 당신을 온전히 읽을 수 없어서 추측만 할 수 있지만."

"내가 지금 하고 있는 고민엔 점집도 포함돼."

"……."

문득 은혜가 말문을 멈췄다.

잊고 있었다. 당신이란 사람에게 취해.

"정말……, 내 점집을 바라요?"

"바라기보다는…… 필요했어."

"그게 그거죠."

은혜가 볼멘소리로 대답했다.

"왜 그렇게 필요한 건데요? 사업상 기밀이라면서 말해주지 않았었잖아요. 나한테."

"……."

그는 뜸을 들이다 은혜를 바라보며 작게 웃었다.

"맞아. 사업상 기밀이니까 모르는 상태로 계속, 있도록."

"정말 내 점집 원하는 거 맞아요? 딜을 하려면, 뭔가 알려주기라도 해야 고려라도 해보지."

"그 말은, 넘겨줄 생각이 1%라도 있다는 거야?"

"아뇨."

"그러면서 왜 희망 고문을 해."

"내가 왜…… 점집을 목숨처럼 아끼는지. 모르죠?"

"……."

실은 처음 봤을 때부터 느꼈었다. 점집을 넘겨줄 수 없다고 단호히 말하는 그녀의 눈빛을 보았을 때부터. 나는, 어쩌면 이 여자의 가장 소중한 것을…… 영영 빼앗을 수 없을지도 모른다고.

"어젯밤, 자는 척하면서도 계속 생각했어요."

은혜가 살짝 고개를 숙였다.

"어쨌든 당신은 색기를 취해야만, 살아갈 수 있는 그런 사람이라는 거잖아요. 내가 귀신을 볼 수 있는 것처럼, 당신 또한…… 남들과는 조금 다른 거고."

그는 말이 없었다. 그저 가만히 그녀의 말을 듣고 있는 것 같았다.

"전에 선우 원 씨가 말했죠. 세상에는 말로 설명할 수 없는 것들이 많다고. 저도 그렇게 생각해요. 다른 사람이라면 어쩌면…… 도망쳤을지도 모르죠. 내가 그렇게 가깝게 지내던 사람들도, 내가 귀신을 본다는 것을 알고 모두들 도망치거나, 떠나가 버렸으니까."

은혜는 애써 담담하게 말을 이었다.

"그래서, 난 가면을 썼어요."

―내가 가면을 쓰는 건, 그 누구도 나에 대해서 모르길 바라서예요.

원의 머릿속으로 은혜가 했던 말이 스쳐 지나갔다.

"당신이 지닌 두려움의 크기는 잘 모르지만 그 마음, 나도 알아요. 당신으로 인해 주변 사람들이 위험해질까 봐 두려워하는 마음. 나도 이제껏…… 나 때문에 많은 사람을 잃었다고 생각했고, 또다시 잃지 않기 위해서 철저히 혼자로 살아왔으니까. 가면 속에 숨으면서요."

그녀가 애써 아무렇지 않은 척, 노력하고 있는 것이 보였다.

"하지만. 나는 이제 그러지 않기로 했어요. 차라리 부딪치기로 했어요. 전에 말했듯, 이젠 더 이상 두려움 때문에…… 곁에 있는 소중한 사람들을, 떠나보내고 싶지 않으니까요."

"소중한 사람을 떠나보낸 적이 있는 건가."

원이 나직이 물었다.

그녀가 가만히 그를 올려다보았다. 무뎌진 상처를 들춰내는 건, 꽤 아픈 일이었다. 하지만 그에겐, 꺼내고 싶었다.

은혜는 여리게 미소 지었다.

"내가 얼마나 못된 애인지, 들어볼래요?"

"네가 아플 이야기라면, 안 들을래."

원은 괜한 것을 물은 것 같다는 생각에 궁금증을 거두었다.

그러나 은혜는 이미 결심을 굳힌 뒤였다.

"당신이 내게 비밀을 말해줬으니까. 나도 말해주고 싶어요."

\* \* \*

"어떻게, 고백은 했냐?"

은후가 머리를 감고 나온 성빈의 어깨를 툭 치며 말했다.

"하루아침에 그게 되냐."

"이 자식, 생각보다 숙맥이네. 네가 뭘 고민해?"

"고백했다가, 더 이상 친구도 못 하게 되면?"

진지한 얼굴로 은후를 바라보는 성빈의 머리에서 물기가 뚝뚝 떨어졌다.

"뭐? 그건······."

은후도 쉽사리 대답하지 못했다.

"그래도 부딪혀 보라고 했잖아. 좋아하는 여자를 눈앞에 두고, 평생 친구로 남을 수 있어?"

"······."

"대답 못 하네."

"그렇잖아도, 오늘 저녁에 오프 내려고."

"진짜? 근데 너 설마 전에도 그 여자 때문에 오프 낸 거였냐."

"······맞아."

"와아. 레지던트에겐 황금 같은 오프를 한 여자에게 두 번씩이나. 누군지 부러워 죽겠다, 그냥."

"너도 낼 수 있잖아. 요 근래 병원에만 틀어박혀 있었으니까, 좀 쉬기도 해라."

"아주 감동스럽다. 네가 내 걱정을 다 해주고. 역시 사랑의 힘인가. 사랑은 윤성빈도 변하게 한다!"

"너도 씻기나 해. 네 꼴, 말이 아니다."

성빈은 수건으로 머리를 털며 은후를 지나쳐 갔다.

"내 꼴이 어때서!"

\* \* \*

맑은 수영장 물을 내려다보던 은혜는 나직이 말문을 열었다.

"나는 내가 신기가 있다는 게 죽기보다 더 싫었어요. 어렸을 때,

예지몽을 통해 아빠의 죽음을…… 봤거든요. 내가 당신이 위험에 빠질 거라는 걸, 예견한 것처럼."

여전히 손끝이 떨릴 만큼 충격적인 기억. 은혜는 애써 태연하려 스스로를 진정시켰다.

"그 트라우마로 신을 철저히 거부했어요. 하지만 그 대가로 찾아온 신병은 날 끝까지 괴롭혔고, 자꾸 남들이 보지 않는 걸 보니까 정신병원에도 갈 뻔했죠."

꾹꾹 눌러 담아, 아주 아득하게 만들었던 기억들이 서서히 떠올랐다. 고통스럽지만, 어쩐지 그에게만큼은 말하고 싶었다. 아니, 말을 해야만 할 것 같았다.

"그리고 고등학교에 갓 입학하고 나서, 엄마도 갑작스럽게 병으로 떠났어요. 겨우 받아들였을 즈음, 고등학교 3학년 때. 유일한 혈육이었던 동생도 수학여행 때 버스 사고로 내 곁을 떠났구요. 모두들, 날 욕했어요. 가족 모두를 잡아먹은…… 재수 없는 년이라고."

그녀가 조용히 한마디, 한마디를 할 때마다 그의 가슴이 저려왔다. 언젠가 들었던 이야기인 것처럼, 그녀의 아픔이 두 눈으로 보이는 듯했다.

"그렇게 열아홉 살. 난 세상에 혼자 덩그러니 남았어요. 그래서 죽고 싶다는 생각을 하루에도 수십 번을 하면서 그렇게 어둡게 살았죠."

언제나 밝고 씩씩한 모습인 것처럼 보여서, 상처가 있으리라곤 의심해 본 적 없었다. 원은 가만히 은혜의 옆모습을 바라보았다.

머뭇거리는 입술이 파르르 떨리고 있었다. 하지만 그녀는 곧 말을 이었다.

"잠시 얹혀살았던 친척 집에서는 찬밥 신세였고, 학교에서도 귀신 보는 음침한 아이라는 이유로 늘 혼자일 수밖에 없었어요. 할머니는 신이 나를 보살펴 주실 거라고 했지만, 나는 정말 그 말이 웃겼어요. 내게서 모든 것을 앗아간 분이 날 보살펴준다는 게. 오죽하면 엄마가 내 이름을 주은혜로 개명했겠어요."

"이름…… 바꾼 거였어?"

원은 계약서에서 그녀의 이름을 처음 보았을 때를 떠올렸다.

─무당 주제에…… 이름이 주은혜?

어쩐지 단번에 의아함을 느낄 정도로 무당과는 상반되는 이름이라 생각했었는데.

은혜는 쓴웃음을 지으며 고개를 끄덕였다.

"엄마는 외할머니와 달리 신기가 없었어요. 그러다 내 신기를 발견한 외할머니는 나를 무당으로 만들려 했죠. 엄마의 강력한 반대와 제 고집으로 거의 포기 상태에 이르렀다가 결국은 날 무당으로 만드셨지만…… 어쨌든 지금 이름은, 엄마가 차라리 예수를 믿고, 예수의 가호를 받으라고 어릴 때 바꿔준 이름이에요."

"……"

그의 말처럼 물빛을 응시하니 마음이 포근해지는 게, 이상했다. 이제껏 단 한 사람을 빼고, 그 누구에게도 하지 않았던 진짜 이야기였다.

"이젠 정말로, 세상에 나 혼자뿐이라는 생각이 들었고. 살아갈 이유가 없었어요. 그래서 학교 옥상에서 뛰어내리려고 했는데……."

불현듯, 눈동자에 눈물이 차올랐다.

"누군가 내 손목을 잡았어요."

순간. 물 위에 여러 겹의 동그라미가 퍼지듯, 그녀의 목소리가 원의 귓가에 울려 퍼졌다.

은혜는 두 눈을 감고는 그날 일을 회상했다. 참 오래된 일이었다. 또 오랜만이기도 했다.

"같은 교복을 입고 있었지만 언제, 어디서 나타났는지 모를 남자아이였어요."

―죽지 마.

오래된 필름이 지지직거리며 잔상처럼 그의 눈앞에 비쳐졌다.

"그때 이후로, 학교에 갈 때면 제 곁에 늘 그 애가 있었어요. 그 아이와 항상 함께 웃었고, 함께 울었어요. 그리고 언제부터인가, 처음으로 그 애 때문에 나는 숨을 쉬고 있다고 느꼈어요. 그만큼 그 애가 의지할 곳 없이 혼자였던 나에게 큰 존재로 자리 잡았던 거예요."

머릿속을 가득 채우며 울리는 그녀의 목소리가 이어지고, 그는 숨이 막혀오기 시작했다. 견딜 수 없는 현기증이 일었다.

"……근데 그 애도."

은혜의 두 눈에 붙잡아 둘 수 없는 눈물방울이 맺혔다.

"이미 죽은 아이였던 거 있죠."

무언가가 철썩— 원의 가슴에 파도처럼 밀려들어 부서졌다.

그에게서 아무런 말이 없자, 은혜가 애써 밝은 얼굴로 그를 바라보며 말했다.

"질투하는 건 아니죠? 벌써 10년이나 지난 일이에요. 그 사실을 알고 나서, 나는 다신 그 애를 만날 수가 없었어요. 사실, 만나지 않은 거죠."

"……왜지?"

"처음엔 나한테 줄곧 그 사실을 숨겨왔던 그 애가 너무 미웠어요. 후에 결국 신을 받고서 한동안 아무것도 넘기지도 못한 채 쓰러져, 정말 죽는구나 싶었을 때…… 그 애가 보였어요. 그냥 그땐 그렇게 말하고 싶었어요. 죄책감, 가지지 말라고. 죄책감 때문에 그동안 내 앞에 나타나지 않았나 하는 생각이 먼저 들었거든요. 그 상황에서."

—괜찮아. 나는 괜찮으니까, 죄책감 가지지 마.

예고도 없이, 또다시 알 수 없는 목소리가 그를 휘감았다. 갑자기 왜 그 목소리가 다시 떠올랐는지, 알 수 없었다. 은혜와 상관있을 리가 없는 목소리인데.

원은 의자에서 일어났다. 그리고 수영장 물을 등진 채 은혜와 마주 섰다.

"……?"

은혜가 그를 올려다보았다. 떨리는 입술 끝, 원이 긴장감 가득한 눈으로 그녀를 바라보며 물었다.

"……주은혜."

"……?"

"오래전에. 아주 오래전에……, 혹시 날 만난 적이 있어?"

원의 심장이 쿵쾅 쿵쾅 그의 가슴을 두드렸다.

정말 그런 거라면.

만약 그런 거라면.

하지만, 은혜는 고개를 저었다.

"그럴 리가요. 선우 원 씨를 처음 만난 건, 점집에서죠."

"……그래."

적잖은 실망감이 밀려들었다. 그러나 가슴은 여전히 저려왔다. 원이 메마른 입술을 닫았다.

"어쨌든. 여기까지가 암울했던 주은혜의 이야기. 그리고 점집을 팔 수 없는 이유예요. 무당으로서 머리를 올리고, 점집을 물려받기까지…… 난 참 많은 것을, 감수해야 했거든요. 자의든, 타의든."

은혜도 기지개를 뻗으며 자리에서 일어났다.

원은 차갑게 무시했던 거울 속의 또 다른 자신을 상기했다. 정말 그때 그 말들이 사실이었나……? 하지만 꿈이었을 거라 생각했다. 자신이 잠시 정신을 놓았던 것일 거라 생각했다.

"내 이야기가 많이 심각했어요?"

문득 은혜가 그의 생각을 깨웠다. 그러자 원은 두 눈을 깜박이곤 그녀를 이끌었다.

"참. 점집 문 열어야 하잖아. 가자. 데려다 줄게."

"잠깐만요."

그의 말을 들은 은혜가 수영장 물을 한번 응시하고는, 빙긋 웃었다.

"혹시, 아침에 수영해 봤어요?"

"그건 왜 묻는 거지?"

그리고 그 순간.

탁—

그가 수영장으로 밀쳐졌다.

풍덩—!

그가 물속에 빠짐과 동시에, 큰 마찰음과 함께 물보라가 일었다.

"주은혜!"

한껏 젖은 원이 미간을 좁힌 채 은혜를 바라보았다. 젖은 그의 머리카락에서 물이 떨어졌다.

"보고만 있지 말고, 가끔씩은 이렇게 시원하게 머리도 식히라구요."

은혜가 해맑게 웃으며 그에게 물을 뿌렸다.

"진짜……"

남의 속도 모르고.

원이 물을 피하며 붉은 입술을 잘근 물었다.

그러다 불현듯,

"으......"

갑자기 그가 고통스러운 얼굴로 가슴에 손을 얹었다.

"왜 그래요?"

혹시 잘못 넘어지기라도 했나, 놀란 은혜가 물가 가까이 쪼그려 앉아 그를 살피며 물었다.

이번엔 원이 회심의 미소를 지었다.

"나 혼자는 안 되지."

"꺄악—!"

은혜가 그대로 수영장 안으로 풍덩 빠져들었다. 잠시 방심한 틈을 타, 원이 손목을 확 당긴 결과였다.

"누구 마음대로 내 머리를 식혀?"

"아 진짜!"

물에 빠진 생쥐 꼴이 된 은혜의 모습을 본 원이 한껏 웃었다. 거짓말처럼, 깨질 것같이 아파 왔던 머릿속과 내내 마음을 무겁게 했던 근심들이 까맣게 잊혔다.

은혜의 머리에서도 물방울이 똑똑 떨어졌다.

비록 그를 물에 빠뜨리려다, 자신도 물벼락을 면치는 못했지만. 그가 이렇게 시원하게 웃는 건 처음 보는 것 같았다.

"근데......"

문득 원의 시선이 은혜의 어딘가에 닿았다. 흠뻑 젖은 탓에, 그녀의 몸매는 여실히 드러나 있었다. 그의 시선을 느낀 은혜가 두 손으로 가슴을 감쌌다.

"어딜 봐요!"

은혜는 반사적으로 그에게 한껏 물을 뿌렸다.

"자꾸 나 젖게 할래?"

원이 눈앞을 가린 물을 닦아내며 미간을 좁혔다.

또르르 뺨을 타고 턱 아래로 물이 뚝뚝 떨어지고 있었다. 그의 젖은 머리카락이 유독 검게 느껴졌다. 가늘어진 눈매 사이로, 그 특유의 차가운 시선이 닿았다. 오싹한 기분이 들어야 할 것 같은 눈빛인데…… 저 오묘한 분위기를 풍기는 눈빛이, 오히려 가슴을 뛰게 만들고 있다.

'정신 차려.'

은혜는 불규칙한 간격으로 눈을 깜박이다, 대답했다.

"방금 봤잖아요! 내……. 내……."

"가슴?"

"그래 가슴, 아니, 네!"

순간 정신이 하나도 없었다. 혼을 쏙 빼놓듯 돌려 말하는 기술은 선우 원이란 남자를 따라올 사람이 없을 것이다.

"본 적 없어."

"거짓말하지 마요?! 그럼 어떻게 내 말에 바로 가슴이라고 대답했는데요?"

"그냥 그걸 말하는 것 같아서."

은혜의 입술이 말없이 벌어졌다.

"으읏. 이게 무슨 꼴이야."

이내 원은 젖은 옷이 불편하다는 듯 훌렁, 입고 있던 티셔츠를 벗었다.

"……!"

놀란 은혜가 두 눈을 빠르게 감았다 떴다.

어제도 그렇고. 또 시작이다.

차라리 보지 않으리라. 두 손바닥으로 눈을 가렸지만, 어째 손가락 사이가 천천히 벌어진다.

여전히 딱히 더할 말도, 덜할 말도 없이 완벽하다…… 는 건 알겠는데. 이젠 담담해질 때도 되었다. 아니, 담담해져야 한다.

"몸매에 그렇게 자신 있어요? 왜 몸을 못 보여줘서 안달이신지."

은혜가 입술을 씰룩이며 작게 말하자, 원은 그녀의 앞에 불쑥 다가와선 옅게 웃어 보였다.

"맞아. 내 가슴은 마음껏 봐도 돼. 누구와 달리 난 자신 있으니까."

"뭐라구요!!"

은혜가 불꽃이 이글이글한 눈으로 그를 노려보았다. 그러나 원은 그런 은혜가 재미있어서 미치겠다는 듯, 웃음을 참고는 물속에서 성큼성큼 걸어 나갔다.

"어디 가요!"

그러자 은혜도 그를 쫓아가며 외쳤다.

잘 걸어가다 그가 갑자기 돌아섰다.

"흡……!"

은혜는 화들짝 놀라 그 자리에서 나무처럼 우뚝 멈춰 섰다.
"아침 수영 다 했잖아."
원은 그런 은혜의 얼굴에 물을 살짝 튀기며 싱긋 웃었다.
"누구 덕분에."
흡사 악마 같다. 은혜도 질 수 없다는 듯, 허리에 손을 얹고 눈에 힘을 주었다.
"그러는 누구 덕분에 나까지 수영 제대로 한 거 안 보여요?"
덕분의 그녀의 몸매가 그 앞에 더욱 잘 드러나 보였다. 별 생각 없이 제대로 마주하게 된 그녀의 실루엣에, 원이 멈칫했다.
"……?"
문득 그가 아무런 말이 없자, 의아함을 느낀 은혜가 그를 뚫어져라 응시했다.
"자업자득이야."
그는 서둘러 고개를 저으며 한쪽 수영장 계단을 밟아 올라갔다. 그가 수영장 물에서 벗어남과 동시에, 등을 쓸어내리듯 그의 등에서 물이 흘러내렸다. 그가 평지 위에 서자, 햇빛에 등이 반짝거리는 것처럼 보였다.
잠시 그대로 선 원은 마른침을 삼켰다.
그녀를 등진 그의 얼굴은 붉게 물들어 있었다.

\* \* \*

"……."

린은 침대 헤드에 기대어 앉은 채, 밤새도록 요지부동이었다.

잠이 오지 않았다. 더 정확히는 잠을 잘 수가 없었다는 표현이 맞을지도. 그러다 날이 밝아버렸다.

지난밤, 아빠에게서 무슨 말을 들었던 건지, 혹시 꿈을 너무 험하게 꾼 건 아닌지 아직도 의심 중이었다.

사실은 그렇게 믿고 싶었다. 차라리 몹쓸 꿈을 꾼 것이라고.

'아빠는 대체 무슨 생각으로 여태껏……'

린은 피곤해진 눈을 짙게 감았다.

이걸 오빠한테 말해 줘야 하나.

린은 무릎을 모아 끌어안은 상태에서 이마에 손을 얹었다.

평생 딱 질색이라고 생각했던 '고뇌'라는 것이 머릿속에 한가득이었다.

똑똑—

그때 누군가 린의 방문을 두드렸다.

"아가씨. 학교 갈 준비 끝나셨어요?"

가사도우미였다.

"……"

린은 잠시 고민했다. 그러다 곧 무릎을 펴고 이불을 속에 들어가 누워버리곤 대답했다.

"네."

학교고 뭐고. 상황이 심각한데 학교가 중요한 게 아니었다. 좀 더 머릿속을 정리하고 가든지 할 생각이었다. 린의 뜻을 모르는 가사도우미는 그런 린을 다시 한 번 재촉했다.

"그럼 회장님께서 학교에 데려다주신다고 하셨는데, 얼른 내려오세요."

그러자 린은 약간 짜증 난 말투로, 퉁명스럽게 대답했다.

"알아서 갈 테니까 먼저 가시라고 해요."

"그래도 회장님이 기다리시는데……."

"먼저 가시라고. 전해주세요."

"네……."

린의 완강한 거부에 가사도우미는 풀이 죽어 돌아갈 수밖에 없었다. 그리고 얼마 지나지 않아, 선우 헌 회장이 노크를 한 뒤 문을 열고 들어왔다.

"학교 갈 준비 다 했다더니 왜 안 내려……."

여전히 잠옷 차림으로 침대 위에 누워 있는 린을 발견한 선우 회장의 이마에 주름이 섰다.

"뭐하는 거냐."

"시위하는 중."

린은 그를 등진 채 한쪽으로 돌아누워, 회장을 돌아보지도 않았다.

"네가 그런다고 소용없다. 어린애도 아니고, 그런 게 통할 거라고 생각해?"

"무슨 상관이야."

린은 평소 때보다 더 톡 쏘듯 차갑게 대꾸했다. 그런 린을 잘 아는 선우 회장은 더 이상 입씨름에 힘을 빼지 않았다.

그의 굳은 결심이 입술에 담겼다.

이런 식으로 자꾸 학교를 빠진 적이 여러 번이고, 또 자신이 모르는 사이에 빠진 것까지 더하면 유급은 시간문제였다.

로열 호텔 후계자가, 고등학교 졸업장 하나 없을 순 없었다. 이제 슬슬 계획의 마무리 단계에 접어들었기 때문에, 더 이상 오냐오냐 받아주는 일은 있어선 안 되었다.

어떻게 해서든 린을 자극할 수밖에.

이윽고 선우 헌 회장은 두 눈을 매섭게 떴다. 그리고 늙은 입매를 구기며 말했다.

"네가 내 말을 안 들을수록, 난 서둘러 원이를 내보낼 거다."

"……!"

린은 그제야 회장과 눈을 마주쳤다.

\* \* \*

"이미 상태가 너무 악화된 터라…… 사실 더 이상의 항암 치료는 앞으로 남은 시간을 조금 더 연장시킬 뿐, 아무런 의미가 없다고 생각하셔야 할 것 같습니다."

무거운 의사의 말에, 윤아는 담담한 얼굴로 고개를 끄덕였다.

"그래도 원하신다면, 계속해서 치료를 진행할 수는 있습니다."

"아뇨. 저 퇴원하고 싶어요."

보통 살 날이 얼마 남지 않았다는 사실을 들으면 절망스러운 기색이 역력한 것이 당연한 일이었다. 하지만 너무도 담담한 윤아의 반응에, 의사는 살짝 당황한 얼굴이었다.

그는 모니터에서 눈을 떼고 윤아를 바라보며 덧붙였다.

"치료를 해도 아주 소용이 없다는 게 아니라, 남은 시간을 좀 더 연장할 수는 있어요."

그러나 윤아는 여전히 미소를 지으며 고개를 저었다.

"아니에요. 전 여기서 그만두고 퇴원해서, 이제 하고 싶은 거 하면서 남은 시간을 보내고 싶어요."

10년 전 사고로 인해 병원에 발을 들인 후부터, 줄곧 환자의 삶을 살아왔다. 그래서 더더욱 남은 시간은 환자로서 살고 싶지 않은 마음이었다.

윤아는 진료실을 나와 조용히 복도를 걸었다.

어린 꼬마아이가 복도 의자에 앉아 놀고 있었다. 문득 윤아의 발 아래로 아이의 미니공이 굴러왔다.

"이거 네 거니?"

윤아는 아이에게 공을 건네주며 맑게 웃었다. 사형선고를 받았는데, 슬프지가 않았다. 유독 하나밖에 없던 딸이 보고 싶은 날이다.

\* \* \*

은혜는 그의 집 안으로 들어가며 머리에서 물을 쭉 짜내었다. 속절없이 젖어버린 자신의 모양새에, 짧은 한숨이 나왔다.

"아침부터 물난리 제대로 겪었네. 으…… 추워."

이가 조금씩 부딪치려 하고 있었다. 이러다 감기 걸리면 누구를 탓해야 하나. 가뜩이나 요새 면역력이 많이 약해졌다.

"얼른 도로 내 옷으로 갈아입어야겠다."

팔로 몸을 감싸고 너른 거실 한가운데를 지날 때쯤, 아까 먼저 들어가서 보이지 않던 그가 나타났다. 그는 얇은 마른 티 한 장을 걸친 채였다.

그의 왼손엔 담요가 들려 있었다. 그리고 오른손엔……. 뭔가가 담긴 꽤 큰 쇼핑백이 있었다. 그녀가 쇼핑백을 유심히 살펴보고 있던 중, 원은 대충 그녀의 머리 위에 담요를 풀썩 떨어뜨렸다.

"우선 이거라도 두르고."

"바로 옷 갈아입으면 되는데 왜 굳이 담요를 적셔요."

은혜가 이를 바득 갈고는 머리 위 담요를 잡아당겨 내렸다.

"차라리 따뜻한 물로 샤워를 하는 게 좋을 것 같은데. 감기 걸릴지도 모르니까. 아직 가을이라고 해도 이제 겨울 날씨인데, 야외 수영은 펭귄이나 할 수 있거든?"

"북극곰도 있거든요."

은혜가 볼멘소리로 대답하자, 원은 가볍게 무시하곤 팔짱을 낀 채 턱짓으로 어딘가를 가리켰다.

"욕실은 저쪽이야."

"……"

은혜는 그가 가리킨 쪽으로 고개를 돌려 한참을 생각했다.

'따뜻한 물이라…….'

따뜻한 물. 따뜻한 물……. 따뜻한 물……!

생각할수록 어째서 더 간절해지는 것일까. 하지만 여기서 하룻밤을 보낸 것도 모자라, 욕실까지 내 집처럼 쓸 수는 없는 법이었다.

은혜는 세차게 고개를 저었다.

"아뇨. 괜찮아요. 집에 가서 하면 되니까 신경 쓰지 마요."

그리고 옷이 있는 2층으로 가기 위해 계단을 밟아 올라가려 했다. 그러나 원은 긴 다리로 성큼성큼 계단을 올라가, 그녀의 앞을 막아섰다.

"말 안 들으면."

그가 그녀의 앞에, 본래 그녀가 입고 왔던 옷이 든 쇼핑백을 들어 보였다.

"내가 직접 갈아입혀 준다."

"……!!!"

꿀꺽—

말이 나오기도 전에 침부터 넘어가버렸다. 우선 마음의 안정이 필요하다는 신호인 것 같았다.

침착하자. 아주 짧은 마음의 안정을 취한 은혜는, 호흡을 가다듬고 그가 들고 있던 쇼핑백 앞에 손을 내밀었다.

"이리 주죠?"

안에 든 옷을 자세히 살펴보니 자신의 옷이 분명했다.

저건 또 언제 저렇게 정리해서…… 아니, 그보다 옷이, 저 남자의 손에 들려 있다니!

"말했잖아. 내가 직접 갈아입혀 주길 바라?"

말해 줄게, 내 정체

차라리 그의 눈빛이 음흉했다면 뺨이라도 때렸을 텐데. 그의 눈빛은 진지하기 이를 데가 없었다. 잠시 정적이 흐르자, 이때다 싶은 은혜는 쇼핑백을 낚아채려 힘껏 팔을 뻗었다.

"어딜."

하지만 그녀의 시도는 곧 수포로 돌아갔다. 그의 반사 신경은 보통 인간 이상인 것 같았다. 이것도 그 능력에 포함되는 건지는 모르겠지만!

'으…… 머리도 젖고 옷도 축축하고.'

슬슬 불쾌지수가 올라가고 있었다. 이를 앙다문 은혜는 그를 지나쳐 두 계단쯤 올라갔다. 그리고 뒤를 돌아 그와 마주 섰다.

원도 은혜를 향해 몸을 돌린 뒤였다. 은혜가 그보다 두 계단쯤 높이 서 있었기 때문에 그와 은혜의 눈높이가 어느 정도 비슷해졌다.

이윽고 은혜는 그의 양 뺨에 두 손을 척 얹었다.

"……?!"

그의 눈이 커졌다.

"뭐…… 하는 거야."

원이 살짝 불안한 얼굴로 은혜를 응시했다.

이윽고 은혜는 커다란 눈을 그에게 고정한 채 외쳤다.

"괜찮다고 몇 번을 말해요. 내가 괜찮다는데! 괜찮아서 미치겠다는데!"

그러자 원은 옅은 한숨과 함께 또렷하게 대답해 주었다.

"내가 안 괜찮아. 난 다른 곳을 쓸 거고, 필요한 건 안에 다 있으니까 문 잠그고 편히 해."

하지만 현재 젖은 건 옷뿐만이 아니기에, 은혜는 입술을 잘근 물 수밖에 없었다.

아무리 필요한 게 다 있다고 해도, 현실적으로……!

"그럼 여자 속옷도 있어요!?"

은혜의 당돌한 말에, 원의 머릿속이 하얘졌다.

이런 질문을 할 줄은 생각도 못 했기 때문이었다.

여자 속옷. 그런 게 있을 리가. 문득 만약, 정말 만약 준비해 놓았다고 해도, 그 속옷을 은혜가 입는다고 생각하니…….

정말 미치겠다.

이유 없이 얼굴이 슬슬 달아오르고 있었다.

원은 서둘러 은혜의 손목을 잡았다.

"이것 좀 놓지."

원의 재촉에 은혜는 그의 뺨에서 손을 떼고 유심히 그의 표정을 읽으려 했다. 그러자 그는 고개를 다른 곳으로 돌렸다.

어라. 뭔가 이상한 반응이었다. 평소의 그답지 않은.

게다가 그가 갑자기 아무런 말도 없다.

"흐음."

은혜는 회심의 미소를 지었다.

"내가 물었잖아요. 내 속.옷. 있냐구요."

"그래, 네 속옷까지는 없어. 됐어?"

그의 차가운 대답이 어째서 이렇게 귀엽게 들리는 걸까. 은혜는 쿡 웃어버리고 말았다.

"진작 그렇게 말해줄 것이지. 그러니까, 얼른 내 옷 돌려줘요. 빨리 집에 가서 속옷 갈아입게."

\* \* \*

"찝찝해."
"바닷물도 아니고, 수영장 물인데 뭐 어때요."
결국 둘 다 아직 머리카락도 덜 마른 채였다.
그도 대충 수건으로 머리를 털고, 은혜를 데려다 주기 위해 차를 몰고 있었다.
은혜는 여전히 담요를 덮고 있었다. 본래 옷으로 갈아입으려다, 대충 물기를 짠 후 입고 있던 그의 옷을 조금 말려 그대로 왔다. 그와 입씨름 끝에 갈아입겠다고는 했지만, 어째 점을 칠 때만 입는 옷으로, 그것도 겉만 갈아입기가 조금 걸렸기 때문이었다.

이윽고 은혜의 점집 앞에 원의 차가 멈춰 섰다.
은혜는 휴대폰과, 지난밤 입고 왔던 옷들이 든 쇼핑백을 들고 차 문을 열었다.
"그럼 조심히 가요."
그리고 차에서 내릴 때, 그가 그녀를 불러 세웠다.
"저기."
은혜가 그를 빤히 바라보았다.
"……?"

"아니야."

원은 전에 전해주지 못한 그녀의 열쇠고리를 건네주려다, 다시 주머니에 넣었다.

"뭐예요. 싱겁게."

은혜가 차에서 내리며 다시 인사했다.

"잘 가요."

"있잖아."

원이 창문을 내렸다.

"……?"

은혜가 다시금 그를 돌아보았다.

이내 원은 툭 던지듯, 낮게 말했다.

"네 점집 사들이는 거. 미뤘어."

"……!"

은혜의 눈빛이 흔들렸다.

원이 나직이 덧붙였다.

"우선은 그렇게 알고 있어."

원은 말없이 핸들을 꽈악— 쥐었다.

"갈게. 들어가."

이내 그는 창문을 올리곤 점집을 떠났다.

"……."

멀어져가는 그의 차를 바라보면 은혜는 쇼핑백을 가만히 쥐었다. 그리고 돌아서서, 자신의 뒤에 자리 잡고 있는 점집 건물을 올려다보았다.

'뭐 때문에 내 점집이 필요한 건지 말도 안 해주고……. 그렇게 가버리면, 나는 어떡하라구.'

왠지 모르게…… 당신에게 미안해지는 마음만 남기고 가버리면 어떡하라구…….

불쑥 가슴이 답답해져, 은혜는 두 눈을 아래로 내리깔았다.

이 점집이 대체 뭐길래. 끝까지 인생 한가운데에 꽉 박혀서 이러지도, 저러지도 못하게 만드는 걸까.

천지신명께서 점집도, 사랑도 모두 지킬 방법 좀 내려주셨으면 좋겠다. 아니면 또 어딜 가셨는지 정작 필요할 땐 보이지 않는 천휘 장군님이라도.

이런 건, 신기로도 어떻게 해야 하는지 알 길이 없었다. 마치 시험대의 한가운데 서 있는 주은혜가, 스스로 해결해야 할 일이라는 듯.

\* \* \*

호텔로 향하던 원은 머릿속에 가득 담긴 그녀의 모습에, 빙그레 웃었다. 아주 오랜만의 따뜻한 느낌이다. 가슴이 시원하고, 기분이 좋다.

그와 동시에 여전히 우려해 왔던 걱정들은 파도처럼 일렁이고 있었다. 언제 폭풍우가 칠지 모르는 바다 한가운데에 표류하고 있던 자신의 배에, 은혜가 들어왔다. 비가 내리고 파도가 거세게 치면, 한순간에 바다에 삼켜지고 말 위험한 배였다.

하지만······.

이젠 처음으로, 그 폭풍우에 맞서고 싶었다.

비바람이 몰아치고 파도가 거세게 배를 흔들어 부신다 한들, 몸이 찢어진다 한들. 맞서고 싶어졌다.

'색기를 마셔야 살 수 있는 이 더러운 삶을, 어떻게 해야 멈출 수 있을까.'

원은 손등에 힘줄이 불거지도록 핸들을 꽉 쥔 채 생각했다. 그러다 그는 문득, 전에 만났던 여자 작가가 했던 말을 떠올렸다.

―제대로 들을 준비가 되었을 때, 찾아오세요. 기꺼이, 제가 아는 대로. 모두 대답해드릴 테니까.

원은 서서히 핸들을 쥔 손의 힘을 풀었다.

―당신의 정체가 뭔지, 궁금하지 않아요?

이거다.

곧 그는 휴대폰을 찾았다. 그리고 청량에게 전화를 넣었다.

"청량. 지금 당장 리혜 작가 번호, 보내줘."

["예? 예, 알겠습니다."]

자신을 통하지 않은 채 원이 직접 그녀와 통화를 하겠다는 게 의아했지만, 청량은 우선 급해 보이는 그의 상황을 직감하곤 서둘러 리혜의 번호를 전송했다.

띠링—

이내 곧바로 리혜의 번호가 도착했다. 원은 즉시 리혜의 번호를 눌렀다. 통화 연결음이 얼마 가지 않아, 그녀의 목소리가 들려왔다.

["여보세요?"]

"선우 원입니다. 최대한 빨리 만나서 할 이야기가 있습니다."

["음……. 드디어 제게 궁금한 게 생기신 건가요?"]

"편하신 시간을 말씀해 주시죠."

["오늘 저녁, 괜찮네요. 마침 원고를 마감했거든요."]

"그럼 오늘 저녁에 뵙겠습니다."

["그럼 제 룸으로 찾아오실 수 있으실까요?"]

"그건……."

원이 미간을 좁혔다.

그가 뜸을 들이자, 그녀는 여유롭게 웃으며 덧붙였다.

["별다른 뜻은 없어요. 앞으로 제가 하게 될 말들은 모두 최대한 목소리를 낮춰야 하는 이야기이니까."]

원은 잠시 고민했지만 이내 짤막하게 대답했다.

"그럼……, 사장실로 오십시오. 제 비서에게 말해 두겠습니다."

["뭐, 네. 그럼 저녁에 뵐게요."]

통화를 마친 원은 다시 청량에게 연락했다.

["예, 사장님."]

"나 지금 호텔로 가고 있으니까 입을 만한 슈트 좀 준비해줘."

["댁에서 바로 오시는 것 아니었습니까?"]

"맞아. 맞는데……, 여하튼 도착하자마자 씻고 갈아입을 수 있도록 서둘러 준비해. 그리고 저녁 때쯤 그 리혜란 작가가 사장실에 오기로 했어."

[ "사장님께서 미팅 약속을 잡으신 겁니까? 어쨌든 예, 알겠습니다." ]

휴대폰을 내려놓은 원의 표정에 긴장감이 역력했다.

그 어떤 실마리도 풀지 못했던 자신의 삶에 대해, 처음으로 무언가 알고 있는 여자. 그러나 어쩌면 그 '무언가'를 정면으로 마주하게 될 것이 두려워, 그때 식사 자리에서 곧바로 이 괴물의 정체에 대해 묻지 못했는지도 모른다.

"내 정체에 대해…… 알고 있다."

원이 리혜를 떠올리며 입술을 굳게 다물었다.

9.
빼앗긴 입술

"흐음."
샤워를 마치고 옷을 갈아입고 나온 은혜는 젖은 그의 옷을 물끄러미 내려다보았다.
"아참."
그러다 잊고 있었던 그의 겉옷 또한 찾아 꺼냈다.
"이걸 아직도 안 돌려줬네."
그가 이 옷을 덮어주었던 그날이 어렴풋이 떠올랐다.
"깨끗하게 빨아서 돌려줘야겠다."
그녀는 옷들을 들고 세탁기가 있는 곳으로 향했다. 그의 옷을 세탁기에 돌려놓고, 점집으로 내려갔다. 어쨌든 다시 장사는 시작해야 할 시간이었다.

계단을 한 걸음, 한 걸음 내려가던 은혜는 발걸음이 아쉽다는 듯, 한 칸씩 아껴가며 내려갔다. 그와 있었던 시간을 조금이라도 오래 회상하기 위함이었다.

"정말 그 사람 집에 다녀온 게 맞나."

그와 함께 보냈던 어젯밤이 꿈만 같다. 아니면 정말 꿈일지도 몰랐다. 불과 어제 오후까지만 해도…… 정말 힘든 하루였으니까. 그가 너무도 미웠고, 원망스러웠던 하루.

지난밤을 떠올린 그녀의 입가에서 내내 미소가 떠나질 않았다. 그런 그녀의 미소는, 점집에 오는 손님마다 궁금증을 유발했다.

"가면보살님. 무슨 좋은 일 있나 봐요? 아까부터 이상하게 실실 웃고 계셔. 아님 정말 요즘 연애해? 남자친구 생겨서 점집 문도 잘 안 열고, 열어도 늦게 연다는 소문이 파다해!"

"으아."
우두둑.

정신없이 점을 봐주고 나니, 저녁시간이 되어서야 허리를 펼 수 있었다. 틈이 났을 때, 위층에 올라가 세탁을 마치고 탈수까지 해서 걸어놓았었다. 마침 지금 손님이 없을 때 올라가 확인해 보니, 옷은 예상외로 금방 말랐다. 옷을 곱게 개어 쇼핑백에 넣어두고 나중에 전해주려 다시 1층으로 내려가던 은혜는 다시 쇼핑백을 돌아보았다.

"생각난 김에 후딱 가져다주고 올까."

\* \* \*

선선한 저녁.

"엇? 성빈 쌤! 어디 가세요?"

성빈을 발견한 간호사들이 미어캣처럼 일제히 몸을 곧추세우고, 눈을 반짝이며 물었다. 성빈은 깔끔한 사복 차림으로 병원을 나가고 있었다.

"오프 냈대."

은후가 옆으로 다가와 대신 대답해 주었다.

"헉 정말요? 어딜 가시는 건데요?"

"성빈 쌤 저렇게 차려입으니까 장난 아니다."

"옷을 따로 병원에 보관해 두셨던가? 원래 멋졌지만 오늘 옷차림은 완전 남친룩이다. 남친룩."

"캬. 정말이네. SNS에서 남친룩의 정석이라고 떠돌아다니는 걸, 사진으로만 보다가 실제로 보니 이런 게 진정한 남친룩이다 싶네요."

"저녁 데이트라도 가시나."

"아마, 잘된다면 그렇게 되겠지."

눈에 하트를 띄운 채 성빈의 뒷모습을 바라보며 말하는 간호사들 사이로, 은후가 불쑥 다가와 대답했다.

"예에? 방금 그 말, 무슨 뜻이에요? 성빈 쌤 정말 여자분 만나러 가시는 거예요?"

"설마. 아니죠? 그럴 리가 없어. 그냥 가족 모임 가시는 것 같은데!"

"그래, 데이트일 리가. 이제 보니, 성빈 쌤의 오늘 패션, 남친룩 아닌 것 같아."

"그치? 나도 그런 것 같아. 그냥 아주 잘! 입으셨어!"

"선생님~ 빨리 진실을 말해 주세요. 잘된다면 그렇게 된다는 말이 무슨 뜻인데요? 그럼 그 잘될 예정인 여자분은 누구신데요?"

현실을 도피하려 해도, 은후의 말을 이미 들은 후였기에, 간호사들은 눈물 어린 눈동자를 반짝이며 물었다.

"에휴, 난 모르겠다."

하지만 은후는 기대 반, 걱정 반인 얼굴로 사라져 가는 성빈의 뒷모습을 바라볼 뿐이었다.


점집으로 향하던 성빈은 선물로 줄 장미꽃을 한 다발 들고, 그녀에게 전화를 하려다가 멈추었다. 점집에 나타나서 깜짝 놀라게 해줄 요량이었다.

"제발 있어라……."

직접 그녀를 만나러 가는 것은, 떡볶이집 앞에서 만나기로 한 약속 이후로 처음이었다.

물론 그때의 감정과, 지금의 감정은 조금 다르지만.

아니, 어쩌면 지금까지 서서히 발전되었다고 해야 하나.

그녀를 만나서 묻고 싶었던 것을 물은 후. 이젠 그녀 앞에 남자로 서고 싶었다.

성빈은 나직이 입술을 뗐다.

"……은혜 씨. 좋아해요."
"은혜 씨. 하고 싶은 말이 있는데."
"은혜 씨. 내가 은혜 씨를 좋아……. 하……."
최대한 담담하게 말하고 싶은데, 어째서인지.
미치도록 떨린다.

\* \* \*

똑똑.
"사장님. 리혜 작가님 오셨습니다."
사장실 문밖에서 청량의 목소리가 들려왔다.
호텔에 오자마자 업무 처리를 거의 끝내놓고 있던 원이 문 쪽을 응시했다. 그는 새 슈트와 함께 깔끔한 외모로 돌아와 있었다.
문이 열리고, 청량과 함께 혜리가 구두를 또각이며 안으로 들어왔다.
"다시 뵙네요."
원이 자리에서 일어나 혜리에게로 다가왔다.
"앉으시죠."
이윽고 두 사람은 사장실 안, 고급스럽게 자리한 소파에 앉았다.
"그럼."
청량은 고개를 숙이고는 조용히 사장실을 나섰다.
탁—

문이 닫히고, 짧은 적막이 흘렀다.

"리혜 씨라고 불러도 될까요."

원은 사뭇 어두운 얼굴로 혜리를 바라보았다.

"아, 제가 말씀 드렸던가요? 제 본명은 혜리예요. 공혜리."

"아. 그러셨군요."

"뭐, 좋을 대로 부르셔도 되지만. 어쨌든, 제게 따로 궁금한 게 있으실 테죠."

혜리는 다리를 꼬고 앉아, 농염한 눈빛으로 원을 뚫어져라 응시했다. 그러나 원은 그녀의 눈빛에 동요하지 않은 채, 낮게 대답했다.

"……그렇습니다."

혜리는 그런 그의 태도가 어쩐지 마음에 들었다.

뭔가……, 자신에게 냉담할수록, 더 소유욕이 불타오른달까.

"저도 선우 원 씨에게 궁금한 게 생겼어요. 하지만—."

그녀는 문득 든 생각에 보이지 않게 입꼬리를 올렸다.

이 목석같은 남자를, 당황하게 만들고 싶다.

"우선, 우리가 왜 특별한지……."

말끝을 늘이며 그를 응시하는 그녀의 눈매가 요염하게 가늘어졌다.

"직접 보여주죠."

원이 의아한 얼굴로 그녀를 바라보고 있던 순간,

"……!"

혜리가 그의 입가에 제 입술을 가져갔다.

그리고 동시에, 혜리는 원의 기를 빨아들였다.

그녀의 여유로운 눈동자는 원의 당황한 표정을 즐기고 있었다.

"……!!"

원의 동공이 커지고, 원은 점점 더 갈증을 느끼기 시작했다. 어떻게든 그녀에게서 벗어나려 했지만, 덫에 갇힌 듯 몸이 말을 듣지 않았다. 참을 수 없는 갈증이 밀려들며 눈동자가 풀려가기 직전이었다.

혜리가 씩 웃으며 제 입술을 떼었다.

"하아……. 대체…… 무슨 짓을…….”

그녀가 입술을 떼자마자 더욱 극에 달한 갈증이 밀려들며 어지러움을 유발했다. 당장이라도 색기를 취하지 않으면 쓰러질 것만 같았다.

"하아. 하아…….”

원이 거친 숨을 몰아쉬며 애써 정신을 잃지 않으려 노력했다. 그러나 서서히 숨이 막혀오면서 다시 눈꺼풀에 힘이 풀려갔다.

그렇게 그의 눈이 감겨가고 있을 때,

"……!"

혜리가 다시 그의 입술을 막았다.

혜리는 전보다 더 여유로운 눈빛으로, 그의 두 뺨을 감싼 채 미소 지었다. 마치 잘 보라는 듯이. 이윽고 그녀가 빨아들였던 그의 기가 다시금 그의 입술 사이로 흘러들어 가기 시작했다.

곧이어 기력을 되찾은 원의 눈이 번쩍 떠졌다.

'이게…… 어떻게 된 거지?'

믿을 수가 없었다. 그녀가 마셨던 기가, 다시 몸 안으로 흡수되고 있다.

그리고 그때.

툭.

벌컥 열린 문과 함께, 누군가의 쇼핑백이 바닥에 떨어졌다.

"됐다."

혜리가 원에게서 입술을 떼곤, 가볍게 숨을 내쉬었다. 그녀는 여전히 여유로운 미소를 띠고 있었다.

"제대로 봤어요? 아니, 느꼈냐고 물어봐야 하나."

"공혜리 씨!!!"

이성을 되찾은 원이 거칠게 혜리의 어깨를 붙잡았다. 그의 두 눈은 매섭게 그녀를 노려보고 있었다.

"대체 이게 무슨 짓……."

그가 한껏 얼굴을 일그러뜨린 채, 혜리를 향해 외치려던 순간.

"주…… 은혜?"

혜리의 어깨 너머, 누군가를 마주한 원의 심장이 멈췄다.

그와 눈을 마주한 그녀의 눈동자는 미세하게 떨리고 있었다.

"그러니까, 나는."

은혜는 뻣뻣해진 입가를 애써 움직였다.

이 상황을 어떻게 받아들여야 할지, 어떤 말을 먼저 꺼내야 할지, 백지장이 되어버린 머리 탓에 아무것도 생각이 나지 않았다.

같은 여자가 보아도 매료될 만큼 매력적인 여자와…… 그가 서로 입술을 맞대고 있었다.

이젠 그를 믿기로 했는데, 아니, 믿어야 하는데.

방금 두 눈으로 보게 된 장면이 그 마음을 흔들리게 한다.

이성을 찾으려고 노력해도, 자꾸만 무너지게 한다.

"주은혜. 방금 이건……."

원이 자리에서 일어나 빠른 걸음으로 그녀에게 다가왔다.

"잠깐만요."

은혜가 한 걸음 뒤로 물러났다.

"……!"

순간 뒤로 물러선 은혜의 행동에 당황한 원이 그 자리에 멈춰섰다.

"거기 그대로. 멈춰 서요."

은혜가 그를 바라보며 말했다.

\* \* \*

"가면보살. 여기 어디쯤이었던 것 같은데."

성빈은 점집으로 향하며 은혜의 점집 이름을 외워 보았다.

문득 궁금증이 들었다.

왜 가면을 쓰고 점을 봐주는 것일까. 가면이란 건 보통, 정체를 감추기 위한 도구. 그녀도 가면 속에 정체를 숨겨야만 하는 이유가 있는 것일까?

골똘히 생각을 하며 걷다 보니, 어느덧 그녀의 집 앞에 다다랐다. 성빈은 가면보살이란 간판이 달려 있는 건물 앞으로 가까이 다가갔다. 1층 점집의 불은 켜져 있었다. 그러나 문은 잠겨 있는 걸 보니, 그녀는 잠시 외출을 한 듯싶었다.

성빈은 가만히 점집 문에 기대어 섰다. 그리고 장미 꽃다발을 내려다보며 빙그레 웃었다. 여러 꽃집에 전화를 하고 나서야 어렵게 구한 주홍빛 장미들은 꽃집에서 뿌려준 물을 머금고 있어서인지 생생했다.

"음······."

성빈은 가만히 고민했다.

붉은 장미 대신 주황 장미를 선물한 이유를 어떻게 설명하지? 꽃다발 하나를 선물해도, 뭔가 특별한 의미를 부여하고 싶었다. 그녀는 자신에게 있어 특별한 환자······ 아니, 특별한 존재가 되어버렸으니까.

그는 살짝 눈을 찡그리곤 아랫입술을 물었다.

남자답게 건네 보려 마음을 다잡지만 은근히 쑥스러운 건, 어쩔 수가 없다.

"그래도······."

이내 성빈은 시계를 바라보며 눈웃음을 지었다.

"빨리 왔으면 좋겠다."

\* \* \*

"할머니. 주무세요?"

고요한 병실 안에는 잠이 든 환자들의 새근거림만이 들려오고 있었다. 그러나 병원, 그리고 이 병실 안에서 마지막으로 보내는 밤이라 그런지 윤아는 잠이 오지 않았다.

"안 잔다."

고요함 속, 할머니는 침대에 누워 눈을 감은 채 대답했다.

혹시나 해서 물어본 건데, 아직 주무시지 않고 있으셨다니. 윤아는 왠지 모르게 감사했다. 마지막 인사. 꺼낼까 말까 고민하다가, 할머니가 잠드셨다면 포기하려 했기 때문이었다.

"왜 안 주무셨어요? 평소엔 일찍 주무시잖아요."

윤아가 옅게 웃으며 물었다.

"깬 거야. 꿈자리가 뒤숭숭해서."

문득 본 창밖 하늘에 별이 유독 반짝였다.

"나쁜 꿈 꾸셨어요?"

윤아는 누웠던 몸을 일으켜 홀린 듯 별을 바라보았다.

창가 자리는 참 좋았다. 가끔은 그리울 것 같기도 했다.

"나쁜 꿈은 아닐 거라 믿으려고."

할머니의 주름진 눈가에 문득 또르르 눈물이 떨어졌다.

'꿈에…… 네가 나왔어.'

라는 한마디가, 목구멍 가득 차올랐지만 차마 할 수가 없었다. 윤아가 눈치를 챌까 봐서, 할머니는 그대로 두 눈을 감고 있었다. 그리고 말했다.

"아니다. 좋은 꿈이야."

좋은 꿈일 거야.

빼앗긴 입술 265

"무슨 꿈인데요?"

아무것도 모르는 윤아는 흥미가 가득한 얼굴로 물었다. 그러나 할머니는 무심하게 대답했다.

"꿈은 꾸고 나서 바로 말하는 거 아냐."

"에이. 그래도 저 무척 궁금한데. 지금 아니면 못 들을 것 같단 말이에요. 얼른 말해 주세요~."

윤아가 슬픈 얼굴로 할머니를 재촉했다. 그러나 할머니는 조용히 다른 것을 물었다.

"간호사 선생님한테 들었어. 퇴원한다면서."

"……!"

미소 짓고 있던 윤아의 입가 힘이 스르르 풀어졌.

이내 윤아는 멋쩍은 표정과 함께 갈라진 입술을 뗐다.

"할머니께만 말씀드리고 조용히 가려고 했는데. 벌써 알고 계셨어요?"

"나한테 언제 말하려나 기다렸다. 그새 정 들었는데, 노인네 외롭게 어딜 간다는 게야. 가뜩이나 은혜 녀석도 요즘 무슨 바람이 났는지, 병원에 뜸하구만."

할머니의 볼멘소리에 윤아는 다시 어렴풋한 미소를 지으며 대답했다.

"여행을…… 가려구요."

"어디로?"

"글쎄요. 퇴원하고 나서 천천히 생각해 볼 거예요. 가고 싶은 데가 너무 많아서."

"혼자서 무슨 재미로 여행을 간다고 그래."

할머니의 눈가에 다시금 눈물이 고였다.

꿈속에서 윤아는 새하얀 원피스를 입고서, 손을 흔들고 있었다. 마지막 인사를 하듯이.

이젠 늙은 무당이라 신기가 다해서, 방금 꾼 꿈이 예지몽이 아닐 거라 믿고 싶었는데.

할머니는 옆으로 돌아누웠다. 그리고 베갯잇에 눈물을 닦아내며 애써 담담한 목소리로 말했다.

"……너무 멀리 가진 마. 몸 상해."

"그럴 리가요. 저 다 나아서 퇴원하는 거예요."

"정말 다 나았어?"

할머니의 목이 메어 왔다.

"그럼요. 그러니까 여행도 가죠. 할머니도 빨리 나으셔서 얼른 퇴원하셔야 해요. 아셨죠? 할머니 퇴원하시면……."

"……."

윤아가 조용히 울음을 터트렸다.

"제가 꼭 찾아뵐게요."

"약속하는 거야."

"네, 신나게 여행하고 돌아와서……, 재미있는 이야기 많이 들려드릴게요."

할머니도 울었다.

하늘도 무심하시지. 딸아이도 모자라, 어찌 어미까지 빨리 데려가…….

할머니는 윤아를 조용히 바라보았다.

두 모녀를 빨리 만나게 하려는 생각이시거든 할 말이 없소만…… 정든 이의 운명만큼은 보여주질 마시지.

할머니는 이불을 어깨까지 끌어올렸다. 그리고 따뜻한 목소리로 말했다.

"늦지 않게 오거라. 내 기다리고 있으마."

윤아가 환하게 웃었다.

"그동안 안녕히 계세요, 할머니."

\* \* \*

오빠를 내보내겠다는 말 한마디에, 처음으로 고집을 꺾었다.

학교를 마치고 집으로 돌아오는 차를 탄 린은 말없이 창밖을 응시했다.

야간자율학습은 늘 그래 왔듯 어떻게든 빠지려고 할 수도 있었지만, 멍하니 앉아 있다 보니 자습시간마저도 끝나 있었다.

전날 잠을 자지 못해서 엎드려 잠을 자도 모자랄 판에, 고민은 도무지 끝나지 않았다.

호텔을 물려받고 싶지 않은 마음은 둘째였다.

친오빠도 아닌 그에게 딱히 큰 정은 주지 않았다고 생각했는데, 덜컥 겁이 났다.

훗날 아버지의 속내를 알게 된 오빠가, 정말로 떠나갈까 봐.

배신감에, 자신을 미워하게 될까 봐.

까칠하게 굴긴 했어도 미움 받고 싶지 않았다. 적어도 그에게 만큼은. 어두컴컴하고 거대하기만 했던 집에, 볕처럼 든 사람이 바로 오빠였으니까. 늘 혼자라고 생각했던 때 처음으로 누군가가 있어 든든하단 느낌을 받았던 건, 오빠 때문이었으니까.

'좋아.'

 린은 입술을 앙다물었다. 그리고 운전기사의 눈치를 스윽 보더니, 원에게 전화를 걸었다. 평소라면 먼저 걸까, 말까이지만 하루 빨리 오빠를 만나야 할 것 같았다.

'뭐야. 왜 안 받아?'

 하지만 어째서인지, 자신의 전화라면 재깍 받았던 그가 전화를 받지 않았다. 급해서 몇 번 걸어도 안 받았을 땐, 일 끝나면 바로 전화를 주겠다는 메시지라도 보냈었는데.

 린은 입매를 구기곤 계속해서 입술을 씹었다.

 대체 어디서 뭘 하고 있길래, 이런 긴급 상황에 전화도 안 받는 거야.

"진짜 쫓겨나고 싶나."

"예?"

 린의 혼잣말에, 말없이 운전하고 있던 운전기사가 놀란 눈으로 거울을 통해 린을 바라보았다. 그러자 린은 무슨 일이 있었냐는 듯 팔짱을 낀 채, 애꿎은 운전기사를 타박하며 말을 돌렸다.

"아. 운전 똑바로 하라구요. 멀미 나니까."

 이내 그녀는 휴대폰 화면을 바라보더니, 원에게 문자 메시지를 남겼다.

―이 문자 보면 바로 전화해! 당장!

\* \* \*

약 10분 전.

로열 호텔 사장인 그를 만나러 왔다고, 프론트데스크에 물어보니 직원들은 당황하는 듯했다. 하지만 전에 은혜가 해결해준 귀걸이 사건 당시, 그 자리에 있었던 호텔 지배인이 은혜를 알아보고 청량에게 연락을 넣어 사장실에 올라갈 수 있었다. 그러나 그녀를 들여보내 준 청량은 급한 일이 있다며 금세 자리를 비웠다.

덕분에 은혜는 홀로 사장실과 연결되어 있는 비서실에 앉아 원을 기다리고 있었다. 그런데. 불현듯 문 앞에서 섬뜩한 오한이 들면서 견딜 수 없는 불안감과 싸한 공기가 느껴졌다.

누군가 죽을 거라는 것이 직감적으로 다가올 때의 그 느낌. 그 섬뜩한 느낌이 왜 원의 사장실 앞에서 느껴졌는지는 알 수 없었고, 이해조차 가지 않았다. 절대 그럴 리가 없다고, 입술을 뜯으며 초조함을 애써 억누르려고 했다. 그러나 도저히 그냥 지나칠 수가 없었다.

어쩌면 정말로 그가 위험한 순간에 직면했을지도 모른다는 생각이 단숨에 머릿속을 사로잡았다. 그리고 그것은 앞뒤 생각을 하지 생각도 하지 못한 채, 순간 문고리를 잡게 만들었다.

아주 잠시. 아주 잠시만 확인할 생각이었는데. 쓸데없는 신기 때문에 생각 없는 여자처럼 굴어버렸다.

"이렇게 불쑥 들어와서 미안해요. 믿을지 모르겠지만…… 나도 왜 그런 건지 모르겠지만, 문득 당신이 위험하다는 걸 직감적으로 느꼈어요. 그런데."

은혜는 원의 얼굴을 뚫어지게 응시하며 생각했다.

그래, 오해일 거야.

몇 번을 되뇌어보지만, 방금 본 장면이 자꾸만 이성을 흐리게 만들었다.

"내가 실수한 것 같네요."

그동안 그가 많은 여자들에게서 '색기'라는 걸 마셔왔다는 걸, 모르는 바는 아닌데.

이젠 내가 있잖아. 내가 당신 곁에 있는데, 대체 왜……?

"주은혜. 그런 게 아니야."

원이 낮게 말했다. 그러자 은혜는 슬픈 눈으로 힘겹게 침을 넘겼다.

"다음에 다시 올게요."

원이 그녀를 붙잡았다.

"내가 지금 다 설명해줄게."

그의 손길에, 은혜는 홱 돌아보며 자신도 모르게 꾹 참았던 말을 터트리고 말았다.

"그럼 설명해줘요. 내가 이 상황을 최대한 담담하게 받아들일 수 있도록."

"그래. 저 여자는—."

지직—

순간. 그의 머릿속에 날카로운 고통이 일었다.

"……!!!"

당황한 원의 호흡이 일순 멎었다.

—설명해 봐. 왜 여태까지, 네가 죽은 사람이었다는 걸 숨겼는지.

지지직—

낡은 라디오에서 흘러나오는 것 같은 불분명한 목소리가 그의 머릿속을 고통스럽게 울렸다.

—어서 설명해 보라고 강도하!!!

"그러니까……."

원이 그 고통을 억누르려는 듯 눈을 감았다 뜨며 은혜에게 설명하려 했다.

"그러니까—."

정신이 아득해져 갔다. 원은 이마에 손을 얹고 평정을 되찾으려 노력했다. 은혜는 슬픈 얼굴이었다.

"이 상황도, 나한테 설명해 줄 수 없는 부분인 거예요?"

그녀는 떨어뜨린 쇼핑백을 집어 들어 그에게 건네며 말했다.

"나한테 빌려준 옷. 돌려주러 온 거예요."

그리고 그 자리에서 돌아섰다.

그녀가 한 발자국, 한 발자국 그의 곁에서 멀어졌다.

은혜가 돌아서고 나서야, 불현듯 머릿속을 짓누르던 고통이 사그라들고 정신이 돌아왔다.

"주은혜!"

원이 은혜를 뒤쫓아 가려 발길을 떼려던 순간,

"지금 여기서 떠나면, 나는 당신의 정체에 대해 더 이상 알려주지 않을 예정이에요."

귓가에 박힌 혜리의 음성이 그의 발걸음을 멈춰 세웠다.

혜리는 손목시계를 응시하며 덧붙였다.

"내가 그리 한가한 사람은 아니거든요. 나 역시 궁금한 것도 있고."

자, 결정해 봐.

혜리가 재미있다는 듯 머릿속 모래시계를 뒤집었다.

원의 심장이 빠르게 뛰기 시작했다. 그사이 은혜는 열린 엘리베이터 문 사이로 사라지고 있었다.

그의 숨이 턱 막혔다.

여태껏 색기를 취하기만 했을 뿐. 기를 빼앗았다가 다시 불어 넣은 혜리의 키스는, 자신의 정체에 대해 그녀가 훨씬 더 많은 것을 알고 있다는 뜻이었다.

하지만. 원은 주먹을 꽉 쥐었다.

"……가봐야겠습니다."

그가 굳은 입술을 뗐다.

"내 정체 따위…… 100년이 걸린다고 해도, 어떻게 해서든 알아내면 되지만."

이내 원은 미련 없이 은혜를 뒤쫓아 나갔다.

차가운 한마디를 남긴 채.

"지금 이 시간이 지나면, 방금 그 여자는 붙잡을 수 없으니까."


"주은혜!"

원은 엘리베이터로 빠르게 달려 나갔지만, 이미 은혜는 1층으로 내려가고 난 뒤였다. 그가 거칠게 엘리베이터 버튼을 눌렀다. 하지만 이미 다른 층으로 이동하고 있는 엘리베이터가 삽시간에 그의 층으로 되돌아올 리 없었다.

"받아. 제발 받아……."

원은 은혜에게 전화를 걸며 엘리베이터를 지나쳐, 계단으로 향했다. 사장실은 꼭대기 층에 자리하고 있었기에 한참을 내려가야 했지만, 별다른 방법이 없었다. 그는 빠른 속도로 계단을 내려갔다. 땀방울이 흘러내리고, 셔츠가 젖기 시작했지만 신경 쓰지 않았다.

"제발 받아…… 주은혜."

은혜는 계속해서 전화를 받지 않았다.

원은 이를 꽉 문 채 계속해서 아래로 내려갔다.

벌컥—

1층으로 연결된 문이 열리고, 원은 로비 한가운데 서서 빠르게 주위를 둘러보았다. 그러나 은혜는 없었다. 호텔 직원들이 갑작스러운 그의 등장에 놀란 얼굴로 인사를 했지만, 그는 다시 달려 호텔 밖으로 나갔다.

제법 차가워진 밤바람이 피부에 스며들었다.

그의 머리카락이 바람에 흔들렸다.

"헉. 헉……."

주위를 둘러보는 원의 입가에서 뜨거운 숨이 흘러나왔다.

이미 어두워진 밤이었으나, 야경을 위한 조명들로 인해 호텔 입구는 무척 환했다. 하지만 그 어디에도, 은혜의 모습은 보이지 않았다.

\* \* \*

주인 없는 공간이 순식간에 차갑게 식었다. 그리고 정적이란 무안함을 가져왔다.

"재밌네."

혼자 남겨진 혜리가 피식 웃으며 중얼거렸다.

아직 본인의 정체에 대해 제대로 아는 것 하나 없는 것 같던데. 오랜 세월 겪었을 정체 모를 자아에 대한 답답함. 그것을 해소할 기회를 버릴 만큼, 아까 그 여자가 중요했다는 건가?

설마 사랑?

혜리는 가소롭다는 듯 머리카락을 쓸어 넘겼다.

"사랑이 얼마나 큰 독인지, 아직 모르나. 영생을 살면서, 그 여자가 죽어버리면 그 고통을 어떻게 감당하려고."

이내 그녀도 자리에서 일어섰다.

혜리는 원의 책상이 있는 곳으로 다가갔다. 그리고 명패 위, 그의 이름을 손가락으로 훑으며 말했다.

"그래도…… 꽤 멋지네."

제 삶보다, 사랑하는 여자의 마음이 다친 게 더 중요하다니.

혜리는 은혜를 발견하곤, 세상이 무너진 듯한 얼굴을 했던 원을 떠올렸다.

그 흔들리던 눈빛. 그 눈빛이 날 바라본다면, 어떤 느낌일까?

"무슨 쓸데없는 생각이야."

이내 혜리는 가방끈을 쥔 채 사장실을 나섰다.

우뚝—

그러다 얼마 못 가 복도 한가운데에 멈춰서는 그녀였다.

그의 모습이 멋지기도 했지만, 그런 그의 사랑을 받고 있는 아까 그 여자는 어떤 여자일까. 여태껏 가지지 못한 남자는 없었던 자신조차, 돌 보듯 냉담하게 대하는 선우 원이란 남자가…… 유일하게 반응하는 여자. 순간 질투가 나서, 아까 그가 그 여자에게 달려 나가려던 걸 막았는지도 모른다.

혜리의 붉은 입술이 가만히 달싹여졌다.

"진짜로…… 가져 볼까."

이내 혜리는 다시 사장실에 들어갔다. 그리고 자신이 앉았던 소파 위에 자신의 휴대폰을 내려놓은 뒤, 유유히 사장실을 걸어 나갔다.

\*　　\*　　\*

지이이잉—

지이이잉—

가방에 넣어둔 휴대폰은 진동 상태로 계속해서 울리고 있었다. 그러나 은혜는 점집을 향해 멍하니 걷고 있었다.

최대한 그 상황을 이해해 보려고 해도, 자신도 여자인 이상.

얼굴이 발갛게 달아오르고 가슴이 욱신거렸다. 가슴이 따끔따끔 저려 와서 그 자리에 아무렇지 않게 서 있을 수가 없었다. 그래서 도망치듯, 그곳을 나왔는지도 모른다.

오해일 거라고 생각하면서도, 복잡해진 머릿속을 침착하게 정리할 수가 없었다. 만약 혹시라도. 아주 혹시라도 그 키스가 '색기'라는 것을 채우기 위함이었다면, 다른 여자가 아닌…….

'나에게 도움을 청해도 됐잖아.'

무엇보다도 분명 어제, 그에게 기를 전해주었는데 그가 또다시 다른 여자와 키스를 할 필요가 있었을까.

'아직 내가 그에 대해 모르는 게 남아 있는 걸까?'

우울한 마음이 눈앞을 가려 와서, 은혜는 눈에 띈 벤치에 가만히 앉았다. 조금만 더 가면 점집이었으나, 가슴이 답답해서 점집 안에 들어가고 싶지가 않았다.

툭—

물방울이 은혜의 볼에 떨어졌다.

은혜가 고개를 들었다.

머리 위 가로등 불빛 안으로 빗줄기가 하나둘 늘어나기 시작했다. 가을비가 쏟아져 내렸다. 비가 그대로 머리와 어깨를 적셨다. 점점 빗물이 옷에 스며드는데도, 은혜는 가만히 벤치에 기대어 앉았다.

멍하니 비를 맞아도 좋았다.

이 쓰라린 마음이 씻겨 나갈 수만 있다면.

떨어지는 빗줄기 속, 성빈은 가만히 서 있었다.

조금만. 조금만 더 기다려 보자, 서 있었던 게 벌써 두 시간이나 지났다. 두 시간이나 지났으니, 머리는 이제 그만 돌아가라고 외쳤지만. 두 발은 떨어지지가 않았다.

하늘은 쉽게 그녀를 허락할 생각이 없나 보다.

비까지 내려주다니.

성빈은 떨어지는 빗방울 사이로 손바닥을 내밀었다.

떡볶이집 앞에서 그녀를 한참을 기다렸던 그때와 같은 상황인 것 같아서, 더욱 씁쓸한 기분이었다.

전화를 해볼까도 했지만 이번엔 정말로 놀라게 해주고 싶은 마음이었다. 자신이 그녀를 이곳 가면보살이란 점집에 데려다주었다는 걸 기억할지 모르겠지만…….

하지만 그녀가 오지 않는 마당에, 혹시나 싶어 성빈은 휴대폰을 꺼내 은혜의 번호를 눌렀다.

"……."

그러나 묵묵부답이었다. 휴대폰을 쥔 성빈은 슬픈 눈으로 꽃다발을 바라보았다. 그리고 옅게 웃었다.
"오늘도 바람맞았네. 윤성빈."
그런 성빈의 옆에 서서 가만히 그를 바라보는 영혼의 눈빛은 슬픔으로 가득했다.
"혹시……."
그러나 문득, 성빈의 얼굴에 불안감이 스쳤다.
시간도 꽤 늦었는데 혹시 무슨 일이라도 생긴 건 아닐까.
그렇지 않고서야 깊어가는 밤, 이렇게 오래도록 집을 비운 채 돌아오지 않을 리가 없었다. 휴대폰도 받지 않고.
이윽고 성빈은 장미 꽃다발을 내려놓은 채 빗속으로 뛰어들어 주위를 둘러보기 시작했다.

\* \* \*

"사장님!"
청량이 우산을 들고 호텔 회전문 밖으로 뛰어나왔다. 원은 어두운 얼굴로 우두커니 선 채 그대로 비를 맞고 있었다.
"제가 잠시 자릴 비운 동안 무슨 일이라도 있으셨습니까? 리혜 작가님은 어딜 가셨고, 사장님께선 왜 여기에……."
청량은 원을 살피다 뭔가 좋지 않은 상황이라는 것을 느꼈다.
비를 맞은 채 서 있던 원은 무겁게 말했다.
"은혜가 호텔에 왔었어."
은혜라는 말에, 청량이 고개를 갸웃하며 대답했다.

"아. 주은혜 씨는, 호텔로 사장님을 만나 뵈러 오셨다기에 리혜 작가님이 가시면 사장님을 만나실 수 있도록 하려고 제가 모셨습니다. 그런데 제가 갑자기 급히 처리해야 할 일이 생기는 바람에 비서실에서 잠시 기다리시라고 했고요."

그제야 은혜가 사장실에 오게 된 경위를 알게 된 원은 힘겹게 말을 이었다.

"은혜가…… 내가 리혜와 키스하고 있는 걸 봐버렸어."

"……!"

청량이 소스라치게 놀란 얼굴로 원을 바라보았다.

"대체 어떻게 된 겁니까. 혹시 색기가 갑자기 필요하셨던 건……."

"아니. 갑자기 그 여자가 내 기를 빨아들이곤, 다시 불어 넣었어."

"그럼 그 작가도 사장님과 같은 능력을 가지고 있단 말입니까?"

"그래. 그리고 나보다 더 많은 것을 알고 있어. 그래서 그 여자에게 이것저것 물어보려 만났던 건데."

"죄송합니다. 사장님. 제가 그만 자리를 비우는 바람에 일어난 일이니, 온전한 제 불찰입니다."

상황이 자연스럽게 이해가 된 청량은 고개를 숙이며 질끈 두 눈을 감았다.

"점집에 가봐야겠어."

그러나 원은 호텔 내 주차장으로 발걸음을 옮기기 시작했다.

"제가 모셔다드리겠습니다. 차를 가지고 올 테니, 여기서 잠시

만 기다리고 계십……."

 청량이 그의 뒤를 따라가려 했지만, 원이 그를 저지했다.

 "내가 직접 가."

\* \* \*

 은혜는 무릎을 모은 채 턱을 대고 있었다.

 그리고 그런 그녀의 앞에, 슬픈 얼굴을 한 중년 여자의 영혼이 나타났다. 갑작스러운 등장에 깜짝 놀란 은혜가 영혼의 얼굴을 자세히 응시했다.

 "당신은……."

 곧 얼굴을 알아본 은혜가 살짝 미간을 좁혔다. 그러나 중년 여자의 영혼은 말없이 은혜의 가방을 가리킬 뿐이었다.

 "가방은 왜……."

 은혜가 영문을 모르겠다는 얼굴로 가방을 열었다.

 "……?"

 가방 안에는, 깊숙한 곳에 있던 휴대폰이 진동하고 있었다.

 점집 근처로 나오면서, 성빈은 계속해서 휴대폰으로 전화를 걸었다.

 그리고 얼마 후.

 ["여보세요……?"]

 은혜의 목소리가 들렸다.

"은혜 씨! 지금 어디예요?"

["지금요? 아…… 잠깐 볼일이 있어서 나왔어요."]

은혜는 벤치에 앉아 담담한 목소리로 대답했다.

"다행이다."

성빈이 그제야 숨을 고르며 한숨을 돌렸다. 그녀를 생각하고 또 생각하다 보니, 걱정이 쓸데없는 곳까지 번졌나 보다.

["무슨 일이에요? 갑자기 이 시간에 어디냐고 물어보고."]

"아, 그게……. 그냥요. 그냥 문득 은혜 씨가 어디 있는지 궁금해져서. 하하."

성빈은 아무렇지 않은 척 웃었다. 은혜는 고개를 들어 뺨 위로 떨어지는 빗방울들을 느끼며 대답했다.

["성빈 씨도 의사라면서 할 일도 없나 보네요. 전 지금 친구네 집에서 수다 떨고 있어요. 너무 재미있어서, 시간 가는 줄도 모르구요. 비도 오는데…… 비 그치면 집에 갈 생각이에요."]

"아, 그랬……."

문득 성빈이 멈칫했다.

―전 친구 같은 거 안 만들어요.

게다가 친구 집에 가면서 왜 점집문은 닫지 않고 갔을까.

그녀는 자신이 점집에 들렀다 오는 길이라는 것을, 모르고 있을 것이었다.

뭔가 이상함을 느낀 성빈이 한층 낮아진 목소리로 물었다.

"은혜 씨. 솔직히 말해요. 지금 어디예요?"

["친구 집이라니까요. 갑자기 왜 그래요? 이상하게."]

우뚝-

성빈은 거짓말처럼 눈앞에 보이는 은혜의 모습에, 그 자리에 멈춰 설 수밖에 없었다. 은혜는 휴대폰을 귀에 대고, 비를 맞으며 오도카니 벤치에 앉아 있었다.

"벤치가…… 은혜 씨가 말한 친구 집이에요?"

["네……?"]

놀란 은혜가 그제야 고개를 들어 주위를 둘러보았다.

그러다 그녀는 성빈과 눈을 마주쳤다.

성빈이 성큼 성큼 은혜의 곁으로 다가왔다.

"여기서 뭐해요."

"성빈 씨가 여긴 웬일이에요?"

은혜가 놀란 눈으로 성빈을 올려다보았다.

"으, 비를 맞아서인지 좀 춥네요."

은혜는 불현듯 떨리는 어깨에 힘을 주곤 너스레를 떨었다.

청승맞게 두 시간을 비를 맞으며 앉아 있었더니, 오들오들 춥긴 했지만……. 비를 맞았으니 당연한 결과였다.

잠깐 앉아 있다 간다는 게, 시간이 그새 꽤 지났나 보다.

"언제부터 여기 있었어요?"

은혜를 자세히 바라보던 성빈은 그녀의 이마에 손을 얹었다.

이마가 불처럼 뜨거웠다.

"잠깐 앉아 있었어요. 생각할 게 많아서."

은혜는 성빈의 손을 이마에서 내리며 대답했다. 그러나 은혜의 얼굴은 창백해 보였고, 파래진 입술이 옅게 떨리고 있었다.

성빈은 은혜의 손을 잡아보았다. 무척 차가웠다. 그는 곧바로 입고 있던 재킷을 벗어 은혜에게 덮어주며 말했다.

"자꾸 거짓말 하는 이유가 뭐예요, 대체. 무슨 일 있었어요?"

"난 괜찮으니까 성빈 씨 입어요. 감기 걸려요."

은혜는 성빈의 재킷을 도로 돌려주려 했다.

"제발, 덮고 있어요."

낮은 목소리. 처음 들어보는 그의 한없이 낮은 목소리에, 은혜가 그를 바라보았다.

빗방울은 점점 더 굵어졌다.

"비 맞으면 안 되는데."

성빈은 다급히 은혜가 비를 맞지 않도록 껴안았다. 그러나 이런 방법으로 비를 피할 수 있을 리가 없었다.

은혜의 눈이 커졌다.

"성빈 씨……?"

"왜…… 의사 앞에서 아프려고 해요."

나직한 그의 음성이 빗소리 사이로 울렸다.

이내 성빈은 서둘러 은혜의 손목을 붙들었다.

"일어서요. 지금 당장 병원에 가야 해요."

"아니에요."

은혜는 자리에서 일어나며 그의 손목을 내려놓았다.

"집에서 몸 좀 녹이면……."

그러나.

갑자기 머리가 핑 돌았다.

"……!"

성빈이 휘청거린 그녀를 안았다. 성빈은 다급히 그녀를 업었다. 그리고 병원을 향해 달려가려던 찰나,

"주은혜!!!"

은혜를 발견하고 급히 차를 멈춰 세운 후 그녀를 향해 달려온 원과 마주친 그였다.

그렇게, 윤성빈과 선우 원.

두 남자가 마주 섰다.

"그쪽은."

원이 미간을 좁힌 채 성빈을 응시했다.

우산, 떡볶이 포장마차. 그리고 성운 병원에서 의사 가운을 입고 있었으니, 의사였던가. 게다가— 그때, 선상파티에서 린과 함께 있던.

"당신은."

원을 본 성빈도 동시에 그를 알아보았다.

병원 입구에서 은혜를 껴안고 있던 남자.

자신이 누구인지 안다는 듯한 성빈의 눈빛에, 원의 눈썹에 힘이 들어갔다.

두 남자의 시선이 차갑게 부딪쳤다.

여전히 비는 부슬부슬 내리고 있었다.

묘한 신경전의 기류가 두 남자 사이를 감돌았다.

원은 곧 성빈의 등에 업혀 있는 은혜에게로 시선을 돌렸다.

"나를 아는 것 같은데, 자세한 건 나중에 따로 이야기하죠."

그리고 서둘러 그녀에게 다가가 상태를 살펴보았다.

"주은혜."

창백한 얼굴, 그에 대비되어 열로 상기된 붉은 뺨.

은혜가……, 비에 젖어 오들오들 떨고 있다.

그의 가슴이 내려앉았다.

"주은혜! 대체 어떻게 된 거야!! 대체 왜……."

은혜의 이마에 손을 얹은 그의 눈동자가 거세게 흔들렸다. 무심히 젖어가는 어깨가 바르르 떨렸다.

"오해라고 했잖아……."

물방울이 그의 턱 끝에 맺혔다.

밀려드는 저릿함이 그의 입술을 마르게 했다.

'오해.'

성빈이 굳게 입을 다물었다.

그렇다면, 은혜가 슬픈 얼굴로 비를 맞으며 벤치에 앉아 있었던 건.

"비켜주시죠. 지금 당장 병원에 가야 하니까."

"……!"

성빈은 차갑게 원을 지나치려 했다.

그러나 원은 성빈의 앞을 막아섰다.

"내가 데리고 가지."

성빈이 그의 앞에 멈춰 섰다. 그는 원과 두 눈을 마주쳤다.

성빈의 입가에서 차가운 물음이 흘러나왔다.

"당신 때문입니까."

"……!"

원이 멈칫했다.

성빈의 눈빛이 어두웠다. 그는 다시금, 낮게 물었다.

"은혜 씨가 이렇게 아픈 이유가, 당신 때문이냐고 물었습니다."

"……."

원의 얼굴에 그림자가 드리워졌다.

입술이 떨어지지가 않았다.

"만약 당신 때문이라면……."

이윽고 성빈은 자신의 등에 업혀 있는 은혜를 돌아보았다.

그가 입술을 물었다.

이내 성빈은 원의 어깨를 스치듯 지나치며 덧붙였다.

"당신한테는 은혜 씨를 데리고 갈 자격이 없는 것 같은데."

원의 눈동자가 미세하게 떨렸다.

눈앞에 성에가 낀 것처럼, 시야가 흐릿해졌다.

떨어지는 빗방울 때문이 아니었다.

멈출 줄 모르는 빗줄기는 계속해서 그의 가슴을 적셔 갔다.


"최대한 빨리, 성운 병원으로 가주세요."

은혜를 업고 있던 성빈이 급하게 택시를 타며 말했다.

성빈의 옆에 쓰러지듯 기댄 은혜는 입술을 문 채 혹독한 아픔을 견디고 있었다.

'은혜 씨……. 아프지 마요.'
은혜를 바라보는 성빈의 낯빛에 불안감이 가득했다.
얼마 가지 않아 택시는 병원 입구에 멈춰 섰다.
성빈은 다시 은혜를 업고 성운 병원 안으로 뛰어들어 갔다.


"……."
원은 빗속에 처져 있던 눈을 또렷이 떴다.
자격.
스스로 괴물이라 말하고, 그녀를 밀어냈다가도 다시 끌어안았으면서, 상처를 줬으니…… 정말 자격이 없는 걸까.
하지만. 그래도 상처받았을 텐데.
여전히 울고 있을 텐데.
그의 손등에 핏줄이 불거졌다.
자격 따위…… 아무래도 좋았다.
그래도 그녀에게 가야 했다.
더 이상 은혜가…… 상처받은 채로 남겨두고 싶지 않으니까.
원은 다시 차가 있는 곳을 향해 걸었다.
그리고 휴대폰을 꺼내 전화를 걸었다.

\* \* \*

성빈은 침대 옆 간이의자에 앉아, 은혜를 바라보고, 또 바라보았다. 은혜는 잠이 든 채 응급실 침대에 누워 있었다.

성빈은 은혜의 머리카락을 넘겨주려 천천히 손을 뻗었다.

"……싫어."

그가 멈칫했다.

"……보고 싶어. 선우 원."

"……."

그는 가만히 뻗었던 손을, 거두었다.

"은혜 씨가 좋아하는 사람…… 그 사람이구나."

그가 슬프게 눈을 여미며 혼잣말을 했다.

비를 맞으며 벤치에 앉아 있던 은혜의 모습이 잔상처럼 남아 머릿속에서 떠나가질 않았다. 그런 은혜의 모습을 상기하자, 혼자서 불쑥 키워버린 마음이 너무도 쓰라렸다. 서로 다른 곳에 서서, 다른 생각을 하며 다르게 시간을 보내고 있었으니까.

"주은혜 씨는 정말……, 나한테 틈을 안 주네."

성빈이 쓴웃음을 지으며 홀로 조용히 말했다.

지이이잉—

그때, 은혜의 가방에서 휴대폰 진동이 울리기 시작했다.

휴대폰을 꺼내 든 성빈은 전화의 주인을 확인했다.

저장되지 않은 번호.

잠시 머뭇거리던 성빈은 이내 대신 전화를 받았다.

"네. 주은혜 씨 휴대폰입니다."

["……지금 어딥니까."]

낯선 남자의 목소리. 그러나 성빈은 직감적으로 그 목소리의 주인이 누구인지 알아차렸다.

그는 아주 짧은 순간, 고민했다.
말없이 전화를 다시 닫아버릴 수도 있었으니까.
하지만. 바보 같은 윤성빈.
성빈은 은혜를 바라보았다. 그리고 낮게 대답했다.
"성운 병원 응급실입니다."


\*    \*    \*


"어떻게 된 게 연락이 없어."
 린은 자신의 방 소파에 앉아, 다리를 꼰 채 휴대폰을 노려보듯 응시하며 중얼거렸다.
 린은 입술을 앙다물곤, 다시 원의 번호를 터치했다.
 ["그래…… 린. 무슨 일이야."]
 그리고 얼마 가지 않아 원의 낮은 목소리가 흘러나왔다.
 '엇, 받았다.'
 꽤 애가 탄 상태에서 오빠의 목소리를 들으니 문득 반갑게 느껴졌다. 하지만 린은 휴대폰을 잠시 귀에서 떼고 목소리를 가다듬고는, 말했다.
"이번에도 안 받으면 모른 척해 줄 예정이었는데."
 ["뭔데."]
"그보다…… 오빠야말로 무슨 일 있어? 목소리가 영 그러네. 남자답지 않게."
 ["그런 거 아니야. 나 급히 가 봐야 할 데가 있어서 운전 중이

니까 할 말 있으면 빨리해."]

"허얼. 지금 내가 말해주려는 것보다 급한 건 없을 텐데?"

["린."]

"좋아. 잘 들어."

["······."]

"아빠가, 호텔을 나한테 물려줄 생각인가 봐."

["······."]

원은 잠시 말이 없었다.

린은 손톱을 물며 원의 반응을 기다렸다.

["······그래. 알겠어."]

그러나 들려온 건, 무미건조한 대답뿐이었다.

린이 휴대폰을 고쳐 들었다.

"뭐? 그으래? 나 지금 장난하는 거 아니야. 나한테 호텔을 물려주겠다고 했다는 말 못 들었어? 다시 말해 줘?"

["알아들었어."]

"알아들었다니. 오빠 바보야? 오빠는 아직 젊고, 로열 호텔을 이렇게까지 키워놓은 사람이야. 근데 엄한 내가 호텔을 물려받을 거라니. 아빠는 그저, 오빠가 호텔을 이렇게까지 잘 키워놓을 때까지 이용한 것뿐이라고."

["이용했다니. 말조심해. 호텔은 너와 아버지를 위해서 열심히 키우려 한 것뿐이야. 나는 그게 누구에게 가든 상관없어."]

원의 말에, 린이 두 눈을 꾹 감았다 뜨고는 답답하다는 듯 가슴을 쳤다.

"오빠. 그게 아니야. 나는 아빠가 오빠를 정말 우리 가족으로 받아들이고, 생각하는 줄 알았어. 근데 이제 곧 오빠를……."

["린아. 나중에 다시 얘기하자."]

"오빠!"

린이 휴대폰을 붙잡고 그를 불렀다. 하지만 원은 차를 세우고 휴대폰을 넣은 뒤였다.

* * *

"은후 쌤! 그거 들으셨어요? 성빈 쌤이 응급실에 어떤 여자분을 업고……."

"선생님! 대체 그 여자분 누구에요? 그그, 성빈 쌤이 업고 오신!!"

"서은후 선생님! 잠깐만요! 선생님 성빈 쌤이랑 친하시죠? 그 말 사실이에요? 응급실?"

"응급실?"

은후가 무슨 말이냐는 듯, 되물었다.

"선생님도 모르셨어요? 아까 성빈 쌤이 어떤 여자분을 업고 응급실로 뛰어오셨대요."

"정말……?"

호들갑을 떨며 이야기를 쏟아내는 간호사들의 말을 전해들은 은후는 두 눈을 깜박였다.

"뭐 아시는 거 없어요? 은후 쌤이 성빈 쌤하고 제일 친하시잖아요. 정말 그 여자분, 요즘 성빈 쌤이 만나는 여자 친구이신 거예요?"

간호사들은 하나같이 궁금한 표정이었다.

"그러니까……."

은후는 무언가를 말하려다, 곧 다시 입술을 닫았다.

"난 몰라. 아무것도."

"아, 은후 쌔앰~."

간호사들이 잔뜩 실망한 얼굴로 입술을 내밀었으나, 은후는 곧 다시 제 할 일에 집중했다. 자신도 성빈에게 궁금한 것들이 많았으나, 아직 할 일이 끝나지 않았기에 바로 성빈을 찾아갈 수 없었다. 하지만 은후도 은근히 신경을 쓰고 있었다.

'싱글벙글해서 나가더니, 무슨 일이라도 있었던 건가.'

그가 작게 한숨을 내쉬었다.

\* \* \*

─주혜성. 내가 너에게 솔직하게 말하지 못했던 건…….
─됐어. 듣고 싶지 않으니까, 가. 내 앞에서 사라지라고!

학교 옥상 난간 앞에 서 있는 남자아이.

'도하……?'

그리고 그 앞엔…….

'고등학생 시절의 나잖아.'

주혜성이란 이름…… 무척 오랜만이네.

주은혜란 이름으로 바꾸기 전의 진짜 이름. 가족 이외에 이 이름을 아는 건 도하뿐이었다.

하지만 도하 꿈은 아주 오랫동안 꾸지 않았는데.

―그래. 갈게. 대신 약속해. 다시는 저 아래로 뛰어내릴 생각, 하지 않겠다고.
―네가 무슨 상관이야. 예전에 내가 죽으려 했을 때처럼 방해할 생각이나 하지 마!
―다신 안 와. 그러니까 약속해.

왜 예전 기억이 꿈에서 보이는 거지?

―그리고 이거.
―이게 뭔데.
―열쇠고리. 내가 줄 수 있는 유일한 거야. 네가 갖고 있어.
―싫어, 이걸 내가 왜 가지고 있어? 이건 네 거잖아.
―혜성아. 너는 나처럼……, 죽지 마.

'도하야.'

은혜의 눈이 떠졌다.

그러고 보니 열쇠고리. 아직 못 찾았다.

선우 원, 정말 그에게 없다면 대체 어디에 있는 거야…….

눈꺼풀이 무겁다. 몸도 바위를 얹은 듯 무겁고, 숨 쉴 기운조차 없다.

늘 달갑지 않았던 소독약 냄새가 나는 것을 보니, 병원인가?

눈을 뜨자 흐릿했던 시야가 점점 또렷해졌다.

"여긴……."

"이제 정신이 들어요?"

은혜의 목소리를 들은 성빈이 숙이고 있던 고개를 들었다.

은혜는 두 눈을 깜박이며 고개를 돌렸다. 조금 수척해 보이는 성빈의 얼굴이 눈에 들어왔다.

"성빈 씨……?"

"여긴 성운 병원 응급실이에요."

"성운 병원이요? 성빈 씨가 나 데리고 와준 거예요?"

"대체 왜 그렇게 오랫동안 비를 맞고 있었어요?"

말을 마친 성빈이 입술을 굳게 다물고, 젖은 눈으로 은혜를 응시했다. 눈동자뿐만 아니라, 머리카락도, 옷도 젖어 있었다.

말하지 않는 게, 덜 걱정하겠지……?

친구를, 걱정시키고 싶지 않으니까.

은혜는 멋쩍게 웃으며 대답했다.

"그냥 비 좀 맞아보고 싶었어요. 우산 없이 비 오는 거리 돌아다니고 싶을 때가 있잖아요."

"또 거짓말. 왜 나는, 그 말이 거짓말처럼…… 들리죠?"

"진짜예요. 역시 성빈 씨는 정신과 의사 선생님이라서 그래요?

빼앗긴 입술 295

왜 자꾸 사람 속을 들여다보려고 해요."

"그런 게 아니라."

성빈이 은혜의 이마에 손을 얹었다. 그리고 차츰 내려가는 열을 확인했다.

차라리 정말 당신의 속이 훤히 보였다면 좋을 텐데.

"……내가 어떻게 가만히 있어요."

은혜를 바라보는 성빈에게서 낮은 한마디가 흘러나왔다.

"은혜 씨가 내 앞에서 쓰러졌는데……."

애써 담담하려 노력했지만, 마음이 너무…… 아팠다.

"내가 어떻게, 가만히 있어."

성빈의 시선이 아래로 떨어졌다.

"……가슴이 아파서."

아직은 안 되는 걸까.

아직은 한 뼘, 그녀와의 거리를 좁히기엔 너무 성급한 걸까.

"……?"

은혜는 방금 성빈이 한 말의 뜻이 무엇인지, 가만히 되뇌었다. 오늘따라 그의 눈빛이 예전과 사뭇 다르다.

은혜가 미간을 좁힌 채 성빈을 응시하며 물었다.

"방금 그 말……."

그러나, 성빈은 자리에서 일어났다.

"은혜 씨 괜찮아진 거 봤으니까, 나 이제 그만 가볼게요. 내일까지 푹 자요."

"성빈 씨."

"옷이 젖어서 얼른 갈아입어야 할 것 같아요."

은혜가 성빈을 불러 세웠지만, 성빈은 짧은 인사와 함께 빠른 발걸음으로 그녀의 곁을 떠났다.

그가 떠난 빈자리는 축축이 젖어 있었다.

응급실을 나선 성빈은 가슴 옷깃을 꽉 쥐었다.

차라리, 그 순간에 말해 버릴걸. 주은혜, 내가 당신을 좋아한다고. 당신이 너무 좋아서, 미칠 것만 같다고.

하지만, 도망쳐 버렸다. 말하지 못했다. 전의 그 남자를 만나고, 막연히 걱정하기만 했던 부분을, 확인한 것 같아서.

제 자신이 답답하고, 답답해서 미쳐버릴 것만 같았다. 거절당할까 하는 두려움. 그리고 친구마저도 할 수 없게 될까 봐 두려운 마음. 이런 복잡한 마음을 그녀는 알까.

성빈이 힘겨운 숨결을 토해냈다.

\* \* \*

탁—

은후는 의국에 들어오며 문을 닫고, 문 앞에서 주위를 둘러보았다. 그러다 성빈을 발견한 그는 그에게 다가와 물었다.

"윤성빈. 너 오프 내더니 왜 다시 돌아온 거야."

평소라면, 성빈이 그녀에게 마음을 전했는지, 궁금한 것을 잔뜩 물었을 것이다. 그러나 간호사들의 말을 전해들은 지금이라면, 다른 것을 물어야 했다.

"게다가 너 응급실에서 오는 길이라며."

"그래."

"무슨 일 있었던 거냐?"

"은혜 씨 말야. 비를 맞으며 앉아 있더라고."

성빈은 개인 캐비닛에서 여벌옷을 꺼내며 불쑥 입을 열었다.

"은혜 씨라면 네가 만나러 간 그 여자를 말하는 거야? 그러고 보니, 너……."

은후가 성빈을 위아래로 훑어보았다. 비를 맞은 것인지, 성빈은 어디 한 군데 마른 곳 없이 젖어 있었다.

"상처를 잔뜩 받은 얼굴인데, 왜 나에게는 털어놔 주지 않는 걸까."

성빈이 한 손에 옷을 든 채 캐비닛에 기대어 섰다. 반쯤 고개를 숙인 그의 얼굴이 어두웠다. 정확히는 슬퍼 보였다.

"무슨 뜻으로 말하는 거야."

주위를 의식한 은후가 성빈에게 한 걸음 더 가까이 다가가 물었다.

"나는 매번 걱정을 하고, 달려가는데. 왜 내 앞에는 항상 보이지 않는 선이 있는 것 같지."

성빈이 옷을 꽉 쥐며 피식 웃었다.

"그래서 점점 더 자신이 없어진다."

"……?"

턱을 매만지며 골똘히 생각하던 은후의 시선이 성빈에게 닿았다.

"정신과 의사가 아니라도 알겠거든."

성빈이 나직이 말했다.

"그 사람의 가슴 속에…… 나는 없다는 거."

다크 초콜릿을 베어 문 것처럼, 쓰다. 아니, 씁쓸하다. 여전히 가슴이 아프다. 그런 성빈의 표정을 읽은 은후가 미간을 좁히며 입을 열었다.

"윤성빈. 아직 한참 멀었어. 얼마나 부딪쳐봤다고 그래? 너 아직 제대로 고백도 못 했잖아."

"뭐……?"

"그렇잖아. 고백도 못 한 주제에 차인 사람처럼 아파한다고 해서 네 마음이 해결돼?"

은후의 말에, 성빈은 순간 울컥해버리고 말았다.

"그래. 나 고백하지 못했어. 그래서 나도 미쳐버릴 것 같은데, 나더러 어떡하라고!"

"……윤성빈."

은후는 처음 보는 성빈의 모습에, 당황했지만 이내 곧 침착하게 대꾸했다.

"어쩌라는 거냐고? 그걸 몰라서 묻는 거야?"

"……."

은후에게 향했던 시선을 거둔 성빈은 캐비닛 옆에 있던 소파에 털썩 앉았다.

"미안하다."

"그 여자와 잘 안 된 거야?"

"기다리기만 하는 게…… 지쳐서. 힘내려고 수백 번을 다짐하는데, 그게 잘 안 되네."

"속없는 놈. 천하의 윤성빈이 왜 그러고 있어. 내가 대신 가서 말해 줘?"

"사양한다. 좀 더 시간을 가지고 고민해 봐야지."

성빈은 다시 자리에서 일어났다.

그는 은후의 어깨에 손을 올려놓고는 짧게 덧붙였다.

"그리고 나 아직 오프 중이야. 다시 나갈 거라는 뜻도 돼."

"뭐? 다시 나간다고?"

멍하니 성빈의 말을 되뇌어 보던 은후가 깜짝 놀라며 성빈을 돌아보았다. 성빈은 애써 아무렇지 않은 얼굴로 어깨를 으쓱였다.

"겨우 오프 낸 건데. 몇 시간 만에 다시 병원으로 돌아올 수는 없지."

"그럼 우리 병원으로 왜 왔냐!?"

"제일 가까운 곳이 여긴데 그럼 어떻게 다른 델 가."

"윤성빈. 이 상황에서 해줄 말은 아니다만, 네가 여자를 업고 응급실에 왔다는 소문이 벌써 병원 내에 쫙 퍼졌거든?"

"수고."

옅은 한숨을 내쉰 성빈은 은후를 지나쳐 샤워실로 향했다.

그런데 말이다. 서은후. 정작 내가 좋아하는 사람은…… 날 안 봐주네.

\* \* \*

정말 오랜만에 아픈 것 같다.

은혜는 말없이 천장을 올려다보았다. 그러나 눈꺼풀이 힘없이 자꾸 내려왔다. 그녀는 다시 두 눈을 감았다.

그동안 아플 틈도, 여유도 없었지. 어쩌면 어디 한 구석 안 아픈 곳이 없어서 아픔을 잊고 살았던 건지도 모른다.

비를 그리 오래 맞은 것 같진 않은데. 이렇게 앓아누워 버리다니. 이게 다, 당신 때문이야.

은혜는 지그시 입술 안쪽을 깨물었다.

선우 원……. 당신은 지금쯤 뭘 하고 있을까.

아까 어렴풋이 그의 목소리를 들었던 건, 꿈이었나.

그가 너무도 미운데, 또다시 그를 떠올리고 있다.

빨리 나타나서, 내가 잘못 본 거라고. 아니라고 한 번 더 말해주지. 이런 생각을 하는 것도 웃기지만……. 지금 당장 달려오지 않으면, 정말로 믿어버릴지도 모르는데.

"전엔 그렇게 오지 말라고 해도, 억지로 오더니."

눈동자 위로 눈물이 스며드는 것 같아, 그녀는 감은 눈에 힘을 주었다. 그리고 다른 생각을 했다.

"할머니가 나 여기 있는 거 알면 기절하실 텐데."

약 기운 때문인지, 다시 스르르 잠이 오는 기분.

그녀는 몸을 짓누르는 긴장감을 애써 풀었다.

그러면서도 바랐다.

'눈을 떴을 때, 당신이 내 앞에 있었으면 좋겠어.'
바보처럼.

*　*　*

문득 잔잔한 노랫소리가 그의 귓가를 울렸다.
샤워 후, 다시 병원을 나서던 성빈은 발걸음을 멈추었다.
환자복을 입은 한 젊은 여자가 정자에 앉아 기타 하나를 놓고 부드러운 목소리로 잔잔한 노래를 부르고 있었다.
비록 몇 명 되지 않았지만 관객도 있었다.
학생, 어린아이, 노인 등등 모두 그녀의 목소리에 취한 듯 가만히 노래를 듣고 있었다. 마치 고요한 밤의 작은 음악회 같았다.
성빈은 조용히 정자 앞으로 발걸음을 옮겼다. 그리고 눈에 띄지 않게 정자 옆 마련된 벤치에 앉았다. 곧 그녀가 부르고 있던 노래가 끝나고, 작은 박수소리가 퍼졌다.
"와, 어떻게 그렇게 기타를 잘 쳐요?"
중학생 소녀가 손뼉을 마주하곤 동글동글한 눈으로 물었다. 그러자 여자는 차오르는 눈물을 꾹 누르며 미소와 함께 대답해주었다.
"예전에 혼자 힘들 때마다 기타를 치면서 노래를 하면…… 기분이 나아졌거든. 조금씩 연습하다 보니까 제대로 할 줄 아는 건 이제 기타뿐이네."
"빨리 다음 곡 들려줘요~."

"음."

여자가 조용히 기타 줄을 매만졌다.

아무래도 잠이 안 와서 바람 좀 쐬며 산책을 할까 하고 나왔더니, 같은 환자복을 입은 한 중학생 소녀가 기타를 들고 낑낑 헤매고 있었다. 선물을 받아서 어떻게든 쳐보고 싶은데 칠 줄 모르니 답답해하고 있던 것이었다. 조금 가르쳐주려고 살짝 쳐보았던 것이, 어느덧 사람들이 모여들었다. 모두들 잠 못 이루는 밤을 지새우던 사람들이었다.

여자는 이내 다시 목을 가다듬고 말했다.

"그럼 이제 마지막 곡. 모두들 이거 듣고 얼른 주무셔야 해요?"

"아이~ 싫은데."

한 남자아이가 고개를 저었지만, 그녀는 옅은 눈웃음과 함께 말을 이었다.

"그럼, 시작할게요."

여자가 다시 기타 줄에 손을 얹었다.

그리고 이내…….

다시금 잔잔하고도 부드러운 선율이 고요한 밤공기를 적셔 갔다.

그녀가 천천히 입술을 뗐다.


"널 기다리다 혼자 생각했어―."

사람들은 두 눈을 감고 가만히 집중했다. 성빈도 조용히 노래하는 그녀의 모습을 지켜보았다.

*떠나간 넌 지금 너무 아파*
*다시 내게로 돌아올 길 위에 울고 있다고*


감정선을 자극하는 목소리가 흘러나오고 듣는 이들은 서서히 그녀의 목소리에 젖어들기 시작했다.

패닉의 기다리다.

그녀의 노래 가사에, 성빈의 가슴이 욱씬 아파 왔다.

누군가를 끊임없이 기다리고, 돌아오기만을 바라는…… 어느 한 남자의 이야기 같아서.

노래가 끝나가고 기타소리가 멈춰져 갈 즈음, 성빈은 자리에서 일어났다.

저벅 저벅 그곳을 걸어 나오던 때.

노래를 마친 여자가 슬프게 휘어진 눈매와 함께 입을 열었다.

"여러분. 누군가에게 꼭 하고 싶은 말이 있었다면……주저하지 말고 말하세요. 행동도 좋아요."

밝은 표정을 짓고 있었지만 어딘가 슬퍼 보이는 그런 눈.

성빈이 그 자리에서 멈춰 섰다. 여자가 나직이 덧붙였다.

"머뭇거리다 보면 나중엔 영영 할 수 없을지도 모르니까요."

"……."

머뭇거리다 보면, 나중엔 영영 할 수 없다.

'지금은 아니야, 윤성빈.'

신경 쓰지 않으려 했다. 그는 다시 발을 떼 앞으로 걸어갔다.

그러다 이내, 다시 발길을 돌렸다.

성빈은 빠른 걸음과 함께 병원 안으로 들어섰다.

더 이상 바보같이 기다리지 말고.

차라리 그녀가 힘들어할 때 더 가까이 다가가, 전하고 싶었다. 나는 당신이 좋다고. 당신을 생각하다, 이젠 헤어 나올 수 없을 만큼 당신에게 빠져버렸다고.

얼마 되지 않는 거리였지만 뛰었던 탓에 숨이 벅찼다. 성빈은 애써 벅찬 숨을 몰아쉬며 응급실 안에 들어섰다.

미친 듯이 뛰기 시작한 심장을 안고, 은혜에게로 향했다.

그런데. 은혜에게 다가서기 직전, 무언가가 가슴을 깊숙이 찔렀다.

이미 은혜의 곁에 누군가가 앉아 있다. 한 걸음, 한 걸음 은혜가 있는 곳으로 가려던 그의 발걸음이 서서히 느려졌다.

한 지점에서 자리에 발이 묶인 듯, 서버렸다.

\* \* \*

아침이 밝은 건지는 잘 모르겠지만, 서서히 눈이 떠졌다. 링거를 맞으며 예기치 않게 푹 잠을 자서인지 몸이 좀 나아진 기분이었다.

은혜는 몸을 뒤척여 옆으로 돌아누웠다.

그리고,

"……!"

자신의 옆을 지키고 앉아 있던 누군가를 발견한 그녀의 눈이 커졌다.

"선우 원······?"

마법이 일어난 걸까. 아니면 소원이 이루어진 걸까.

거짓말처럼, 그가 눈앞에 있다.

언제부터 와 있었던 거야. 설마 밤새 이러고 있던 건······.

그녀가 그를 바라보며 말을 잇지 못하고 있었을 때.

"······미안해."

그가 말했다.

"빨리 왔어야 했는데."

원이 짙게 두 눈을 감았다 떴다.

"내가 너무 늦게 와서."

또다시 그의 목소리가 잔잔히 울린다.

은혜가 서서히 두 눈을 떴다.

"어젠 정말 오해였어."

은혜의 눈동자에 서운했던 마음이 맺혔다.

원은 마른침을 삼켰다. 그리고 말했다.

"바로 얘기하지 못했던 건, 정확히 설명할 수는 없지만 그 순간에 갑자기······ 머리가 깨질 듯이 아파서였어. 알 수 없는 기억이 떠오르면서, 이상하게도 그랬어."

이윽고 그는 천천히 그녀의 뺨에 손을 가져가 어루만지며 말을 이었다.

"그리고 내가 어제 만난 그 여잔, 나와 같은 능력을 가지고 있어. 그런데 나에 대해 내 자신보다 훨씬 더 많이 알아. 어쩜 내가 알고 싶어 하는 것들을 듣기 위해 만난 거고."

원의 눈이 그녀를 향해 있었다.

"그런데 갑자기 자신의 능력을 보여주겠다며 다짜고짜 나한테 키스한 거야."

은혜는 가만히 아랫입술을 물었다.

인정하긴 싫지만 그의 말을 듣고 난 순간, 정말 거짓말처럼…… 가슴 속 응어리가 한꺼번에 풀어지는 느낌이었다.

이내 원이 은혜의 한쪽 손의 손가락 사이사이로 자신의 손가락을 끼워 넣었다.

깍지를 낀 채 맞잡은 손이 따뜻했다. 깊은 눈빛으로 은혜를 응시하던 그가 입술을 뗐다.

"약속이야."

불현듯 그가 오롯이 바라보고 있다는 것만으로도 가슴이 두근거렸다.

"주은혜 외에 다른 여자와……."

미련하게도, 그의 낮은 목소리에…… 심장이 떨린다.

원이 그녀의 앞으로 서서히 몸을 기울였다.

"키스하지 않겠다는 약속."

그리고 그의 입술이, 그녀의 마른 입술을 옅게 눌렀다.

"……!"

은혜가 놀란 눈으로 그와 눈을 마주쳤다.

누운 상태에서 닿은 그의 입술.

"정말이야."

그가 입술을 떼며, 옅게 웃었다. 피곤함을 감추고 반달처럼 휘어진 눈매. 순간이지만 그의 얼굴이 아주 조금은 환해진 것을 보아서 좋았다. 벌써 화가 풀리면 안 되는 건데.

어제 그렇게 혼자 온갖 청승맞은 얼굴 다하고서 힘들어 했으면서 이렇게 스르르 눈 녹듯…… 녹으면 안 되는 건데.

이윽고 은혜는 몸을 일으켜 세워 그와 마주앉았다. 부스스해 보이지만 투명한 그녀의 얼굴이 사랑스러웠다.

은혜는 도톰한 입술을 움직이며 말했다.

"누가 마음대로 키스하래요?"

은혜는 발갛게 물든 얼굴을 옆으로 돌리곤, 볼멘소리로 말했다.

"나, 이도 안 닦았는데……."

"뭐?"

그녀의 말에 순간 원이 작게 웃음을 터트렸다.

"왜 웃어요! 남은 심각한데."

"그래, 이래야 주은혜지."

"지금 잘못한 게 누군데 내 앞에서 웃어요? 나 감기도 걸렸는데 선우 원 씨도 감기 걸리면 어쩌려고……."

그러나 원은, 다시금 은혜의 입술을 막았다.

"……!"

그는 그녀의 여린 어깨를 잡고 숨결을 섞었다. 짧게 끝날 줄 알았던 키스는, 점점 더 진해져 갔다. 원은 그녀가 움직이지 못하게 어깨를 붙잡은 손에 힘을 주었다. 그는 점점 더 그녀를 누르듯 몸을 기울여갔다. 마치 그녀의 입술을 자신의 입술에 새기겠다는 듯 원은 점점 더 그녀의 입술을 깊게 머금었다.

그렇게 서서히 그녀의 등이 거의 침대에 닿을 때쯤이었다.

촤륵—

커튼이 열어 젖혀졌다. 무언가가 떨어지는 둔탁한 소리와 함께, 놀란 목소리가 은혜를 불렀다.

"주은혜 씨……?"

은혜의 상태를 확인하러 간호사가 놀란 얼굴로 그 자리에서 얼어붙어 있었다. 간호사의 눈동자는 원과 은혜의 야시꾸리(?)한 포즈에 고정되어 있었고, 입 또한 자연스레 떡 벌어져 있었다. 인기척에 은혜가 눈을 뜨고, 간호사와 눈을 마주쳤다.

"……?!!"

간호사와 눈을 마주친 은혜는 그제야 사태를 파악하고 원을 바라보며 입 모양으로 "빨리 비켜요. 빨리!"를 연발했다.

"뭐?"

원도 옆을 돌아보았다. 앳된 얼굴의 여 간호사가 멍한 얼굴로 서 있었다. 이윽고 은혜는 확 원을 밀어내며 어색하게 웃었다.

"저, 저기 그게……."

원은 당황한 은혜의 얼굴을 보며 스윽 웃었다. 은혜는 시선 둘 곳을 찾지 못한 채, 뭐라도 설명하려 머리를 굴리고 있었다.

"그러니까 지금 이 상황이 무슨 상황이냐 하면요."

"바보."

원이 작게 웃으며 자리에서 일어났다. 그리고 한 걸음, 한 걸음 간호사에게 다가갔다. 그는 간호사의 앞에 떨어져 있던 차트를 집어 들어 건네주며 싱긋 웃어 보였다.

"죄송합니다."

"……?"

간호사와 은혜의 시선이 원에게로 모아졌다. 원은 은혜를 잠깐 돌아보더니 다시금 싱긋 웃으며 말했다.

"지금 저희가 때와 장소를 가리기엔 너무 한창이라……."

느릿하게 여운을 둔 그의 말투에, 은혜와 간호사의 머릿속이 펑— 소리 없이 폭발했다.

"선우 원 씨!"

그러나 원은, 흥분한 은혜를 가리키곤 예쁜 미소를 지으며 덧붙였다.

"저 정도면 이제 안 아픈 것 같은데. 집에 데려가도 되겠죠?"

10.
우리 집에서 자고 갈래요?

"은혜……?"

병원 로비를 걸어 밖으로 향하는 은혜를 발견한 할머니가 눈을 가늘게 떴다. 혹시 잘못 본 것은 아닌지, 할머니는 눈가에 더욱 힘을 주고 보았다. 하지만 손녀를 못 알아볼 리가 없었다.

분명 저 아인 은혜였다.

연락도 하지 않고, 은혜가 병원엔 무슨 일이지. 할머니의 주름진 이마에 더욱 짙은 주름이 그어졌다. 그리고 이내 할머니의 시선이 은혜와 나란히 걷는 남자에게 고정되었다.

저 남자는 또 누구여.

"……!"

원을 지켜보던 할머니의 동공이 확대되었다.

느껴지지 않는다.

아무것도.

특정 기의 흐름이 느껴지지 않는 것을 보면 보통의 인간이 아니라는 뜻. 그때. 할머니의 머릿속에 은혜가 지나가듯 했던 말이 스쳐 지나갔다.

"내가 얼마 전에 어떤 손님을 받았는데 말이야. 글쎄, 그 손님한테서, 아무런 기도 안 느껴지는 거 있지? 처음 봤을 때는 찌릿하면서도 온몸이 마비되는 느낌? 뭔가 나를 확 휘감는 느낌…… 그런 느낌이 들었는데 그 이후론 아무것도 안 보여. 느껴지지도 않고. 이런 경우는 뭐야?"

설마 예전에 은혜가 말한 손님이 저 남자였던 건…….

할머니는 다소 험악하게 미간을 좁혔다.

장군님께선 저 남자가 전생에 은혜와 인연이 닿았었던 영혼이기에, 인연의 이끌림으로 은혜의 점집에 찾아온 것이고, 어쩌면 살면서 가끔 부딪칠 일도 있게 될 것이라 했다. 하지만 자칫해서 깊게 엮이게 되면 은혜에게 위험을 불러올 수 있다고도 하셨다.

천휘 장군님이 꿈에서 경고했던 대로, 그 남자와는 엮이지 말라고 했는데. 어째서 은혜가 저 남자와 함께 있는 게야. 그보다 손수 엮어준 귀여운 정신과 의사와 잘되고 있는 줄 알았더니!

"주은혜 이것을 그냥……."

이제 집에 가도 좋다는 말을 듣고 병원을 나서는 길. 푹 자고 일어나 병원을 나오면서 시간을 확인하니, 벌써 햇살이 좋은 오후였다.

그보다 어떻게 그런 말을 아무렇지도 않게, 그것도 웃으면서! 할 수 있는 걸까. 은혜는 발갛게 물든 볼 때문에 원을 똑바로 바라보지 못한 채, 애써 열을 식혔다.

차가 있는 곳으로 나란히 걷던 중, 원이 물었다.

"점집에 데려다주면 되는 건가?"

"그럼 내가 달리 갈 곳이 어디 있겠어요."

"왜, 우리 집도 있잖아."

"지금 장난해요?"

"장난 아닌데. 이왕 점집 문 닫은 거, 우리 집에서 자고 갈래?"

"미쳤어."

은혜가 한쪽 팔로 그를 툭 치고는 그보다 앞서 걸어갔다. 원은 그런 은혜의 뒷모습을 가만히 좇았다.

"안 와요?"

그가 발걸음을 멈춘 걸 알아챈 은혜가 그를 돌아보았다.

"어, 가."

원은 빙그레 웃으며 천천히 발걸음을 뗐다.

비 온 뒤 갠 하늘은 맑았다.

"아직 우리 집에 가도 늦지 않았는데."

원이 차를 운전하며 장난스럽게 물어왔다.

"내가 왜 선우 원 씨 집엘 가요. 내 집 놔두고."

"그냥, 놀러?"

"선우 원 씨 호텔 사장 아니에요? 할 일이 그렇게 없어요? 전엔 그렇게 본인 바쁜 사람이라고 강조하더니."

"바쁘지. 하지만 한가해질 수 있어."

"……?"

"난 사장이니까."

원은 여전히 운전을 하고 있었지만 기분 좋게 웃고 있었다.

"그러니까 네가 원하면, 언제든지."

"……."

두근. 두근.

늘 그랬듯 저 남자는 무심한 듯 말했을 뿐인데, 가슴이 뛰니 뭔가 억울하다. 그래도 역시…… 좋은 건 어쩔 수가 없다.

은혜는 괜스레 그에게서 시선을 돌리곤 물었다.

"지금 나한테 아부하는 거죠? 어제 일 때문에."

"들켰네."

원은 빙그레 웃으며 운전에 집중했다. 은혜의 특별한 기 때문일까. 비록 밤을 샜지만, 정신이 맑았다.

그렇게 얼마 지나지 않아, 원의 차는 점집 앞에 섰다.

"고마워요. 그럼 조심해서 가요."

그에게 짧은 안녕을 고하고 문을 열고 나가려던 찰나였다.

"……?"

원이 가만히 은혜의 왼손을 잡았다. 원의 널찍한 손은 은혜의 작은 손을 아프지 않게 움켜쥐었다. 그녀가 떠나지 못하게 붙잡는 것처럼. 그는 조심스러운 손길로 그녀의 손등을 어루만졌다.

"아쉽네."

은혜는 그가 감싼 손을 내려다보았다.

원은 붙잡은 손을 들어 올리며 빙긋 웃었다.

"밤새 봤는데도, 다시 헤어져야 해서."

그는 웃고 있었지만, 여느 때보다도 피곤해 보였다.

"정말 밤샌 거예요?"

은혜가 걱정 어린 얼굴로 물었다.

"뭐…… 네가 다시 사라질까 봐 옆에서 계속 지켰지."

이번엔 그녀가 그의 손을 꽉 잡았다. 그리고 지나가듯 조용히 말했다.

"안 사라져요."

"뭐?"

그러나 원은 그 말을 듣지 못한 것 같았다.

이내 은혜는 그와 잡았던 손을 천천히 떼어 놓고는, 그의 두 뺨에 얹었다. 그리고 그의 눈을 똑바로 마주하며 미소 지었다.

"그걸 알면 나 잘 붙잡아요. 사람 마음 싱숭생숭하게 만들지 말고."

쿨럭— 원은 자신도 모르게 살짝 기침을 하고 말았다.

짧은 순간이지만 제대로 마주한 그녀의 눈이 예쁘다. 가끔 은혜가 이렇게 예상치 못하게 다가올 때마다, 무방비 상태로 무너진다. 겉으로는 완벽해 보이지만, 조금만 툭 건드리면 한 번에 무너지는 도미노처럼.

생각보다 가까운 거리. 자동차 안이 이렇게 좁았던가.

두근. 두근. 두근.

자연스럽게 숨이 죽여지고, 호흡이 조심스러워졌다.

넥타이를 풀고 싶을 만큼 목 주변이 답답해진다.

뺨에 대어진 그녀의 손바닥 촉감마저도 부드럽다.

미치도록 키스하고 싶어진다는 건, 이런 걸까? 은혜의 분홍빛 입술이 유독 도드라져 보이고 있었다.

하지만 곧 원은 주먹을 꽉 쥐었다. 이윽고 그는 그녀의 손등에 손을 올려놓고는 사뭇 진지한 눈빛으로 대답했다.

"절대 사라지지 못하도록 숨 막히게 구속할 거니까, 각오해."

은혜도 그런 그의 눈빛을 읽었다.

평생 신에게 구속되다시피 살아오면서 벗어나고 싶어도 벗어날 수 없는 게 구속이라 생각했다. 그런데 선우 원. 이 남자가 자신을 구속하겠다고 한다.

은혜가 픽 웃었다.

"나, 쉬운 여자 아니거든요? 선우 원 씨가 날 구속하려면 우리 장군님과 엄청 싸워야 할 텐데."

그리고 이번엔 정말로 차 문을 열었다.

그러나 불행히도 내리기도 전에,

꼬르륵—

때 아닌 천둥소리가 울렸다.

차라리 그가 듣지 못하도록 차에서 내린 뒤 꼬르륵 소리가 났다면 얼마나 좋아.

"으 진짜……."

밀려드는 창피함에 은혜는 눈을 찡그리며 입술을 깨물었다.

"지금은 네 신이나 보다, 네 뱃속이 너를 구속하는 것 같은데."

원이 쿡쿡 웃으며 은혜를 바라보았다.

"잘 가요. 빨리 가요. 얼른 가요!"

은혜는 재빨리 차 문을 닫고 돌아섰다.

지난밤에 아팠던 데다가, 어제부터 딱히 먹은 게 없었으니. 늘 정확한 배꼽시계가 울리지 않고 배길 순 없었다.

그녀는 한 손을 배에 얹고는 꾸욱 눌렀다.

원은 잠시 은혜의 뒷모습을 지켜보더니, 차에서 내렸다. 그리고 은혜에게 다가가 그녀의 앞을 막아섰다.

"아 왜요!"

은혜가 가방끈을 쥐곤 큰 키의 그를 올려다보았다.

원은 그녀의 앞으로 몸을 숙이고 그녀와 눈높이를 맞췄다.

"주은혜 씨. 뭐가 먹고 싶어."

장난스러움이 묻어 있지만 다정한 말투였다.

그의 물음에, 은혜는 잠시 고민했지만 곧 깔끔하게 거절했다. 조금이라도 쉬게 해주는 게 좋을 것 같았다. 가뜩이나 일 하느라 힘들 텐데.

"괜찮아요. 알아서 챙겨먹을 테니까 걱정 말고 얼른 들어가서 쉬어요."

은혜는 그를 지나쳐 걸어가며 점집 문으로 다가갔다.

그러나 원은 여유로운 발걸음으로 걸어가 그녀의 옆에 섰다.

"나는 배고픈데."

"선우 원 씨도 얼른 집에 가서 챙겨 먹어요."

은혜는 열쇠를 넣고 돌렸다. 마트로시카 열쇠고리를 잃어버린 뒤로는 여분의 열쇠를 사용 중이었다.

"같이 먹으면 안 되나. 같이 먹을 사람 없어서 나도 혼.자. 외로이 먹어야 하는데."

원은 부러 다른 곳으로 시선을 돌리며 혼잣말하듯 말했다.

오늘따라 열쇠가 잘 안 들어간다. 은혜는 무심결에 물었다.

"선우 원 씨 왕따예요?"

"어. 친구 없어."

한 치의 고민 없이 대답하는 건 무슨 심보지? 오히려 정말 없는 것인지 의심이 갔다.

"여자인 친구는 많을 것 같은데."

은혜가 점집 문을 열며 대꾸했다.

원이 눈을 가늘게 여미곤, 은혜의 표정을 살펴보았다. 신경 쓰지 않는 것처럼 보이려 하지만, 은근히 자신의 대답을 기다리는 것 같았다. 장난기가 발동한 원은 은혜의 눈을 쳐다보지 않고 다른 곳에 시선을 고정한 채 대답했다.

"뭐…… 많았던 건 사실이야."

문을 연 은혜는 그를 흘깃 보고는,

"얼른 가버려요!"

쾅—

원의 코앞에서 문을 굳게 닫아버렸다.

"주은혜!"

원이 문을 두드렸다. 문에 기대어선 은혜가 작게 웃음을 터트렸다.

문밖의 원은 한숨을 쉬면서도, 픽 웃었다. 확실히 특별한 기의 소유자인가 보다. 보통 여자들과는 기의 세기가 차원이 다른 것을 보니. 이거 다른 무당 찾아가서 고민상담 좀 해야 하나.

그는 웃으며 한동안 문을 응시하더니, 곧 돌아섰다.

그리고 차로 돌아가려는데, 점집 문이 열렸다.

은혜가 서 있었다.

"과거형이라서 봐준 줄 알아요."

원이 활짝 웃었다.


"뭐 먹으러 갈까."

원이 의자에 앉아 턱을 괴고 은혜를 바라보고 있었다.

은혜는 잠시 고민하는 듯하더니, 결정했다는 듯 자리에서 일어났다. 그리고 무언가를 가져와 그에게 보여줬다.

"이거요."

"정말 이거야……?"

딸랑—

"치킨 배달 왔습니다."

30분 정도 지났을까. 문 위에 걸어둔 종소리가 울리고, 누군가

톤 높은 목소리로 말하며 들어왔다.

"맥주도 같이 온 거 맞죠?"

은혜는 가면 대신 선글라스를 끼고 있었다. 좀 촌스러웠다는 게 문제이긴 했지만, 그녀는 아랑곳하지 않았다.

"그럼요."

배달부의 대답에 은혜가 해맑게 웃었다.

계산을 할 차례가 되자, 원이 가슴 안주머니에서 지갑을 꺼냈다. 그러나 은혜는 그런 원을 밀어내고는, 준비해 두었던 돈을 건넸다.

"이건 내가 사는 거예요."

치킨은 2층, 은혜의 집 아담한 거실에서 먹기로 했다.

원은 바삭바삭해 보이는 치킨을 응시하며 물었다.

"먹고 싶은 게 치킨이야? 그것도 점심으로?"

은혜는 맥주 캔을 따서 원에게 건네주며 말했다.

"갑자기 치맥이 확 당겨서요."

그리고 자신의 것도 따서 한 모금 마시며 덧붙였다.

"치킨하고 맥주. 스트레스엔 치맥이 딱이거든요. 가끔 미치도록 먹고 싶을 땐 한 번씩 시켜먹어요. 혼자서."

"그럼 오늘은 그 스트레스의 주범이 나라는 얘기야?"

원이 은혜를 보며 입술을 살짝 내밀곤, 맥주를 마셨다.

"어떻게 알았지?"

은혜가 키득 웃으며 치킨을 앙 물었다.

"근데 왜 혼자서 먹어."

"할머니는 거의 병원에 계시고, 뭐 집에 계신다고 해도 치킨과 술은 드시지 않는 게 좋으니까요. 손녀로서 알아서 배려해 줘야 한다고나 할까."

"효녀네."

"이제 알았어요?"

은혜는 잔뜩 신이 난 얼굴로 치킨을 하나 더 집어 들어 맛있게 먹었다. 보통 이성과 함께 있는 여자들이라면 뭐랄까, 좀 더 우아하게, 또는 여성스럽게? 먹을 수 있는 음식을 선택하지 않을까 싶지만, 은혜는 집어 들어서 뜯어먹다시피 해야 하는 음식을 너무도 맛있게 먹고 있었다.

원은 불현듯 혼자서 웃음을 터트렸다.

"선우 원 씨도 얼른 먹어요. 식으면 맛없으니까."

"정말 독특해. 어제 아팠던 사람 맞아? 죽 같은 거 먹어야 하는 거 아니야? 괜히 술 마셨다가……."

원이 조금은 걱정된다는 투로 물었다.

"소화기관이 아픈가 뭐."

치킨을 오물오물 먹던 은혜는 목이 마른 듯, 맥주를 시원하게 들이켰다. 오늘따라 맥주가 맛있었다. 혼자 먹는 게 아니라서 그럴지도 몰랐다.

이내 은혜는 잠시 고민하더니, 냉장고가 있는 곳으로 향했다.

혹시 몰라서 배달시키긴 했는데, 미리 사다 놓은 게 세 캔이나 있었다.

"혹시 맥주 더 할래요?"

"난 됐어."

원은 고개를 저었다. 자신도 이미 한 캔을 비웠다.

"치맥의 맛을 모르시는구만? 이 환상의 궁합을 마다하다니."

은혜가 맥주 캔들을 안아 가져와 바닥에 내려놓았다. 그렇게 한 캔, 두 캔, 은혜는 치킨과 함께 맥주 캔도 비워 갔다.

"맥주를 이렇게 잘 마실 줄 몰랐는데."

"아뇨. 술 잘 못 마셔요. 웬만해선 마시면 안 되고. 그래도 이렇게 아주 가끔 치킨 먹을 때…… 그냥 가볍게 한 캔, 많으면 두 캔 정도?"

"한두 캔 정도라면서 벌써 캔 다섯 개는 마신 것 같은데."

원이 쌓인 맥주 캔들을 가리키며 고개를 기울였다.

"벌써요? 얼마 안 마신 것 같은데. 소주라면 한 잔만 마셔도 취하는데, 오늘은 이상하게 안 취하네."

"흐음."

원은 한동안 은혜를 지켜보았다.

그런데 시간이 지날수록…….

"주은혜. 너 눈빛이 이상해."

원이 눈을 가늘게 여미곤 은혜를 가만히 응시했다.

"네? 내 눈빛이 왜요."

은혜는 배시시 웃으며 원을 바라보았다. 이상하게 안 취한 게 아니라 이미 취한 걸 모르는 것 같았다.

은혜는 두 눈을 끔벅이며 되물었다.

"아, 내 눈빛이 왜요오~."

"반쯤 풀린 것 같은데."
"네? 절대루! 아니거든요오?"
아무래도 못 마시게 했어야 했던 것 같다.

\* \* \*

"회장님. 이사진들을 비롯한 주주들이 현재 로열 백화점 건설 진행 상황에 대해 궁금해하고 있습니다."
서재에서 차를 마시던 선우 회장의 손이 멈춰졌다.
"그렇잖아도 이야기하려던 참이었어."
"원 녀석이 백화점 건설을 미루려고 하더군."
"예……?"
"무슨 이유에서 그런 말을 한 건지는 몰라도, 여태껏 그런 적이 없던 녀석이라 꽤나 머리가 아파."
"제가 다시 한 번 선우 원 사장님 뒤를……."
"아니야. 사실 짐작 가는 게 하나 있긴 있어."
선우 헌 회장은 찻잔을 내려놓고 소파 등받이에 기대었다.
그리고 주름진 손을 깍지를 껴 다리 위에 올려놓았다.
"짐작이라 하시면."
"아무래도 전부터 알 박기를 했다는 그 점집이 걸려."
"가면보살이란 점집 말씀이십니까."
"그래. 가면보살. 전에 찾아갔을 때 보지 않았나. 원답지 않은 행동. 그리고…… 녀석의 눈빛."

언제 목숨을 노릴지 모르는 맹수를 기르려면 아무리 사소한 것 하나라도 지나칠 수는 없었다.

"어쨌든 그 점집이 문제의 중심부에 있으니 어떻게든 저희 쪽에서 해결을 해야 하지 않습니까."

"물론이지. 하지만―."

선우 회장은 여유롭게 입술 끝을 올렸다.

"원이 백화점 건설을 미루게 되면 긴급 이사회가 소집되겠지. 난 그때까지 기다릴 셈이야."

"예? 하지만 주주들의 눈 밖에 날 수도 있는 위험을 감수하는 건……."

"그 책임을, 원이 지도록 만들어야지. 아마 내가 손쓰지 않아도 그 녀석이 알아서 책임을 지려 할 거야. 내가 여태 지켜본 그 아이는, 그럴 녀석이거든."

역시…… 무서운 사람이다. 김 실장의 눈빛에 두려움이 스쳤다.

"예정대로 백화점 건설은 차질 없이 진행될 거야. 내가 그렇게 만들 테니, 쿨럭―."

불현듯 그가 기침을 토해냈다.

살 날이 얼마 남지 않은 것은 사실이다. 이 늙은 몸뚱어리는 점점 죽어가고 있었다.

회장은 잊고 있었다는 듯 김 실장을 바라보며 물었다.

"내가 말해두었던 차명주식, 모두 린 앞으로 돌려놓았겠지."

"아직 완벽히 처리하진 못한 상태라, 현재는 선우 원 사장님의 지분과 린 아가씨의 지분이 비슷한 정도입니다."

똑똑—

"회장님. 약 드실 시간입니다."

그때, 노크와 함께 누군가 안으로 들어왔다.

이내 회장은 물컵과 약을 집어 들고는 조용히 말했다.

"그래. 좋아. 이젠 기름을 뿌린 심지에 불을 붙일 때가 된 것 같군."

\* \* \*

"성빈이 이 녀석, 린과 잘 되고 있는 건지."

병원장 실에서 혜원과 커피를 마시고 있던 성민이 말문을 열었다.

"어젯밤에 성빈이가 여자를 업고 응급실에 왔다네요."

혜원이 다소 비아냥거리는 듯한 말투로 대답했다.

"뭐?"

"병원장이라는 분이 그렇게도 병원에서 떠도는 이야기들에 둔감하서서 되겠어요?"

"대체 무슨 뜻이야. 자세히 말해 봐."

성민이 커피 잔을 내려놓고 안경을 고쳐 썼다.

"나도 지나가다 들은 얘기예요. 지나가는 곳마다 간호사들이 심심풀이 땅콩처럼 그 애길 하는데 어떻게 지나치겠어요. '엄마'로서."

"……."

성민은 굳어진 얼굴과 함께 말이 없었다. 그리고 혜원은 늘 그렇듯 여유로운 척하면서도 성민의 인내심을 톡, 건드렸다.

"유감스럽게도 그 여자아인, 린이 아니었다는 게 문제지만."

성빈은 이런 혜원의 특성을 이미 알아채, 그녀를 붉은 여우라 불렀던 것이다.

"그 여자애가 누군데, 당최 여자에게 눈길조차 없던 녀석이 관심을 가진 거야."

"그야 나도 모르죠. 너무 예민하게 굴진 마세요. 의사로서 지나가다 아픈 사람을 발견해서 병원으로 데려온 걸 수도 있죠."

"……그럴 수도 있긴 하지만."

"하지만 사람 인연은 모르는 거니까요."

혜원의 붉은 입술이 묘하게 휘어져 올라갔다.

왜인지는 몰라도 여자의 촉은 무시할 수가 없다. 직접 보진 않았어도, 성빈과 그 여자 사이에 뭔가 있을 것 같다는 막연한 예감?

따분한 병원 이사장 노릇보다 맘에 안 드는 아들 녀석의 연애사가 꽤나 재미있다. 게다가 이번 약혼이 산산조각처럼 깨져버린다면, 성민은 성빈을 영영 보지 않을 가능성이 높았다.

아들까지 낳은 여자를, 가차 없이 버렸던 것처럼. 그렇다면 자신도 이제 숨 막히는 양아들의 싸늘한 눈빛을 더 이상 보지 않아도 되겠지.

어떻게든 약혼을 깨고 싶으니, 이번만큼은 성빈을 도와줘야 하

나. 혜원은 도톰한 입술을 달싹이며 미소 지었다.

그러나 오로지 목적을 달성하는 것에만 눈이 먼 성민은 불만 가득한 얼굴로 대꾸했다.

"혹시라도 다른 누구에게 그런 쓸데없는 얘기는 하지 마."

"누가 뭐래요? 그냥 말이 그렇다는 거지."

"린과 사귀기로 했다니 말없이 지켜보고는 있지만…… 아무래도 그냥 두면 안 되겠어. 약혼식 얘기, 꺼내보자고."

성민은 아무래도 안 되겠다는 듯, 소파 팔걸이를 꽉 쥐었다.

\* \* \*

원의 예상은 적중했다. 은혜는 약간 풀린 눈과, 벌겋게 달아오른 얼굴로 이미 비어 있던 맥주 캔을 쥐고 있었다.

"내가 선우 원 씨 때문에 비 맞으면서, 얼마나 추웠는지 알아요?"

"그러게 왜 비를 맞고 앉아 있었어. 다신 그러지 마."

너 아픈 거…… 못 보겠더라. 원은 덧붙이려던 한마디를 조용히 삼켰다. 그리고 은혜의 손에 든 맥주 캔을 빼어 들며 슬픈 얼굴을 지웠다.

그러고 보니. 원은 전날 빗속에서 은혜를 업고 뛰어가던 남자를 떠올렸다.

"널 업고 가던 그 녀석. 정확히 무슨 사이인 건지 궁금해."

"누구요……? 아. 나, 병원까지 성빈 씨가 데려다줬지."

"성빈?"

"네. 전에 말해줬잖아요. 성운 병원 의사. 하나밖에 없는 친구…… 이기도 하고. 아 맞다, 내가 그때 썸 타는 사이라고도 했던 것 같은데."

은혜가 웃으며 말했다.

"그렇단 말이지."

썸 타는 사이는 얼어 죽을. 성빈이란 녀석을 떠올리며 웃고 있는 은혜를 보자니, 원은 자신도 모르게 빈 맥주 캔을 꽉 쥐어 일그러트렸다.

"왜 그래요?"

그리고 그것을 본 은혜가 눈을 동그랗게 떴다.

"아무것도 아냐."

은혜의 물음에 원은 그제야 제 손에서 찌그러진 맥주 캔을 발견했다.

언제, 얼마나 은혜와 가까워진 거야.

원은 애써 부글부글 끓는 속을 가다듬었다.

어제도 은혜가 빗속에서 쓰러졌을 때, 그녀를 업고 병원으로 달려가 준 건 고마워해야 할 일이지만.

─당신한테는 은혜 씨를 데리고 갈 자격이 없는 것 같은데.

그 순간에 아무런 대답도 하지 못했다는 것도— 기분이 나쁘다. 사랑하는 여자를 다른 남자의 등에 업혀 보낸 것.

　정말이지······.

"기분. 나쁘네."

　원이 나직이 말했다. 그의 목소리는 그 어느 때보다도 낮았다.

"하."

　이상하게도, 갑자기 목이 탄다.

　원은 무심결에 남아 있던 한 캔의 맥주를 따서 확, 들이켰다.

"어? 술 안 마신다면서요?"

　은혜는 고개를 갸웃하며 원을 보았다.

"네 말대로, 스트레스를 받으니까 마시고 싶어졌어."

"풉."

　정신이 약간 몽롱하긴 하지만, 그래도 아주 취한 것은 아니었다. 확신할 순 없지만 적어도 그렇게 믿고 있었다. 그래서 그가 조금은 귀여워 보였다.

"또 질투하는 거죠?"

"절대 아니거든."

"사실, 나도 했어요."

"······?"

"질투."

"뭐······?"

　원이 물끄러미 은혜를 바라보았다.

　은혜는 무릎을 모아 앉은 채, 중얼거리듯 말을 이었다.

"선우 원 씨는 바보야."

"……?"

"내 기를 가져가 놓고는 다른 여자한테 왜 뺏겨요?"

그녀의 말에, 원의 입가에서 웃음이 새어나왔다.

"그래, 미안하다."

"미안하면…… 아까 나한테 했던 약속. 지켜요."

"약속? 아."

은혜의 말을 되뇌어보던 원이 입술을 살짝 벌렸다.

"정말 약속한 거예요."

"……?"

몽롱한 눈빛. 취기 때문인지 선홍빛으로 물든 볼. 지금 상태의 주은혜라면, 어딘가 불안하다.

"앞으로 선우 원 씨 입술은,"

원이 약간은 긴장된 얼굴로 은혜를 빤히 바라보았다.

이내 은혜는 단호하게 입을 열었다.

"내 거라는 거."

대답도 하기 전에, 은혜가 그의 넥타이를 자신의 쪽으로 확, 잡아당겼다.

"……!"

원의 눈이 커졌다.

"주은혜……?"

"이번엔 내가, 도장 찍는 거예요."

그리고 곧바로 진하게— 그와 입술을 부딪쳤다.

"……!!!"

은혜의 부드러운 입술이 원의 것을 누르며 그를 자극했다. 그녀에게 원의 당황한 얼굴은 보이지 않는 듯했다.

이내 은혜가 조심스럽게 입술을 떼며 말했다.

"근데…… 선우 원 씨 술 마셨으니까, 운전 못 하죠?"

"……?"

"그럼……."

이윽고. 은혜가 두 눈을 감았다, 떴다 하며 느릿하게 물었다.

"우리 집에서 자고 갈래요?"

"……뭐라고?"

원은 자신의 귀를 의심했다.

지금 나보고…… 여기서 자고 가라고?

확대된 그의 동공은 더욱더 커진 채, 아직 자신의 넥타이를 쥐고 있는 은혜를 향해 있었다. 그러자 은혜는 천진난만한 얼굴로 다시 한 번 말했다.

"다시 말해줘요? 술 마셨으니까……."

은혜가 눈짓으로 원이 들고 있던 맥주 캔을 가리켰다. 원의 시선 또한 갑작스러운 은혜의 행동에 어정쩡하게 쥐고 있던 맥주 캔에 닿았다.

이윽고 은혜는 무심한 듯 귀엽게 도톰한 입술을 움직였다.

"자고 가라구요."

꽤나 또박또박한 말투였다.

분명 취해서 하는 말일 텐데, 이렇게 또렷하게 말하면…… 못 들은 척하고 싶지가 않잖아.

원은 살짝 미간을 좁히며 물었다.

"진심이야?"

원이 은혜를 지그시 바라보았다.

그러나 은혜는 별다른 고민 없이 천천히 고개를 끄덕였다. 그러다 머리가 무거웠던 건지, 은혜는 그의 한쪽 가슴에 쿵, 머리를 부딪쳤다. 하지만 그것도 잠시, 은혜는 다시 고개를 팍, 들고 말했다.

"음주 운전은 저얼—대 안 된다구요."

원은 억지로 웃음을 참았다.

은혜를 만나기 전에는 다른 여자들과 술을 마셨을 때, 여자들이 술 취한 모습이 절대로 귀엽다고 생각해 본 적은 없었다.

사랑 때문일까. 모든 것이 사랑스러워 미치겠는 마법이라도 걸린 걸까.

그가 진지한 눈빛을 한 채 은혜에게로 시선을 고정했다.

"네가 잊고 있나 본데."

그의 깊은 목소리에 은혜가 반쯤 뜬 눈으로 원과 시선을 부딪쳤다.

"나도 남자야."

'네가 자꾸 이렇게 나오면…….'

고작 맥주 두 캔 마신 것뿐인데 이대로 취하고 싶어질까 봐, 두렵다.

이내 원이 자신의 넥타이를 쥐고 있던 은혜의 손을 물끄러미 바라보았다.

그가 옅게 미소 지었다. 이윽고 원은 쥐고 있던 캔을 가만히 내려놓았다. 오묘한 긴장감이 감돌았다.

"주은혜."

그의 입술이 떨어지던 순간.

"……!!!"

그가 몸을 숙여 덮치듯 그녀를 뒤로 넘어뜨렸다. 단단한 팔이 그녀를 가두듯 그녀의 양 어깨 옆에 고정되어 있었다.

"너…… 그 말, 책임질 수 있어?"

\* \* \*

"할머니, 건강히 계세요."

퇴원 수속을 마치고 잠시 병실에 들른 윤아가 조용히 마지막 인사를 건넸다. 아침 일찍 나가려고 했는데, 아무래도 간밤에 잠을 설치고 밖에서 작은 음악회를 열었더니, 평소답지 않게 늦잠을 자버려 퇴원이 늦어졌다.

할머니는 이미 점심을 드시고 다시 낮잠을 주무시는 것인지, 한쪽으로 돌아누워 주무시고 계셨다.

그래도 이곳에 있던 시간 동안 누구보다도 따뜻하게 대해주셨던 분.

윤아는 곧 발소리조차 내지 않은 채 병실을 나섰다. 할머니의 얼굴을 보면 또다시 눈물이 왈칵 쏟아질 것 같아서 서둘러 자리를 뜬 것이었다. 윤아가 나간 병실은 더 없이 고요했다.

"……."

할머니가 조용히 눈을 떴다.

윤아를 처음 봤을 때, 사실 딸의 존재 말고도 하나 더 알아차린 것이 있었다. 저 아이의 운명을 한순간에 집어삼킨 무언가가 있다고. 자신이 신이 아니기에 그것이 무엇인지 정확히 알 수는 없지만, 윤아의 기의 흐름에서 그녀의 생명을 약하게 만든 무언가를 느꼈다.

할머니의 눈동자에서 눈물이 떨어지며 베개를 적셨다.

"잘 가라, 윤아야. 다음 생에서는 아프지 말고……. 어떤 악운이 네게 닿아 너를 한순간에 아프게 만들었는지는 모르겠지만, 기도하마. 네가 좋은 곳으로 갈 수 있기를. 그리고 게서 네 딸을 만날 수 있기를."


그 시각. 청량이 과일 바구니를 들고 병원 회전문 안으로 들어섰다. 원도 아직 출근 전이고, 처리해야 할 일도 없는 지금. 잠시 시간이 비니 무얼 할까 하다가 병원으로 향한 그였다.

말동무라도 좋다면, 가끔은 들르겠다고 했으니.

원이 없는 동안 자신이라도…… 이제부터 천천히 그녀의 곁에 다가가는 것이, 조금이라도 그녀를 위하는 일이지 않을까 하는 마음이었다. 그런데 왜 이렇게 긴장이 되지.

청량은 작게 숨을 들이쉰 뒤 내쉬곤, 병실로 올라가기 위한 엘리베이터로 향했다.

몇 호였더라. 그러고 보니, 전에 하윤아 씨가 있던 병실에서 주은혜 씨가 나왔었지.

그는 문득 생각난 사실에, 과일 바구니를 내려다보며 골똘히 생각했다.

아는 사람이 그 병실에 입원이라도…….

아. 청량이 작게 입술을 벌렸다.

전에 사장님을 통해서 주은혜 씨의 할머니가 아프시다고 얼핏 들은 것 같기도 했다. 하윤아 씨와 함께 병실을 쓰시는 할머님이 주은혜 씨의 가족이었던…….

"……?"

고개를 갸웃하던 청량은 병원 로비를 걷다, 그 자리에서 멈춰 섰다.

"어?"

병원 로비 한가운데서 청량을 마주친 윤아도 그를 알아보고 발걸음을 멈춰 세웠다.

"제 키다리 아저씨의…… 비서님이시군요."

윤아가 희미하게 웃으며 먼저 입을 열었다.

"어디 외출하시는 겁니까?"

청량은 물끄러미 윤아를 바라보더니, 물었다.

"아. 저 이제 퇴원해요."

"예?"

퇴원을 한다니. 벌써 다 나았을 리가 없다.

게다가 아직 치료가 끝나지도…….

"병원엔 무슨 일이세요? 누가 아프세요?"

청량이 들고 있던 과일 바구니를 본 윤아가 궁금하다는 얼굴로 물었다. 그녀의 말에, 청량은 과일 바구니를 들어 보이더니, 멋쩍은 듯한 얼굴로 대답했다.

"아 그러니까……. 전에 말동무라도 좋으시다면 가끔 들르겠다고 약속했으니……."

청량이 말끝을 흐리니 윤아는 눈을 동그랗게 뜨고 그의 다음 말을 기다렸다.

'내가 왜 이러지.'

청량은 갑자기 등 뒤에 땀이 어리는 느낌이 들었다.

"아, 그 뜻은—."

청량의 말을 가만히 곱씹어보던 윤아가 그제야 활짝 웃으며 말했다.

"절 만나러 오셨다는 거네요?"

"예? 아, 뭐……네. 사실 그렇습니다."

"그런데 어쩌죠? 저 이제 퇴원했어요. 그리고 이제 긴 여행을 떠날 예정이라 자주 만나 뵙지 못할 수도 있겠네요."

"여행이요……?"

"네. 아주 멀리 떠날 거예요. 인사도 못 드리고 가는 것 같아서 마음이 안 좋았는데, 어떻게 연락할 방법도 없고 그러던 차에 딱. 만났네요. 정말 다행이에요. 인사드리고 떠날 수 있게 되어서."

윤아는 웃고 있었다.

윤아에게 남은 시간이 얼마 남지 않았다는 것을 알고 있던 청량은 그녀의 말이, 그대로 들리지 않았다. 분명 여행을 가는 거라고 했는데, 가슴이 찌르르…… 쓰라렸다.

"어쨌든, 그동안 정말 감사했습니다. 이제 더 이상 저한테 돈이나…… 선물 같은 것 보내주시지 않아도 돼요. 그동안 받은 것도 아직 많이 남아 있고, 이제 병원도 퇴원했으니까요. 정말, 감사했습니다."

윤아는 청량에게 고개 숙여 인사했다. 그리고 이름도, 얼굴도 모르는 원을 머릿속으로 그려보며 나직이 덧붙였다.

"그분께도 제대로 인사드리고 싶은데 아마도…… 그분은 저를 직접 만나고 싶지는 않으신가 봐요."

그녀는 조금은 멋쩍은지 어색하게 웃어 보였다.

'아니, 그런 게 아니라…….'

라는 한마디가 청량의 목구멍 끝까지 차올랐다.

"제가 어떻게 하면 그분께 보답을 할 수 있을지 알려주실 순 없나요?"

"……."

청량은 쉽사리 입술을 뗄 수가 없었다. 그런 그의 뜻을 여전히 거절로 받아들인 윤아는 고개를 끄덕였다.

"잠시 손 좀 주시겠어요?"

"예?"

이내 윤아는 자신의 가방에서 볼펜을 한 자루 꺼냈다. 그리고 어정쩡하게 청량이 내민 손에, 무언가를 적는 그녀였다.

"이거 제 휴대폰 번호예요."

"……?"

"제가 도움이 될 일이 있다면, 나중에라도 꼭 연락주세요. 다만 이런 말씀드리면 너무 염치없다고 생각하실 수도 있지만…… 너무 늦지 않게요. 제가 여행을 떠나면 연락을 받을 수 없을지도 모르거든요."

"……."

"그럼 정말, 안녕히 계세요."

청량이 손바닥에 적힌 휴대폰 번호를 물끄러미 보고 있던 사이, 윤아는 다시 짧게 목례를 하곤 발길을 뗐다.

청량은 목이 메어 와서, 그녀를 붙잡을 생각조차 하지 못했다. 아니, 붙잡을 수가 없었다. 이젠 어떻게 해야 할지, 매사 한 치 앞을 내다보고 일처리를 하는 그조차도 알 수가 없었다.

더 이상 원이 문턱을 넘지 못하는 것을 지켜볼 수만은 없을 것 같았다. 청량은 굳은 결심과 함께, 초라해진 과일 바구니를 꽉 쥐었다.

이내 청량이 성큼성큼 앞서 걷고 있던 윤아에게로 다가갔다. 그리고 그녀의 손목을 붙잡았다.

"하윤아 씨. 잠깐만요."

\* \* \*

"……?!"

바닥에 닿은 등. 눈앞에 그가 보인다.

"선우 원……?"

은혜의 큰 눈이 그를 담았다.

원래의 자신이었다면, 화들짝 놀라서 그를 밀어내려 했을 터였다. 그리고 부끄러움에 그를 똑바로 바라보지 못한 채, 어떻게든 도망가려 했을 텐데…….

지금은 그의 깊은 눈동자만이 눈에 들어온다.

술 덕분에 대담해진 걸까? 몽롱한 기운이 감도는 상태에서, 그의 묘한 눈빛을 바라보니 더욱 취하고 싶은…… 이상한 기분. 그런데, 이 중요한 순간에 왜 이렇게 자꾸…… 눈이 감기지.

한편 원은 그녀를 오롯이 바라보고 있는 순간에도 정말 많은 생각이 교차하고 있었다.

인정하고 싶지는 않지만, 반쯤 풀린 은혜의 눈과 저 붉고 도톰한 입술이 왜 이렇게 섹시하게 느껴지는 걸까.

"너, 오늘 이상해."

원의 길게 뻗는 눈매가 그녀의 눈동자를 좇았다.

"갑자기 키스를 하질 않나."

그는 떨어질 듯 말 듯 입술을 달싹였다. 그리고 가슴 속 무언가를 절제하듯, 느릿하게 한마디, 한마디 짚어 갔다.

"나한테 자고 가라고 하질 않나."

그가 몸을 숙여 그녀의 귓가에 장난스럽게 속삭였다.

"주은혜 씨. 지금, 나 유혹하는 거야?"

그의 숨결이 귓가에 닿았다.

이내 원이 다시 은혜와 두 눈을 마주했다.

원의 입술선 끝이, 야릇하게 말려 올라갔다.

"그렇게 풀린 눈으로 나 유혹하면, 나는 모른 척 넘어갈 수도 있는데."

원은 비스듬히 고개를 기울인 상태로, 서서히 그녀의 입술을 향해 제 입술을 가져왔다.

"저번처럼……."

입술이 닿기 직전, 그가 다시금 속삭였다.

"술 때문에 기억 안 난다고 해도, 소용없어."

하지만 그 순간.

새근— 새근—

누군가의 깊은 숨소리가 들려왔다.

"……?"

문득 당황한 원이 잠시 멈칫했다. 그리고 은혜를 바라보았다.

어느새 눈을 감고 아기처럼 잠든 은혜의 얼굴.

"내가 진짜."

원이 작게 웃음을 터트리며 황당하다는 듯 중얼거렸다.

이젠 장난도 못 치게 사전 차단이라도 하는 건지. 어떻게 그새……! 그러게, 평소보다 술을 많이 마셨다고 할 때부터 알아봤어야 하는 건데. 그는 숙였던 몸을 일으키고 한 손으로 이마를 짚었다.

"자고 가라고 한 게 누군데, 먼저 잠이 들어."

원은 다시 입가에 미소를 띠며 혼잣말을 했다.

자고 가라고 한 것도 술에 취해서 한 말일 수도 있지만, 난 진짜로 믿고 싶어진다고.

이윽고 원이 은혜를 번쩍 안아 들었다. 그리고 몇 걸음 그녀를 옮겨 침대 위에 살포시 내려놓았다.

"바보야. 대낮에 무슨 잠을 자고 가."

원은 침대에 걸터앉아 잠든 은혜를 바라보며 피식 웃었다.

"근데…… 자고 싶다."

"……."

"네 옆에서, 낮잠."

그의 입가엔 엷은 미소가 지어져 있었다.

*나뭇가지에 실처럼 날아든 솜사탕~ 하얀 눈처럼 희고도 깨끗한 솜사탕~*

불현듯 원의 휴대폰이 울렸다.

"예, 회장님."

선우 헌 회장이었다.

["그래, 원아. 아직 호텔에 출근하지 않았더구나. 지금 어디 있는 게야."]

"아…… 잠깐 볼 일이 있어서 근처에 와 있습니다. 무슨 일이십니까?"

원은 잠시 은혜를 돌아보더니 대답했다.

["아. 그래. 다들 현재 로열 백화점 사업 진행 현황에 대해서, 다시 슬슬 궁금해지기 시작한 모양이다. 네가 백화점 건설을 미루고 싶다 했으니 아무래도 그에 대해 설명할 시간을 가져야 할

것 같구나."]

더 이상 설명하지 않아도, 회장의 말뜻을 알아차린 원은 별다른 대꾸 없이 곧바로 대답했다.

"……예. 알겠습니다."

전화를 마친 원은 가만히 휴대폰을 쥐었다.

그래, 잊고 있었다. 로열 백화점.

그는 곧 고개를 들어 은혜가 누워 있는 이 공간을, 눈으로 조용히 둘러보았다. 우선은 미루기로 했지만…… 언젠가는, 이곳을 철거해야 할 터.

원은 힘겹게 마른침을 삼켰다. 회장님의 마지막 숙원과, 은혜의 소중한 공간. 모두 자신이 가장 사랑하는 사람들이었다. 어느 누구에게도 상처를 입히고 싶지 않다.

하지만, 언젠가 하나는 포기해야 할 텐데.

'그땐…… 어떻게 해야 할까.'

그는 짙게 눈을 감았다. 결국 어느 것을 선택해야 할지, 선택의 기로에 서고 말았다.

우선 호텔에 가봐야 했다. 조금의 시간이라도 벌어놓기 위해.

이내 원은 다시 휴대폰을 켜서 청량에게 전화를 걸었다.

늘 그랬듯, 얼마 가지 않아 청량이 전화를 받았다.

["예, 사장님."]

"그래, 청량. 지금 바로 점집으로 와줘야겠어."

통화를 끝마치고, 휴대폰을 넣은 원은 마지막으로 은혜를 바라보았다.

"누가…… 음주운전은 절대 안 된다고 해서 말이야."
정말 자고 가고 싶었는데.
"다음엔, 밤에 올게."


"……."
호텔로 향하는 차 안.
원은 아무런 말이 없었다.
청량은 무언가를 말할 듯, 말 듯 바짝 타들어가는 입술을 조심스레 적시고 있었다. 그러다 그는 살짝 고개를 들어 원을 지켜보았다. 역시나 원의 표정이 어둡다는 것을 눈치챈 청량은 우선 조심스레 말문을 열었다.
"사장님. 괜찮으십니까."
"……?"
청량의 물음에 원이 창밖으로 향해 있던 시선을 앞으로 돌렸다.
"어제 일 말입니다. 혹시 잘 안 풀리신 겁니까."
"아."
청량은 곧, 옆에서 묵묵히 운전을 하고 있던 강구를 의식하곤 말을 이었다.
"주은혜 씨는 사장님에 대해 아직 '정확히' 모르시니, 제가 어떻게든 어제 일에 관해서 설명을 잘 드려볼까요."
그러자 원은 낮게 웃으며 다시 창밖을 응시했다.
"네가 무슨 수로 그 상황을 설명한다고."

우리 집에서 자고 갈래요?

궁금한 것을 못 참는 강구가 은근슬쩍 룸미러를 통해 원을 보며 물었다.

"사장님, 혹시 주은혜 씨한테 잘못한 일이라도 있으십니까?"

"음, 뭐 사실…… 그래. 하지만, 잘 풀었어."

"그래서 점집에서 나오셨군요. 어제 저도 안 부르시고 자가용으로 점집 가신 거라면서요? 그럼 혹시이~. 그 점집에서 주은혜 씨와 간밤에 함께 계셨던 건…… 크흠."

강구가 난데없이 헛기침을 했다. 그것도 아주 짤막하게.

"뭐?"

원은 순간 뜨끔한 사람처럼 되물었다. 점집에서 간밤에 함께 있던 것은 아니었지만, 어쨌든 같이 있었던 건 맞다.

그냥 찔러본 거였는데, 원이 별다른 부정을 하지 않자 강구는 옳거니! 하는 표정으로 키득, 웃었다. 그리고 음흉한 눈빛과 함께 말을 이었다.

"이제 보니…… 사장님. 사장님의 넥타이가 거칠게 풀어져 있어 보이는 것은 건 제 기분 탓일까요? 평소의 사장님이시라면 늘 흐트러짐 없이 완벽하게 하고 다니시지 말입니다."

"……?!!"

강구의 말에, 청량이 놀라 원을 홱, 돌아보았다.

설마 사장님이 넥타이를 반쯤 푼 채 다니실 리가.

그리고 느닷없는 강구의 발언에 원 또한 잠시 눈을 동그랗게 떴다. 곧 원은 턱을 아래로, 자신의 넥타이 상태를 확인했다.

제발 이게 꿈이길.

"……."

원이 가만히 아랫입술을 깨물었다.

아까 은혜가 넥타이를 확 잡아당기는 바람에 이렇게 되었었다는 걸 잊고 있었다. 하마터면 호텔까지 이러고 갈 뻔했다.

"그렇다는 건!"

강구는 당황해하는 원의 표정을 읽고, 말끝에 여운을 두며 말했다.

"혹 급하게 옷을 입고 나오셨다던가……."

"허강구! 그런 거 아니니까, 운전이나 똑바로 해."

원이 이를 바득, 물며 넥타이를 고쳐 맸다.

"아니 뭐, 잘 풀리셨다고 하니…… 어젯밤 분위기가 좋았을 거고 분위기가 좋으면 사랑하는 남녀는 으레……."

"청량. 강구 입에 테이프 좀 붙여."

"조용히 할게요."

원의 명령에 강구는 입을 합, 다물었다.

강구와 원의 대화를 듣고 있던 청량도 궁금하긴 했지만, 어쨌든 주은혜 씨 문제가 해결되었다니 다행이었다. 그렇다면, 이제 마음 놓고 원에게 하윤아 씨에 관한 말을 꺼내도 될 것 같은 예감이었다.

"사장님, 긴히 말씀 드릴 것이……."

청량이 윤아에 대한 말을 꺼내려 입을 열 즈음,

"청량. 백화점 건설 진행 상황에 관해 다들 궁금해한다고 하던데. 왜 넌 나한테 그런 얘기가 없었지? 너도 내가 백화점 부지 확

보하는 걸…… 현재 멈춘 상태라는 거, 알고 있었잖아."

원이 다른 것을 물었다.

"그건."

굳이 묻지 않아도, 마지막 남은 가장 중요한 부지가, 바로 점집이니까요.

곧 청량은 담담하게 대답했다.

"사장님께서 처음으로 행복해지게 되셨는데, 제가 어떻게 백화점 일을 강요하겠습니까."

"……."

"사장님께서 완벽한 일처리를 하실 수 있도록 도와야 하는 게 제 역할이고 임무이지만…… 감히 조용히 사장님을 지켜볼 수밖에 없었습니다."

청량의 말뜻을 알아들은 강구도 숙연해졌다.

원은 먹먹해진 기분을 애써 억눌렀다.

그리고 소매 매무새를 가다듬으며 낮게 말했다.

"최대한 빨리 이사진 회의 일정 잡아줘."

  \*　　\*　　\*

성빈은 제 방에서 멍하니 천장을 바라보고 있었다.

어젯밤, 멍하니 병원에서 나오고 나서 달리 할 것도, 갈 곳도 없어 온 곳이…… 고작 이 싸늘한 집이었다.

오프도 낸 겸, 다시 병원에 들어가고 싶지는 않았다.

무엇보다도…… 은혜와, 그 남자가 같이 있는 모습을 보고 싶지 않았으니까.

 그리고 쓰러지듯 침대에 누워, 오랜만에 아주 늦게까지 잠을 자버린 것이다. 눈을 뜨고 나니 벌써 오후가 되어버렸다. 아마 자신 또한 비를 오래 맞아, 몸 상태가 그다지 좋지는 않았나 보다. 자고 난 몸이 조금 무겁다.

 띠리리리리―

 문득 성빈의 휴대폰 벨소리가 울렸다.

 ["야, 윤성빈! 나도 오늘 오프 냈다."]

 한껏 밝은 목소리의 은후였다.

 "근데 뭐."

 성빈은 피곤한 얼굴로 무심하게 대답했다.

 ["근데 뭐라니?"]

 "너 여자친구랑 싸웠냐."

 ["뭐?"]

 흠칫 당황한 은후의 놀람이 여기까지 느껴졌다.

 성빈은 두 눈을 감고 귀찮다는 듯 말을 이었다.

 "그렇지 않고서야 황금 같은 오프 시간에 나한테 연락할 리가 없지."

 ["아, 아니거든? 절대 아니거든? 그냥 쉬려니 심심하기도 하고 네가 우울해하는 것 같아서 이 형님이 놀아주려고 전화했건만!"]

 "난 혼자서 아주 잘 쉬고 있으니까 신경 써주지 않아도 돼."

 ["아아아, 윤성빈! 그러지 말고, 너 기분전환도 좀 할 겸 우리

이따 밤에 클럽이나 가자. 내가 죽이는 데 알아났어!"]

"피곤하다. 너나 가."

["아, 야아~. 나도 우울한데 오늘 같이 술이나 마시고 죽자. 앙?"]

"됐거……."

역시나 거절하려던 성빈은 '술'이라는 말에, 잠시 입술을 닫았다.

지금이, 술을 마시고 싶은 기분인가 보다.

"좋아. 이따 보자."

["진짜? 진짜지? 이 자식. 웬일이래?"]

"마음 변하기 전에 끊는 게 좋을걸."

"그래, 얼른 끊는다! 그럼 이따 연락할게! 뿅!"

은후는 서둘러 전화를 끊었다.

전화가 끊긴 휴대폰을 바라보던 성빈은 작게 웃었다.

"술이라."

이윽고 그는 자리에서 일어섰다.

\* \* \*

호텔에 도착한 원은 사장실 안으로 들어서며, 결재 사항들과 처리해야 할 업무들을 검토하기 위해 자리에 앉았다.

그러다 문득, 그는 어젯밤 린이 했던 말을 떠올렸다.

―오빠 바보야? 오빠는 아직 젊고, 로열 호텔을 이렇게까지 키워놓은 사람이야. 근데 엄한 내가 호텔을 물려받을 거라니. 아빠는 그저, 오빠가 호텔을 이렇게까지 잘 키워놓을 때까지 이용한 것뿐이라고.

"아버지가— 나를 이용했다……."
마른 그의 입술이 린의 말을 조용히 곱씹었다.
정말 린의 말대로, 여태껏 친아버지 못지않게 자신에게 잘해주셨던 이유가 호텔 때문이었던 걸까.
하지만, 자신이 아는 회장님께서는 누구보다도 지혜롭고 자애로운 분. 아마 린이 잘 모르고 했던 소리였을 것이다.
호텔을 물려받고 싶지 않아서, 가만히 있으면 제게 호텔을 뺏길 텐데 괜찮냐는 식으로 자신을 자극하려던 생각이었겠지.
호텔이 린에게 간다는 건 그리 놀랄 일도, 상처받을 일도 아니었다. 호텔을 키우기 위해 부단한 노력을 기울였던 건, 언제까지나 자신을 거두어 여태까지 돌봐준 것에 대한 보답이라 생각했으니까.
그리고 어차피 자신은 떠날 예정이었으니까.
원은 다시 업무에 집중하기 위해 고개를 저었다.

사장실에서 처리해야 할 업무를 끝내고, 호텔에 찾아온 귀빈들을 접대하는 등, 원은 다시 로열 호텔의 사장의 본분으로 종일 호텔 일에 집중했다. 그러다 보니 호텔은 건물 곳곳에 조명들을 켜며 밤을 맞이하고 있었다.

일을 마치고 사장실을 나서기 위해 자리에서 일어난 그는, 재킷을 들다 멈칫했다. 낮에 점집에 재우고 온 은혜가 생각나서였다.

"주은혜. 지금쯤은 일어났겠지."

그는 기분 좋은 웃음을 내비치며 혼잣말을 했다. 이내 소파를 지나치던 원의 눈에, 낯선 휴대폰이 눈에 띄었다.

"이건."

휴대폰을 집어든 원이 주인이 누굴까 고민하던 중, 청량이 안으로 들어왔다.

"차 대기시켜 놓았습니다."

"아, 그래. 그보다, 이거. 주인이 누군지 알아?"

원은 휴대폰을 들어 보이며 물었다.

"저도 잘……. 아, 혹시 어제 리혜 작가님께서 두고 가신 건 아닐까요."

"그런 것 같군. 청량 네가 알아서 전해 줘."

원이 청량에게 휴대폰을 건넸다.

"예, 알겠습니다. 그보다, 어제 그런 일이 있으셨다면 리혜 작가님과의 상황이 많이 불편해지셨을 텐데……. 어쩌실 생각이십니까."

"그 작가와는 다시 볼 일이 없을 거야."

"예? 하지만 비즈니스 문제도 있고 무엇보다도 그 작가님께선 사장님의 정체에 대해 알고 있다고 하지 않으셨습니까."

"첫째로 난 그 여자와 비즈니스는 하고 싶지 않고. 둘째로는 그 여자는 아마…… 더 이상 내 정체를 알려주려 하지 않을 생각인 것 같거든."

─지금 여기서 떠나면, 나는 당신의 정체에 대해 더 이상 알려주지 않을 예정이에요.

원은 리혜가 했던 말을 상기하며 차갑게 말했다.
청량은 원이 말뜻이 무엇인지 정확히는 알 수 없었지만, 우선 그의 뜻을 받아들였다.
"어쨌든 그렇게 알고 있겠습니다. 아, 그리고 내일로 회의 일정 잡아놨습니다."
"그래, 알겠어."
"저, 사장님. 내일 회의에서…… 무슨 말씀을 하실 건지, 여쭤봐도 되겠습니까."
청량이 조심스럽게 물었다. 그의 물음에 원은 다른 이가 듣는다면 의아해할 대답을 하며 천천히 사장실을 나섰다.
"……내가 말 안 해도, 너는 알고 있잖아. 청량."

"사장님, 자택으로 가십니까?"
강구가 운전대를 잡으며 물었다.
원은 잠시 고민하더니 대답했다.
"강구. 혹시, 치맥 좋아해?"

"예? 치맥이라면 치킨과 맥주 말씀이십니까?"

"그래. 그거."

"매일 먹어도 안 질리는 게 치킨과 맥주 아니겠습니까. 저는 와이프도 치맥 엄청 좋아해서 자주 시켜 먹지요. 그래서 제가 이렇게 토실토실한 거죠."

"하긴, 맛있긴 하더라."

원이 낮에 은혜와 먹었던 치킨과 맥주를 떠올리곤, 웃으며 혼잣말을 했다.

"근데 뜬금없이 사장님께서 치맥은 왜 물으십니까?"

"아니, 뭐. 그냥. 누가 치맥을 엄청 좋아한다고 해서."

"그래요? 사장님이 말하시는 그 '누가'가 누구실까~. 아, 되게 궁금하다아~."

"허강구. 너 아까부터 왜 이래?"

원이 눈을 가늘게 여미며 강구를 노려보았다. 그러자 강구는 곧 기어들어 가는 목소리로 그의 눈치를 보며 대답했다.

"그냥 사장님께서 누군가에게 관심도 가지시고, 고민도 하시고 그런 인간다운? 모습을 보이시는 게 재밌고 또 좋아서 그러지요…… 뭐."

청량이 가만히 고개를 끄덕였다.

청량 너도? 라는 표정으로 원이 청량을 바라보았다.

"어서 집으로나 가. 집!"

원은 애써 담담한 얼굴로, 팔짱을 낀 채 말했다.

간밤에 밤을 새운 탓인지, 눈을 감고 긴장을 풀자마자 스르르 잠이 들었다. 그것을 본 강구가 청량의 눈치를 슬쩍 봤다. 그리고 원에게 들리지 않을 만큼 아주 작게 속삭였다.

"어떻게, 이제 막 연애를 시작하신 것 같은데 우리가 적극적으로 좀 도와드려야 하지 않을까요? 헤어지면 보고 싶은 게 또 활활 타오르는 사랑이니까~."

그러자 청량은 무심코 쿡 웃고 말았다.

어째, 자신보다 강구가 더 신나 있는 것 같았다.

"어떻게 도와드려야 할까요."

청량이 조용히 물었다.

"왜 저번에 청량 씨가 그랬던 것처럼 말이에요."

강구의 말에, 청량이 두 눈을 깜박였다. 그러다 곧, 그 뜻을 알아차렸다는 듯 원을 슬쩍 보며 마른 입술을 적시는 그였다.

뭐 내일이면 잔소리 좀 듣겠지만……. 아직 시간이 있을 때, 조금이라도 더 같이 있게 해드리는 게 좋을 것 같았다.

강구는 원의 집이 아닌 다른 방향으로 차를 돌렸다.

그리고 작전을 개시했다.

이내 어딘가에 차를 멈춰 세운 강구가 청량에게 신호를 보냈다. 그러자 청량은 조용히 차에서 내려 원이 있는 뒷좌석으로 다가가 문을 열었다.

"사장님. 도착했습니다."

그러자 깊게 잠들었던 원이 눈을 뜨며 차에서 내렸다.

그러다, 불현듯 피곤에 젖어 있던 원의 눈이 커졌다.

"여긴……?"

"사장님, 좋은 시간 보내십시오."

청량은 서둘러 목례를 하곤, 앞좌석에 타버렸다.

"청량?"

영문을 모르는 원이 청량을 멍하니 바라볼 즈음, 청량은 죄송하다는 듯 창밖을 향해 다시 인사를 하곤 강구가 운전하는 차를 타고 사라졌다.

"이청량! 허강구!"

그제야 상황을 알아차린 원이 황당하다는 듯 그들을 불러 세웠지만, 강구는 달달 떨리는 어금니를 꽉 물고 재빨리 사라졌다.

"하…… 진짜 미치겠네."

눈앞에 보이는 가면보살이란 간판을 올려다보던 원이 실소를 터트렸다.

이것들을 진짜.

원은 주먹을 꽉 쥐었지만 곧 작게 웃음을 지었다.

"정말로 와버렸네. 밤에."

이내 시간을 확인한 그는, 잠시 주위를 둘러보더니 무언가를 사러 발걸음을 옮겼다.

\* \* \*

"으…… 아."

짤막한 비명소리와 함께 은혜가 눈을 번쩍 떴다.

허얼. 지금이 몇 시야?

부스스함을 추스를 시간도 없이, 시계를 확인해 보니 벌써 한밤중이었다.

"미쳤어. 미쳤어."

은혜는 손바닥으로 양 볼을 찰싹 찰싹 때리며 자책했다. 그러고 보니, 낮에 원과 함께 술을 마셨었는데.

어느새 이렇게 잠이 들어서 침대에…….

오마이갓.

그렇게 많이 마신 것 같지는 않았―던게 아니라 많이 마셨지! 평소 한두 캔 마셨던 걸 아까 몇 캔을 마셨더라……. 설마 술 마시고 잔뜩 추태를 부렸다거나, 진상을 떨었다거나 그런 건 아니겠지? 아이아. 그러게 적당히 좀 마실걸. 오랜만에 치맥을 했더니 그만 정신줄을 놔버렸어어어어어어……!

은혜는 헝클어진 머리를 쥐어뜯었다.

당장 그에게 낮의 자신의 상태가 어땠는지 확인하고 싶은 심정이었다.

무엇보다도. 아주 아주 불안한 사실이 하나 떠올랐다.

자신이 뭔가 그에게 아주 도발적인 말을 했던 것 같은데……. 뭐였지?

술에 취하고 나면 필름이 끊겼기 때문에, 완벽히 기억나지 않는 상황이 답답했다.

뭐였지, 대체?

은혜가 불안한 얼굴로 엄지손톱을 물었다.

그때였다.

누군가 점집 문을 두드리는 소리에, 은혜는 움찔했다.

"누구지? 아, 지금 가면보살로 변신할 시간이 없는데?!"

순간 당황한 은혜는 이리저리 움직이다, 우선 누가 왔는지라도 확인하기 위해 아래층으로 내려갔다.

만약 손님이면 조금 기다리게 할 생각이었다.

계단을 통해 다다다— 아래로 내려간 은혜는 문고리를 꼭 붙잡은 채, 문을 열지 않고 물었다.

"누구세요?"

그러자 익숙한 낮은 목소리가 들려왔다.

"누굴까."

"선우 원 씨?"

그의 목소리를 단번에 알아본 은혜가 문을 열었다.

"주은혜."

그리고 문 앞엔, 무언가가 묵직하게 든 봉투를 잔뜩 들고 원이 서 있었다.

"자, 받아."

원은 그가 들고 있던 봉투들을 은혜에게 불쑥 안겨주었다.

"......?!"

"나랑도 떡볶이, 먹자고."

그는 성빈을 떠올리며 살짝 미간을 좁혔다.

"다른 건 뭘 좋아하는지 몰라서 포장마차에서 파는 거, 모조리 사왔어."

"떡볶이 먹자고 온 거예요?"

은혜가 커다란 눈으로 물었다.

그러자 원이 그녀에게로 한 걸음, 가까이 다가섰다.

"아니."

"……?"

놀란 은혜가 주춤, 무의식적으로 그에게서 한 발자국 떨어졌다. 그러자 원은, 다시 그녀에게로 한 걸음, 한 걸음씩 다가갔다.

"난 분명히 말했어. 술 취해서 기억이 안 난다고 해도, 소용없다고."

은혜는 뭔가 이상하다는 듯, 천천히 뒷걸음질 쳤다.

"갑자기 또 무슨 생각으로 이래요!?"

그녀가 뒷걸음질 침에 따라, 자연스럽게 원과 은혜는 점집 안으로 들어섰다. 두 사람이 온전히 점집 안에 들어서자, 원은 점집 문을 닫았다.

그리고,

"네가 나한테 그랬잖아."

철컥―

문을 잠그며 말했다.

"자고 가라고."

이윽고.

그가 가늘게 뻗은 섹시한 눈빛으로, 은혜를 응시하며 덧붙였다.

"난 지금 자고 싶은데."

"뭐, 뭐라구요?!"

우리 집에서 자고 갈래요? 357

은혜가 입을 떡 벌렸다.

내가 정녕 그런 말을 했단 말이야?! 분명 술을 마신 뒤, 그에게 무슨 말을 한 건 기억이 나는데…… 그리고 그가 눈앞에, 아주 가까이 있었던 것까지 기억이 나는데.

그리고 그제야.

―우리 집에서 자고 갈래요?
―우리 집에서 자고 갈래요?
―우리 집에서 자고 갈래요?

마블링이 된 것처럼 어질어질하면서도 흐릿했던 기억이 두둥실 떠올랐다. 뭔가 엄청난 말을 했던 것 같은 불길한 기분이 들더라니, 역시나였다. 차라리 정말 모른 척할 수 있도록 끝까지 기억이 안 나기라도 하면 좋을 텐데! 다른 건 몰라도, 이 한마디는 어째서인지 서서히 기억이 난다…….

"딱히 바로 부정은 안 하는 걸 보면, 기억은 하나 보네."

원이 가볍게 입매를 말아 올렸다.

"그러니까……."

아니, 정말 전엔 늘 자동으로 필름이 끊겼는데 어째서 기억이 나는 거냐고! 어쩌지. 전처럼 필름이 끊겨서 하나도 기억이 안 난다고 핑계를 댈까.

그러나 그런 은혜의 머릿속을 들여다본 것인지, 원은 은혜가 빠져나갈 구멍을 원천봉쇄했다.

"다시 말해 줘? 기억 안 난다고 해도 소용없다고 했잖아."
"으……."
은혜는 눈을 꾹 감았다.
원이 농밀한 눈빛 안에 그녀를 가뒀다.
심장이 바짝 조여드는 느낌이다.
"그래요! 기억나요!"
차라리 쿨하게 인정하고 넘어가는 편이 나을 것 같았다. 보나 마나 또 곤란해하는 자신의 반응을 재미있어하며 놀리려는 심산이 뻔했기 때문이었다.

은혜는 뜨뜻한 떡볶이와 순대, 그리고 각종 튀김들이 잔뜩 들어 있는 봉투들을 꼭 끌어안았다.
그리고 흠흠, 목을 가다듬고는 볼멘소리로 대답했다.
"그냥, 내가 술에 취해서 헛소리했다고 생각해요. 나 막, 남자한테 자고 가라고 그러는 여자 아니에요. 아마 그때 선우 원 씨도 그래, 술! 술 같이 마셨으니까 걱정돼서 했던 말이었을걸요? 맞아. 그거예요."
"그래서 뭐."
꽤 조리 있게, 그리고 논리정연하고 타당하게 잘 설명한 것 같은데 생각보다 그의 반응은 뜨뜻미지근했다. 순간 당황한 은혜는 만족스러워하던 표정을 지우고는 대꾸했다.
"그래서, 오해하지 말라…… 는 그, 그런 얘기죠!"
"그게 중요한가? 어쨌든, 넌 나한테 자고 가라고 했고 난 낮보단, 밤이 더 좋으니까. 다음으로 미루려고 했는데……."

"……?"

원이 청량과 강구를 떠올리며 말을 이었다.

"어쩌다 보니, 오늘 또 오게 됐네."

그가 여유롭게 눈웃음을 지었다.

"넌 내가 다시 온 게 싫어?"

그리고 다시 깊고도 맑은 눈으로 물어왔다. 그의 시선은 오로지 한곳을 향해 있었다.

바보처럼 그런 그의 따뜻한 시선에, 심장이 여리게 뛴다.

그의 눈동자는 처음 봤을 때 느꼈던 것처럼, 여전히 그 깊이를 가늠할 수 없다. 마치 심장 깊숙한 곳까지 들여다보는 기분. 이러다 눈치 없이 뛰는 심장을 들켜버릴까, 겁이 날 정도였다.

이윽고 그녀가 살짝 고개를 돌리며 대답했다.

'당신이 온 게 싫은 게 아니라…….'

"그냥 당신한테 낮에 술을 마시고 그런 말을 한 게, 부끄러워서 그러죠. 모습이 엉망인 상태에서 선우 원 씨가 와서 너무 갑작스럽기도 하고. 무엇보다도……."

"……?"

원이 의아한 표정을 지으며 은혜를 지켜보던 사이, 은혜가 두 눈을 꾹 감고 외쳤다.

"내가 멀쩡한 상태에서 자고 가라고 유혹할 때. 그리고 좀 더 예쁘게 하고 있을 때 자고 가란 말이에요!"

"푸흡."

원이 툭 웃음을 터트렸다.

정말, 귀여워서 미칠 것 같다.

너무 귀여워서…… 안아주고 싶다.

그는 쿡쿡 터져 나오는 웃음을 애써 눌렀다.

조금만 더 놀려볼까.

곧 원은 단호하게 고개를 저었다.

"안 돼. 그때까지 못 기다려."

"……?!"

"이제 문도 잠갔으니까, 2층으로 올라가 볼까."

원이 은혜의 손을 잡았다. 그리고 그녀를 데리고, 2층으로 향하는 계단을 한 걸음씩 밟아 올라가기 시작했다.

강구가 손가락으로 망원경 모양을 만들어 차창 밖으로 어딘가를 보곤, 작게 외쳤다.

"예스!"

차는 원의 눈에 띄지 않게 한구석에 세워둔 채였다.

"다행히 점집으로 들어가시네요."

청량도 차창 너머 강구와 함께 유심히 그쪽을 보고 있었다.

"사장님이 혼자서라도 그냥 자택으로 돌아가시면 어쩌나 했는데. 역시 참새는 방앗간을 그냥 못 지나치는 법이죠? 후후."

원이 은혜를 만나고, 점집 안으로 들어간 것을 본 강구는, 그제야 만족스럽다는 얼굴로 다시 차를 몰기 시작했다.

그러나 청량은 마냥 마음이 편하지만은 않았다.

─제가 한번 사장님과의 자리를 만들어보겠습니다. 그때까지만 기다려주십시오. 하윤아 씨.

윤아에게 약속한 것이 있기 때문이었다.
아까는 원이 갑자기 다른 말을 꺼내는 바람에 제대로 말조차 꺼내지 못했다.
후우.
청량은 가만히 낮은 숨을 내쉬었다.
하지만, 자신이 수백 번 말한다고 해도 원은 또다시 그가 그어 놓은 선을 넘어가지 못할 수도 있었다. 그러다 보면…… 시간은 흘러, 다시는 되돌릴 수 없을지도 모른다.
청량은 한없이 복잡해져 가는 머릿속을 정리하려 노력했다.
원을 믿고 기다리고 싶지만, 자꾸만…… 안녕을 고하는 윤아의 얼굴이 떠오른다. 원이 쉽사리 발을 떼지 못한다면, 자신이라도 그를 도와야 하지 않을까.
만약 잘못 나섰다가…… 서로에게 상처가 되는 일을 만든다면, 그땐 어쩌지.
그러나 곧, 청량의 마음에 굳은 결심이 섰다.

─너무 늦지 않게요. 제가 여행을 떠나면 연락을 받을 수 없을지도 모르거든요.

주제 넘는 일일지도 모르지만.

원을 선 밖으로 밀어버리기로.
청량은 메마른 목으로 침을 삼켰다.
너무 늦어버리면, 영영 진실을 말할 기회를 놓치게 될 테니까.

\*　　\*　　\*

"뭐야. 왜 아직도 깜깜무소식이야."
아직 소파 위에 두고 간 자신의 휴대폰을 보지 못한 건가.
아침이 되어서야 잠을 잤기 때문에 혜리는 늦은 밤, 몸을 일으켰다.
따로 찾아온 사람은 없었으니, 아직 별다른 반응이 없다는 건 확실했다.
혜리는 뜨거운 커피를 마시며 입술을 앙다물었다.
"연락이 오면 직접 찾으러 가겠다고 하려고 했는데. 아무래도 직접 가봐야겠네."
그녀는 우선 샤워부터 하기 위해 머리를 틀어 올리며 자리에서 일어났다.

샤워를 마친 뒤, 립스틱 색까지 세심하게 신경을 쓴 후. 원을 찾아가기 위해 룸을 나섰지만 그는 부재중이라고 했다. 그의 비서도 보이지 않았다. 그래서 결국 다시 룸으로 돌아올 수밖에 없었다.
생각해 보니, 마치 그를 보려고 안달 난 사람처럼 서두를 것도 없었다. 좀 지루하긴 하지만, 남는 게 시간이었으니까.

누구보다도 많은 시간을 가진 사람으로서, 천천히, 여유를 가지고 기다리는 것도 나쁘지 않았다.

대신 혜리는 레드벨벳 색의 소파에 앉아, 와인을 따르며 아침에 쓰다가 막힌 부분을 골똘히 고민했다.

얼마 전에 쓰던 작품을 완결 마감한 후, 전에 따로 저장해 둔 이야기로 새 작품을 쓰고 있었다. 필명 리혜로서, 다음 19금 로맨스 신작으로 선보일 「야한 그대」였다.

선우 원 사장을 처음 만났을 때, 번뜩 떠오르던 이야기.

처음엔, 그 이야기를 입맛대로 써가는 게 너무나 재미있었다. 물론 그와 자신의 정체에 대해선 아주 은밀하게 픽션을 버무렸다.

"대체 왜 이렇게 안 써지는 거야."

하지만 이상하게도 지금은 당최 잘 써지지가 않았다. 어제 호텔에서 본 선우 원 사장의 여자 때문일까.

그에게 사랑하는 여자가 있으리라고는 생각지도 못했다. 공혜리가 그런 평범해 빠진 여자를 신경 쓴다는 것 자체가 말이 안 되긴 했지만, 여주인공에 자신을 대입하고 쓰던 소설에 진짜 여주인공이 등장한 기분이었다. 그가 이미 다른 여자에게 마음을 준 걸, 무의식적으로 알고 쓰기 때문인지도 모른다.

점점 더 그가 갖고 싶어지고, 이제 가져볼까 마음을 먹은 것을 넘어서서…… 왜 그가 다른 사람을 보고 있다는 게 기분이 나빠지는 건지.

하지만, 더 기분이 나쁜 건……, 선우 원. 그를 생각할수록 다시 만나고 싶고, 설핏하게 심장이 뛴다는 것이다.

혜리는 지그시 입술을 머금었다.

글이 안 써지는 일은 거의 없어서 짜증이 두 배였다.

그러던 중, 그녀의 룸 초인종이 울렸다.

"……?"

찾아올 사람이 없는데.

"누구세요?"

혜리가 의아한 얼굴로 문을 열었다.

말끔하게 로열 호텔 유니폼을 입은 남자 직원이었다.

"안녕하세요. 실례지만, 이걸 전해드리라 하셔서 전해드리러 왔습니다."

혜리는 호텔 직원이 건넨 물건을 받아들었다.

사장실에 두고 간 자신의 휴대폰이었다.

"네, 감사해요."

혜리의 얼굴이 어두워졌다.

"그럼 이만 가보겠습니다. 언제든지 불편한 사항이나 원하시는 사항이 있으시면, 말씀해 주세요."

호텔 직원은 정중히 그녀에게 고개 숙여 인사를 하곤, 돌아가려 했다.

하지만, 혜리가 그를 불러 세웠다.

"잠깐만요."

"……?"

그녀의 목소리에, 직원은 깍듯한 태도로 다시 그녀의 앞에 돌아왔다.

"무슨 일이십니까?"

"저, 그러니까. 이 휴대폰."

"······?"

"이 휴대폰, 누가 저한테 전달하라고 지시하신 건가요?"

"예? 아······."

갑작스러운 혜리의 물음에, 호텔 직원은 잠시 고민하는 듯했다.

"괜찮으니까 말해 주세요."

"이곳 로열 호텔 비서실장님이십니다. 자세한 건 저도 잘 모르지만, 고객님께서 두고 가신 걸 발견했다고 하셨습니다."

원의 지시를 받은 청량이, 원과 함께 호텔 밖으로 나가면서 그녀의 룸으로 가져다주라고 했던 것이었다.

"그렇군요."

혜리가 나직이 말했다.

\* \* \*

"자, 잠깐만요!"

집 현관문을 열려던 은혜가, 그를 붙들어 세웠다. 거실 바닥이 엉망인 상태라는 것이 생각났기 때문이었다.

은혜는 원이 잡고 있던 손을 놓았다. 그리고 재빨리 문을 열고,

다시 닫은 후 외쳤다.

"딱 5분만 기다려요. 알았죠?"


5분 후.

정확히는 10분 정도 기다렸던 것 같다.

원은 팔짱을 낀 채, 현관문 옆에 기대 서 있었다.

문이 열리고, 은혜가 어색하게 웃으며 나타났다.

"설마, 내가 오기 직전까지 잤던 건 아니겠지."

가만히 생각해 보다, 상황을 짐작한 원이 물었다.

"요새 아주 막 나가시는 가면보살님이시네. 그럼 오늘 장사도 땡땡이 친 거 아냐?"

원이 쿡쿡 웃었다.

"아니거든요? 갑자기 선우 원 씨가 우리 집에 와서 그래요! 원래는 바로 치우려고 했는데, 그리고 막 장사하려고 하는데. 선우 원 씨가 왔잖…… 아요."

은혜는 원을 귀엽게 노려보다가, 말끝을 흐렸다.

그러자 원이 빙그레 웃으며 대답했다.

"네가 자.고.가.라.고. 했으니까."

마치 그 순간 그의 표정은, 흡사 장난기 가득한 악마 같았다.

처음 만났을 때의 그 싸가지 재벌이 맞는지, 의심스러울 정도였다.

"뭐, 내가 쓰러졌을 때 한 번. 신세를 진 적이 있긴 하지만……."

원이 싱긋 웃으며 말했다.

"이번엔 제대로 주은혜 씨 집에서, 한밤을 보내게 됐네."
"……?!"
"주은혜."
그가 나직이, 은혜를 불렀다.
"전처럼, 내가 들어서 침대에 옮겨다주길 바라?"
그리고 그녀에게 가까이 다가올 즈음, 은혜는 재빨리 그의 주위를 돌렸다.
"떡볶이! 맞아, 떡볶이 그냥 두면 불 것 같은데. 같이 안 먹을래요? 아— 갑자기 너무 배가 고프네."
"떡볶이?"

원은 포크를 들고 가만히 은혜를 노려보았다.
역시 쉽게 넘어오지 않는 주은혜다. 그녀가 당황하는 모습이 재미있어서 불쑥 다가가곤 했지만, 이젠 그마저도 쉽게 당하지 않는다.
"맛있어……?"
작은 상을 펴 놓은 채, 신나게 떡볶이를 먹는 은혜를 보며 원이 살짝 눈썹을 찡그린 채 물었다.
그러자 은혜는 곰곰이 생각했다.
잠을 자고 일어난 직후라 그런가. 왠지 모르게 뱃속이 허했고, 매콤 달콤한 떡볶이는 야식으로 딱이었다.
곧 은혜는 예쁘게 웃으며 대답했다.
"선우 원 씨가 사다 줘서 그런지, 맛있네요."

"……."

은혜의 미소를 마주한 원은, 잠시 그녀를 빤히 바라보았다.

그녀가 웃고 있는 모습을 보니 박하사탕을 머금은 듯, 시원해진다.

"선우 원 씨도 좀 먹어요. 떡볶이 국물에 순대 찍어 먹으면 진짜 맛있어요. 혹시 선우 원 씬, 떡볶이 싫어해요?"

"아니. 난 괜찮아."

뭐라도 먹고 왔나? 은혜가 고개를 갸웃했다. 그러다 그녀는 어느새 다시 행복한 표정으로 그가 사온 떡볶이와 순대, 그리고 튀김들을 와구와구 먹었다.

은혜가 잘 먹는 모습을 보자, 원은 어렴풋이 미소를 지었다.

그러고 보니.

원은 문득 다시 기억난 장면에, 눈썹을 꿈틀거렸다.

"전에. 그 녀석하고 같이 떡볶이, 먹었었지."

"누구요? 아. 성빈 씨?"

"그래."

"자."

이내 원은 자신이 들고 있던 포크로 떡볶이를 찍어 은혜에게 건넸다.

"?"

은혜가 오물거리던 입을 멈추고 그를 바라보았다.

"내가 주는 게 마지막이니까, 앞으로 다른 남자가 주는 건 먹지 마."

그가 그녀의 입술 앞에 떡볶이를 가까이 가져가며, 말했다.

그의 귀여운 발언에, 이번엔 은혜가 푸흡, 웃음을 터트렸다.

"내가 먹을게요."

은혜는 떡볶이를 받아먹는 대신, 원이 건넨 포크를 잡으려고 했다. 하지만 원은 고개를 저으며 포크를 내주지 않았다.

"입으로 먹여 줄까."

"……!"

그의 말에, 은혜는 잠시 멈칫했다.

"얼른 줘요."

금세 얼굴이 빨개질 것 같아서, 그녀는 곧바로 어색하게 입을 벌렸다. 원은 피식 웃으며 그녀의 입 안에 떡볶이를 넣어주었다. 그리고 그 과정에서, 은혜의 입술에 떡볶이 국물이 묻어버렸다.

"칠칠맞지 못하긴."

원이 엄지손가락으로 은혜의 입술을 닦아주었다.

갑작스럽게 그가 입술에 손가락을 얹자, 은혜는 자신도 모르게 침을 꿀꺽 삼켜버렸다. 그리고 왠지 모르게 부끄러워진 마음에, 급히 다른 것을 물었다.

"선우 원 씨는 배 안 고파요? 저녁 먹고 왔어요?"

"아니."

"그럼 뭐 다른 거 줄까요?"

이번에도 무심히 아니, 라고 답하려던 원은 가만히 입술을 달싹이다, 입가에 의미심장한 미소를 띠곤 답했다.

"응."

이내 그의 시선이 은혜의 도톰한 입술에 고정되었다.

"......?"

은혜가 눈을 동그랗게 뜨고 그를 응시했다.

아직 입술에 뭐가 남아 있나.

그녀는 손으로 입술을 매만졌다.

"주은혜. 이리 와봐."

불현듯 원이 그녀에게 가까이 오라는 듯 손짓했다.

"......?"

은혜가 두 눈을 깜박였다.

"왜요? 뭐 비밀스럽게 해야 하는 이야기인 거예요?"

그리고 약간은 의심스러운 기색과 함께 그에게로 얼굴을 가까이 들이밀었다.

"혹시 사람이 먹을 수 없는 뭐, 그런……."

그 순간. 갑자기 뭔가 보드라운 것이, 그녀의 말문을 막았다.

놀라긴 했지만, 그렇다고 당황스럽지도 않을 만큼,

폭신하고도 부드러운…….

그의 입술……?!

그대로 은혜의 동공이 확대되었다.

이내 원이 입술을 떼곤,

씨익 웃으며 말했다.

"아, 배부르다."

"진짜 이러기예요?"

은혜가 포크를 꽉 쥐고는 입술을 앙다물며 물었다.

"잊었어? 나한테는 입술이 가장 중요한 거."
"그, 그래도! 이렇게 갑자기……."
문득 은혜가 뭔가 생각났다는 듯, 그와 눈을 마주쳤다.
"그러고 보니 기가 빠져나간다는 그런 느낌은 없었는데."
그러자 원은 피식 웃으며 담담하게 말했다.
"당연하지. 아무것도 안 마셨으니까."
"왜요?"
팔짱을 낀 채, 상 위에 올려둔 원은 다시 그녀 쪽으로 상체를 기울였다.
"그럼 마셔서 주길 바라? 사실, 어떤 여자한테 이전에 마셨던 주은혜의 기를 빼앗겨서 그런가. 슬슬 갈증이 나고 있긴 해."
하지만 은혜는 그의 입에 떡볶이를 넣어주며 단호히 대답했다.
"아직 참을 만하면 그냥 버텨요!"
마음대로 키스한 죄다.

\* \* \*

호텔 직원이 돌아가고, 휴대폰을 쥔 채 룸으로 들어온 혜리는 가만히 소파에 앉았다.
"찾아갈 필요도 없이, 언제 알아서 전달해 주셨네."
조용히 눈썹을 구기던 혜리는 이내 청량에게로 전화를 걸었다.
["네, 이청량입니다."]
"저예요. 공혜리. 뭐, 작가 리혜이기도 하지만요."

[ "아, 안녕하세요. 작가님. 그렇잖아도 따로 연락드리려고 했습니다. 휴대폰을 룸으로 전달해드리라고 지시하고 갔는데, 잘 받으셨습니까." ]

"네, 방금 받았네요. 두고 온 걸 모르고 있다가, 찾아가려고 했더니…… 사장님께서, 안 계신다고 하시던데."

혜리는 말끝을 늘이며 청량의 대답을 기다렸다. 그가 선우 원 사장에 대해 뭔가 말해 주길 기다리는 것이었다.

[ "사장님을 찾아오셨었군요. 그때 사장님이 안 계셨다면, 호텔에 출근하기 전이셨거나, 이미 퇴근하신 것일 텐데…… 찾아오신 시간이 어떻게 되십니까? 얼마 전까진 호텔에 계셨다가, 퇴근하셨습니다." ]

얼마 전까진, 호텔에 있었다고?

혜리가 팍, 입매를 구겼다.

근데 나한테 따로 연락도 없이, 비서를 통해 휙 휴대폰만 전해 줘? 뭐 이런 똥매너가 다 있어? 나한테 분명 아쉬운 게 있을 텐데……?

혜리는 들리지 않게 실소를 내뱉었다.

물론 어제 그 여자를 따라가면, 당신의 정체에 대해 말해 주지 않겠다고 하긴 했지만. 그래도 휴대폰을 두고 갔으니 전해준다고 할 겸, 다시 자신을 만나보려는 노력조차 하지 않다니.

그가 휴대폰을 핑계로 다시 자신을 만나게 하는 것. 그게 그녀의 궁극적인 계획이었다.

혜리는 기가 차단 기색을 억누르며 차분하게 대답했다.

"아…… 그러셨군요. 저하고 타이밍이 안 맞았나 보네요. 혹시 별다른 말씀은 안 하시던가요. '어제 일'에 대해서."

[ "……." ]

그녀의 물음에 청량은 잠시 대답이 없었다.

원은 앞으로 리혜를 만날 일이 없다고 말했지만, 리혜란 작가는 사장님의 정체에 대해 알고 있는 여자. 비즈니스를 넘어서서, 그동안 그를 고통 받게 했던 '비밀'에 대해 알 수 있는…… 유일한 기회였다.

이내 청량은 원이 전하라 했던 말을 곧이곧대로 전하지 않았다.

[ "리혜 작가님께서 사장님께 실망을 하신 것 같다고 하셨습니다. 그래서 리혜 작가님께서 사장님을 만나고 싶지 않을 거라 하시더군요." ]

"……?"

순간 리혜의 동공이 커졌다.

그래서 휴대폰도 직접 전해주지 않고, 내가 불편해할까 봐 배려 차 비서를 통해 전해 준 건가?

불현듯 기가 찼던 기분이 사르르 사라지는 느낌이었다.

"뭐……."

헤리는 잠시 뜸을 들였다. 말은 그렇게 하고 사라졌어도, 그래도 자신의 생각은 하고 있었다는 뜻. 그리고 그것은 조금만 여지를 준다면, 그가 다시 자신을 만나러 올 거라는 뜻도 되었다.

이윽고 리혜는 커피 잔의 둥근 입구를 검지 손가락으로 스윽 훑으며 말했다.

"사실 제가 급작스럽게 사장님을 당황하게 한 사실도 있으니."

["……?"]

"사장님께 전해주세요. 저는 서로 원점으로 돌아갈 의향이 있다고."

## 11.
## 너와 이 밤을
## 보낼 수 있을까

"네. 퇴원했다는 말씀이시죠? 네, 알겠습니다."

누군가와 통화를 마친 성빈이 낮게 대답했다.

어쨌든, 괜찮아졌다니 다행이다.

성빈은 파리하게 살짝 미소 지었다.

"성빈!!"

만나기로 한 장소에서 기다리던 은후가 성빈을 향해 해맑은 얼굴로 손을 흔들었다. 은후를 발견한 성빈은 휴대폰을 넣고, 저벅저벅 그를 향해 걸어왔다. 평소 사람이 많은 곳이라 그런지는 몰라도 거리가 무척 붐볐다.

"짜식. 너 그래도 클럽 간다고 힘주고 나왔냐? 오늘따라 왜 이렇게 멋있냐. 설레게."

성빈을 위아래로 훑어본 은후가 흐뭇하다는 듯 씩 웃었다.

"쓸데없는 소리 하지 마."

늘 순둥순둥함이 매력이었던 성빈은 오늘따라 시크함이 물씬 느껴졌다. 잘 맞춰 입은 블랙 스타일의 옷이 그런 그의 분위기를 더욱 받쳐주는 듯했다.

이내 은후는 성빈의 어깨에 팔을 턱, 걸치며 말했다.

"오늘 신나게 놀고! 기분 좀 풀어. 놀다가 마음에 드는 여자애 있으면, 얘기도 해 보고. 세상에 여자가 얼마나 많은데 그러냐?"

그러게 말이다. 그렇게 쉽게 잊히고, 쉽게 다른 사람을 좋아할 수 있다면…… 정말 좋을 텐데.

또다시 은혜를 떠올리게 됐다.

지금쯤 그 남자와 함께 있을까.

"무겁다."

성빈은 대답 대신 어깨 위에 걸쳐진 은후의 팔을 가볍게 떨궈 냈다.

"나쁜 놈."

은후가 민망해진 자신의 팔을 흘깃 보고는 앞서 걸어가는 성빈을 쫓아갔다.

"야 같이 가! 너 어딘지는 알고 가냐아!?"


"여기야. 요즘 핫하다는 그 클럽."

화려한 형형색색의 조명. 귀가 아플 정도로 큰 음악 소리. 먹고 마시며 뜨거운 분위기를 즐기는 남녀. 그들 사이로 성빈이 천천히 걸어 들어오자, 무의식적으로 여자들의 시선이 그에게로 집중되었다.

"너 때문에 오긴 했는데……."

은후와 함께 클럽 안으로 들어선 성빈은 무심하게 주위를 둘러보았다.

"아 뭐? 넌 일단 입장했으니까, 퇴장 불가야. 왜냐? 내가 안 보낼 거거든. 우선 앉자."

은후가 성빈을 끌고 오다시피 하곤, 빈자리를 찾아 앉았다.

이런 곳을 그다지 좋아하지 않는 성빈은 약간의 한숨과 함께 자리에 앉았다.

괜히 온다고 했나. 정신없이 돌아가는 조명, 시끄러운 음악 소리에 가뜩이나 아팠던 머리가 더 지끈거려 오는 것 같았다.

그리고 시간이 흐르면서 지끈거림은 배가 되었다.

"저기 너무 마음에 들어서 그러는데, 혹시 그쪽 번호 좀 알 수 있을까요?"

그가 등장하자마자, 그를 눈여겨보았던 여자들이 하나둘씩 그에게 다가온 것이었다. 그 이후로도 줄줄이,

대시를 비롯해 그와 같이 합석하고 싶다는 눈치도 여러 번, 같이 스테이지에서 춤을 추자고 제안하는 여자들도 여러 명이었다. 심지어는 몰래 사진을 찍으려 하는 여자도 있었고, 전의 그 여학생 무리처럼 SNS에서 봤다며 호들갑을 떠는 여자들도 있었다.

성빈은 귀찮아하는 기색을 잔뜩 내보이곤, 어느새 테이블을 벗어나 춤을 추고 있는 은후를 응시했다. 은후는 자신과 달리, 아주

신나 있었다. 그는 여태껏 다가온 여자들과 언제 친해졌는지, 함께 희희낙락 중이었다.

서은후. 이러려고 날 데려온 거였군.

성빈은 미간을 좁힌 채, 혼자 술을 한 모금 마셨다.

"하. 힘들다."

테이블로 돌아온 은후가 술을 벌컥 벌컥 들이켜고는, 땀을 닦았다.

"윤성빈. FM 레지던트 티 내지 말고 너도 좀 놀아라!"

"너나 신나게 놀아. 아주 네 구역인 것처럼 잘, 놀던데."

성빈이 싱겁게 웃고는, 은후를 뚫어져라 바라보았다.

그런데. 은후를 보면서 왜 자꾸만 은혜가 떠오르는 걸까.

술을 마시고 있으니, 그녀와 함께 소주 한 잔을 나누었던 기억도 떠오른다. 갑자기 자신을 뚫어져라 보는 성빈의 시선에, 은후는 움찔하고는 괜한 헛기침을 했다.

"뭐, 놀러 왔으니까 노는 거지! 여태 계속 병원일 하면서 그동안 얼마나 스트레스가 쌓였냐."

성빈이 그에게서 시선을 거두었다.

은혜가 이런 곳에 있을 리가 없는데, 은혜와 닮은 여자를 본 것처럼 시선이 흔들린다.

명색이 정신과 의산데, 정신이 이상해졌나.

성빈은 정신을 차리기 위해, 두 눈을 굳게 감았다 떴다. 그리고 남아 있던 술을 모두 마셔버리곤, 자리에서 일어났다.

"아무래도 난, 오래 못 있겠다."

"뭐?"

"술을 마시면 좀 나아질까 했는데. 술로도…… 해결이 안 되네."

클럽에서 나온 성빈은 다시 집으로 돌아가려 멍하니 길을 걸었다. 입김을 내보내며 인파 속을 뚜벅 뚜벅 걸어가다가, 그는 문득 이곳 근처에 은혜의 점집이 있다는 것을 깨달았다.

이젠 온전히 몸이 괜찮아진 건지 궁금했고, 또 보고 싶은데…… 아주 잠깐만 얼굴만 보고 가면 안 될까?

성빈은 재킷 주머니에 손을 넣으며 외로이 고민했다.

잠깐만 들렀다 가는 거다. 아주 잠깐만. 결국 작게 읊조린 성빈은 이끌리듯, 그곳을 향했다.

\*   \*   \*

"몰라. 이제 될 대로 되라고. 내가 누굴 위해 아빠를 배신해 가면서까지 중요한 정보를 알려줬는데. 선우 원, 네가 감히 귓등으로도 안 들어?"

억지로 야간자율학습을 마친 린은 가방을 메고, 교문을 걸어 나왔다.

"확 학교고 뭐고, 비행기 타고 외국으로 도망쳐버리고 싶네."

린의 긴 생머리가 백 팩 위에서 찰랑였다.

고등학교는 졸업하고도 남았을 나이에, 책가방이나 메고 꼬박 하루 종일을 학교에서 보내야 한다니.

린은 발 앞에 걸린 깡통을 차며 걸었다.

"뭐야. 또 데리러 왔어?"

그러다 요즘 들어서 꼬박꼬박 자신을 데리러 오는 차를 발견했다. 린이 두 눈을 가늘게 떴다. 오늘은 곧바로 집에 들어가고 싶지 않은 날이었다. 린은 가만히 머리를 굴리더니, 머리를 틀어 올리듯 묶고, 교문을 빠져나가는 학생들 사이에 꼈다.

작전은 성공이었다.

린은 아이스크림을 먹으며 번화가를 돌아다니고 있었다.

마음 같아선 클럽이라도 가서 놀고 싶었지만, 교복을 입고 있으니 그것도 안 되고. 대신 길거리 공연도 보고, 밖에 진열하고 파는 물건들을 구경했다. 걷다가 힘들면 가만히 앉아 사람 구경도 했다.

돌아보면, 모두 늘 혼자 하던 일이었다. 어릴 때 몇 번 오빠와 함께 거리를 거닐곤 했지만, 이젠 그것도 옛일. 하지만 혼자라도 괜찮았다. 어쩌면 혼자인 게 익숙한지도 몰랐다.

어쨌든 그래도 이렇게 자유롭게 돌아다니는 시간이 좋을 뿐.

문득 린은 가끔 자율학습을 빠지고 떡볶이를 먹으러 왔던 포장마차 앞에 멈춰 섰다.

그러고 보니, 저기서 처음 만났었다.

그 남자.

그땐 꽤 우울해 보였는데.

린은 아이스크림을 쥐고 성빈을 떠올렸다.

"그때 이후로 연락이 없네."

그리고 그때.

점집이 있던 거리를 지나치던 린은, 저 멀리 가면보살이란 점집의 문 앞에 서 있는 누군가를 보고, 무심결에 그 자리에 멈춰 섰다.

"윤…… 성빈?"

점집 앞에 한참을 서 있던 성빈은, 문을 열려다 멈칫했다.
불현듯 은혜와 헤어질 때 했던 말이 떠올랐기 때문이었다.
많이 당황했을 텐데.
하지만 점집문은 잠겨 있었다. 역시 오늘도 없는 건가.
성빈은 차가운 숨을 내쉬곤, 돌아섰다.
어쩔 수 없이 돌아갈 생각으로 몇 걸음 걷다가, 그는 무심결에 뒤를 돌아 위를 올려다보았다.
다시 보니…… 2층은 불이 켜져 있는 것 같았다.
혹시 몰랐다.
성빈은 다시 점집 문 앞으로 발길을 돌렸다.

\* \* \*

"커피 마실래요?"
은혜가 커피포트에 물을 올려놓으며 물었다.
"……"
그러나 원은 대답이 없었다.

자세히 보니, 그는 어언간 소파에 누워 눈을 감고 있었다.
"잠들었나……?"
의아해하며 입술을 씰룩이던 은혜는 그제야 생각난 사실에, 입술을 살짝 벌렸다.
"어제 나 때문에 밤 새웠었지……."
그를 자고 가게 할 생각은 없었는데, 마음이 여려지고 말았다. 조금만 눈이라도 붙이게 할 생각으로 은혜는 개어둔 담요를 가져와 그에게 덮어주었다. 그리고 자신은 커피를 한 잔 타러 가기 위해, 몸을 돌렸다.
하지만 그 순간,
탁―
원이 그녀의 손목을 잡았다.
"……?!!"
그리고 그녀를 확 잡아당겨 끌어안으며, 자연스레 돌아누웠다.
"안 잤어요?"
그의 품에 갇힌 은혜가 원의 얼굴을 바라보았다.
대답 대신, 원은 그녀를 조금 더 가까이 끌어안았다.
좁은 소파였기에 더욱 밀착해서 안을 수밖에 없다는 듯이.
깊은 울림과 함께 일정한 간격으로 뛰고 있는 그의 심장박동 소리. 그의 품에서 나는 좋은 향기.
은혜는 말없이 그의 품에 젖어들었다.
그러나 그것도 잠시.
원이 그녀의 위로 올라타듯 몸을 일으켰다. 그리고 말했다.

"역시…… 못 참겠어."

"……?"

은혜의 눈동자에 원의 동공이 담겼다.

"주은혜."

원이 나직하게 그녀를 불렀다.

그의 목소리는 늘 낮았지만, 언제부터인가 다정하게 느껴졌다. 그래서 이제는 그가 이름을 불러주는 것만으로도 콩닥콩닥 묘한 심장반응이 일어났다.

어쩌면, 정말 완전히 이 남자에게…… 중독되어 버린 건 아닐까.

은혜도 마른침을 꼴깍 삼켰다.

원이 부드러운 미소와 함께 입술을 뗐다.

"왜 이젠 안 놀라?"

"내가 뭘요."

"항상 내가 이렇게 나오면, 발버둥 쳤잖아."

살짝 풀어놓은 와이셔츠 사이로, 그의 단단하고 너른 가슴이 은밀하게 드러났다.

"혹시 아직 술 안 깬 거야?"

그의 물음보다, 자신의 시선이 어느새 그의 가슴으로 가 있다는 사실에 스스로 놀라, 은혜는 서둘러 대답했다.

"아니거든요! 이젠 익숙해질 때도 되었나 보네요!"

아, 그래? 원이 살짝 입술을 벌렸다.

그의 눈동자가 투명하게 빛났다.

깊은 눈으로 은혜를 내려다보던 원은, 가만히 마른침을 넘겼다. 서서히 참을 수 없는 갈증이 밀려들어 왔다. 은혜의 기가 아닌, 혜리의 기를 마시게 되어서 그런 듯했다. 혜리의 색기가 가진 효력은 하루가 되니 다한 느낌이었다.

역시 은혜의 기는, 아주 많이 특별했다.

생각에 잠긴 그의 낮은 숨소리가 들려왔다.

은혜는 볼을 붉히며 어색하게 두 눈을 깜박였다.

"뭘…… 못 참겠다는 건데요?"

누운 상태에서 그를 올려다보는 건, 어쩐지 더욱 가슴이 두근거렸다. 단단한 팔이, 그녀의 옆에서 버티고 있었다.

여운을 둔 느릿한 목소리가 젖어들 듯 다가왔다.

"정중히…… 부탁드립니다."

이윽고 원은 은혜의 입술 위로 닿지 않을 만큼만, 제 입술을 가져갔다. 그리고 물었다.

"마셔도 될까."

은혜의 시선이 그의 가늘어진 눈동자에 고정되었다.

"너의 기."

그의 시선은 은혜의 입술에 닿아 있었다.

그럼…… 아까 말했던 게, 장난이 아니었던…….

"그런 건, 이제 묻지 않아도 되는데."

은혜의 팔은, 가만히 그의 허리를 붙잡았다. 손길을 느낀 원이 주춤했다. 그러다 우연인 듯 은혜와 원이 묘한 시선을 부딪쳤다.

이 순간. 누구의 심장이 뛰고 있는지 알 수는 없었다.

갑자기 스파크가 터지며 갑자기 온몸이 불타오르는 것만 같았다. 서로를 닮은 가슴이 터질 것만 같았다.

이윽고.

"읍―."

짧은 은혜의 신음과 함께, 이내 원의 숨결이 은혜의 입술 사이로 섞여 들어갔다. 그리고 서서히 빠져나가는 은혜의 기가 원의 가슴 깊숙이 번졌다.

그가 더욱 짙은 키스를 해 나갈수록, 벌어진 입술 사이로 붉은 기가 빠져나가면 나갈수록.

몸이…… 달아오른다.

카페인 음료를 한꺼번에 많이 마신 것처럼 심장이 여느 때보다 쿵쾅거렸다. 의아한 마음도 잠시, 점점 더 그에게 취해가는 느낌이 은혜를 사로잡았다.

은혜의 작은 손이 원의 옷자락을 더욱 꽈악 붙잡았다.

멈추지 않는 키스. 원이 은혜의 두 뺨을 감쌌다. 그리고 옆으로 몸을 돌려 누웠다. 좁은 소파 위, 더욱더 밀착된 상태로, 원은 중독될 정도로 끊을 수 없는 이 달콤함을 최대한 조절하며 취해 나갔다.

더 이상 두려움에 떨며, 목숨을 유지하기 위해 했던 키스가 아니었다. 최대한 절제를 하고, 이성을 잃지 않기 위해 여느 때처럼, 아니, 여느 때보다 더 노력하고 있는데.

힘들지가, 않다. 그리고…… 행복하다.

은혜와 키스를 하면 할수록, 그 횟수가 늘어날수록 익숙한 떨림이 느껴지기 시작했다. 여리게 스며든 색기가 온몸을 타고 흐르며, 색을 탐하는 욕구가 온몸을 휘감았다.

불현듯. 봉인하듯 묶어두었던 정욕의 녹슨 쇠사슬이, 툭 끊어졌다.

최대한 조절을 하며 절제를 하려고 했는데, 부드럽게 은혜의 입술을 머금으며 서서히 기를 마실수록. 그토록 억눌러 왔던 키스 이상의 욕구가 가슴을 두드린다.

10년간의 불안한 삶 속.

진정한 사랑을 처음 만나서…….

그 사람이, 주은혜라서…….

뜨거운 심장으로 은혜를 안고 입술을 나누는 이 순간.

견딜 수도, 버틸 수도 없어진다.

원의 눈에 깊은 갈등이 어렸다.

'할 수 있을까.'

원의 동공이 거세게 흔들렸다.

'은혜를 다치지 않게 할 수 있을까.'

관계를 통해 생성되는 더욱 강력하고도 진한 색기는, 이성을 놓아버릴 만큼 달콤할 것이고— 그것은 원을 한순간에 미쳐버리게 만들 수 있었다.

그를 끊임없이 색을 취하는 '악마'로 만들어버릴 수 있었다.

여태껏 두려워했던 진정한 괴물이 된 채, 멈추지 않고 끊임없이 기를 빨아들이면…… 상대는 목숨을 잃는다.

'너와 이 밤을 보낼 수 있을까.'

원의 심장에 퍼져 흐르는 피가 거칠게 솟구쳤다.

그가 갈등하던 그때.

쾅쾅쾅쾅—

아래층에서 누군가 문을 두드리는 소리가 들려왔다.

"……!"

"……!"

동시에, 원과 은혜의 호흡이 끊겼다.

"이 시간에 누구지?"

순간 어색해진 분위기와 함께 은혜가 원을 밀쳐내며 자리에서 일어났다. 여전히 두근거리는 가슴을 속으로 꾹꾹 누른 채, 은혜는 발갛게 물든 볼에 손을 얹었다.

"갑자기 왜 이렇게 더운 거야."

쾅쾅쾅쾅—

그리고 다시 문을 두드리는 소리가 들려왔다.

"나 잠깐 내려갔다 올게요. 여기 꼼짝 말고 있어요? 알겠죠?"

"왜?"

원이 살짝 부스스해진 머리를 쓸어 넘기며 나른한 눈빛으로 물었다.

"왜긴요! 나같이 고귀한 가면보살이 남자와 단둘이! 그것도 밤에 함께 있었다는 걸 알면……!"

"알면?"

원도 자리에서 일어났다. 그리고 흐트러져있던 은혜의 옷매무새를 잘 여며주며 말했다.

"결혼할 사이라고 하면 되지."

다정한 손길. 심장을 건드리는 말투.

겨…… 결혼?

얼굴이라 부르고 토마토라 읽을 만큼, 두 뺨에 열기가 확 올랐다.

"누, 누가 선우 원 씨랑 같이 산대요?"

이내 은혜는 볼에 손을 얹고 후다닥 아래층으로 내려갔다.


"누구시죠?"

혹시 손님일지도 몰라, 은혜는 안에서 차분하게 물었다.

"은혜 씨?"

안에서 들려온 은혜의 목소리에, 성빈이 놀란 눈으로 문 가까이 다가갔다.

"성빈…… 씨?"

성빈의 목소리를 알아챈 은혜가 놀란 얼굴로 문을 열었다.

"다행이다. 드디어 바람 안 맞아서."

은혜의 얼굴을 본 성빈이 환하게 웃었다.

힘들었던 기분이 한순간에 녹아버린 느낌, 그저 얼굴을 보는 것만으로도 가슴이 탁 트이는 느낌이 따뜻하게 번졌다.

'아마 그래서 난 은혜 씨가 보고 싶었는지도 몰라요.'

성빈은 예쁜 미소를 지으며 생각했다.

"성빈 씨가 여길 어떻게……."

은혜는 당황한 얼굴로 성빈을 뚫어져라 바라보았다. 그런데 성빈은 어딘가 분위기가 평소와 달랐다.

"은혜 씨. 이젠 안 아파요?"

성빈은 불쑥, 은혜의 이마에 손을 얹어 보았다.

주춤—

"네……?"

"아."

성빈은 자신도 모르게 은혜의 이마에 대었던 손을, 멋쩍게 떼며 말했다.

"많이, 아팠잖아요."

성빈은 빗속에서 울고 있던 은혜를 말했다.

그러나 은혜는 병원에 누워 있던 것에 대해, 대답했다.

"이제 멀쩡해졌어요. 걱정 안 해도 돼요. 성빈 씨 무거운 나 업고 힘들었죠? 제대로 된 고맙다는 인사도 못 했어요."

—내가 어떻게, 가만히 있어.

—……가슴이 아파서.

성빈 씨가 그렇게…… 가버리는 바람에.

은혜는 그날 성빈이 자신에게 했던 말을 상기하며 그의 눈을 바라보았다. 성빈도 그날 자신이 그녀에게 했던 말을 잊고 있을 리가 없었다. 그는 쓴웃음을 지으며 말했다.

"비가 와서 그런가. 은혜 씨 정말 무거웠던 거 알아요?"
뜬금없는 성빈의 말에, 은혜는 능청스럽게 답했다.
"아하하…… 농담이시죠?"
"진짠데."
"성빈 씨!"
"농담이에요. 그래도 내가 업고 갈 수 있어서, 다행이었어요."
그 남자가 아니라.
"……?"
무슨 뜻이냐는 듯, 묻는 은혜의 표정에 성빈은 차분하게 대답해 주었다.
"그때 내가 없었으면, 은혜 씨 병원도 못 갈 뻔했잖아요."
그 남자가 아니라…… 내가, 있었으니까.
불현듯 성빈의 가슴에 은은한 불꽃이 일었다.
그녀가 괜찮아졌다는 것을 보고 나면, 돌아설 생각이었는데.
어쩐지…… 욕심이 생긴다. 이렇게 계속 은혜의 곁을 지키고 있다 보면, 그때처럼 한 걸음 더. 더 가까이 갈 수 있지 않을까.
은혜를 업고 갔을 때만큼은 오로지 그 기회가 자신을 위해 주어진 것만 같았다.
은혜는 미안했다는 듯, 살짝 아랫입술을 물었다.
"그때 가만히 앉아서 비를 맞고 있던 건 내 잘못이긴 하지만…… 고마워요."
"다음에도, 그렇게 힘들 땐. 나, 불러줘요."
성빈이 손가락으로 전화 모양을 만들어 제 귀에 대며 말했다.

"우리, 친구잖아요."

친구······.

은혜는 잠시 성빈을 바라보더니, 고개를 끄덕였다.

"네. 알겠어요. 그보다 성빈 씨, 여긴 어떻게 찾아왔어요? 아니, 내가 여기 사는 거 어떻게 알았어요?"

"잊고 있었구나."

성빈이 희미하게 슬픔이 어린 눈으로 혼잣말을 했다.

"······?"

"아주 오래전에. 내가 은혜 씨, 여기 데려다줬던 거. 기억 안 나요?"

"네?"

'성빈 씨가 점집까지 나를 데려다줬다고?'

은혜는 가만히 기억을 더듬었다.

"그때 같이 떡볶이 포장마차에서 술 마셨잖아요. 은혜 씨가 소주 한 잔과 함께 엎어지긴 했지만."

"헉."

그제야 번뜩 그날의 기억을 떠올린 은혜는 파노라마처럼 스쳐 지나가는 장면을 하나하나 되뇌어 보았다. 그날 어떻게 집으로 돌아올 수 있었나 했더니, 성빈이 데려다 줬다는 걸 까마득히 잊고 만 것이었다.

은혜가 잠시 멍하니 생각에 잠겼을 때 즈음,

"그리고 한 가지 더."

성빈이 엷은 입술로 희미한 미소를 지었다.

"나 은혜 씨 비밀 하나 더 아는데."

"내 비밀…… 요?"

성빈은 가만히 은혜의 양 어깨를 잡았다.

그리고 나직이 말했다.

"은혜 씨가 여기 사는 이유."

그 말은…….

"혹시……. 내가 무당이라는 거, 알고 있었어요?"

"음……."

은혜의 물음에 성빈은 잠시 입술을 닫았다.

그러다 해맑게 웃으며 대답했다.

"우선, 들어가도 돼요?"

성빈이 안으로 들어오려 발걸음을 뗐다.

그러나 그때.

누군가의 목소리가 성빈의 발을 묶었다.

"그건 안 될 것 같은데."

갑작스럽지만 익숙한 목소리에, 은혜가 화들짝 놀라 뒤를 돌아보았다. 큰 키의 원이 어두운 얼굴로 서 있었다. 조금 더 정확히는 심기가 불편해 보이는 얼굴이랄까.

'왜 이렇게 안 오나 했더니.'

나를 방해한 녀석이, 또 이놈이란 말이지?

원이 지그시 입매를 구겼다.

"그쪽은."

성빈도 무의식적으로 미간을 좁혔다.

이 남자 때문에, 아파 했던 것 같은데.

그래도 결국⋯⋯ 이 사람인 건가.

원은 은혜를 지나쳐 한 걸음, 한 걸음 성빈의 앞으로 다가와 우뚝― 섰다. 마치 여긴 내 구역이라며 경계를 하는 듯이.

뜻밖의 원의 등장에 성빈은 당황하긴 했지만, 곧.

성빈은 조용히 결심했다. 그리고 지지 않겠다는 듯, 원을 응시하며 말했다.

"은혜 씨. 나 이대로 가야 하는 거예요?"

그에게 맞붙듯 대답하는 성빈의 한마디에 원이 실소를 지으며 눈을 마주쳤다.

지금 해 보자 이건가?

"아니에요. 들어와요. 그리고 선우 원 씨. 성빈 씨가 누군 줄 알고 들어오라 마라예요!"

"누군데?"

원은 가늘게 뻗은 눈으로 은혜를 내려다보며 물었다.

"성빈 씨는⋯⋯."

예상치 못한 원의 물음에, 은혜는 잠시 말문을 멈추었다.

성빈의 시선이 은혜에게 닿았다.

과연, 은혜는 자신을 누구라고 생각할까.

"친구."

은혜가 말했다.

그리고 덧붙였다.

"내가 유일하게 친구 한 사람이에요."

성빈이 어렴풋이 웃었다.

그래도, '유일하게'라는 단어가 좋았다.

은혜도 자신을 보며 웃고 있었다.

"유일한?"

반면 원은 유일하게, 라는 말이 거슬렸다.

그 유일한 사람이 왜 하필이면 남자냐고!

게다가 은혜는 몰라도, 남자인 자신은 알 수 있었다.

전에 빗속에서도 그렇고, 오늘도 그렇고.

눈앞의 이 녀석은,

주은혜, 너를 친구 이상으로 생각하고 있다는 거.

원은 어느새 바짝 마른 입술을 적시곤, 은혜와 시선을 부딪쳤다.

"그런데 어쩌나."

성빈이 원의 말에 집중했다.

"난 오늘 여기서, 자고 갈 예정이었는데."

"……!"

"……!"

원의 발언에, 은혜가 화들짝 놀랐다.

"이 싸람이……."

은혜가 그의 팔을 붙잡고는, 눈빛으로 "지금 무슨 소리를 하는 거예요!"라고 외쳤으나.

원은 한 팔로 은혜를 감싸고는 씨익 웃으며 덧붙였다.

"그리고 방금까지 '하던 거', 방해한 사람은 그쪽이야."

성빈은 설핏, 작게 웃었다.

"······방금까지 하던 거라."

전과 같았으면, 또다시 내 자리는 없는 건가. 하며, 물러섰겠지만. 이상하게도, 오기가 생긴다.

이내 성빈은, 방금과 달리 순수하게 웃으며 은혜를 바라보았다. 그리고 말했다.

"제가 방해했다면, 잘된 일이네요."

"뭐라고?"

원이 눈썹을 꿈틀, 움직였다.

"안타깝게도 나는 은혜 씨가 그쪽과 잘 안 되길 바라는 사람이거든요."

"······?!"

은혜의 시선이 성빈에게로 고정되었다.

"은혜 씨가 그쪽을 만나느라, 나를 만나주지 않으니까."

성빈의 의미심장한 한마디가 은혜의 머릿속을 흐트러뜨렸다.

원의 머릿속도 마찬가지였다.

"어쨌든, 은혜 씨. 내가 좀 오래 밖에 서 있었더니 다리가 아픈데. 조금만 쉬었다 가면 안 될까요?"

"아. 아, 그래요. 이것 좀 놓죠, 선우 원 씨?"

은혜는 가까스로 원의 품에서 떨어져 나와, 성빈을 맞이했다.

원이 어금니를 꽉 물었다.

오늘만큼 분위기가 좋았던 날도 없었는데.

\* \* \*

"헐. 대박, 이 꽃돌이 오빠야는 누구야?"

갑자기 불쑥 나타난 지연이 성빈을 보고는 눈을 반짝였다.

"강지연?"

은혜로서는 정말 오랜만에 보는 지연이었다. 아주 얼굴 보는 게 스타급이시라, 순간 지연의 이름을 입 밖에 내고 말았다.

하지만, 지금 옆에 있는 두 남자는 지연이 보일 리 만무했다.

"……?"

"누구?"

성빈과 원은 거의 동시에 물어왔다.

"아. 갑자기 뭐가 생각나서요. 성빈 씨가 우리 집에 왔는데, 줄 게 따뜻한 차밖에 없네요."

은혜는 작은 상 위에 차가 든 머그컵들을 내려놓으며 말했다.

뜨거운 차를, 원은 망설임 없이 후룩, 마셨다.

그리고 그것을 본 성빈도 곧, 거침없이 차를 마셨다.

마주 보고 앉은 원과 성빈의 묘한 신경전이 계속되고 있었다.

"뭐야? 이 오빠들, 지금 은근히 신경전 벌이는 거야?"

지연이 까르르 웃으며 발을 동동 굴렀다.

"설마 언니 때문은 아니겠지? 그럴 리가. 아무리 봐도 이해가 안 가네. 언니가 뭐가 잘나서 저런 오빠들이 서로 갖겠다고 난리……."

"야!"

라고 은혜가 입 모양으로 소리쳤다.

은혜는 대체 이게 무슨 일인가, 이마에 한 손을 얹고 들리지 않는 한숨을 쉬었다.

1층 불을 켜두면 아직 문을 열고 있는 줄 알까 봐, 다시 불을 꺼두고, 결국 성빈까지도 2층의 집으로 초대했다. 정확히는, 초대해 버렸다, 가 맞을지도 몰랐다.

"마시고 있어요."

은혜는 성빈과 원 사이에 앉아 실실 웃고 있는 지연을 곁눈질하며, 잠깐 자리에서 일어났다.

"잠깐 화장실 좀 갔다 올게요."

그리고 슬쩍 지연에게 눈짓, 손짓을 하는 은혜였다.

은혜가 잠시 자리를 비운 사이.

원과 성빈. 두 남자만이 은혜의 공간에 남겨졌다.

묘한 긴장감이 서린 기류가 흘렀다.

성빈은 앉은 상태에서 찬찬히 은혜의 집을 구경했다.

'여기에 살았구나.'

"난 그쪽이 초면이 아니야."

원이 낮은 목소리로 성빈의 주의를 돌렸다.

"……?"

"전에 선상 파티에서, 린에게 옷 빌려줬었던 것도 알고."

"……!!"

린……?

어떻게, 린에 대해 알고 있는 거지.

성빈이 뚫어져라 원과 눈을 마주쳤다.
"그날 선상 파티에 나도 있었거든."
"린에 대해선 어떻게 알고 있는 겁니까."
성빈이 물었다.
"린은, 내 하나밖에 없는 동생이니까."
"······!!!"
성빈의 동공이 거세게 흔들렸다.

린과 관련이 있는, 그것도 아주 깊은 관련이 있는 사람이었다니. 린과는 모종의 약속이 있는 상태였다. 린과 만나면, 어쩔 수 없이 계속 부딪치게 될 것이다. 그리고 린은, 로열 호텔의 회장의 딸. 그렇다면 이 남자가······ 로열 호텔 사장?

성빈은 머그컵을 세게 쥐었다.

하지만, 그는 아직 자신이 성운 병원장의 아들이라는 것. 그리고 린과 알고 있는 관계라는 것을 모르는 듯했다.

원은 사뭇 차가운 눈빛으로 성빈을 응시하며 말을 이었다.
"그러고 보니, 그날 선상 파티가 끝나고 난 주은혜를 만나러 갔었는데. 그때 그쪽과, 은혜가 같이······ 그래. 떡볶이를 먹고 있었어."

그놈의 떡볶이.

원은 애써 치기를 꾹꾹 누르며 차분함을 유지하려 했다.
"전에는 같이 우산도 쓰고."
"꽤 많은 걸 지켜보고 있었나 보네요. 은혜 씨에 대해서."
성빈 역시 담담하게 대답했다.

원의 깊은 눈동자는 성빈을 잠자코 응시했다.
'주은혜. 이래도, 내 앞에 이 녀석이. 유일한 친구라고 할 거야?'
원 역시 차갑게 대답했다.
"......어쨌든. 그쪽이 은혜와 친구든 아니든, 상관없어."
"아니든. 상관없다, 라."
성빈이 원의 말끝에 여운을 달았다.
"이미 눈치채셨는지도 모르겠지만."
성빈은 잠시 뜸을 들였다.
그러나 또렷이, 원과 눈을 마주치며 말했다.
"은혜 씨. 쉽게 놔주지 않을 겁니다."
"......!"
성빈의 말에, 원이 멈칫했다.
"어쩌면, 내가 먼저였을지도 모르니까. 내가 머뭇거리지만 않았어도. 은혜 씨. 내 옆에 있었을지도 모르니까."
성빈이 남자답게 승부를 걸어왔다.
"이제 기다리는 거, 그만할 거란 뜻입니다."


은혜의 집 한쪽에 있던 화장실 문이 꼭— 닫혔다.
"야, 강지연! 너 어디 있다가 이제 나타나?"
은혜는 화장실 세면대에 기대어 서서, 팔짱을 낀 채 물었다.
그리고 은혜의 앞에 훅, 나타난 지연은 씩 웃으며 대답했다.
"오올~ 언니가 웬일로 내 걱정을 다 해준데?"
"거, 걱정? 아니거든! 아까처럼 깜짝 놀라게 불쑥 나타나서 그런 거거든?"

"나야, 뭐. 이곳저곳 내가 다니고 싶은데 있으면 다녔다가 오는 거지. 내가 뭐 지박령처럼 한곳에 붙어 있어야 해? 왜, 또 이 사랑스러운 강지연 큐피드님이 필요한 일이 생겼어?"

"그런 거 아니야."

"이 강지연 님의 촉 레이더가 발동했는데? 말해봐. 시크 원 오빠 말고, 그 맞은편에 앉아있던 꽃돌이 오빠야는 또 누구야?"

지연은 성빈을 떠올리며 다시금 눈을 반짝였다.

"누구? 성빈 씨를 말하는 거야?"

"오홍. 그 오빠 이름이 성빈이구나. 얼굴만큼 이름도 예쁘네. 그래서, 그 오빠랑은 무슨 사이야? 대체 어떻게, 왜, 잘생긴 오빠랑 또 아는 사이야?"

지연이 이해가 안 간다는 듯 천천히 고개를 저었다. 그러나 은혜는 입술을 씰룩이며 으름장을 놓았다.

"네가 알아서 뭐하게. 너 저번처럼 갑자기 내 몸에 들어오거나 그럼 진짜 가만 안 둬. 알겠어?!"

"그 오빠가 언니 보는 눈이 예사롭지 않던데. 원 오빠처럼 말야."

"무슨 뜻이야?"

"하여튼. 꼭 가운데 낀 여자는 자기가 소용돌이의 중심에 서 있다는 걸 모른 척하더라?"

"모른 척하는 게 아니라……."

은혜는 말끝을 흐렸다.

사실 어렴풋이, 성빈이 자신을 대하는 게, 전과는 달라졌다는 것을 느끼고는 있었다. 그리고 병원에서 했던 말도, 단순히 친구로서 걱정한다는 것…… 그 이상처럼 느껴졌었다. 하지만 그건 자신이 예민하게 반응하는 것이거나, 착각이라고 여길 뿐이었는데.

"성빈 씨는 그냥 친구야. 원래 다정다감한 성격이고. 그러니까 너도 괜한 오버 추측하지 마."

은혜가 머릿속이 복잡하다는 표정을 짓자, 지연은 볼에 바람을 넣으며 중얼거렸다.

"진짜 이해가 안 가네. 이 둔하고 어리벙벙한 무당 언니 뭐가 좋다고 신경전까지 벌이는 거야?"

"시끄러워! 아무튼. 어디 갈 데 있으면 말하고 다녀. 걱정…… 되니까."

은혜의 시선은 애써 지연을 떠나 있었다. 하지만 지연은 쿡쿡 웃으며 은혜의 어깨를 토닥토닥 두드렸다.

"한번 죽은 귀신이 두 번 죽을까 봐? 언니 앞가림이나 잘해."

"이게, 걱정을 해 줘도?"

역시. 이 철없는 고딩을 그냥.

은혜는 지연의 등짝을 때릴 수 없다는 게 분할 뿐이었다. 그것을 아는지 모르는지, 지연은 씩 웃으며 중얼거렸다.

"두고 봐. 곧 암사자를 차지하기 위한, 세렝게티 숫사자들의 치열한 결투를 보게 될 테니까."

\* \* \*

휘이이잉—

잠시 자리를 비웠던 것뿐인데, 원과 성빈이 마주 앉아 있는 공간이 무척이나 차가웠다. 좀 더 자세히 말하자면, 살얼음판 같달까. 뭔가 이상함을 느낀 은혜는 자리에 앉으며 조심스럽게 물었다.

"둘이 무슨 이야기 했어요?"

그러자 원은 한참 동안이나 성빈을 노려보던 눈빛을 거두곤, 은혜에게로 시선을 돌렸다.

"주은혜. 앞으로 나 말고는 남자란 남자는 아.무.도. 만나지 마. 설사, 유.일.한. 친구라도."

"은혜 씨. 내일 병원에 올 수 있어요? 은혜 씨 사진. 돌려줄게요."

그러나 성빈도 지지 않고 은혜에게 물었다.

"사진이요? 아, 맞다! 그 사진 받아야 하는데."

"사진?"

"내일 병원에 오면, 꼭 줄게요. 이전까진 장난이었어요. 진작 돌려줬어야 했는데."

성빈이 은근히 원을 의식하며 눈웃음을 지어 보였다.

원이 주먹을 꽉 쥐었다.

"무슨 사진인진 모르겠지만 필요 없······."

"언제 가면 돼요?"

"주은혜!"

은혜가 눈을 빛내며 성빈을 바라보자, 원이 기가 차다는 듯 은혜를 바라보았다.

"내가 가져다줄게. 넌 그냥 점이나 보고 있어."

"바쁜 사람이 무슨. 그런 건 내가 찾으러 가도 되거든요? 선우 원 씨는 선우 원 씨 할 일이나 열심히 해요. 여자 일에 시시콜콜 쫓아다니는 거, 보기 안 좋아요."

"시…… 시시콜콜?"

"풉."

은혜의 말에, 성빈이 작게 웃음을 터트렸다.

그리고 그것을 본 원의 속이 부글부글 끓었다. 애써 넘어가지 않는 침을 넘기는 원의 굵은 목젖이 도드라졌다.

"그럼 병원에라도 데려다줄게."

"후. 선우 원 씨, 회사 안 나가요?"

"그래, 안 나가도…… 아."

원은 내일 있을 이사진 회의를 떠올렸다.

그는 입술을 안쪽을 세게 깨물었다.

"은혜 씨. 그럼 내일 점심 때쯤 올래요?"

"음, 그럼 그때 잠깐 들를게요. 마침 할머니도 봬야 하고."

"근데 성빈 씨. 혹시 어디 다녀오는 길이에요? 오늘 옷차림이 뭔가……. 좀 달라서요."

"아."

은혜의 말에 성빈이 깜짝 놀란 얼굴로 자신의 옷차림을 내려다보았다.

뭐라고 해야 하지.

"딱 보면 몰라? 잘 차려입고, 어디 좋은데 놀러 갔다 온 것 같은데."

원이 퉁명스럽게 말했다.

그러나 성빈은 부드럽게 맞받아쳤다.

"사실, 기분이 좀 안 좋았던 일이 있어서 기분 전환 좀 하려고 나왔던 거긴 해요. 은후, 아니 병원 동기 따라서 클럽…… 갔다 오는 길이거든요. 제대로 놀기는커녕, 술만 마시다 왔지만."

"성빈 씨가 그런데도 다녀요? 클럽이라. 난 그런데 한 번도 못 가봤어요. 사실 그럴 마음도, 여유도 없었지만. 어쨌든, 좀 다른 분위기라 놀라긴 했지만, 역시 멋진데요?"

은혜가 맑게 웃으며 성빈을 칭찬했다.

은혜의 말에, 불현듯 성빈의 얼굴이 붉어졌다.

"앞으로 자주 이렇게 입고 다닐까요?"

곧 성빈은 웃으며 화답했다.

"어이, 둘. 나는 안 보이나?"

어쩐지 화목해진 것 같은 성빈과 은혜의 분위기에, 원이 툭 물었다.

"아."

하지만 은혜는 시계를 보더니, 원과 성빈을 번갈아 바라보며 말했다.

"늦었으니까, 이제 그만 가요. 남은 얘긴 다음에 마저 하구요."

그러나 어째서 이 두 남자는.

꿈쩍조차 할 생각이 보이지 않는 걸까.

"못 가겠어."

"나도 친구로서, 은혜 씨가 다 큰 남자와 함께 밤늦게까지 있는 건 걱정돼요."

성빈과 원의 신경전이 계속되었다.

은혜가 깊은 한숨을 내쉬었다.

"맞지? 내 말이 맞지?"

지연은 배를 잡고 웃으며 또다시 발을 동동동동 굴렀다.

결국 은혜는 주먹을 꽉 쥐고, 상 위를 탁 내리쳤다.

"둘 다! 후딱 돌아가요! 쫓아내기 전에!"

\* \* \*

늦은 시간.

집으로 돌아온 원은 쓰러지듯 침대에 누웠다. 밤을 새운 것도 있었지만, 방금까지 예상치 못한 기 싸움까지 하게 됐으니.

갑자기 나타나서는, 은혜를 놓아주지 않겠다고?

"착각도 유분수지. 누가 그렇게 둔대."

원은 한쪽 팔로 눈을 가리고 무거운 몸을 느끼고 있었다.

그리고 그때.

「Time to get up.」

누군가의 목소리가 원의 귓가에 박혔다.

원은 자신의 귀를 의심했다.

이 커다란 집에 있을 사람은, 자신 말고는 없었다.

몸을 일으킨 원은 소리가 나는 쪽을 돌아보았다. 곧 원은, 침대 옆 1인 소파에 앉아 있는 누군가와 눈을 마주쳤다.

「날 오랜만에 보니, 어때.」

소파에 앉아 있는 사람은, 검은 정장을 입은 남자였다. 어둡고, 어둡다 못해, 차갑기까지 했다. 더불어 얼굴은 묘한 매력을 풍겼고, 붉은 눈동자였다.

그에게서 느껴지는 분위기는, 흡사 다른 이들이 원을 보면 느끼는 그런 느낌과 비슷했다. 원과 똑같이 생기진 않았지만, 마치 원과 비슷한 존재인 것처럼 느껴질 정도로.

「왜 그리 놀란 표정이지? 10년 전과 내 모습이 많이 다른가?」

"대체 왜 자꾸…… 내 앞에 나타나서, 이상한 말을 지껄이는 거야."

원이 침대에서 내려와, 눈앞의 자신의 앞에 불쑥 나타난 낯선 존재 앞에 섰다.

원의 눈에만 보이는 그는, 마치 '악마'처럼 웃었다.

「말했잖아. 우린 계약을 했다고. 근데 말야……. 지금 내 눈에 보이는 네 몸속에 흐르는 기. 그거 왠지 마음에 드는걸. 아주 특별해 보여.」

"내 몸속에 흐르는 기……?"

「아직 온몸에 퍼져있는 걸 보면, 방금 마신 것 같은데. 여태껏 내가 마셨던 기들과는 달라.」

원을 위아래로 훑어보던 낯선 존재는 마치 그것에 빠져든 얼굴을 하고는, 흥미가득한 눈으로 물었다.

「그래. 그 기의 주인은 누구지?」

그의 눈이 붉게 빛났다.

"그건 네가 알 필요 없어. 내가 왜 너와 계약을 했다는 건지, 그것부터 말해."

「난 네 기억을 되살려준 걸로 기억하는데. 아직 온전히는 기억해내지 못했나 보군.」

"그래. 난 대체, 네가 무슨 말을 하는 건지 모르겠어. 그러니까 빨리 말해!"

원이 거칠게 소리쳤다. 그러자 상대는 피식 웃으며 대답했다.

「네가 그랬잖아. 악마와 계약을 해서라도, 꼭 마지막으로 만나고 싶은 아이가 있다고.」

"……!"

원의 눈동자에 거센 파도가 일었다.

혼란스러움 가득한 원을 두고, 눈앞의 남자는 원의 방 테이블에 놓여 있던 마트로시카 열쇠고리를 발견하곤 재미있다는 듯 눈을 반짝였다.

"오. 그럴 줄 알았어. 넌 기억 못 할지 몰라도, 이미 인연은 닿았어. 후. 역시 내 능력이란."

"……?"

「저 열쇠고리. 내가 너에게 유일하게 줄 수 있도록 만들어 준 건데. 그리고 넌, 그 여자아이한테 전해 줬을 거고. 내 예상대로라면, 그 여자아이는 저 열쇠고리를 가지고 있었을 텐데, 그걸 지금 네가 가지고 있다면…….」

"……!!!"

그 순간. 원의 머릿속으로 날카로운 충격이 일었다.

「이미 만났다는 거잖아.」

저 열쇠고리의 주인이라면.

"말도 안 돼."

원이 털썩, 자리에 주저앉았다. 풀린 눈동자가 흐려졌다.

"그럼 저 열쇠고리의 주인이……."

주은혜.

「그래, 네가 그토록 다시 만나길 원했던, 그 아이지. 그 아이가 저 열쇠고리를 가지고 있는 한. 넌 어떻게든 그 아이와 만나게 되어 있었거든.」

"그럴 리가 없어. 저건 그냥, 열쇠고리일 뿐이야."

「그냥 열쇠고리? 아니지. 저 열쇠고리가 그냥 열쇠고리였다면 한낱 '영혼'이었을 뿐인 네가, 줄 수 있었을 거라고 생각해?」

"영혼……?"

원은 무슨 말인지 하나도 이해가 가질 않았다.

아니, 자신이 또다시 악몽을 꾸고 있는 거라 생각했다.

하지만, 눈앞에 나타나 자신이 악마라고 말했던 남자는.

「네가 기억을 잃고 난 후에도, 어떻게든 다시 만날 수 있게 해 달라고 조건을 내걸었으니까.」

비열하게 웃으며 덧붙일 뿐이었다.

"……!!!"

심장이 잘게 저며지듯, 숨 쉴 수조차 없는 고통이 일었다.

원의 호흡이 점점 더 가빠졌다.

「자, 그리고 우리가 약속한 10년의 기한이. 이제 다 되었지. 왜냐고? 내가 네 앞에 다시, 나타났으니까.」

"뭐……?"

「그리고 넌, 약속했어. 내가 너의 소원을 들어주면, 너는, 내가 원하는 것을 하나 들어주겠다고.」

또다시.

기억의 라디오가 켜졌다.


―내 부탁을 들어주면. 네가 원하는 것 하나를, 나도 들어주겠어.

―당돌한 놈이로군. 망설임 없이, 악마와 거래를 하려 하다니.

―들어줄 건지나 말해.

―좋아. 계약…… 성립.


지지직거리는 음향과 함께 흐릿했던 10년 전의 기억이, 선명해져 갔다.

「드디어 또 하나의 기억이 떠올랐나 보군.」

허나 원 따위는 안중에도 없다는 듯, 악마는 다시금 붉은 눈동자를 반짝였다.

「난 방금. 아주 흥미로운 것을 발견했어. 지금 네 몸속에 흐르는 기. 방금 네가 마신 그 기의 주인이 갖고 싶어졌어. 그래. 내가 네게서 원하는 게, 생각났어. 그건 바로.」

원의 심장이 거칠게 뛰었다.

제발 말하지 마.

제발 말하지 마!

악마의 입꼬리가 스윽 올라갔다.

「그 기의 주인이야.」

"……!!!"

「그 기의 주인을 나한테 넘겨.」

원의 숨이 턱— 막혔다.

"안 돼."

원이 벌떡 몸을 일으켜 세웠다.

마치 방금 있었던 일처럼 생생했지만.

"헉……. 헉……."

일어나 보니, 자신은 침대 위에 어제 옷차림 그대로 누워 있었다. 등줄기가 축축했고, 관자놀이에선 땀이 흘러내리고 있었다.

원이 황급히 주위를 둘러보았다. 넓은 방 안엔, 고요한 정적만이 감돌 뿐, 아무도 없었고 무의식적으로 돌아본 소파 또한 비어 있었다.

—「그 기의 주인을 나한테 넘겨.」

하지만 여전히 사악한 목소리는 그의 귓가에 맴돌고 있었다.

원은 바싹 타는 목을 매만지곤, 침대에서 내려왔다.

전자시계는 새벽 6시를 가리키고 있었다.

그는 냉장고가 있는 곳으로 향했다. 그리고 냉장고를 열어, 급히 생수를 꺼내 들었다. 자면서도 심한 긴장을 했던 탓일까. 생수병을 쥔 손이 바르르 떨리고 있었다. 곧 원은 손에 힘을 준 채, 벌컥벌컥 숨 쉴 틈도 없이 반쯤 남아 있던 생수를 들이켰다. 여전히 가쁜 숨은 진정될 줄을 몰랐다.

분명 꿈인 것 같았다. 아니, 꿈일 것이다.

'그냥 악몽을 꾼 것뿐이야.'

원이 비어버린 생수병을 꽉 비틀어 쥐었다. 꿈속에서도 그랬던 것처럼 악몽일 뿐이라고 마음을 다잡고 또, 다잡았다.

하지만…… 목소리는 계속해서 생생히 귓가를 맴돌았고, 꿈속에서 떠올렸던 정체불명의 기억들이 그의 머릿속을 괴롭혔다.

원이 냉장고에 손을 짚고 고개를 숙였다. 젖은 머리카락이 뺨에 흘러내렸다.

영혼. 소원. 거래.

그리고 은혜의…… 마트로시카 열쇠고리.

탁.

원은 생수병을 식탁 위에 거칠게 내려놓은 채, 다시 자신의 방으로 달려갔다. 그리고 은혜에게 아직 돌려주지 못했던, 마트로시카 열쇠고리를 찾기 위해 주변을 둘러보았다.

하지만, 굳이 노력해서 찾지 않아도…….

열쇠고리는, 꿈속의 악마가 가리킨 그곳. 침대 옆 미니 테이블 위에 놓여 있었다.

그가 테이블 앞에 우뚝 섰다. 그리고 마트로시카 열쇠고리를 집어 들었다.

처음 이 열쇠고리를 집어 들었을 때, 느꼈던 머릿속의 강렬한 고통.

그 순간 알 수 없는 기억이 떠올랐었고, 그 모든 건—

원은 긴장이 가득한 눈빛으로 마트로시카 인형의 바닥을 응시했다.

'은혜♡도하'

도하. 이 도하라는 이름의 남자와 관련이 되어 있다는 것.

정말로 그 열쇠고리를 갖고 있던 그 남자가 자신이었다면.

그 도하라는 이름이…….

정말 내 이름이었다고……?

\* \* \*

"오늘도 무탈할 수 있도록 도와주세요."

새벽부터 일어나, 정갈한 가면보살 차림과 함께 방 안에 마련된 작은 신당에 기도를 올렸다. 그러자 어느새 은혜의 앞에 불쑥 나타난 천 휘 장군이 팔짱을 낀 채 비아냥거렸다.

"못 도와주겠는데."

"깜짝이야!"

은혜가 깜짝 놀랐다는 얼굴로 입술을 콕 물었다.

"놀랐잖아요."

"어제 아주, 제대로 사랑 놀음을 하더구나."

천 휘 장군의 가늘게 뻗은 눈이 은혜를 한심하다는 듯, 바라보고 있었다. 천 휘 장군의 말에 자연스레 전날 밤이 떠오르자 은혜는 침을 꿀꺽 삼켰다.

"사, 사랑 놀음이요? 무슨 소리를······."

"내가 그렇게 위험하다고 경고하였는데도, 어째서 듣지 않는 것이냐."

어느새 바뀐 천 휘 장군의 눈빛은 단호하고도 서늘했다.

하지만 은혜는 가면을 꾹 눌러쓴 채 아래층으로 내려가며 대꾸했다.

"그 문제에 대해선 이제 더 이상 장군님께 아무것도 묻지 않을 거예요. 그냥, 어떤 위험이든. 어떤 불행이 닥치든, 받아들이기로 했어요. 함께 이겨 나가기로 했어요. 그러니까, 제 걱정해 주는 척. 이제 그만하세요."

"은혜야."

"왜요? 또 제가 말 안 들으면 제가 사랑하는 사람들을 데려가실 거예요?"

은혜가 홱 돌아서서, 차갑게 물었다.

"······."

천 휘 장군의 입이 굳게 닫혔다.

"이번엔 절대로. 그렇게 두지 않을 거예요."

그의 눈동자에 은혜의 뒷모습이 담겼다.

천 휘 장군은 쓴웃음을 지었다.

'내가 너를 선택한 건. 네가 가진 기를, 그리고 너를 지켜주기 위해서다.'

그리고 스륵, 사라졌다.

\* \* \*

"사장님."

원의 저택 문 앞으로 차를 대기시켜 놓고 기다리던 청량이 꾸벅 인사를 했다. 늘 그래 왔던 것처럼 깔끔한 슈트를 차려입은 원은 말없이 차에 올랐다.

이윽고 차는 침묵 속에 호텔을 향해 출발했다.

원은 가만히 마른침을 넘겼다.

우선은 원래대로.

아무 일도 없었던 것처럼, 원래의 선우 원으로 돌아가서.

차분히 생각하자.

차분히, 하나하나 정리해 가야 한다.

원이 조용히 혼자서 마음을 다잡고 있을 때.

청량과 강구는 은근히 긴장을 하고 있었다.

어제 주은혜 씨와 무슨 일이라도 있었던 걸까? 어째 어제 점집에 가기 전, 그가 차를 탔을 때도 표정이 좋지 않았었는데.

또다시 원의 표정이 심상치 않아 보이는 것이, 혹시 어제 자신들이 저지른 행동 때문인가 싶어 등 뒤가 서늘했다.

이내 강구가 룸미러를 통해 원의 얼굴을 힐끔 보았다.

원의 표정은 처음에 느꼈던 것보다, 더 좋지 않아 보였다.

강구가 슥, 청량과 눈을 마주쳤다.

어떡하죠? 라고 묻는 강구의 입 모양이 청량의 한숨에 무게를 더했다. 조금 더 불안해하는 사람이 총대를 멜 수밖에 없었다. 곧 강구가 무거운 분위기를 견디지 못하고 불쑥 물었다.

"사장님, 어젯밤은 즐거우셨습니까?"

"……."

"피할 수 없다면 즐겨라, 라는 아름다운 말, 사장님도 아시죠?"

강구는 원의 눈치를 보며 실실 웃었다.

"저는 그게 회사 생활에만 적용되는 줄 알았는데, 연애에도 적용이 되는 것 같다는 생각이 문득 드네요. 하하하!"

뜬금없는 강구에 말에, 원의 시선이 운전석으로 돌려졌다.

그러나 원은 대답도 않은 채, 무슨 말을 하냐는 듯 강구를 응시할 뿐이었다.

"하하……."

그제야 상황 파악을 잘못했다는 듯, 강구는 다시 합죽이가 됐다. 그러다 뒤늦게 강구가 한 말의 뜻을 알아차린 원은, 한쪽 눈썹을 치켜 올리며 말했다.

"잊고 있었어. 어제, 허 기사님과, 이청량. 이 둘이 아주 발칙한 짓을 했다는 걸."

역시. 원의 말 한마디에, 청량과 강구는 바짝 마른 입술을 뗐다

붙였다 했다.

"그러니까. 저희는 사장님께 좋은 시간을 만들어드리고자……."

강구가 운전대를 만지작거리며 말끝을 흐렸다.

"청량. 너까지 그럴 줄은 몰랐는데 말이지."

원은 두 눈을 가늘게 뜨곤 청량에게로 화살을 돌렸다.

"죄송합니다. 하지만, 사장을 위하는 일이라면 저는 언제든 강구 씨의 계획에 동참할 의향이 있습니다."

청량은 늘 그렇듯 소신 있게 대답했다.

"이 비서님!"

강구가 억울하다는 듯 청량을 불렀다. 물론 자신이 계획한 일은 맞았지만, 그렇게 혼자 빠져나가는 게 어디 있냐는 듯이.

곧 강구는 세상에서 가장 불쌍한 사람의 얼굴로 구구절절 모노드라마를 찍기 시작했다.

"사장님, 제발 내일부터 나오지 말란 말씀만은 하지 말아주세요. 제 아내가 제 월급날을 매일 목 빠지게 기다리고 있고, 아직 돌밖에 안된 아기가 울고 있……."

하지만 원은 옅게 피식 웃으며 휴대폰을 꺼내 들었다.

"이제 그 악어 눈물에 안 넘어가. 어디 한번, 진짜 사장 갑질 좀 해볼까."

"사장님!!!"

원의 말에, 강구가 가짜로 훔치던 눈물을 재빨리 닦고는 화들짝 놀란 얼굴로 고개를 빠르게 도리질했다.

"쿡."

조수석에 앉아 있던 청량이 새어나온 웃음을 참지 못했다.

그래. 이래야, 일상 같았다.

원의 표정이 어둡고, 분위기가 무거웠던 적은 늘 있었던 일이었지만. 오늘은 왠지 모르게 달랐다.

여태껏 보아왔던 무거움과는 확연히 다른 무거움.

하지만 청량은 의아함을 잠시 접었다.

그리고 언제 꺼낼지 고민했던, 원에게 전해야 할 사항에 대해 말문을 열었다.

"사장님. 오늘 오후 두 시에 회의가 있을 예정입니다."

"두 시……. 그래. 알겠어."

원은 나직이 대답했다.

이제, 로열 호텔의 화려한 도약을 꿈꾸며 학수고대하고 있는 이사진들에게 무슨 말을 해야 할까. 거의 진행이 중단된 것이나 마찬가지인, 로열 백화점에 관해.

그러나 사실, 원은 알고 있었다.

무슨 말을 해야 할지.

어쩌면, 오래전부터 알고 있었는지도 모른다.

\* \* \*

가뭄에 콩 나듯 들어오던 손님마저 뜸해졌다.

장군님 때문에 화가 났던 것도, 우울했던 것도 잠시.

"흐아……."

은혜는 습관처럼 책상 위에 엎어져선, 한숨을 푹푹 내쉬었다.

오늘은 할머니에게 가보려고 했는데 떳떳하게 병원에 갈 처지가 못 되고 있었다. 손님이 아예 없는 건 아니지만 요즘 점집 문을 열었다, 닫았다 했더니 생각보다 손님이 많이 줄었다. 이렇게 비는 시간이 없을 정도로 붐볐었는데.

서서히 또다시 할머니 병원비 내는 날짜가 다가오고 있었다.

현재 모아둔 돈은 턱없이 부족했다.

꼬르르륵―

게다가 배까지 고프다.

배꼽시계와, 진짜 시계는 벌써 점심때를 가리키고 있었다.

"할머니가 또 잔소리할 텐데."

은혜는 벌써부터 귓가에 할머니의 목소리가 들리는 것만 같았다. 정말 할머니 얼굴을 못 본 지도 꽤 되었다. 미미 때문에도 병원에 갔고, 비를 흠뻑 맞아서 응급실에 입원도 했는데 정작 할머니를 만나고 오지 못했다.

"나 진짜 나쁜 손녀네."

할머니가 아프다는 걸, 새카맣게 잊고 있었다.

손녀딸의 수발이 필요 없다는 걸 보여주기라도 하듯.

늘 하루하루를 즐겁게 사시는 것 같지만…….

할머니는 여전히 아픈 사람이었다.

은혜는 엎어진 상태에서 잠시 점집 문을 바라보았다.

잠시 손님도 없는 차에, 성운 병원에 가볼까.

그런데.

"맞다."

병원을 생각하니, 성빈과의 약속이 번뜩 생각난 은혜는 책상에서 뺨을 떼었다. 할머니를 뵈러 갈 겸, 그를 만나기로 어제 약속했던 것을 또 깜박하고 있던 것이었다.

"이번에도 깜박할 뻔했네."

결국 병원에 갈 수밖에 없는 운명일지도 몰랐다.

성빈과의 약속도 있지만, 할머니도 중요했다.

"구박받아도, 할머니 얼굴이라도 보고 오자."

은혜는 결국 자리에서 일어났다.

점심때쯤 만나기로 했었는데, 다행히 때마침 기억한 덕분에 늦지 않게 도착한 것 같았다.

"우선 성빈 씨를 만나고. 할머니한테 가는 거야."

가방끈을 쥔 은혜는 작게 중얼거리고는 병원 입구를 향해 걸었다. 그리고 성운 병원 마크가 붙어있는 회전문 앞에 다다를 즈음, 누군가 은혜의 손목을 붙잡았다.

"은혜 씨."

"어?"

성빈이 환하게 웃고 있었다.

"이쪽으로."

성빈은 은혜의 손목을 붙든 채, 어디론가 그녀를 이끌었다.

그렇게 얼마 가지 않아 그가 멈춰선 곳은, 한적한 벤치 앞이었다. 그리고 그 벤치에는 예쁜 도시락이 아기자기한 식탁보 위에 놓여 있었다. 마치 소풍을 나온 것처럼 햇살마저 좋았다. 풍성하면서도 깔끔하게 갖가지 음식이 담긴 도시락은 참 먹음직스러워 보였다.

"앉아요."

성빈이 은혜를 앉히며 싱긋 웃었다.

"웬 도시락이에요?"

은혜가 눈을 동그랗게 뜨며 물었다. 그러자 성빈은 나무젓가락을 톡, 분리시키며 은혜에게 건네곤 대답했다.

"점심시간이잖아요."

"아, 맞다."

그제야 비로소, 은혜는 아까 자신의 배에서 울려대던 천둥소리를 기억했다.

"맛은 있을 거예요. 우리 집에 같이 사시는 이모님이 계신데, 음식 솜씨가 정말 좋으시거든요. 자, 먹어 봐요."

은혜가 나무젓가락을 제대로 집기도 전에, 성빈은 자신의 젓가락으로 유부초밥을 집어 은혜의 입 앞에 가져갔다.

"……?"

은혜가 멀뚱멀뚱 성빈을 보고 있자, 성빈은 귀엽게 살짝 눈썹을 찡그렸다.

"팔 떨어질 것 같은데."

그런 성빈의 표정에, 은혜는 작게 웃었다. 그리고 자신의 젓가락을 들어, 성빈의 젓가락 사이에 있던 유부초밥을 집고선 입으로 쏙 넣었다.

"정말 맛있네요."

은혜는 유부초밥을 우물거리며 활짝 웃었다.

"은혜 씨, 이러기예요? 떡볶이도 먹여준 친구의 성의를 너무 무시하시네."

성빈은 후, 한숨과 함께 입술을 살짝 내밀고는 자신도 유부초밥을 입에 쏙 넣고 우물거렸다.

"그래도 같이 먹으니까 두 배로 맛있네요."

그가 씩 예쁘게 웃어 보였다.

잠시나마 소소한 점심 식사를 하게 된 은혜는 성빈과 도시락을 먹다 문득 생각난 사실에, 불쑥 물었다.

"그러고 보니, 성빈 씨 그때 말 안 해줬잖아요."

"어떤 거요?"

"내가, 무당이라는 거······. 알고 있었다는 거요."

"아. 은혜 씨, 무당이었어요? 몰랐는데."

성빈이 모른 척 하늘을 올려다보며 혼잣말을 했다.

"뭐라구요?!"

"은혜 씨가 알려주니까, 기쁘네요."

"아니······."

정말 알고 있었나 보네.

여전히 그다지 놀라지 않는 성빈의 반응을 보니, 어제 그가 했던 말은 사실인 것 같았다. 가면보살이란 점집에, 주은혜가 사는 이유에 대해 안다고 했던 말.

"언제, 어떻게 알게 됐어요?"

은혜는 젓가락을 내려놓으며 물었다.

성빈도 젓가락을 내려놓았다.

"그게 중요해요?"

그게 중요하냐는 성빈에 대답에, 은혜는 잠시 멍해졌다.

"그냥……. 안 놀랐어요? 내가 무당이라는 거 알고 나서요."

성빈은 가만히 고개를 저었다.

"은혜 씨가 무당이라는 것에 놀라서 도망이라도 쳐야 해요?"

그가 따뜻하게 웃었다.

은혜는 성빈에게서 시선을 돌리며 나직이 말했다.

"숨기려고 했던 건 아니지만……, 알길 바라지도 않았던 건 사실이에요. 성빈 씨도 알다시피 난……."

"은혜 씨."

성빈이 낮지만 부드러운 목소리로 은혜의 이름을 불렀다.

그의 시선은 은혜의 어딘가에 닿아 있었다.

하지만 곧, 성빈은 다시 은혜를 바라보았다.

"전에 은혜 씨가 그랬죠. 친구 같은 거, 안 만든다고."

"……?"

은혜는 그가 무슨 말을 하는 것인지 의아했지만, 가만히 성빈의 목소리에 집중했다.

"나는."

성빈이 깊은 눈으로 은혜와 두 눈을 마주했다.

은혜를 바라보는 그의 심장이, 뛰고 있었다.

"은혜 씨의 유일한 친구가 될 수 있어서, 행복했어요."

그의 눈빛이 평소와 달랐다.

은혜의 동공이 미세하게 반응했다.

성빈의 진지한 눈빛이, 그녀를 긴장하게 만들었다.

"그런데……."

이윽고 성빈이 자리에서 일어났다.

그가 은혜의 앞에 섰다.

그의 큰 키에, 햇살이 가려졌다.

성빈이 천천히 무릎을 굽혔다.

그리고 은혜의 풀린 운동화 끈을 매어주며 말했다.

"아직까지도, 그 유일한 친구가 은혜 씨의 세계에 발을 들여놓지 못하도록…… 금을 그을 거라면."

"……?"

언제 운동화 끈이 풀려 있었지?

운동화 끈을 매어주는 성빈의 모습을, 은혜는 두 눈을 깜박이며 바라보았다. 성빈은 온전히 묶인 운동화 끈을 가만히 내려다본 채, 굳게 닫혀 있던 입술을 뗐다.

"나 이제 친구 그만할래요."

이내 그는 조심스러운 손길로 묶어주었던 운동화 끈을, 다시 천천히 풀었다.

"성빈 씨……?"

은혜가 영문을 모르겠다는 듯, 성빈의 가는 손가락을 응시했다.

그러나 성빈은 다시 운동화 끈을 매어주곤, 고개를 들었다.

"차라리 친구 말고, 다시 시작하려고요."

그의 깊은 눈이 은혜를 가두었다.

"남자로."

순간적으로 멍해지지 않았다고 하면, 그건 거짓말일 것이다. 그리고 성빈이 무슨 말을 하는 것인지 못 알아들었다고 하면, 그것 또한 거짓말일 것이다.

은혜는 짧은 간격으로, 눈을 깜박였다.

하지만, 우선은 못 알아들은 척 회피를 해보려 했다.

"성빈 씨, 무슨 소리에요. 성빈 씨 남자인 친구 맞잖아요. 그런 농담 재미없어요, 하하……."

마지막으로 지어 보인 미소가, 못 봐줄 정도로 어색했다는 게 문제지만.

그러나.

"나 지금 장난하는 거 아니에요."

성빈이 은혜의 운동화 끈을 잠시 내려다보곤, 굽혔던 무릎을 폈다.

다시 성빈이 일어서자 은혜는 그를 올려다보았다.

은혜의 영롱한 눈빛이 성빈을 응시할 때쯤, 성빈이 은혜의 두 뺨을 감쌌다.

"……?"

은혜의 눈동자 속 동공이 확대되었다.

성빈이 말했다.

"날 봐요, 은혜 씨. 이런 눈빛을 한 나는."

그의 눈빛은 여전히 단호했고, 진지했다.

"더 이상 은혜 씨와, 친구 할 수 없어요."

"……!!"

은혜는 더 이상 입을 뗄 수가 없었다.

뭐라고 대답을 해야 할지, 어떤 얼굴로 그를 바라보아야 할지.

당황스러웠다. 그에게 뭔가라도 대답을 해주어야 했지만 아무런 할 말도 생각이 나지 않았다. 한참이 지나서야, 은혜는 마음을 차분하게 가라앉히고는 대답했다.

"성빈 씨. 지금—."

"맞아요. 나 지금 은혜 씨한테, 고백…… 한 거예요."

그러나. 성빈은 친구 사이라 그었던 금을, 넘어왔다.

'고백.'

은혜의 머릿속에 낯선 단어가, 낯설게 박혔다.

그 이유는.

이 단어를 꺼낸 사람이 바로.

"너무 늦어버렸지만."

윤성빈. 이 남자라서.

"그런 의미에서—."

성빈은 심장이 가슴에서 뛰쳐나갈 것만 같은 기분을 억눌렀다. 떨림을 안은 채 숨을 죽였다.

이윽고. 성빈이 은혜의 이마에 천천히, 제 입술을 가져갔다. 뭔가 부드러운 것이, 이마에 닿았다 떨어졌다.

"……!!!"

은혜는 그 자리에서 멍하니 얼어붙었다.
성빈이 씨익, 환하게 웃어 보였다.
"친구로서는 할 수 없는 것 하나."
입술의 주인은, 성빈이었다.
방금 전까지, 유일한 친구였던.

　　　　　　　　＊　＊　＊

저벅저벅.
누군가 잔디 섞인 흙을 밟는 소리가 들렸다.
김 실장이었다. 김 실장은 선우 헌 회장의 옆에서 고개를 숙였다. 그리고 조용히 전했다.
"회장님. 선우 원 사장님께서, 이사진 회의를 소집했다고 합니다."
선우 헌 회장은 한가로운 저수지 앞에 앉아 낚싯대를 드리우고 있었다. 이 조용한 공간에 홀로 앉아 있으면 마음이 편안해져, 몸이 불편한데도 회장이 즐겨 나오는 곳이었다.
"그랬군."
회장이 입꼬리를 올렸다. 그리고 천천히 낚싯줄을 감았다.
낚싯줄이 감기고 감겨, 그 끝으로 은색 바늘을 드러냈다. 미끼는 이미 물고기들에게 먹히고 없었다.
선우 헌 회장은 바늘을 잡아당겨 집고는, 말했다.
"이번 회의에서 원 녀석이 어떻게 나갈지, 궁금해."

이윽고 반대쪽 손으로 낚싯바늘에 지렁이를 끼웠다.

"내가 시킨 대로 최 전무에게 잘 전했겠지."

챙이 넓은 모자 아래로 보이는 날카로운 눈빛.

김 실장은 침을 꿀꺽 삼키곤 대답했다.

"예. 잘 전했습니다."

그러자 회장은 여유롭게 웃으며 자리에서 몸을 일으켰다. 그리고 조금은 불편한 몸짓으로 다시 낚싯대를 던졌다.

풍덩 하는 소리와 함께 낚싯줄에 매달린 추는, 낚싯바늘을 저 깊은 곳 아래로 끌고 내려갔다.

그 깊이를 알 수 없는 수면 아래로. 아래로.

마치 알 수 없는 그의 속 같았다.

"그럼 이제……."

다시 자리에 앉은 늙은 노인은 간이 의자 등받이에 편안히 몸을 기대었다. 그의 비릿한 웃음이, 뿌연 녹색을 띠는 수면 위에 나타났다 사라졌다.

"미끼를 던졌으니, 물고기가 물기만 기다리면 되는 것 아니겠나."

\* \* \*

원은 사장실의 넓은 책상 앞에 홀로, 고요함과 함께 앉아 있었다.

일이 손에 잡히지 않았다.

도하.

"도하……."

원의 입안에 도하란 이름이 끊임없이 머물렀다.

그동안 순식간에 머릿속을 점거했다 사라진 의문의 기억들.

목소리의 끝, 원망 가득한 목소리로 들려왔던 강도하란 이름.

원은 만지작거리던 열쇠고리를 조용히 내려다보았다.

분명 이 열쇠고리가 은혜와 자신이 만날 수 있는 유일한 연결고리라고 했다.

'내가 은혜를, 그토록 만나고 싶어 했다…….'

대체 무슨 뜻일까.

원의 눈가에 짙은 그림자가 드리워졌다.

머릿속을 헤집어 놓았던 그 목소리들도 모두…….

은혜의 것이었을까.

영혼. 그리고 악마와의 거래. 뒤죽박죽 엉켜버린 이 기억들은, 정말 삭제되어 있던 10년 전의 기억이 맞는 걸까?

원은 잿빛 눈으로 고개를 틀어 거대한 유리창 밖 허공을 바라보았다.

아무리 머릿속을 정리하고 그저 꿈일 뿐이라고 무시하려 해도, 그럴 수가 없었다. 스스로를 악마라 칭했던 남자가 기의 주인을 원한다는 말이 여전히 가슴 속에 기름이 엉기듯 남아 있었다.

하지만, 원은 정신을 똑바로 차리려 굳게 눈을 감았다 떴다.

아직 아무것도 확실한 것은 없다.

꿈에서라지만, 악마가 정말 은혜를 원한다 해도.

은혜는 반드시, 자신이 지킬 것이다.

절대로 보내지 않을 것이다.

원은 열쇠고리를 들어 마트로시카의 얼굴을 보다가, 문득 든 은혜 생각에 희미하게 웃었다.

묘하게 닮았다.

"주은혜……. 보고 싶네."

점심은 먹었으려나.

그러고 보니 오늘 할머니도 뵐 겸, 그 의사를 만나러 병원에 간다고 했었지.

원은 이맛살을 찌푸렸다. 생각할수록 기분 나쁘게 생긴 녀석이었다. 자신과는 분명 다른 분위기지만, 분명 여자 꽤나 울렸을 것처럼 생겼다. 그래서. 인정하기 싫지만 안심이 안 된다.

무엇보다, 딱 하나 걸리는 게 있다면 자신보다 훨씬 젊다는 것. 주은혜. 설마 연하, 뭐 그런 거에 넘어가는 건 아니겠지.

사진을 받으러 간다고 했는데. 설마 아직까지 그 녀석과 같이 있는 건?

"절대 안 되지."

이윽고 원은, 휴대폰을 찾아 은혜의 번호를 눌렀다.

〈다음 권에 계속〉